元代古籍集成

第二輯

總主編 韓格平

集部别集類◎

主編 李軍

玉笥集

（元）張憲 撰 施賢明 點校

静思先生詩集

（元）郭鈺 撰 張欣 點校

北京师范大学出版集团
BEIJING NORMAL UNIVERSITY PUBLISHING GROUP
北京师范大学出版社

国家出版基金项目
NATIONAL PUBLICATION FOUNDATION

本叢書整理與出版得到
北京師範大學中央高校自主科研基金資助
北京師範大學「九八五」工程基金資助
北京師範大學「二一一」建設基金資助

《元代古籍集成》編委會

總序

元代，是中國歷史上由蒙古族統治者建立的多民族的統一朝代。蒙古部族早年生活於大興安嶺北部、斡難河一帶及其西部的廣大地域。一二〇六年，成吉思汗完成了蒙古各部落的統一，建國於漠北，號大蒙古國。一二七一年，元世祖忽必烈改國號爲大元。一二七六年，元滅南宋。一三六八年，元順帝妥歡貼睦爾率衆退出中原，明軍攻入大都。明初官修《元史》，自成吉思汗建國至元順帝出亡，通稱元代。蒙古人原來没有文字，成吉思汗時借用畏兀兒字母書寫蒙古語，從此有了蒙古文。一二六九年，忽必烈頒詔推行由國師八思巴創制的主要借鑒於藏文的新的拼音文字，初稱蒙古新字，不久改稱蒙古字，用以「譯寫一切文字」。同時，元代統治者重視學習漢文。元太宗窩闊台于太宗五年（一二三三年）頒有《蒙古子弟學漢人文字詔》，鼓勵、督促蒙古子弟學習漢語。忽必烈亦重視吸取漢文化中的有益成份，爲藩王時，曾召見僧海雲、劉秉忠、王鶚、元好問、張德輝、張文謙、竇默等，詢以儒學治道。其後的元仁宗愛育黎拔力八達、元英宗碩德八剌均較爲主動地借鑒漢族封建文化，且頗有建樹。有元一代，居於統治地位的蒙古貴族及色目貴族不同程度地接受了包括漢民族在内的多民族文化的影響。可以説，元代文化是由蒙古貴族主導的包容多民族文化的封建文化。其中，中土漢人和熟悉漢語的少數民族文人積極參與元代文化建設，他們用漢語撰著的漢文著述數量極爲豐富，其内容涉及到元代社會生活的方方面面，是元代文獻的主要組成部分。

明修《元史》，未撰《藝文志》。清人錢大昕撰有《補元史藝文志》，「但取當時文士撰述，録其都目，以補前史之闕，而遼、金作者亦附見焉」〔一〕，共著録遼金元作者所著各類書籍三千二百二十四種，其中元人著作二千八百八十八種（含譯語類著作十四種）。該書參考了焦竑《國史經籍志》、黄虞稷《千頃堂書目》、倪燦《補遼金元藝文志》、朱彝尊《經義考》等著作，增補遺漏，糾正訛誤，頗顯錢氏學術功力。今人雒竹筠、李新乾撰有《元史藝文志輯本》，既廣泛參考前人論著，亦實際動手搜求尋訪，「凡屬元人著作，不棄細流，有則盡録，巨細咸備」〔二〕，共著録元代作者所著各類書籍五千三百八十七種（個别著録重複者計爲一種，如方回撰《文選顔鮑謝詩評》分别著録于詩文評類與總集類），除十一種蒙文譯書外，皆爲漢文書籍。其中現存著作二千一百九十六種（包括殘本、輯佚本）。具體分佈情況如下：經部，著録書籍一千一百一十七種，今存二百二十種；史部，著録書籍一千零二十六種，今存二百七十三種；子部，著録書籍一千零七十六種，今存四百八十八種；集部，著録書籍二千一百六十八種，今存一千二百一十五種。與錢《志》相比，《輯本》具有兩項顯著的優點，一是增補了戲曲、小説

〔一〕（清）錢大昕：《補元史藝文志序》，《二十五史補編》，北京，中華書局，一九九八年版，第八三九三頁。

〔二〕雒竹筠、李新乾：《元史藝文志輯本·弁言》，北京，燕山出版社，一九九九年版，第三頁。

類著作，二是每一書名之後記以存佚，頗便使用者查尋。可以説，該書是目前較爲詳備的元代目録文獻。持此《輯本》，元人著述狀況及現存元人著作情況可以略窺概貌。需要説明的是，元人著作散佚嚴重。僅據元人虞集所作詩序，可知《胡師遠詩集》、《吴和叔詩集》、《黄純宗詩集》、《楊叔能詩集》、《會上人詩集》、《劉彦行詩集》、《楊賢可詩集》、《易南甫詩集》、《饒敬仲詩集》、《張清夫詩集》、《謝堅白詩集》、僧嘉訥《崞山詩集》等未著録於《輯本》别集類，則編纂元人著作全目的工作，尚有待於來日。

陳垣先生《元西域人華化考》卷八結論中「總論元文化」一節曰：「以論元朝，爲時不過百年，今之所謂元時文化者，亦指此西紀一二六〇年至一三六〇年間之中國文化耳。若由漢高、唐太論起，而截至漢、唐得國之百年，以及由清世祖論起，而截至乾隆二十年以前，而不計其乾隆二十年以後，則漢、唐、清學術之盛，豈過元時！」[一] 今以現存元代古籍爲例，略述元代學術文化之盛。

經學是一門含有豐富哲學内容的、體現儒家思想精要的古老的學問，長期居於中國學術文化的主導地位。元代結束了兩宋以來的長期分裂局面，元代經學亦在借鑒、調和宋代張程朱陸理學的進程中，産生了許衡、劉因、吴澄等理學名家。清儒編纂《四庫全書》，收録了約三百八十種元人著作，其中多有對於元人經學著作的讚譽之詞。例如，評價吴澄《易纂言》曰：「其解釋經義，詞簡理明；融貫舊聞，亦頗賅洽，在元人説《易》諸家，固終爲巨擘焉。」評價許謙《讀書叢説》曰：「宋末元初説經者多尚

[一] 陳垣：《元西域人華化考》，上海，上海古籍出版社，二〇〇〇年版，第一三三頁。

虛談，而謙於《詩》考名物，於《書》考典制，猶有先儒篤實之遺，是足貴也。」評價梁寅《詩演義》曰：「今考其書，大抵淺顯易見，切近不支。元儒之學主於篤實，猶勝虛談高論、橫生臆解者也。」評價趙汸《春秋屬辭》曰：「顧其書淹通貫穿，據傳求經，多由考證得之，終不似他家之臆説。故附會穿鑿，雖不能盡免，而宏綱大旨，則可取者爲多。」[一] 清末學者皮錫瑞認爲元代爲經學積衰的時代，「論宋、元、明三朝之經學，元不及宋，明又不及元。」[二] 承認元代經學在中國經學史上佔有一定的地位，且有如趙汸《春秋屬辭》這樣的「鐵中錚錚、庸中佼佼」之作。

元代史學是中國史學的繼續發展時期，成就顯著，著作甚豐。其中，影響較大的著作有如下幾種。一、元順帝至正年間編纂的《遼史》、《金史》、《宋史》。三史編纂皆有三朝專史舊本可供借鑒，故歷時不及三年即告竣事，且整體框架完備，基本史實詳贍，爲後人研究遼金宋歷史的重要著作。同時，順帝詔「宋、遼、金各爲一史」，解决了長期持論不决的以誰爲「正統」的義例之爭，顯示出元代史學觀念上的進步。二、馬端臨《文獻通考》。該書是一部記載上古至宋寧宗時期典章制度的通史。作者對唐杜佑《通典》加以擴充，分田賦、錢幣等二十四門，廣取歷代官私史籍、傳記奏疏等相關資料，對各項典章制度進行融會貫通、原始要終的介紹，篇帙浩繁，堪稱詳備。三、《元典章》。該書全稱《大元聖政國

[一] 上述引文分別見於《四庫全書總目》，北京，中華書局，一九六五年版，第一二二頁、九七頁、一二八頁、二二八頁。

[二] （清）皮錫瑞：《經學歷史》，北京，中華書局，一九五九年版，第二八三頁。

朝典章》，爲元代中期地方官府吏胥與民間書坊商賈合作編纂的至治二年（一三二二年）以前元朝法令文書的分類彙編，分詔令、聖政、朝綱等十大類，六十卷。書中内容均爲元代的原始文牘，是研究元代法制史與社會史的重要資料。四、《大元大一統志》。該書爲元朝官修地理總志，始纂于元世祖至元二十二年（一二八五年），成書于元成宗大德七年（一三〇三年），六百册，一千三百卷，是中國古代最大的一部輿地書。該書氣象宏闊，内容廣泛，取材多爲唐宋金元舊志，今僅有少量殘卷存世。

元代子書保持和發揚了傳統子書「入道見志」、「自六經以外立説」的基本特色，廣泛干預社會生活，闡發個人學術（含藝術）觀點，産出了許多優秀作品。面對民族矛盾與階級矛盾交織的社會現實，程端禮《讀書分年日程》、謝應芳《辨惑編》、蘇天爵《治世龜鑒》諸書推闡朱熹學説，力闢民間疑惑，探求治世方略，顯示出元代子部儒家類著作的基本格調。元代科學技術水平有了新的進展。李治《測圓海鏡》的成書標誌着大元術數學方法的成熟，「是當時世界上水平最高的代數著作」。[一] 稍後朱世傑《四元玉鑒》用四元術解方程（包括高達十四次方的我國數學史上最高次方程），「對方程的研究（列方程、轉化方程和解方程等），朱世傑在中國歷史上達到頂峰」，「《四元玉鑒》的另一部分重要内容是有關垛積與招差問題，就其成果的水平來看達到了中國古代此類問題的高峰」。[二] 司農司編《農桑輯要》、魯明善

[一] 李迪：《中國數學史大系·第六卷》，北京，北京師範大學出版社，一九九九年版，第九七頁。

[二] 李迪：《中國數學史大系·第六卷》，北京，北京師範大學出版社，一九九九年版，第二六〇頁、二六一頁。

撰《農桑衣食撮要》、王楨撰《農書》三部農書，是元代農學的代表作。又李杲有「神醫」之譽，「其學於傷寒、癰疽、眼目病爲尤長」[一]，觀其所著《内外傷辨惑論》、《脾胃論》、《蘭室秘藏》諸書，可知時人所譽不誣。

元代文人文學創作的積極性很高，吟詩作文是當時文人的普遍行爲。「近世之爲詩者不知其幾千百人也，人之爲詩者不知其幾千百篇也」。[二] 與經、史、子部著作相比，元代集部著作數量最多。其中，尤以別集數量居首。現存或全或殘的各種別集（含詩文合集、詩集、文集、詞集）約六百六十種。閱讀郝經《陵川集》、姚燧《牧庵集》、劉因《静修集》、吴澄《吴文正公集》、趙孟頫《松雪齋集》、袁桷《清容居士集》、歐陽玄《圭齋集》、揭傒斯《揭文安公全集》、虞集《道園學古録》、黄溍《金華黄先生文集》等別集，可以從其不同個體的視角，瞭解元代社會生活的諸多不同側面，瞭解作者個人的情感與情操，體味元代詩文創作的藝術成就。而閱讀耶律楚材《湛然居士文集》、馬祖常《石田集》、孛术魯翀《菊潭集》、薩都剌《雁門集》、迺賢《金台集》等少數民族作家用漢語創作的詩文，則於前者之上，平添了幾分讚歎與欽敬。蘇天爵《元文類》，選録元太宗至元仁宗約八十年間名家詩文八百餘篇，後人將其與宋姚鉉《唐文粹》、宋吕祖謙《宋文鑒》相提並論。元代雜劇與散曲創作成就顯著，後人編輯的雜

[一]《元史·方技傳》，北京，中華書局，一九七六年版，第四五四〇頁。

[二]（元）吴澄：《張仲默詩序》，李修生：《全元文》，第十四册，南京，江蘇古籍出版社，一九九九年版，第二六五頁。

劇或散曲總集有所收録，較全者，有今人王季思主編的《全元戲曲》與隋樹森《全元散曲》。

總之，元代古籍内涵豐富，在中國古代文化發展史上居於承上啟下的重要地位。

今天我們所能看到的元代古籍，既有少量當初的刻本或抄本，又有大量明清時期的翻刻本、增補修訂本、節選本或輯佚本，版本系統複雜，内容互有出入，文字脱訛普遍，大多未經整理，今人使用頗爲不便。有鑒於此，我們决心發揚我校陳垣先生發端的整理研究元代文獻的學術傳統，充分利用此前編纂《全元文》的學術積累，利用十年至二十年時間，整理出版一部經過校勘標點的收録現存元代漢文古籍的大型文獻集成——《元代古籍集成》。我們的研究計畫得到了北京師範大學領導及相關院、處的充分肯定與大力支持，在「二一一」、「九八五」、自主科研基金等方面提供科研資金予以資助；海内外學界師友或給以殷切勉勵，或積極參與我們的工作；北京師範大學出版集團在出版資金、編校力量方面予以积极投入，在此，謹致以衷心感謝。同時，我們深知，完成這樣一項巨大工程，不僅耗時、費力，還要承擔一定的歷史責任。我們將盡力而爲，亦期待着來自各方面的批評指教。是爲序。

韓格平

二〇一一年十二月二十日

於北京師範大學古籍與傳統文化研究院

總目録

玉笥集

静思先生詩集

玉笥集

（元）張憲 撰
施賢明 點校

點校説明

張憲，字思廉，會稽山陰（今屬浙江紹興）人。張氏家玉笥山，因號玉笥生。少時力學有志，既壯，負才不羈，薄遊四方。其人特立獨行，因追慕魯連子爲人，不治產業，誓不娶、不歸鄉里，直至年逾四十仍然獨居。即便有親舊勸其爲生計考慮，亦只是嘻笑而去，並言：「吾身未立，天下事未已，此大丈夫以國不以家之秋也。」[一] 張憲鋭意國是，爲人剛烈激進，不僅早年曾徒跣走京師、謁貴人，創談天下事，而且詩文中屢屢謳歌爲國事而刺殺奸佞的刺客俠士之流，急欲誅除權佞，如《屠隱行》等。觀諸《刺客行》詩所稱「刺客膽激烈，見義即内熱。每聞不平事，怒髮目眥裂。方剔奸相喉，又斷佞臣舌。試看腰下劍，常有未凝血」云云，其人之激憤更是一覽無遺。自京師折返之後，張氏流寓吴門，後入張士誠幕，官樞密院都事。張士誠敗亡之後，張憲變姓名走杭州，寄食於報國寺以歿。

張憲與楊維楨、高啟諸公遊，乃鐵崖高足。其人生當元之末造，平素又以忠義自許，故將一腔幽思

[一]（明）孫作：《玉笥生傳》，《滄螺集》卷四，明毛氏汲古閣重刻本。

寄於詠史之作。詠史所論，始於戰國燕昭王築黄金臺，終宋元崖山之戰，縱才騁思，議論縱横捭闔，借古喻今，故戴良有「觀其詠史諸作，上下千百年間，理亂之故，得失之由，皆粲然可見。而陳義之大，論事之遠，抑揚開闔，反覆頓挫，無非爲名教計」〔一〕之言，且將之與「詩史」杜甫並舉。元末社會動盪，世事紛擾，張憲詠史詩極力褒譽匡扶社稷的忠臣良將，嘲諷、批判禍亂朝綱的閹宦權佞與顛覆社稷的叛臣賊子，無疑正是對當下的回應。另一方面，就創作手法而言，張憲宗法李賀、李商隱，不盡出於子美，詩作「字練句戛，足以破鬼膽而喑巴唱也」〔二〕。其詩語頗奇警，詩風險峻豪邁，音節跌宕，格調淩厲，其師楊維楨稱許之至，故有「吾鐵門稱能詩者，南北凡百餘人，求其似憲及吴下袁華輩者，不能十人」〔三〕之語，甚至盛讚其「不唤作活長吉不可也」〔四〕，並稱張氏《哀熙寧》可與自己《哀舒王賦》並肩〔五〕。降至清朝，朱彝尊《静志居詩話》亦認爲「弟子不必不如師也」〔六〕，袁翼、李慈銘等人之評斷則

〔一〕（元）戴良：《玉笥集序》，李軍、施賢明校點：《戴良集》，长春，吉林文史出版社，二〇〇九，第一三八頁。
〔二〕（明）桑悦：《玉笥集序》，黄宗羲：《明文海》卷二三六，中華書局一九八七年影印北圖藏涵芬樓鈔本，第二四二五頁。
〔三〕（清）顧嗣立：《元詩選》卷五十四「張都事憲小傳」，長洲顧氏秀野草堂刊本。
〔四〕楊維楨評論《大腹兒》之語，見於弘治王術刊本《玉笥集》該詩之後。
〔五〕楊維楨評論《哀熙寧》之語，見於弘治王術刊本《玉笥集》該詩之後。
〔六〕（清）朱彝尊：《静志居詩話》卷二十四「外臣」，北京，人民文學出版社，一九九〇，第七七〇頁。

在貶抑楊維楨的同時對張憲頗有稱許之意[一]。或許正是因爲張憲師法唐賢而得幾分肖似，清人孫星衍編訂《古詩選》時，選録一十八位前賢之詩，其中十七位皆是李白、杜甫、蘇軾等唐宋名家，張憲竟得以厠身其中，足見孫氏對之推崇備至。

據戴良《玉笥集序》「及來吴中，張君思廉出其所爲詩一編以示……玉笥乃所居山也，故以題其集」[二]云云，可知張氏詩集已於生前親自編訂，集名得自所居之山，故通稱《玉笥集》，偶或題作《玉笥生集》。張憲寄食報國寺之時，旦暮手一編，人不得窺，直至其人身故，寺中人取視之，方知乃其平生所作詩。秘不示人者當爲詩集手稿，故知此編在張憲生前并未刊行。直至明成化五年（一四六九），常山丞前侍御黄玉輝發其尊府僉憲嘿菴先生手録思廉《玉笥集》一帙，首次將《玉笥集》壽諸梨棗。該本十卷，劉釪、黄瑮、王琮與侯昶等人爲之序。惜其集今不存。今存《玉笥集》最早版本乃是弘治五年（一四九二）王術刊本，該集正文首頁稱「會稽張憲思廉著，富春吴遠伯遠輯，門生吴怡伯和註，鐵崖先生楊維楨廉夫評點」云云。此本不分卷，但其輯録篇目大約與今存通行十卷本前三卷相當，共收詩一四五題一六六首，内附註釋若干及評論二十三則。今存《玉笥集》十卷本，包括單行鈔本、《四庫全書》

[一] 袁翼《論元詩》有「廉夫枉自詩三體，竊盡元機玉笥生」之語（《邃懷堂全集》詩集後編卷四，清光緒十四年袁鎮嵩刻本）；李慈銘亦稱「閲鐵崖樂府諸集……不及其門人張玉笥時有警句也」云云（《越縵堂詩話》卷下之上，民國刻本）。

[二] （元）戴良：《玉笥集序》，李軍、施賢明校點：《戴良集》，長春，吉林文史出版社，二〇〇九，第一三七～一三八頁。

本以及《粤雅堂叢書》本等。其中，單行鈔本所存頗夥，僅國家圖書館便有十一帙，包括李兆洛跋本、鮑氏知不足齋舊藏本、季錫疇校跋本、陸錫熊鈔本等，文字有所殘缺、訛誤較多是這些鈔本共同的問題。清道、同年間，由伍崇曜出資、譚瑩校勘編訂的一部大型私刻叢書《粤雅堂叢書》陸續刊行，《玉笥集》亦是其中一部，刊於咸豐元年（一八五一）。經譚瑩校訂之後，此本錯訛、脱落較少，質量尚佳。另外，与其餘十卷本不同的是，該本卷九末多出《次韻贈張省史從軍南征》一首詩。十卷本因收入《粤雅堂叢書》，且《叢書集成初編》據以排印，而得以流傳較廣。

本書此次整理，以《粤雅堂叢書》所收《玉笥集》爲底本，校以弘治王術刊本、文淵閣四庫全書本，以《元詩選》本爲參校本。校點過程中，有以下問題需要稍作申明：

（一）底本詩題下多有小註，且部分詩篇小註長數百字。鑒於詩題過於累贅，今將詳述創作緣起、經過或詩篇立意者，移作詩小序，僅爲註釋詩篇史實、背景者則不作改動。校本弘治王術刊本較底本多出部分詩題小註、詩小序，除詩篇異文較多、全詩附於底本相關作品之後者，詩小序一般增補進正文，並於校勘記中予以説明，詩題小註則因僅交待詩歌背景或本事出處、且無法斷定是否爲張憲自撰只於校勘記中標明。其他典籍中所見之詩小序一律增補進正文。今案，除《代魏徵田舍翁詞》詩序爲底本所有，《南飛鳥》、《李天下》、《樹稼謡》、《吴興才人歌爲沈文舉賦》與《李嵩宋宫觀潮圖》五篇詩序據他本輯録，本書其餘詩序悉爲底本詩題小註。

（二）底本與校本正文中均有大量夾註文字，包括註釋、評論等。倘若爲底本所有，無論是否爲張憲自撰，悉依底本原貌；若爲校本所有，則以校勘記的形式呈現。

（三）底本不僅避清帝名諱，而且承襲四庫館臣妄改之弊，包括妄稱人名以及避言「胡」、「虜」字眼等。由於清帝名諱與金元少數民族人名改作他字，均有定式，本書徑依校本及國圖藏清鈔本（譬如「圖沁特穆爾」、「達實巴圖爾」便是據國圖藏李兆洛跋本等分别作「禿堅帖木兒」、「達失八都兒」）改正，不再出校；「胡」、「虜」等字的改動則隨意性較大，時或不避，用作他字時諸本亦有歧異，故本書皆予以出校，於校勘記中申明改動的版本依據。

南通大學　施賢明

序

（明）劉釪

予嘗於《岳武穆王精忠録》閲先輩張思廉所作詩歌，其辭氣抑揚感激，所以爲王自處而表其忠烈者，曲盡無遺意。其爲人必慷慨瓌特，以忠義自許，非可以一詩人目之也。惜未覩其全集，以究其藴。迺者常山丞前侍御黄君玉輝，發其尊府僉憲嘿菴先生所藏思廉《玉笥集》一帙，將繡梓以傳，託同年僉憲高公汝賢屬予序，因得遍閲之。其詠史，非徒詳其事實，且寓褒貶鑒戒之意。其琴操、樂府、五言及近體諸作，通暢俊爽，森嚴壯麗。如入羣玉之府，琳琅琨瑶，粲然照目；如閲武庫之兵，戈矛殳戟，雜然陳列。誠非苟作者。於是益重其人焉。蓋思廉當元季擾攘之秋，嘗仕爲帥府參謀，與僚寀議不合，罷去。志不獲伸，才不克售，傷時感物，而洩其悲憤於詩者如是。使其生當熙皡之世，所以咏歌泰平之化，當何如哉？嗟乎！聖人删《詩》三百篇，其美其刺，存乎勸戒。下至楚《騷》，比物興言，雖過乎怨，其感人亦至矣。漢魏而唐，作者不一，獨杜子美之詩謂之「詩史」，以其忠君愛國之誠懇也。思廉其殆欲追逐古作者與？考其所交，若鐵崖楊君、伯雨張君輩，皆一時能言之士，其所得固有自哉！夫詩運於精神心術之微，勤一世以盡心而不得以詩鳴者多矣。間有鳴者，不幸不見收録於賢人君子，往往湮没無聞者，何可勝數！獨思廉之詩，晦於前而顯於今，吾又幸其有遭乎？僉憲先生昔以邃學宿德提學於吾江右，造就士類甚衆。玉輝能世其業，立朝佐邑皆有聲。兹又承其先志，不没人善，以嘉惠後學，可謂濟美者矣。故爲序之不辭。思廉名憲，會稽山陰人，其居有玉笥山，自號玉笥山人，因以名其集云。

成化五年春三月既望，賜進士出身中憲大夫浙江等處提刑按察司副使奉勅提督學校安成劉釪序。

目録

玉笥集卷三

古詩　五言

玉笥集卷六……（二一一）

玉笥集卷七

玉笥集卷八

輯佚

玉笥集卷一

元　張憲　撰

詠史

黄金臺

黄金臺，高且堅，三十六層凌紫煙。上不貯妓女，下不列管絃。鳳簫鸞曲匪求偶[一]，銅盤露掌非希仙[二]。高城不築太師塢，黄屋肯飾吴王椽[三]。但欲强兵富國來英賢，上雪父母仇，下洗黎庶冤。黄金萬斤光燭天，曰鄒曰劇相後先。樂生往兮重燕權，燕鼎復兮齊鼎遷，變雌龔兮爲雄燕。嗚呼！火牛觸，燕師衂，樂生去兮燕土蹙。黄金臺荒狐兔伏，昭王地下精靈哭。

[一] 鳳簫鸞曲匪求偶：弘治王術刊本此句前有「寧能」二字；匪求偶，弘治本作「求配偶」。
[二] 銅盤露掌非希仙：非希，弘治王術刊本作「希神」。
[三] 黄屋肯飾吴王椽：肯，弘治王術刊本作「不」。

屠隱行

聶屠隱，軹井里；朱屠隱，大梁市〔一〕。軹井匕首尺有咫，白日殺人報知己；梁市金椎四十斤，捄趙功成耀青史。兩屠義勇勇不同，金椎匕首分雌雄。丈夫一死泰山重，匕首胡爲成小用？丈夫一死鴻毛輕，聶屠之死〔二〕，不若朱屠生。

荆卿嘆

白虹貫赤日，易水生凄風。燕人盡悲憤，相送冀城中。筑聲何慘慽，歌意哀無窮〔三〕。豈不念即往，立揕嬴政胷。徘徊有所待，匪畏秦帝雄。自恨劍術疎，未易了君事。秣馬膏吾車，我客久不至〔四〕。奈何遽相促，苦未知人意。丈夫重然諾，斷臂死不辭。但憐樊將軍，九泉終見疑。咄彼死灰兒，曷足同等夷！

〔一〕大梁市：大梁，弘治王術刊本作「夷門」。
〔二〕聶屠之死：之，弘治王術刊本作「雖」。
〔三〕歌意哀無窮：意，弘治王術刊本作「竟」。
〔四〕我客久不至：客，文淵閣四庫本作「友」。

安期生

吾聞安期生，賣藥阜亭東。時人不識其始末，見者但呼千歲翁。嗟嗟秦皇帝，仗劍掃六合。富貴亦已極，猶欲事吐納。琅琊臺上三月留，三晝三夜語不休。黄金白璧賜千萬，阜亭棄置無人收。空留赤玉舄，報以後會期。蓬萊渺茫不知處，童男丱女無歸時。鮑魚風腥不忍嗅，金棺玉匣萬古埋僵屍。悲無窮，可奈何？豈如安期者〔一〕，海上騎青騾。黄金化丹砂，赤棗大如瓜〔二〕。遨遊宇宙間，天地以爲家。

勝廣

秦帝掃關東，六王家業空。典墳俱燬滅〔三〕，兵器盡銷鎔。勝廣起田畝，一呼天下同。雖然不成事，亦足號英雄。

秦鹿行

望夷宫中養秦鹿，百二山河春草緑。穿花尚作呦呦鳴，寧識外人須爾肉。李斯父子牽黄犬，上蔡東

〔一〕豈如安期者：者，弘治王術刊本作「生」。
〔二〕赤棗大如瓜：赤，弘治王術刊本作「火」。
〔三〕典墳俱燬滅：俱，弘治王術刊本作「皆」。

門志何淺！血污雲陽腰領紅，狡兔縱肥能幾臠。閹高貌軟心跡露[一]，稱馬獻君君不悟。羣臣相視莫敢非，只恐出言丞相怒。丞相怒，秦祚移。函谷不守秦鹿馳，高材疾足争逐之。項王叱咤起，烏騅日千里。逐之不得不肯止，人疲馬困烏江死。沛公隱芒碭，手劍三尺長，網羅一舉圍咸陽。扼其角，刳其腸，食肉寢皮傳後王。秦鹿死，走狗烹。後人不用悲韓彭，帝王神器匪力争。炎炎火德多洪福，前有高皇後文叔。回首平靈莽卓生，漢業亦同蕉下鹿。

滄海君

漸離筑中鉛作水，荆卿臂落圖窮匕[二]。鮑魚風起鸞車腥，不待明年祖龍死。赤帝子，滄海君。劍三尺，椎百斤。千金胡爲輕報秦，英雄不進圯橋履，亦作秦皇刀下鬼[三]。

[一] 閹高貌軟心跡露：心跡露，弘治王術刊本、文淵閣四庫本、《元詩選》本作「足心路」。

[二] 荆卿臂落圖窮匕：卿，弘治王術刊本作「軻」。

[三] 亦作秦皇刀下鬼：皇，弘治王術刊本作「王」。

鴻門會

雲成龍，氣成虎，椎鼓撞鐘宴真主〔一〕。披帷壯士髮指冠，側盾當筵請公舞〔二〕。白髮老臣心獨苦，玉玦三看君不語。五星東井夜聯珠，天狗欃槍落如雨。鴻溝咫尺接鴻門，千里神騅一夜奔。君不見，龍泉影裏重瞳瞽，玉斗聲中五體分。

垓下歌〔三〕

力拔山兮舉世稱雄，頤指諸侯兮孰與君王。一戰不遂兮胡爲自傷，江東雖小兮勝負何常？努力君王兮亟渡江，賤妾請死兮先就劍芒。

淮陰侯

勇畧震人主，奇功蓋天下。持此求令終，全身古來寡。淮陰將之傑，用智如炙輠。不忍衣食恩，甘爲轅下馬。重兵在掌握，茅土復求假。不悟齊巫言，終然三族赭。跳梁駒覂駕，覆錘金躍冶。既匪跋扈

〔一〕椎鼓撞鐘宴真主：椎，弘治王術刊本作「搥」。

〔二〕側盾當筵請公舞：請，弘治王術刊本作「待」。

〔三〕詩題：弘治王術刊本作「請劍歌」。

雄，大權宜蚤捨〔一〕。忠逆無定見，身敗慘裂瓦〔二〕。所以赤松遊，浮榮真土苴。

旦舂詞

子爲王，母爲囚。赭我衣，髡我頭，終日舂兮不死不得休。東望邯鄲兮漳水流，使誰報汝兮終無由，憶君王兮解安劉。不能遠慮兮爲妄謀，彼四老兮君何求〔三〕！

朱虛侯行酒歌

長樂宮中女天子，盛設賓筵懽戚里。百官侍坐莫敢違，諸呂喧閧笑聲起。御史中丞不糾儀，叔孫制作成虛禮。朱虛奉勑起行觴，手提三尺昆吾鋼。田歌聲振野雞伏，頸血光寒漢道昌。

校點者案：弘治王術刊本所收《行酒歌》與此詩所詠乃是一事，唯異文較多，不再一一出校，今附於此。

〔一〕大權宜蚤捨：蚤，弘治王術刊本、文淵閣四庫本作「早」。下文同此情況不再出校。

〔二〕身敗慘裂瓦：慘，弘治王術刊本作「如」。

〔三〕彼四老兮君何求：弘治王術刊本此句作：「烏乎四老兮抑又何求。詩意咎四老既隱，乃復預人家國事，不能使惠帝制母后，辛成呂氏羽翼，幾於覆漢，不得辭怨於戚氏也。」

行酒歌

長樂宫中排几筵，銀瓶注酒金尊傳。炮龍炙鳳供甘鮮，諸吕懽笑聲喧闐。玉牀高坐女天子，百官陪列笙歌起。御史中丞不糾儀，叔孫蕝蕝空遺禮。朱虚奉敕起行觴，手提三尺昆吾鋼。小臣麤武將家種，軍法不在多文章。君不見，田詞聲起野雞伏，吕后諱雉名，雉爲野雞。頸血光寒漢道昌。

悲吴王

悲吴王，悲吴王。後此五十年〔一〕，亂起東南方。天下既一家，骨肉毋自傷〔二〕。胡爲鑄金幣〔三〕，聚餱糧，招亡命〔四〕，修甲兵，几杖不復朝西京？博局之恨竟不置〔五〕，反相之語奚獨忘〔六〕？悲吴王〔七〕，白髮

〔一〕後此五十年：弘治王術刊本作「五十年後」。
〔二〕骨肉毋自傷：毋自傷，弘治王術刊本作「不可戕」。
〔三〕胡爲鑄金幣：鑄，弘治王術刊本作「積」。
〔四〕招亡命：招，弘治王術刊本作「納」。
〔五〕博局之恨竟不置：竟，弘治王術刊本作「恨」。
〔六〕反相之語奚獨忘：奚獨，弘治王術刊本作「語已」。
〔七〕悲吴王：吴，底本作「吾」，據弘治王術刊本、文淵閣四庫本改。

種種心何長。既不能入武關、扼咸陽，又不能據武庫、食敖倉。淹纏梁楚真自敗，縱死東越非天亡。君不見，下密老人首生角，哀哉七王何不覺〔一〕！

廣川王愁莫愁曲

愁莫愁，死即休。鉛灌口，刀灼眸，桃灰煮屍劍擊頭〔二〕。愁莫愁，永巷春深作繫囚。愁莫愁，老嫗哭，使者來。窮詔獄，徙上庸，伏顯戮〔三〕，雪我無辜人十六。

賣卜翁

三月長安道，雨過街樹綠。下有賣卜翁，危坐營握粟。舉口講仁義，旋式推禍福。不學賈大夫，憂來方賦鵩。

〔一〕自「白髮種種心何長」至文末：弘治王術刊本作：「既不能據大梁、扼咸陽，徒令六國君臣同轍亡。白髮種種生血光，不補東市朝服御史悲淋浪。鼂錯。」

〔二〕桃灰煮屍劍擊頭：桃，底本作「托」，據弘治王術刊本改。

〔三〕徙上庸伏顯戮：弘治王術刊本無此六字。

巫蠱使

襌襹步搖冠，曲裾紗縠衣。偉哉燕趙士，借問此爲誰。謁帝登大堂，利口興禍階。能令親父子，恩愛一朝乖。血濺長安城，屍横泉鳩里。雖族佞臣家，不益儲君死。望思思不歸，至今天下悲。請聽三老議，兒罪只當笞。

董君行

長安三月春如畫，賣珠兒騎公主馬。青年十九桃花顔〔一〕，挾彈垂鞭花影下。蟬翼輕盈垂鬢旁〔二〕，傳韝緑幘紅絲韁〔三〕。黄金百斤壽上客〔四〕，彩段千端貽後房。長門園作行宫立〔五〕，董君貴寵傾堂邑。掖庭撥賜買筵錢，御駕親臨百官集。煮豹屠麟考鼓鐘〔六〕，宰人蔽膝如花紅。東廂未下膳夫拜，南面先傳謁主

〔一〕青年十九桃花顔：十，弘治王術刊本作「二」。

〔二〕蟬翼輕盈垂鬢旁：盈垂鬢旁，弘治王術刊本作「羅衫袂長」。

〔三〕傳韝緑幘紅絲韁：傳，弘治王術刊本作「紫」。

〔四〕黄金百斤壽上客：上，文淵閣四庫本作「佳」。

〔五〕長門園作行宫立：園作，弘治王術刊本作「一夜」。

〔六〕煮豹屠麟考鼓鐘：麟，弘治王術刊本作「鱗」。

翁〔一〕。主翁極尊榮〔二〕，上殿不呼名〔三〕。北宮夜鬪狗，平樂晝調鷹。入侍帝姑寢〔四〕，出從人主行，生同懽樂死同塋。君不見，三斬罪名加弄子，陛戟先生幾欲死〔五〕。

霍將軍

熒惑守御星〔六〕，鵰鶚叫庭樹。車騎聲憑陵，夢寐來相捕〔七〕。赫赫奕奕豪〔八〕，君觸君王怒〔九〕。孱子不早誅，悍妻尤可惡。禍萌在驂乘，惡貫起投附。茂陵休上書，徙薪非不悟。何事麒麟樓，猶圖博陸侯。

〔一〕南面先傳謁主翁：南面，弘治王術刊本作「恩詔」。
〔二〕主翁極尊榮：主翁，弘治王術刊本作「主人翁」。
〔三〕上殿不呼名：弘治王術刊本「上殿」前有「衣冠」二字。
〔四〕入侍帝姑寢：帝，弘治王術刊本作「皇」。
〔五〕三斬罪名加弄子陛戟先生幾欲死：幾，文淵閣四庫本作「飢」；弘治王術刊本詩句則作：「陛戟先生飢欲死，三斬罪名加弄子，贏得一卷斑生佳傳紙。」
〔六〕熒惑守御星：御，底本作「心」，據弘治王術刊本改。
〔七〕夢寐來相捕：寐，弘治王術刊本作「裏」。
〔八〕赫赫奕奕豪：奕奕，弘治王術刊本作「奕世」。
〔九〕君觸君王怒：君觸，弘治王術刊本作「竟觸」。

月支王頭杯歌

朔風凍合諸真水，東方寒日曈曨起[一]。白馬初腥徑路刀，一尺留犂攪金匕。穹廬側坐呼韓邪，谷蠡撫掌賢王歌。割牲飲血定約束，酒器高擎天顱窩[二]。頂平額深如白玉[三]，月角日庭糟透骨[四]。刃痕截斷伏犀根，疑是晉陽刳智伯。金蓮鑿落玻璃盃，銀稜闔葉車渠魁。葡萄未掫小馬湩，桃花先染真珠醅。老上單于遺手澤，誰問戎王包馬革。藁街不鏤郅支頭，將謂漢家輕首馘。陳湯血戰未封侯，張猛韓昌何足責。

上元夫人詞

七月七日夜，王母降漢宮。上元何夫人，儀衛畧與同。頭作三角髻，年可二十餘。身著青霜袍，坐擁紫霞車。九雲夜光冠，六山火玉佩[五]。斂袂登殿階，進向王母拜。王母坐止之，呼與共良會。翩翩三

[一] 東方寒日曈曨起：曈，弘治王術刊本作「曚」。
[二] 酒器高擎天顱窩：顱，底本作「驕」，據弘治王術刊本改。
[三] 頂平額深如白玉：白玉，弘治王術刊本作「玉白」。
[四] 月角日庭糟透骨：角，底本作「窟」，據弘治王術刊本、文淵閣四庫本改。
[五] 六山火玉佩：佩，弘治王術刊本作「珮」。下文同此情況不再出校。

青鳥〔一〕，飛來緑窻歇。口銜七蟠桃，甘脆勝冰雪。劉郎非仙器，内慾未斷絶。懷核欲種之，開花待桃結。一桃九千年，徒爾縻歲月。上仙啞然笑〔二〕，忽逐綵雲滅。

托孤行

河間有異女，其氣上成雲。望氣往求之，乃得拳夫人。夫人雙握固，見帝即披伸。生子鉤弋宮，立名堯母門。一朝忽被譖，割愛非無恩。子少母且壯，亂階人所聞。君王顧大計，牽去不容存。拓跋踵遺範，胡姬埋禍根。司馬受寄托，弱兒終被吞。乃知宣室畫，僅有霍將軍。

燕燕吟

燕燕在昭陽，昭陽勝未央。黄金塗地限，白玉護椒房。燕燕情無已，專寵恩無比〔三〕。啄死漢皇孫〔四〕，占斷張公子。名放，富平侯〔五〕。哀哀許美人，戚戚曹宮使。緑綈方底赫蹏書，赫蹏，薄小紙也。天道

〔一〕翩翩三青鳥：鳥，弘治王術刊本作「禽」。
〔二〕上仙啞然笑：仙，弘治王術刊本作「元」。
〔三〕專寵恩無比：寵、無，弘治王術刊本分别作「房」、「莫」。
〔四〕啄死漢皇孫：皇，弘治王術刊本作「王」。
〔五〕名放富平侯：弘治王術刊本無此五字。校點者案，底本正文小字夾注大多不見於弘治王術刊本，不過由於並不能斷定小注乃張憲自撰，亦不影響文意，下文不再出校。

好還須記取〔一〕。

折檻行

師傅不言事，國柄歸五侯。賢哉槐里令，抗疏謁宸旒。願請上方劍〔二〕，先斷佞臣頭。狂直不畏死，甘心地下遊〔三〕。大呼攀殿檻，壯氣驚千秋。御史將雲去，將軍拜不休。君王意亦解，折檻不容修。表表直臣節，漢廷無與儔。

東門行

東都門外今古稀，東宮二傅同日歸。百官祖道設供帳，勑賜黄金作酒貲。歸來日日會親友，盡賣賜金買醇酒。白頭剛傅蕭望之也。空勞勞〔四〕，一杯鴆羽不就獄，博得君王祠少牢〔五〕。

〔一〕天道好還須記取：記，弘治王術刊本作「計」。
〔二〕願請上方劍：上，弘治王術刊本作「尚」。
〔三〕甘心地下遊：心地下，弘治王術刊本作「從龍比」。
〔四〕白頭剛傅蕭望之也空勞勞：弘治王術刊本此句前有「獨不見」三字。
〔五〕博得君王祠少牢：祠，弘治王術刊本作「賜」。

董舍人 董賢哀帝寵之

蓮箭銅壺催日晷，舍人走報天顔喜。日驂鸞駕共裀憑〔一〕，夜直龍牀同卧起。雙闕罘罳立冢塋，洞房重殿營軒楹〔二〕。珠襦玉匣賜秘器〔三〕，錦闌綈檻塗丹青。金翦落衣龍袖斷，黄腸剞柏御棺成。合門貴寵專天眷，内筵屢上麒麟殿。元舅徒争城邑封，天子已師堯舜禪。古來喪邦由女色，籍閎韓鄧多男德。司馬何爲位獨尊，曼柔便辟能傾國。王莽。白髮大師躬拜塵，孔光。病免中郎堅避姻。中郎，望之子蕭咸也。賢父恭嘗爲子求咸女，咸避之。羸屍未入圜扉裏，漢業潛移王巨君。巨君，王賀女，爲元帝后。

聖女謡

陰爲陽雄天道否〔四〕，元城郭東君莫語。繡衣御史活千人，王賀。火土相乘生聖女。六百四十又五年，漢家大業歸齊田。夢中誰抱滿輪月〔五〕，尤物禍人天使然。絳緣諸子多女德〔六〕，丙殿目成意相得。畫堂良

〔一〕日驂鸞駕共裀憑：鸞，弘治王術刊本作「鑾」。

〔二〕洞房重殿營軒楹：房，弘治王術刊本作「門」。

〔三〕珠襦玉匣賜秘器：賜，弘治王術刊本作「錫」。

〔四〕陰爲陽雄天道否：道否，弘治王術刊本作「地圮」。

〔五〕夢中誰抱滿輪月：抱，底本作「報」，據弘治王術刊本改。

〔六〕絳緣諸子多女德：絳緣，底本作「翁孺」，據弘治王術刊本改。

夜太孫生，兄弟五人俱食邑。日月無光黃霧昏，諫書終莫奪天恩。兵權國柄遞相襲，四世母儀培禍根。黃耉龍鍾容色槁，銅壁鬼符夸壽考[一]。黑貂徒守舊家風，太后令官屬黑貂，用漢臘。白玉已虧傳國寶。君不見，持詔籌，行藁椒，析闕踰牆走不休。君如不信西王母，試看門樞亦白頭。

昆陽行

天囚行屍聚蜂螘，新市平林健兒起。白水真人應讖文，舂陵子弟持弓矢。切雲高冠爛錦袍[二]，朱旗白馬青龍刀。漢官威儀喜復見，下視赤眉銅馬紛騰逃[三]。長驅宛鄧摧枯葉，夜火軍書連奏捷。八千驍果獨鏖鋒，誰道將軍平日怯。司徒司空雙將兵，百里晴雷鼙鼓聲。長人壘尉不護壘，四十萬人同日崩。昆陽城濠水流血，六十三家謀議拙。象犀瞑目虎豹蹲，疾雨狂風天降孽。司徒受首司空奔[四]，長安四面兵雲屯。承明殿裏自避火，敬法闥前誰斧門。君不見，啗鰒魚，讀兵書，漸臺勢促將何如？天符金匱不復驗，侈口蹷頤終就誅[五]。紺袀之衣虞舜匕[六]，按圖旋席猶逃死。七珠斗柄不掩身，劉秀明年作天子。

〔一〕銅壁鬼符夸壽考：壁，底本作「璧」，據弘治王術刊本改。
〔二〕切雲高冠爛錦袍：爛，弘治王術刊本作「絳」。
〔三〕下視赤眉銅馬紛騰逃：紛騰逃，弘治王術刊本作「真蓬蒿」。
〔四〕司徒受首司空奔：受，弘治王術刊本、文淵閣四庫本作「授」。
〔五〕自「君不見」至「侈口蹷頤終就誅」：弘治王術刊本無此若干字；侈，底本作「哆」，據文淵閣四庫本改。
〔六〕紺袀之衣虞舜匕：弘治王術刊本此句前有「烏乎」二字；之，弘治王術刊本無此字。

井底蛙　公孫述

清水令，井底蛙。鸞旗旄騎稱警蹕，垂旒佩玉登龍車。不知天下本一家，雌雄未決胡矜夸。井底蛙，井中小，堂堂東帝天日表。南廡岸幘彼何心，都布單衣笑君狡。君不見，故人共卧嚴子陵，一夜客星侵帝星，何嘗解作木偶形。

强項令　董宣

夏門亭東數公主，格殺蒼頭如殺蝗。一言回天天亦喜，縱奴殺人何以理？擊頭流血臣所甘，俯首頓地臣所恥。賜錢三十萬，分須不私己。强項縣令今豈無[一]，不遇明君空箠死。

[一] 强項縣令今豈無：縣，弘治王術刊本無此字。

跋扈

梁寅[一]

乘氏忠侯骸未冷，癡兒遽起專宫省[二]。使者彈章十五條[三]，極惡猶遺進湯餅[四]。夏門亭外迎鸞車，常侍私謀定蠡吾[五]。寃刑誰復捄李杜[六]公議徒然唾趙胡[七]。將軍權勢迷天日，天富淫人天益疾。白鵠書生獻佞詞[八]，絳帳名儒掌讒筆[九]。長史忠言若不聞，故吏諫書何足云。佩刀夜落議郎省[十]，日食明誅言事臣[十一]。埤幘小冠異巾服[十二]，彈碁挽滿俱精熟[十三]。兔園羽蓋鼓吹喧，喚起花奴陪蹋踘。連房奥室相對

[一] 詩題：弘治王術刊本作「跋扈歌」。
[二] 癡兒遽起專宫省：弘治王術刊本此句作「埋輪使者彈章猛」。
[三] 使者彈章十五條：使者彈章，弘治王術刊本作「縱恣無君」。
[四] 極惡猶遺進湯餅：極惡猶遺，弘治王術刊本作「未比深宫」。
[五] 夏門亭外迎鸞車常侍私謀定蠡吾：弘治王術刊本作「常侍私謀定蠡吾，夏門亭外迎鸞車」。
[六] 寃刑誰復捄李杜：寃刑誰復捄，弘治王術刊本作「飛章一日殺」。
[七] 公議徒然唾趙胡：徒然，弘治王術刊本作「千年」。
[八] 白鵠書生獻佞詞：弘治王術刊本此句下有小注「崔琦」。
[九] 絳帳名儒掌讒筆：名，弘治王術刊本作「腐」；掌讒，底本作「纔掌」，據弘治本改；弘治本此句下有小注「馬融」。
[十] 佩刀夜落議郎省：弘治王術刊本此句下有小注「邴尊」。
[十一] 日食明誅言事臣：弘治王術刊本此句下有小注「陳授」。
[十二] 埤幘小冠異巾服：小，底本作「獄」，據弘治王術刊本改。
[十三] 彈碁挽滿俱精熟：俱，弘治王術刊本作「何」。

街，飄飄雲氣如蓬萊。黃金白玉充藏室，門外車聲聒旱雷。土山千里九折坂〔一〕，臂鷹走馬歸來晚。誰盜千金十斛珠，坐使良民喪貲産。守藏婢，監宅奴。奴何幸〔二〕，婢何辜。羽林奪劍不論罪，歲俸又贖張尚書〔三〕。口吟舌言剩積惡〔四〕，豺目鳶肩不逭誅。君不見，墮馬髻，折腰步，愁眉一旦濕啼粧，蓋世榮華逐飛絮〔五〕。七君三后六貴人，將校尹卿同日仆，家財三十萬萬充王府〔六〕。爲謝皇家戚里賢，勿效將軍懷跋扈〔七〕。

黨錮獄

漢桓帝延禧九年殺成瑨等並黨人

黃門貂璫，乃專殺生。内幹心膂，外典政刑。樹立饕餮，傾陷忠貞。牢修一紙，四海俱驚。使者四出，捕逮縱横。囊頭五木，拷掠笞榜。詔獄慘酷，有寃誰聲？賢哉賈長，奮袂西行。網羅解張，大禍底寧。云胡諸公，既哲且明。不晦其光，尚貪美名。卒蹈大戾，自殞厥生。乃有君子，龍蛇潛伏。匪惠

〔一〕土山千里九折坂：千，弘治王術刊本作「十」。
〔二〕奴何幸：弘治王術刊本此句下有一「兮」字。
〔三〕歲俸又贖張尚書：俸，底本作「餘」，據弘治王術刊本改；弘治本此句下有小注「陵」。
〔四〕口吟舌言剩積惡：言，弘治王術刊本作「語」。
〔五〕自「墮馬髻」至「蓋世榮華逐飛絮」：弘治王術刊本作：「齲齒笑，愁眉啼，折腰步，一夜榮華逐飛絮。」
〔六〕家財三十萬萬充王府：王，弘治王術刊本作「玉」。
〔七〕爲謝皇家戚里賢勿效將軍懷跋扈：弘治王術刊本作：「天下農民減租稅，五官榮封五縣侯。天子大權出刀鋸，三公九寺甘屍素。」

匪夷，靡榮靡辱。不近軒冕，不罹桎梏。茂樹鬱盤，爰托我屋。

校點者案：弘治王術刊本所收《黨錮行》與此詩所詠乃是一事，唯異文較多，不再一一出校，今附於此。

黨錮行

黄門貂璫專殺生，内幹心膂，外出典政刑。樹饕餮，傾忠貞，牢修一紙四海驚。首收李司隸，膺。又下杜大僕，密。次及陳中丞。翔。使者四出紛縱横，曰滂曰寔皆坐繫，縣金購募逮捕二百名。囊頭三木備拷掠，北寺獄詞誰爲明？賢哉新息長，賈彪。奮袂獨西行，鉤黨之禍得暫寧。如何大夫士，猶以污穢視朝廷？三君八俊互標榜，八顧八及相號稱。卒成囹圄禍，竟蹈坑儒坑。君不見，樹頭傭人懶誹謗，絶跡逃名隱梁宕，申屠蟠。坐看諸君同斲喪。

誅宦官 漢靈帝建寧元年太傅陳蕃等奏誅宦者曹節等不果俱被害

太白入房天示儆，上相上公俱有眚。侍中已奏天官書[一]，北寺獄詞猶上請。五官令史發奏章[二]，姦

[一] 侍中已奏天官書：弘治王術刊本此句下有小注「劉瑜」。
[二] 五官令史發奏章：弘治王術刊本此句下有小注「朱瑀」。

謀夜召王與張〔一〕。尚書詔版出脅筆，一十七閹心計長。白頭老翁短才術，拔劍突門肆呼叱。門生官屬務相隨，誰解盡言箴八失〔二〕。於乎！太傅死，將軍誅，洛陽都亭集血顱〔三〕。宗親賓黨一日屠，朝廷大柄歸閹奴。胡爲何國舅，中平元年，何進誅宦官張讓等，又不果，被害。不肯鑒前車，又向嘉德殿前伏屬鏤。誅宦官，良可乎！

千里草謠

董卓

青青千里草，荒遍長安道。轓畫竿摩車〔四〕，金花蓋飛皁〔五〕。天子任廢置，公卿聽呼召。生殺擅大權，劫弑甚群盜〔六〕。築塢高埒城，埋金動盈窖。司徒展祕謀，義子奉密詔。逆屍不待燃，臍炷自堪照。乃知董公力，驅除付姦操。

〔一〕姦謀夜召王與張：召，弘治王術刊本作「詔」；王，文淵閣四庫本作「共」，弘治王術刊本作「龔」，且此句下有小注「龔普、張亮」，校點者案，「龔」，當作「共」。
〔二〕誰解盡言箴八失：弘治王術刊本此句下有小注「胡氏論蕃、武有八失」。
〔三〕洛陽都亭集血顱：集，弘治王術刊本作「梟」。
〔四〕轓畫竿摩車：轓畫，弘治王術刊本、文淵閣四庫本作「軋軋」。
〔五〕金花蓋飛皁：花，弘治王術刊本作「華」。
〔六〕劫弑甚群盜：弑，弘治王術刊本、文淵閣四庫本作「殺」。

一栖謡 獻帝興平二年郭汜李傕劫帝入其營

一栖不兩雄，治兵日相攻。北營李傕。劫萬乘，南砦郭汜。質三公。祠鬼淫祠下，朝王葦箔中。上供牛骨臭，賜質馬錢空[一]。夜火焚行殿，妖氛貫紫宫。鳴錐驚輦轂，飛矢射簾櫳。天子猶徒步，何人敢騎從。顛危策東澗[二]，狼狽走新豐。皇極災頻熇，朝廷塵再蒙。誰能爲此禍，宣義是元功。

大礪謡 公孫瓚以此謡徙鎮易積穀休兵以待天下之事後袁紹攻敗自焚死

燕南陲，趙北際。中不合，大如礪。惟此中，可避世。移易鎮，築易京。廣積穀，多屯兵。閱世變，待時平。大柱折，隊道裂[三]。樓櫓傾，骸骨爇。白馬義從不自亡，誰爲劉虞洗寃血[四]？

梁父吟

武侯成就關、張，勝晏子殺三士多矣，故反其詞。

〔一〕賜質馬錢空：質，弘治王術刊本作「直」。

〔二〕顛危策東澗：策，弘治王術刊本作「戰」。

〔三〕隊道裂：隊，弘治王術刊本作「隧」。

〔四〕白馬義從不自亡誰爲劉虞洗寃血：弘治王術刊本作：「袁冀州，攻百樓。死田楷，怏田疇。」

伏龍隱南陽，高卧久未起。不肯渡長江〔一〕，焉能涉漳水〔二〕？炎炎火絶卯金刀，巍巍土王當塗高。種瓜兒子不力戰，織履郎君無地逃〔三〕。伏龍一起捍坤軸〔四〕，雄據西南成鼎足。十年汗血戰玄黄〔五〕，五出王師争九六。萬人之敵兩熊虎，百戰辛勤事行伍〔六〕。河南河北謾稱雄，不得袁曹一丸土。伏龍纔起帝業新〔七〕，千古君臣魚水親。遂使真龍全羽翼，風雲成就二將軍。

南飛烏　曹操

此篇咎權取關羽，以成操之基業。〔八〕

〔一〕不肯渡長江：肯，弘治王術刊本作「隨老虎」。

〔二〕焉能涉漳水：弘治王術刊本此句作：「肯逐凡猥過漳水？瑾、亮、誕兄弟三人各仕一國，世謂漢得其龍，吴得其虎，魏得其犬。」

〔三〕織履郎君無地逃：履，弘治王術刊本作「屨」。

〔四〕伏龍一起捍坤軸：弘治王術刊本此句下有小注「蜀地西南，故曰坤軸」。

〔五〕十年汗血戰玄黄：底本避清帝名諱，如「玄」作「元」、「弘」作「宏」，本書遇此例，徑改。

〔六〕萬人之敵兩熊虎百戰辛勤事行伍：弘治王術刊本作：「美髯熊，環眼虎，關羽、張飛，熊虎之將。大刀長矛佐行伍。」

〔七〕伏龍纔起帝業新：纔起，弘治王術刊本作「一出」。

〔八〕校點者案，此詩序底本無，據弘治王術刊本補。

南飛烏，尾畢逋，白頭啞啞將衆雛〔一〕。渭河西岸逐野馬，破黃巾也〔二〕。白門東樓追赤兔。擒呂布也。冀豚袁熙。荆犬劉琮。肉不飽，展翼南飛向江表。江東林木多俊禽〔三〕，不許南枝三匝遶。老烏莫侮髯郎小，髯郎詎讓老烏老〔四〕。東風一炬烏尾焦〔五〕，不使老烏矜觜爪。老烏自謂足姦狡，豈信江湖多鷙鳥。捽烏頭，啄烏腦〔六〕。不容老烏棲樹枝〔七〕，肯使蛟龍戲池沼〔八〕？赤壁之戰。釋老烏，未肯搏〔九〕，紫髯大耳先相攫。河東老羽雲外落，雲長死。老烏巢成哺銅雀〔十〕。

〔一〕白頭啞啞將衆雛：衆，弘治王術刊本作「四」；弘治本此句下有小注「操生四子」。

〔二〕渭河西岸逐野馬破黃巾也：西岸、破黃巾也，弘治王術刊本分別作「岸邊」、「馬超」。

〔三〕江東林木多俊禽：林木多俊禽，弘治王術刊本作「俊禽一十二」。

〔四〕髯郎詎讓老烏老：詎讓，弘治王術刊本作「誓磔」。

〔五〕東風一炬烏尾焦：尾，弘治王術刊本作「毛」。

〔六〕捽烏頭啄烏腦：捽、啄，弘治王術刊本分別作「能捽老」、「能啄老」。

〔七〕不容老烏棲樹枝：容、棲，弘治王術刊本分別作「許」、「争」。

〔八〕肯使蛟龍戲池沼：戲，弘治王術刊本作「競」。

〔九〕未肯搏：弘治王術刊本此句作「烏未搏」。

〔十〕老烏巢成哺銅雀：哺，弘治王術刊本作「餔」。

合肥戰〔一〕

當陽坂，能以窮兵拒曹操；逍遥津，不能以合師抗張遼〔二〕。寧、統諸將〔三〕，不及飛遠矣。賦《合肥戰》〔四〕。

合肥戰，戰甚力。盪寇將軍持鋭戟，甘寧。紫髯郎君馬飛空，孫權。江表虎臣俱辟易〔五〕。君不見，瞋目横矛决死敵〔六〕，張飛。百萬曹兵莫敢逼〔七〕。止啼之威未爲特，惜矣江東無益德。

〔一〕詩題：弘治王術刊本詩題下有「並叙」二字。
〔二〕不能以合師抗張遼：合，弘治王術刊本作「全」。
〔三〕寧統諸將：諸將，弘治王術刊本無此二字。
〔四〕賦合肥戰：肥，弘治王術刊本作「淝」，下文「合肥戰」亦同；弘治本此句下有一「云」字。
〔五〕紫髯郎君馬飛空江表虎臣俱辟易：弘治王術刊本作：「望麾直取紫髯公，十二虎臣俱辟易。突圍大呼拔餘兵，目眥血流鬚怒磔。危橋斷阪馬飛空，賀氏小兒雙淚滴。」
〔六〕瞋目横矛决死敵：敵，文淵閣四庫本作「戰」。
〔七〕百萬曹兵莫敢逼：莫，弘治王術刊本作「不」。

縛虎行

白門樓下兵合圍，白門樓上伏虎威〔一〕。戟尖不掉丈二尾，袍花已脱斑斕衣。捽虎腦，截虎爪，眼中視虎如貓小〔二〕。猛跳不越當塗高，血吻空腥千里草。養虎肉不飽，虎飢能噬人。縛虎繩不急，繩寬虎無親。座中叵信劉將軍〔三〕，先主。不縱猛虎食漢賊，反殺猛虎生賊臣，食原食卓何足嗔〔四〕！

獵許行

關羽〔五〕

老髯古義勇，望蓋取顏良。況兹遊獵時，獵操如獵獐。桓桓劉將軍，度量符高皇。帝王討賊有大義，豈與蛛蝨爭小智？丈夫成敗皆聽天，利鈍兵家乃常事。髯郎勿用苦相尤，飄飄江渚吾何憂〔六〕。

〔一〕白門樓上伏虎威：伏虎，弘治王術刊本、文淵閣四庫本、《元詩選》本作「虎伏」。

〔二〕眼中視虎如貓小：視，弘治王術刊本作「看」。

〔三〕座中叵信劉將軍：信，弘治王術刊本作「耐」。

〔四〕食原食卓何足嗔：弘治王術刊本、《元詩選》本於「原」、「卓」下分別有小注「丁」、「董」。

〔五〕詩題：關羽，底本作「忠義」，據文淵閣四庫本改。

〔六〕自「丈夫成敗皆聽天」至文末：弘治王術刊本作：「烏乎！老髯空讀書，不見春秋齊豹書。」

成子閣識 諸葛恪

越椒滅若敖，伯石喪羊舌。生子縱多才，禍福未可決。藍田産玉信佳兒，剛戾自用誰能醫。西朝大志不易繼，西朝，蜀也。恪乃諸葛亮姪，欲繼其《出師表》之志。東關小勝何足奇。大臣未附，主少國疑。吕侯有深戒，一事須十思。吕岱戒諸葛恪曰：「世方多難，子每事必十思。」豈宜履敵庭〔一〕，千里勞戎師〔二〕？新城一剉不自合〔三〕，張特守新城，恪攻將陷。特紿之曰：「明早送降。」恪從之，緩其攻。特夜補其闕，遂攻不下。歸來憤色將誰移？虹繞輿，犬銜衣，水腥血臭知不知。獨不聞童謡云：「蘆葦單衣篾鉤落〔四〕，於何相求成子閣。」

費尚書 蜀費禕被魏中郎將郭循刺之〔五〕

尚書秉國樞，詎宜矜有餘。縱不愛身須愛國，富兒尚保千金軀。來敏棋，魏曹爽寇漢中，勅禕救之。來

〔一〕豈宜履敵庭：宜，弘治王術刊本作「知」。

〔二〕千里勞戎師：戎，底本作「從」，據弘治王術刊本、文淵閣四庫本改。

〔三〕新城一剉不自合：合，弘治王術刊本作「咎」。

〔四〕蘆葦單衣篾鉤落：鉤，底本無，據弘治王術刊本補。

〔五〕詩題：禕，底本作「褘」，徑改，下同；此詩後所附弘治王術刊本《費尚書》偶或作「褘」，亦徑改；將，文淵閣四庫本無此字。

敏詣禕别，求圍棋，禕無倦色。敏因曰：「公必能辨賊。」張嶷書，嶷嘗致書於禕，引岑彭來歙爲戒，欲禕防循。禕不從，故被害。嗟哉二子多良圖。尚書何不置之左右隅，西平之子何足誅！

校點者案：弘治王術刊本所收《費尚書並叙論》與此詩所詠乃是一事，唯異文較多，不再一一出校，今附於此。

費尚書 並叙論

禕之死，張嶷以爲好近新附，長寧以爲矜己有餘，鐵史先生以爲過於酒而又不置左右。吁！禕誠以是三者賊其身也。憲則以爲禕之死，蜀漢存亡之機也。一篇之主意。禕之死，汎愛不親仁之過也。漢光武、唐太宗未嘗不近新附，而岑彭來歙，獨遇害，親仁與不親仁之驗也。曹操得許攸而亡袁紹，漢祖得陳平而困關羽，李愬得李祐而平淮蔡，新附豈不可近邪！郭循之志，在於必死，欲刺漢主而不得，故移刃於禕耳，非以文禕矜己有餘而特刺之也。酒故能敗事，然蔣琬亦好飲，而不及於禍，亦未可以是咎禕也。雖然，三者不備不足以殺禕也。此一句又呼應有力。武元衡死於山棚，魏武置許褚於帳中而賊不得發，左右信不可無也。吴僚、韓瑰兵衛滿前，不益其死者，何也？蓋盗有賢不肖，被刺者有幸有不幸也。使禕無是三者而置左右可也，如有是，雖置無益。使禕稍知親仁之訓，則不及矣。應前説。嗚呼！允死而皓亂於內，禕死而維專於外，敵國怒，民庶離，漢葉亡矣。然則郭循殺禕之功大於鄧艾平蜀之績也。吁！禕不死，蜀不亡。論至此，則循之功是不可滅，終惜其陷於刺客之列。

費尚書，敏於事。湎於酒，矜有餘，近新附，一人三失，禍起復誰咎？費尚書，秉國樞，宮中府中日萬機。汎愛不親仁，又不備不虞。縱不愛身須愛國，富兒尚保千金軀。來公敏碁，張公嶷書，嗟哉二子多良圖。尚書何不置之左右隅，西平之子何足誅！於戲！奪文偉，縱伯約。姜維。綴沓中，襲劍閣。臣輿櫬〔一〕，君面縛。死此地，痛昭烈。

夕陽亭

晉裴楷惡賈充薦充督秦涼諸軍充問計於荀勗曰辭之實難獨結婚太子可不辭而自留矣充妻遂賂楊后左右納其女南風果留不遣〔二〕

百官供帳紛營營，夕陽亭西誰遠行？充閭之子專闒鉞，仗節萬里西南征〔三〕。結婚一語聾天耳，既鑿凶門行復止。衛家五美空善評，姦謀仍落三豎子。君不見，鬼公怒攝項城軍〔四〕，殘喘聊延衛府勛。枯

〔一〕臣輿櫬：櫬，底本作「襯」，徑改。
〔二〕詩題：南，底本作「成」，據《元詩選》本改。
〔三〕仗節萬里西南征：仗，底本作「伏」，據文淵閣四庫本、《元詩選》本改。
〔四〕鬼公怒攝項城軍：鬼，底本作「魯」，據文淵閣四庫本、《元詩選》本改。

木劍鋒金屑酒，天刑猶脱廣成君。

校點者案：弘治王術刊本所收《夕陽亭並叙》與此詩所詠乃是一事，唯異文較多，且詩序全然不同，不再一一出校，今附於此。

夕陽亭 並叙

炎既不能擇子，又不能選婦，亂無疑矣。然唐太宗以佳兒佳婦付之長孫無忌，亦不免武氏之禍。天道不可誣也。然則夕陽亭、感業寺，高、惠同一軌轍，君子悲之。

夕陽亭，百官祖道何營營。充閭之子專閫鉞，仗節萬里西南征。夕陽亭，行復止，結婚一語聾天耳。衛家五美亦喜評，姦謀乃落二豎子。烏乎！凌雲臺上伊霍死，金墉城中梁趙起。狼雖善顧終疐尾，不見身邊短青鬼。

玩鞭亭

晉王敦在姑熟明帝出看敦營敦夢覺逐帝帝以馬鞭與老姥及追者至問姥玩鞭帝遂去追不及〔一〕

畸烏壓營營作聲〔二〕，紅光紫電圍金鉦。黄鬚小龍馬上笑，白首飢豺夢裏驚。老奴怒擲珊瑚枕，追兵起合琉璃井。巴馬東歸疾似風，道傍遺糞如冰冷。健兒空玩七寶鞭，荆臺老姥功誰傳〔三〕？

孟參軍

孟嘉

孟嘉盛德士，而有敏贍才。觀其言動間，正順不可階。雖云善酣飲，亦不傷雅懷。以此得聲譽，何必狂與乖。

〔一〕詩題：弘治王術刊本詩題下有小注「即温庭筠《湖陰曲》」。

〔二〕畸烏壓營營作聲：畸，底本作「飢」，據弘治王術刊本、文淵閣四庫本、《元詩選》本改。

〔三〕自「道傍遺糞如冰冷」至「荆臺老姥功誰傳」：弘治王術刊本作：「荆臺老嫗留玉鞭。湖波不動湖山緑，豺狼吞聲蜂閃目。三尺天刑誅臭肉，司徒百口臺前哭。烏乎！卯金刀斲破天木，敦嘗夢一木上破天，蓋『宋』字。宋者，劉裕也。荆臺鞭折荆山玉，白龍之子終魚服。明帝好微行，子孫未免魚服，借用豫且事。」

五湖長　桓玄後僭號楚被都護馮遷斬於枚回洲傳首梟于大桁

父爲九州伯，兒作五湖長。父子共一轍，相繼猶影響。〔一〕老奴首領幸爾全〔二〕，豎子凶逆那可言〔三〕。流芳本不願百世，遺臭竟能傳萬年〔四〕。五湖長，晉之賊。總百揆，稱相國。封十郡〔五〕，加九錫。坐南面以負扆，竊神器而改曆〔六〕。司徒奉璽綬，萬乘讓宸極。永始建新元〔七〕，僞楚承金德。百官勸進稱聖明，龍牀后土爲之傾。草間英雄興甲兵，龍行虎步見者驚，大言欲俟關河平〔八〕。行宫起居注未成，義兵已破潯陽城。漢中遁舟胡可到，回州短刃遥相迎〔九〕。楚王楚帝幾日榮，血顱模糊梟大桁。

〔一〕自「父爲九州伯」至「相繼猶影響」：弘治王術刊本作：「五湖長，九州伯，父子遺臭相絡繹。」

〔二〕老奴首領幸爾全：首領幸爾全，弘治王術刊本作「幸爾全首領」。

〔三〕豎子凶逆那可言：凶逆那可言，弘治王術刊本作「尚負才地豪横不可役」。

〔四〕流芳本不願百世遺臭竟能傳萬年：弘治王術刊本無此十四字。

〔五〕封十郡：弘治王術刊本此句前有一「既」字。

〔六〕坐南面以負扆竊神器而改曆：弘治王術刊本作「猶欲南面負扆專統曆」。

〔七〕永始建新元：建，弘治王術刊本作「改」。

〔八〕大言欲俟關河平：大，底本作「天」，據弘治王術刊本、文淵閣四庫本改。

〔九〕回州短刃遥相迎：弘治王術刊本「短刃」下有「督護馮遷」四字。

舉几行

南宋劉太子劭弑其父義隆兵入含章殿義隆舉几捍之五指皆落〔一〕

含章殿前玉像毀，畫輪車發宮門起〔二〕。逆刃鏗鏘五指紅，衛兵夢醒烏皮几。五州屯將不舉兵，無復人間有人理。裁弟事易裁兒難，謀及婦人何足歎！江芊漏言宮甲起〔三〕，楚太子商臣弑其父靈王。君王不記請熊蹯。

寇天師

天師元是嵩山生，挺身起繼張道陵。嵩高山頭遇老子，親手自傳圖籙經。〔四〕北方真君開太平，天師亦出臣朝廷〔五〕。平生不好莊老書，當時只賢崔司徒〔六〕。奈何獨執弟子禮，膜拜甘作天師奴〔七〕。上玄靈命

〔一〕詩題：含章，文淵閣四庫本作「合」。

〔二〕畫輪車發宮門起：起，弘治王術刊本、文淵閣四庫本作「啓」。

〔三〕江芊漏言宮甲起：芊，底本作「芉」，據弘治王術刊本、文淵閣四庫本改。

〔四〕自「天師元是嵩山生」至「親手自傳圖籙經」：弘治王術刊本作：「寇天師，嵩山生。自言遇老子，使繼張道陵。既授科戒文，又傳圖籙經，導引辟穀身益輕。」

〔五〕天師亦出臣朝廷：亦出臣，弘治王術刊本作「清整道教匡」。

〔六〕平生不好莊老書當時只賢崔司徒：弘治王術刊本作：「可憐崔司徒，不信姍尼法，不好莊老書。」

〔七〕膜拜甘作天師奴：弘治王術刊本作：「上書力明神人接對事，玄虛手筆詞旨絕代無。」

不可孤，牲牢玉帛走道途。重壇五層凌紫虚，月中會設千人厨[一]，顯揚新法終何如？君不見，司徒不救謗國誅，真人亦罹凶刃屠[二]。平城道場成茂區，天宫静輪何可誣。

高令公

元魏高允爲人内文明、外柔順[三]，崔浩嘗譏其乏矯矯風節。及浩得罪[四]，聲嘶股栗不能言，允申釋是非[五]，辭氣清辨[六]，其矯矯者勝浩多矣。嘻！人固難以外貌識也[七]，必歷患難而後見。予疾夫今之外以玉馬自衒而中實不然者，賦《令公辭》以傷之焉。

珷玞矯矯，玉以璞兮。鴛駘矯矯[八]，驥跛踖兮。其終也，璞者以琢，矯矯碌礦兮。又其甚也，蹄者

[一] 月中會設千人厨：月，底本作「日」，據弘治王術刊本改。
[二] 真人亦罹凶刃屠：人，弘治王術刊本作「君」。
[三] 元魏高允爲人内文明外柔順：元，底本作「允」，據弘治王術刊本、文淵閣四庫本改。
[四] 及浩得罪：弘治王術刊本「及」下有一「後」字。
[五] 允申釋是非：允，底本作「元」，據弘治王術刊本、文淵閣四庫本改。
[六] 辭氣清辨：氣，弘治王術刊本作「義」。
[七] 人固難以外貌識也：也，弘治王術刊本作「矣」。
[八] 鴛駘矯矯：矯矯，弘治王術刊本作「蹻蹻」；下文「矯矯觳觫」亦同。

以服，矯矯觳觫兮。嗟人固不易知兮，非朝夕可能窺也。事固不可辨兮，必悠久而後見也。嗟乎！渤海芃芃兮，高公已而。去者莫追兮，來者其誰？

魏孝静别六宫歌

齊高洋逼帝禪位帝曰推挹已久謹當避遜求入與六宫别舉宫皆哭

獻生不辰兮，身播國移。永作虞賓兮，命不復來。弊履遺簪兮，古人所思。況兹六宫兮，豈一嬪與妃。玉體其可愛兮，黄髮又奚可期？出雲龍門以悵望兮，固十步而九回。彼永言以見貽兮，淚浪浪其爲誰[一]？

梁簡文飲酒歌

侯景弑簡文以絶衆望使王偉等進酒簡文知其將殺己盡醉而寢偉進土囊壓殺之

龍爲魚兮宗社移，位既禪兮公復何疑？此酒可盡兮飲不辭，却手琶兮推手琵。四絃嘈雜兮聲急調悲[二]，不圖爲樂兮至於斯。

龍光殿

梁湘東王繹繼立號世祖孝元帝一日嘗講老子於龍光殿魏于謹入江陵執之囚於烏縵之下

赤氣干北斗，太陰犯天王。天道信可徵[三]，人事關興亡。奈何龍光殿，戎服講老子。玄談縱精

[一] 彼永言以見貽兮淚浪浪其爲誰：弘治王術刊本作：「彼邯鄲之人兮，胡能誦陳思之詩？」

[二] 四絃嘈雜兮聲急調悲：急，弘治王術刊本無此字。

[三] 天道信可徵：徵，弘治王術刊本作「徵」。

緻[一]，不救烏緶恥[二]。介馬不習騎，死矣獨目兒[三]。

胭脂井

陳後主

胭脂井，瑪瑙甃，琉璃欄[四]，黄金轆轤銀綆寒。桃花小波下無底，雌龍古怨沉紅水。妖姬不作井中鬼，玉樹飛花落如雨。

鳩酒來

隋煬帝

鳩酒來，鳩酒不來白練來。夜觀天象文，帝座疑有灾。雍州破木不可作，龍船萬里浮龍骸。丹陽築宫事已晚，流珠堂下凶門開。佳城不受漆牀版，臭土竟污吴公臺。騎牛小兒空有意，李密。龍鍾老父徒興哀。鳩酒來，白練冷，蕭娘不墮燕支井[五]。玉掌空摩長短脛[六]，三尺天戈全項領。

[一] 玄談縱精緻：縱精緻，弘治王術刊本作「總清辨」。

[二] 不救烏緶恥：恥，弘治王術刊本作「死」。

[三] 介馬不習騎死矣獨目兒：弘治王術刊本無此十字。

[四] 琉璃欄：欄，弘治王術刊本、《元詩選》本作「闌」。下文同此情況不再出校。

[五] 蕭娘不墮燕支井：燕支，弘治王術刊本作「胭脂」。

[六] 玉掌空摩長短脛：短，弘治王術刊本、文淵閣四庫本作「脰」。

玉笥集卷二

元　張憲　撰

詠史

太子建成胡馬駒行[一]

昭陵六馬平羣雄，胡駒西來歸春宮[二]。春宮飽養叱肥腯，豈識天策上將人中龍？胡駒猙獰善踶囓[三]，不逐秦鹿空三蹶。不學拳毛騧，美良川下追金剛。不學什伐赤，虎牢關前擒夏王。隨風逐電日千

[一] 詩題：胡，底本作「良」，據文淵閣四庫本改，下文「胡駒」亦同。校點者案，底本避言「胡」、「虜」等字，均以他字代替，今悉依他本改正。又案，弘治王術刊本此詩作「毒龍馬」，並有小序云：「秦王與建成、元吉射獵上前。建成以一胡馬授世民，曰：『此馬駿而善蹶，諸人不能御。』世民即乘以逐鹿，馬特蹶者三，世民不爲動，顧謂宇文士及曰：『彼欲以此斃余而余有命也。』爲賦《毒龍馬》。」因兩本詩題不同，不依校點説明體例將詩小序增補進正文。

[二] 胡駒西來歸春宮：胡駒，弘治王術刊本作「毒龍」；末句「胡駒」亦同。

[三] 胡駒猙獰善踶囓：胡駒猙獰，弘治王術刊本作「毒龍馬」。

里，百戰驟馳無與當〔一〕。青騅拔箭吻帶血，黄驃突圍毛裹瘡〔二〕。玉驄露紫競神俊，畫圖想像猶龍驤。〔三〕西府真龍正宸極〔四〕，東宫華廐生荆棘。昭陵風雨夜聞嘶，六馬功成化爲石，胡駒老去空伏櫪。

代魏徵田舍翁詞 並序

鐵崖楊先生以殺田舍翁爲文皇根心語〔五〕。蓋徵好直諫，忤意者數矣〔六〕，是必有弗堪其直者〔七〕，故怒曰〔八〕：「會須殺此田舍翁！」不覺其言之出口也〔九〕，此則是也〔十〕。然謂徵東宫臣節之虧〔十一〕，故

〔一〕百戰驟馳無與當：驟馳，文淵閣四庫本作「馳驟」。
〔二〕黄驃突圍毛裹瘡：瘡，文淵閣四庫本作「鎗」。
〔三〕自「不學拳毛騧」至「畫圖想像猶龍驤」：弘治王術刊本作：「何不學美良川下拳毛騧，三日不食追窮犯。又不學虎牢關下什伐赤，大箭長弓馳且射。東浮鴨渌掃玄兔，西渡便橋驅醜貊。」
〔四〕西府真龍正宸極：弘治王術刊本此句前有「烏乎」二字。
〔五〕鐵崖楊先生以殺田舍翁爲文皇根心語：楊，弘治王術刊本無此字；弘治本「爲」、「語」下分别有「唐」、「是也」數字。
〔六〕忤意者數矣：弘治王術刊本「忤」字下有「太宗」二字。
〔七〕是必有弗堪其直者：是必有，弘治王術刊本作「蓋有所」。
〔八〕故怒曰：弘治王術刊本「故」字下有「於退朝之際」五字。
〔九〕不覺其言之出口也：弘治王術刊本「出」字下有一「於」字。
〔十〕此則是也：弘治王術刊本此句作：「『根心』二字，切中太宗情狀，此誠推見至隱之論。」
〔十一〕然謂徵東宫臣節之虧：然，弘治王術刊本作「蓋」。

爲太宗所薄，而呼爲田舍翁者，此則非也〔一〕。始徵入關〔二〕，無所知名，乃自請安集山東、招徠李勣〔三〕，高祖授以洗馬，與王珪同僚。東宮者，官也，非臣事建成也〔四〕。徵勸建成早除秦王者〔五〕，是徵盡其職，非所以取憾於文皇也，文皇亦不以是憾徵也。建成死，高祖命東宮、齊府官屬盡聽秦王處分，則徵安得獨背勅旨而死建成之難乎！徵，天子之臣，非東宮私臣〔六〕，其事太宗，不得謂之虧臣節也。故太宗謂長孫無忌曰〔七〕：「徵、珪，盡心所事，故我用之。」長孫后亦曰〔八〕：「妾亟聞陛下稱重魏徵，不知其故。」觀此〔九〕，則知太宗決不薄徵。決不薄徵而有「田舍翁」之語〔十〕，何也？蓋徵貌不逾中人，而舉止疎慢，則徵得名「田舍翁」〔十一〕，其以此與？雖然，此語徵不知也。

〔一〕此則非也：弘治王術刊本此句作「憲則未敢以爲是也」。
〔二〕始徵入關：弘治王術刊本「徵」字下有「隨李密」三字。
〔三〕招徠李勣：弘治王術刊本此句前有「以書」二字。
〔四〕非臣事建成也：弘治王術刊本「臣事」下有一「於」字。
〔五〕徵勸建成早除秦王者：弘治王術刊本「建成」下有「往平劉黑闥又勸建成」若干字。
〔六〕非東宮私臣：弘治王術刊本此句前有一「素」字。
〔七〕故太宗謂長孫無忌曰：故，弘治王術刊本作「史稱」。
〔八〕長孫后亦曰：弘治王術刊本此句作「又長孫后曰」。
〔九〕觀此：弘治王術刊本「此」字下有「二語」二字。
〔十〕決不薄徵而有田舍翁之語：弘治王術刊本「語」字下有一「者」字。
〔十一〕則徵得名田舍翁：翁，底本無，據弘治王術刊本補。

徵知〔一〕，必有詞。使太宗果殺田舍翁，翁必乞一言而死，決不緘口就戮也。其以長孫后諫而意悦〔二〕，亦以后言婉而有理〔三〕，故曲從之。然其殺徵之意，未嘗不根於心也。他日，疑其黨侯、杜〔四〕，怒其録諫草，而徵已死〔五〕，無所洩憤〔六〕，故停叔玉婚、仆所撰碑也。嗚呼！徵幸而不在，若在，則恐不免爲忠臣矣〔七〕。夫盧祖尚死於朝堂，張藴古死於刑獄，李君羡死於圖讖，劉洎、張亮死於誣謗，孰謂太宗不忍於殺徵也？徵能入夢於太宗，而不能自明其事。故代田舍翁詞〔八〕，補徵諫録云〔九〕。

臣本山東農，臣誠田舍翁。臣以隋末亂，出仕蒲山公。蒲山愎諫自用，故臣言不用〔十〕，臣計不從。

〔一〕徵知：弘治王術刊本此句前有一「使」字。
〔二〕其以長孫后諫而意悦：以、諫，弘治王術刊本分别作「聞」、「之言」。
〔三〕亦以后言婉而有理：婉，底本作「惋」，據弘治王術刊本、文淵閣四庫本改。
〔四〕疑其黨侯杜：侯杜，弘治王術刊本作「侯君集、杜正倫」。
〔五〕而徵已死：已，弘治王術刊本作「亡」。
〔六〕無所洩憤：憤，弘治王術刊本作「其忿」。
〔七〕則恐不免爲忠臣矣：爲，弘治王術刊本作「於」；弘治本「忠臣」下有一「也」字。
〔八〕故代田舍翁詞：代，弘治王術刊本作「余作」。
〔九〕補徵諫録云：弘治王術刊本此句前有「爲鬼諫疏以」五字。
〔十〕故臣言不用：用，弘治王術刊本作「聽」。

百萬糧，一日盡，百萬衆，一夕空，力屈事去歸關中〔一〕。臣義不忍棄故主，事仇充，相隨西安朝真龍〔二〕。先帝不臣識，大臣不臣通，故臣上書自請安山東。山東歸皇圖，授臣洗馬之職在東宮。東宮多不德，兄弟不相容。臣教太子翦黑闥、親元戎，又教太子除陛下，太子不臣庸。太子既死，先帝命臣聽陛下處分，臣安敢效匹夫小諒自與逆黨同？陛下以臣盡心所事，赦臣死罪，除臣祕書，登臣政府爵位崇。臣於是感激，時時進諫開皇衷。陛下幸而時聽臣言，以致四海太平年穀豐。使陛下功德及堯舜則臣心喜，小有過失則臣心冲〔三〕。是以不四年中而有三代風。陛下初年，誠心聽諫〔四〕，故天耳聰；今聽諫不逮昔，故天耳聾。往以未治爲憂，故人心悦〔五〕；今以既治爲安，故威德隆。往日用臣言，賜臣以黄金甕、天廐驄〔六〕，輟殿材搆臣屋與墉；今日以人言，仆臣墓碑，停臣子婚，爲惠胡不終？喜臣則謂臣嫵媚，惡臣則詈臣田舍翁，陛下不宜以喜怒毁譽損厥躬。臣薦侯與杜，謂其才畧雄〔七〕，臣豈阿黨預知其終凶。臣録諫疏草，前後三百封，欲使後世知陛下能聽諫、致時雍，豈欲賣直歸過爲己功，避嫌焚草徒足

〔一〕力屈事去歸關中：關中，底本作「山東」，據弘治王術刊本改。

〔二〕相隨西安朝真龍：安，弘治王術刊本、文淵閣四庫本、《元詩選》本作「來」。

〔三〕小有過失則臣心冲：冲，弘治王術刊本、文淵閣四庫本、《元詩選》本作「忡」。

〔四〕誠心聽諫：弘治王術刊本此句下有「賞伽孫伏伽納胄戴胄」若干字。

〔五〕故人心悦：心悦，弘治王術刊本作「悦服」。

〔六〕賜臣以黄金甕天廐驄：弘治王術刊本此句下有「素褥几杖兼屏風」七字。

〔七〕謂其才畧雄：才，弘治王術刊本作「材」。

恭。臣幸而身先朝露，使臣不幸，恐不免隨比干、似龍逢〔一〕。獨不記臣言良與忠〔二〕，胡爲乎「會須殺此田舍翁」？田舍翁，豈畏死，但惜陛下既殺張亮，又誅劉洎，翦刈大臣如刈蓬。臣不願陛下祠少牢、立仆石，但願陛下養氣質、除内訌，毋以喜怒存諸胷。大臣無灾帝德穹，社稷無虞王業鴻。千秋萬歲爲唐宗，老臣不諱田舍翁。於乎！老臣不諱田舍翁。

檛馬詞

武氏之讖，太宗欲盡殺宫中疑似者，而才人在側，不疑也，豈非蔽於色與？武氏又能以柔言令色事帝，帝故不疑之〔三〕。檛馬之言，天誘其衷，使之自露芒角。千載之下，使人聽其言，猶凜凜有英雄氣，其志必不減高歡也。而帝不悟，方且壯之。嗚呼〔四〕！「何物女子，如此勇健」之語，徒能發之於李君羡。甚矣聲色之蔽人也！文皇且不免，况雉奴之懦者乎。

河東女兒年二九，欲取鐵檛檛馬首。雄心詎減賀六渾，何事君王不驚愀？獨不記女武主在宫中，

〔一〕恐不免隨比干似龍逢：似，弘治王術刊本、文淵閣四庫本、《元詩選》本作「侶」。
〔二〕獨不記臣言良與忠：弘治王術刊本此句前有「陛下」二字。
〔三〕帝故不疑之：故，文淵閣四庫本作「固」。
〔四〕嗚呼：嗚，底本脱，據文淵閣四庫本補。

玄機預泄李淳風。淫心濫殺五娘子，聲色蔽人無不聾。

校點者案：弘治王術刊本《長髮尼有叙》與底本《檛馬詞》雖然詩題、内容全然不同，但兩者所詠乃是一事，詩序亦仿佛，今附於此。

長髮尼 有叙

武氏之事，太宗欲盡殺宫中疑似者，而才人在側，不疑也，豈非蔽於色歟？武氏又能以柔言令色事帝，帝固不疑之。殺馬之言，天誘其衷，使之自露芒角。千載之下，使人聽其言，猶懍懍有英雄氣，其志固不必減高懽也。高懽之志，見於剪馬，其事與才人同。而太宗不悟，方且壯之。吁！「何物女子，如此勇健」之語，徒能發之於君羡。甚矣聲色之蔽人！文皇且不免，況雉奴乎。

長髮尼，旦昭儀，莫宸妃。牝雞一鳴唐祚移，甕中醉骨本妒色。山東田夫期報德，豈知家事能忘國？女武主，在宫中，讖書空禍武連公。文皇不悟殺馬語，殺唐子孫真自取。

聖母神皇祠〔一〕

東風未燥昭陵土，感業尼稱天下母。則天。唐室山河忽變周，李氏兒郎更姓武。洛水泱泱出寶圖，黄金爛爛鑄天樞。五王不入迎仙院，二豎能忘受命符。君不見，漢家元后號文母，廟食從來姪祀姑。

匡復府

揚州都督開三府，十萬强兵猛如虎。駱生長檄魏生謀，大義精忠照千古。山東豪傑望旌旗，蓄縮江淮立伯基。莫指金陵圖王氣，石梁鴉噪髑髏悲。

校點者案：弘治王術刊本所收《匡復府》與此詩所詠乃是一事，唯異文較多，不再一一出校，今附於此。

匡復府 有叙論

徐敬業以匡復爲事，而唐史以叛逆書之，豈以其發之早也？使敬業舉兵在革命後，則天

〔一〕詩題：祠，弘治王術刊本、文淵閣四庫本、《元詩選》本作「詞」。

下必響應，而大臣起於内矣，如此則孝逸輩不敢爲之力，元忠輩不敢爲之謀也。惜乎其發之早也！武氏雖革命，在朝之臣未嘗以之爲賊也，武氏不爲賊，則敬業以叛逆書可知矣。雖然，唐史固然矣，公論則否也。論者又謂狄仁傑、張柬之輩皆仕其朝而不討賊者。蓋自女媧氏以來，婦人無王天下之理。雖漢吕后能危劉氏，亦不過取外人子爲劉氏子，未能移祚於吕氏。今武氏雖居位，二帝固無恙，狄、張又安得不忍恥以成就事功、圖復厥辟乎？況羅織之徒滿前，一觸其網則爲齏粉矣，尚何功之足論哉！不論其時與其勢之可不可，直責其不能討賊，是驅之死地也。翟義之討王莽，其名正也，其舉兵西向，非如敬業之退保江淮也，然亦卒殺其身，何也？蓋舉之者蚤也。《易》曰：「待時而動。」狄、張二公近之。若敬業輩，固不足以語此，而其志則可悲也。

匡復府，十萬强兵猛如虎。駱生長檄魏生謀，大義精忠照千古。匡復府，揚州督。不指匡河洛，事匡復，蓄縮江淮待夷戮。山東豪傑麥裹糧，殿上妖尼龍衮服。龍衮服，玉冕旒，大唐神器歸老麀。王鈴小子賈餘勇，太學老生矜善謀。烏乎！老生獨不見漢家東征臨汝侯，何嘗日識魯春秋。

吕后之難，齊王澤首舉義兵以討吕氏，漢命灌嬰禦之，嬰乃與澤連和以待時變。元忠志在安唐而不知出，此雖算無遺策，不足稱也。

桑條韋

英英武媚娘，競行新樂章。洪音入周廟，誰復歌堂堂。若若桑條韋，雅製勞奉常。女妖重疊起，兒婦繼姑嫜。公主賣美官，墨勑斜封長。昭容持大秤，榮辱隨低昂。點籌煩玉指，握槊穢椒房。功臣不脱死，天子亦罹殃〔一〕。潞州别駕不發憤，神器遽能歸相王。

機上肉

機上肉，禍之胎。幽求先見孰與並〔二〕，季昶獨斷真奇才〔三〕。去草不去根，噬臍已無及。十死鐵券不逃刑，五郡空王難久立〔四〕。君不見〔五〕，曳竹槎〔六〕，飲葛汁〔七〕，漢陽白髮老不歸〔八〕，瓊州碎骨人誰拾？

〔一〕天子亦罹殃：天，弘治王術刊本、文淵閣四庫本作「元」。

〔二〕幽求先見孰與並：弘治王術刊本此句作「朝邑老尉有先見劉幽求」。

〔三〕季昶獨斷真奇才：弘治王術刊本此句作「洛州長史真奇才薛季昶」。

〔四〕五郡空王難久立：郡，底本作「部」，據弘治王術刊本改；弘治王術刊本此句下有詩句作：「中書舍人往中來，崔湜。司士參軍笑邊泣。鄭愔。」

〔五〕君不見：弘治王術刊本此句作「於戲」。

〔六〕曳竹槎：弘治王術刊本此句下有小注「桓彥範」。

〔七〕飲葛汁：弘治王術刊本此句下有小注「袁恕己」。

〔八〕漢陽白髮老不歸：弘治王術刊本此句下有小注「張柬之」。

機上肉，能幾宿，尚記漢家夷産禄〔一〕。羽林大將蓄奇謀〔二〕，三尺短刀門外伏。機上肉，終自毒。

玉真仙人詞〔三〕

玉真何仙人，唐帝之愛女。願辭湯沐邑，削號去公主。頭戴九雲髻，身著六銖衣。甘居石竇洞〔四〕，不戀繡羅幃〔五〕。夜枕白雲宿，朝乘紫電飛。登天謁王母，渡海尋江妃。天鼓夜作響，玉池晝生肌〔六〕。眼角有時方，童顔當世稀。乃知皇姑娣〔七〕，不是壽王妃。

天寶詞

林甫官朝日〔八〕，韓休罷相時。新臺初納婦〔九〕，興慶又生兒。玉栅籠鸚鵡，金盤進荔枝。内前車馬

〔一〕尚記漢家夷産禄：尚記，弘治王術刊本作「不見」。
〔二〕羽林大將蓄奇謀：弘治王術刊本此句下有小注「李多祚」。
〔三〕詩題：弘治王術刊本詩題下有小注，作：「崇昌縣主，睿宗之女，太極元年出家，進號『上清玄都大洞三境法师』。」
〔四〕甘居石竇洞：竇，弘治王術刊本作「室」。
〔五〕不戀繡羅幃：戀，弘治王術刊本作「懸」。
〔六〕玉池晝生肌：肌，弘治王術刊本、文淵閣四庫本作「肥」。
〔七〕乃知皇姑娣：姑，弘治王術刊本作「女」。
〔八〕林甫官朝日：官，弘治王術刊本作「當」。
〔九〕新臺初納婦：新臺，弘治王術刊本作「道裝」。

亂，無地避諸姨。

雙廟詞

睢陽戰敗血飄杵〔一〕，力屈猶思爲厲鬼。玄元祠前哭一聲，朝食愛姬暮羅鼠。唐家宫殿秋草生，二十一陵如掌平。獨遺雙廟門前石，日有行人來繫牲。

神雞童〔二〕

神雞童，解雞語，青年十三動人主〔三〕。雞坊小兒五百人，指揮進退皆由女〔四〕。雲華雕翠聳寶冠，白繡羅襦耀金縷。振木鐸，麾玉麈，率雙雄，分兩旅，導立羣雞皆有序。左雄巍冠滴紅藍，右雄彩翮翻花羽。短咮磨鐵吻，鋼鉤礪銅距。怒頸刺蝟張，老拳霜鶻舉〔五〕。强者昂藏弱者僂，龍顔一笑爲君傾，賜賚

〔一〕睢陽戰敗血飄杵：敗、飄，弘治王術刊本分别作「罷」、「漂」。
〔二〕詩題：弘治王術刊本詩題下有小注「事見陳鴻《東城父老傳》」。
〔三〕青年十三動人主：三，弘治王術刊本作「五」。
〔四〕指揮進退皆由女：女，弘治王術刊本作「汝」。下文同此情况不再出校。
〔五〕老拳霜鶻舉：霜，底本作「雙」，據弘治王術刊本改。

金繒多如雨〔一〕。劍尖跳，竿頭舞，弄丸兒，走繩女，教坊百伎皆色沮〔二〕。君不見，千里東封隨軟輿，父死歸葬天恩殊。縣官具葬器，役夫挽喪車。乘傳洛陽道，走馬長安衢。奪情起復不暫置，明年會駕驪山隅。寵榮富貴世莫比〔三〕，何必宋宗勤讀書？

大腹兒

麀巫夜禱軋犖山，淫光下燭穹廬寒。柳城胡兒不敢睡〔四〕，四野惡聲啼狗犴〔五〕。猪龍怒磔老梟腹〔六〕，鱗甲粗疎頭角禿。婪酣大肚三百斤〔七〕，偷得真龍半分福。平盧寶刀未發硎，范陽氈帳先潛形〔八〕。金雞口

〔一〕賜賫金繒多如雨：多，弘治王術刊本作「夥」。
〔二〕教坊百伎皆色沮：伎，弘治王術刊本作「戲」。
〔三〕寵榮富貴世莫比：世，弘治王術刊本作「勢」。
〔四〕柳城胡兒不敢睡：胡，底本作「小」，據弘治王術刊本、文淵閣四庫本、《元詩選》本改。
〔五〕四野惡聲啼狗犴：犴，底本作「肝」，據《元詩選》本改。
〔六〕猪龍怒磔老梟腹：梟，弘治王術刊本作「蛟」。
〔七〕婪酣大肚三百斤：肚，弘治王術刊本作「腹」。
〔八〕平盧寶刀未發硎范陽氈帳先潛形：弘治王術刊本作：「范陽氈帳妖潛形，張仁愿搜盧帳，欲盡殺之，母匿而免。平盧寶刀遲發硎。張守圭。」《元詩選》本此句下有小注「一作『范陽氈帳妖潛形，平盧寶刀遲發硎』」。

吐東北敇〔一〕，青騾蹄作西南聲〔二〕。鳳凰池荒金鏡破〔三〕，獬豸臺傾胡眼大〔四〕。東風野鹿嚼楊花，白日妖狐登御座。華清玉甃湯作泉，洗兒果撒黃金錢。並刀翦綵十六幅，錦綳壓碎宮娥肩。象牀夜冷嬰兒哭，猪龍爪破金訶玉。香齦不痛荔枝漿，雄心已飽雞頭肉。長安天奪蜜口臣，銅頭鬼鼓漁陽塵〔五〕。赤心一夜變胡腹，二十四郡都無人〔六〕。潼關夜漏雞聲早〔七〕，馬嵬坡下冰山倒。劍門西寄杜鵑巢，練帶玉環埋翠草。嘉山土門勤戰功，猪兒帳下屠猪龍。旄頭星落大腹破，机上鸞刀一尺紅。〔八〕

偃月堂

丞相總朝綱，謀深偃月堂。腹中有長劍，不用夜還牀。

〔一〕金雞口吐東北敇：弘治王術刊本此句下有小注「明皇勑白衣將領」。

〔二〕青騾蹄作西南聲：蹄，底本作「啼」，據弘治王術刊本、文淵閣四庫本、《元詩選》本改。

〔三〕鳳凰池荒金鏡破：池荒，弘治王術刊本作「春池」；《元詩選》本「池荒」下有小注「一作『春池』」。

〔四〕獬豸臺傾胡眼大：豸，《元詩選》本作「廌」；臺傾，弘治王術刊本作「霜臺」，《元詩選》本「臺傾」下有小注「一作『霜臺』」。

〔五〕銅頭鬼鼓漁陽塵：弘治王術刊本此句下有小注「巫云祿山常有五百銅頭鬼輔之」。

〔六〕二十四郡都無人：都，弘治王術刊本作「俱」；《元詩選》本「都」字下有小注「一作『俱』」。

〔七〕潼關夜漏雞聲早：夜漏，弘治王術刊本作「漏夜」。

〔八〕校點者案，《元詩選》詩末注云：「此詩一刻成廷圭，恐誤。」今檢沈季友《檇李詩繫》等書，即將此詩歸入成廷圭名下，不過，成氏別集《居竹軒詩集》（文淵閣四庫本）並未收録該詩，而《玉笥集》各種版本卻均見收録，此詩當是張氏所作。

射塔謠〔一〕

南八男兒忠義腸，一死不負張睢陽。救兵不出嚼指傷，天箭射塔塔欲僵〔二〕。男兒姓名千古香，柳碑自與長淮長。

陳濤斜

陳濤斜，四萬義兵焚牛車。東青坂〔三〕，再戰南軍俱不返。兩書生〔四〕，一琴客〔五〕，敗軍蠹政誰之責？君不見〔六〕，閬州丹旐歸來晚，魚飡預定龜兹板〔七〕。

〔一〕詩題：弘治王術刊本作「南八兒」。
〔二〕天箭射塔欲僵：箭，底本作「翦」，據弘治王術刊本、文淵閣四庫本改。
〔三〕東青坂：坂，弘治王術刊本作「坡」。
〔四〕兩書生：弘治王術刊本此句下有小注「劉秩、李楫」。
〔五〕一琴客：弘治王術刊本此句下有小注「董庭蘭」。
〔六〕君不見：弘治王術刊本此句作「烏乎」。
〔七〕魚飡預定龜兹板：弘治王術刊本此句下有小注「瑄得逭敗軍之誅者，以生死預定也」。

白衣山人　李泌

白衣者山人，黄衣者聖人。聖人起作中興主〔一〕，山人出爲謀畧臣〔二〕。王師尚未誅安史，何事山人先納履〔三〕？學仙本不爲長生，且向牝雞逃一死。黄瓜臺下黄瓜稀，黄衣復國青騾歸〔四〕。飛龍廄使交鎖鑰，天下之事無可爲。白衣不復入京國，歸食衡陽三品禄〔五〕。芋頭飽啖懶瓚殘〔六〕，留取遺謀匡代德。

李五父　李輔國

靈武儲君奮潛邸，飛龍小兒乘勢起。大權世襲脱靴翁，從此門生視天子。閹侫職本黄門郎，抵用收權生禍殃〔七〕。中宫狡計殺張后，西内禁兵遷上皇〔八〕。李五父，唐之悖。天刑不正市曹誅〔九〕，半夜盗兒偷

〔一〕聖人起作中興主：起，弘治王術刊本作「志」。
〔二〕山人出爲謀畧臣：出，弘治王術刊本作「願」。
〔三〕王師尚未誅安史何事山人先納履：弘治王術刊本作：「白衣人，鬼谷子。」
〔四〕黄衣復國青騾歸：弘治王術刊本此句下有小字評論云：「句佳，不爲事所窒。」
〔五〕歸食衡陽三品禄：禄，底本作「食」，據弘治王術刊本改。
〔六〕芋頭飽啖懶瓚殘：芋，底本作「竿」，據弘治王術刊本、文淵閣四庫本改。
〔七〕閹侫職本黄門郎抵用收權生禍殃：弘治王術刊本作：「李五父，黄門郎。」
〔八〕西内禁兵遷上皇：遷，弘治王術刊本作「移」。
〔九〕天刑不正市曹誅：曹，弘治王術刊本作「朝」。

首骨〔一〕。門生不忍醜屍分〔二〕，賜葬恩酬定策勛。

奴才

郭子儀嘗言吾家之子皆奴才也

天子聾家公〔三〕，將軍軟節度〔四〕。汾陽五福人莫如，猶恨西平生阿愬〔五〕。令公能以功名終，膏粱遺蔭生八雄。幸有曜兒稱孝謹，如晞如曖皆妄庸。郭家子，雖奴才，都虞候，戴頭來〔六〕，尚書留後轅門開。尚書若斷老兵首，郭家之子真奴才。

藍面鬼

盧杞

藍面鬼，内狡獪，外愿慤。人言鬼姦邪，天子殊不覺。藍面鬼，肆讒毀，二帝四王相次起〔七〕。矯情

〔一〕半夜盜兒偷首骨：骨，弘治王術刊本作「去」。

〔二〕門生不忍醜屍分：弘治王術刊本此句前有「烏乎」二字；分，弘治王術刊本作「磔」。

〔三〕天子聾家公：弘治王術刊本此句下有小注「代宗」。

〔四〕將軍軟節度：弘治王術刊本此句下有小注「白孝德」。

〔五〕猶恨西平生阿愬：恨，弘治王術刊本作「愧」。

〔六〕戴頭來：戴，弘治王術刊本作「帶」；弘治本此句下有小字評論云：「善用事。」

〔七〕二帝四王相次起：弘治王術刊本「二帝」、「四王」下分別有小注「朱泚、李希烈」、「李納、王武俊、田悅、朱滔」。

雖蔽中興君，至論焉逃鬼谷子。中書令公獨先知，朔方節度由女死〔一〕。忠貞不學先中丞〔二〕，血面能令魯公詆〔三〕。

新店民

新店民，何不樂。歲豐穀稔可作懽，吏格詔書恩不渥。九重深，下民賤。咫尺天威情不展，幸因田獵及芻蕘〔四〕。又不深謀思及遠〔五〕，太陽苦被浮雲遮。何不謗木肺石開南牙，廣恩沛澤被天下，無事獨復光奇家。

桐葉歎

涇卒生奇變，狂奴夜犯宮。渭橋頻力戰，魯店冠元公。御史情雖切，先生志不同。掌心桐葉破，千古恨難窮。

〔一〕朔方節度由女死：弘治王術刊本此句下有小注「李懷光」，下文另有詩句作：「藍面鬼，澧州鬼。」

〔二〕忠貞不學先中丞：弘治王術刊本此句下有小注「杞父奕」。

〔三〕血面能令魯公詆：血面，弘治王術刊本作「面血」；弘治本此句下有小注「顔真卿」。

〔四〕幸因田獵及芻蕘：因，文淵閣四庫本作「由」。

〔五〕又不深謀思及遠：謀思，弘治王術刊本作「思謀」。

樊段歎

倒印召追兵，拔笏擊賊首。表表段司農，忠壯古無有。草册復仰藥，不如先斷手。何事樊太常，殺身且遺醜。舍生固不易，處死良獨難，但看安不安[一]。偶因樊志喪，愈覺段心丹。

弔裴晉公

客散午橋莊，人空緑野堂。涼臺風罷扇，燠館月侵牀。慷慨平淮節，凄涼別墅觴。疇咨張國勢，誰爲整王綱。邁爽虛神觀，堅貞折棟梁。四朝全懿德，五子繼恩光。用舍關輕重，華夷仰聞望。皇程纔睥睨，牛李又跳踉。鐫詆雖無害，浮沉大可傷。元和猶負謗，寶慶固難量。侃侃詞臣疏，勤勤諫苑章。聖心存眷顧，天意幸聰朗。險矣非衣讖，危哉第五岡[二]。腐儉鋒莫觸，關子舌尤長。元老雖云壽，皇圖竟不昌[三]。可憐榮配享，無復坐巖廊。特旨探遺奏，殊恩勑護喪。營塋空有地，晉祀已無亡。朋黨終軒輊，藩臣竟頡頏[四]。惟遺身後傳，功抗郭汾陽。

[一] 但看安不安：弘治王術刊本此句前有「無問決未決」五字。
[二] 危哉第五岡：岡，弘治王術刊本作「崗」。
[三] 皇圖竟不昌：皇，底本作「星」，據弘治王術刊本、文淵閣四庫本改；竟，底本作「競」，據弘治本改。
[四] 藩臣竟頡頏：竟，弘治王術刊本作「競」。

柿林院

永貞天子開東邸，書奕兩奴相表裏。問安一語動天衷，從此大權皆入己。牛家之女韋家郎〔一〕，女專誥命郎平章。書奕兩奴雙翼長，書奴弄筆翰林院，奕奴索飯中書堂。可憐八司馬，一例投南荒。惜乎監國不早起〔二〕，奕奴明年方賜死。

甘露行

甘露夜降金吾廳，石榴枝上明珠明。金吾將軍祥瑞奏，神策中尉恫疑生。壁衣風吹機不祕，赤棓兒郎眼中寘。金輿決破紫罘罳，丞相緑衫借堂吏〔三〕。閹屍未臭鳳鳴山〔四〕，節度頭落茶盤間〔五〕。天殺二兇天

〔一〕牛家之女韋家郎：弘治王術刊本此句作：「牛家女，牛昭容。韋家郎。韋執誼。」

〔二〕惜乎監國不早起：惜，弘治王術刊本作「烏」。

〔三〕丞相緑衫借堂吏：弘治王術刊本此句下有小注「訓知事不濟，易衣走」。

〔四〕閹屍未臭鳳鳴山：弘治王術刊本此句下有小注「王守澄」。

〔五〕節度頭落茶盤間：茶，底本作「葉」，據弘治王術刊本改；弘治本此句下有小注「鄭註殺於鳳翔張仲清啜茶之所」。

假手，相公不必咎王璠〔一〕。

封刀行〔二〕

永平殿下飛金仙，洛陽白馬遍中原〔三〕。臺城飢鬼死不悟〔四〕，武德沙汰成徒然。會昌君相兩英傑，大索逃丁出空穴〔五〕。精藍四萬盡歸官，天下僧尼俱長髮。盧龍節度封寶刀，不爲囷藪容逋逃。郎中淺見不足録〔六〕，大中天子真痴叔〔七〕。妄生更改復浮屠，不記長安窟室通李吴〔八〕。

〔一〕天殺二兇天假手相公不必咎王璠：弘治王術刊本作：「前車賜死不早戒，宋申錫。苦語何用深尤璠。王涯咎王璠曰：『前不□語，必無今日。』於戲大和文宗。兩遺醜，前申錫，後訓、註。天殺二兇天假手。餘殃偏痛月蝕歌，腰血千年青獨柳。余子死不多惜，獨玉川負屈耳。」

〔二〕詩題：弘治王術刊本詩題下有小注，作：「代宗會昌元年，毀天下浮屠，盧龍節度使張仲武封二刀，付居庸關，曰：『有遊僧入境，斬之。』」

〔三〕洛陽白馬遍中原：弘治王術刊本此句下有小字評論云：「先叙鬼夷之教來中國，極是。」

〔四〕臺城飢鬼死不悟：飢，弘治王術刊本作「餓」。

〔五〕大索逃丁出空穴：空，弘治王術刊本作「妖」。

〔六〕郎中淺見不足録：郎中，弘治王術刊本作「韋郎」；弘治本此句下有小注「主客郎中韋博上請」。

〔七〕大中天子真痴叔：大中，弘治王術刊本作「太平」。

〔八〕不記長安窟室通李吴：李，弘治王術刊本、文淵閣四庫本作「蓋」。

餞梁王

壽春殿，延喜樓，梁王欲歸天子留。樓前百戲排倡優，百官陪晏酬未休〔一〕。梁王上馬樓上頭〔二〕，梁王東歸天子愁。天子愁，梁王喜。鴟梟暗移傳國璽〔三〕，碭山王氣瓏瑽起。皇后捧金卮，天子歌柳枝〔四〕，家亡國破無多時。讀此，不覺涕泗横流，恨不剸刃賊臣，以快其心。河東鴉兒獨眼窺〔五〕，紇干凍雀死不飛〔六〕，灞橋送客那得知〔七〕。

王鐵鎗〔八〕

朱晃帝中國，人皆盗賊之。沙陀起竝世，勢力相挾持〔九〕。血戰長河間，六年筋力疲。兵威日益弱，

〔一〕百官陪晏酬未休：酬，弘治王術刊本作「醉」。
〔二〕梁王上馬樓上頭：上頭，弘治王術刊本作「下頭」。
〔三〕鴟梟暗移傳國璽：弘治王術刊本此句下有小注「蘇循、楊涉」。
〔四〕皇后捧金卮天子歌柳枝：弘治王術刊本作：「烏乎！雌龍捧金卮，雄龍歌柳枝。昭宗賦《楊柳枝》五首，何后酌酒爲全忠壽。」
〔五〕河東鴉兒獨眼窺：弘治王術刊本此句下有小注，作：「克用以崔胤恃全忠，歎曰：『國破家亡在眼中矣。』」
〔六〕紇干凍雀死不飛：弘治王術刊本此句下有小注，作：「昭宗爲全忠所殺，歎曰：『紇干山頭凍殺雀，何不飛去生處樂？』」
〔七〕灞橋送客那得知：弘治王術刊本此句下有小注「崔胤送全忠至於灞橋」。
〔八〕詩題：鎗，弘治王術刊本作「槍」。下文同此情況不再出校。
〔九〕勢力相挾持：力，弘治王術刊本作「與」；挾，底本作「扶」，據弘治王術刊本、文淵閣四庫本改。

國勢日益瘘。懦將外召侮，奸臣內生欺。將軍食其禄，報主死不辭。願以一鎗勇，往濟社稷危。慷慨吐雄畧〔一〕，發憤親戎師。夜火焚河梁，敵人俱紛披。南城竟不守，果速稱神奇〔二〕。藐視太原孽，聲聲呼小兒。良猷未及展，庸君先見疑。左右盡側目，逐之惟恐遲。竟奪虎熊旅，付彼河上痴。卒畀保鑾隊，殉君忠壯屍。丈夫頭可斷，豹死固留皮。雖曰置身錯〔三〕，大節終不隳。蕭條滑州寺，遺象父老思。禍亂五十年，置君如弈棊。爲臣死國難，此義無人知。五朝八易姓，主死臣不悲。不意武夫中，有臣能若斯。豈無長樂老，爵位榮一時。縱保兔園册，至今天下嗤。

李天下

莊宗好音樂，卒以音樂葬，所謂君以此始，必以此終。余悲之，爲賦《李天下》。〔四〕

沙陀一夜鴉兒死，夾寨堤邊黄霧起。三枝誓箭挂馬鞍，誓與先王刷遺恥。六年河上幾辛苦，纔得河南一

〔一〕慷慨吐雄畧：慷，底本作「慵」，據弘治王術刊本、文淵閣四庫本改。
〔二〕果速稱神奇：果，弘治王術刊本、文淵閣四庫本作「拙」。
〔三〕雖曰置身錯：置，弘治王術刊本作「致」。
〔四〕校點者案，此詩序底本無，據弘治王術刊本補。

丸土。盧龍悖子雖剖心〔一〕，耶律羶夷猶未虜〔二〕。櫛風沐雨壯志荒，傅粉塗朱樂未央。癩梟本畏太原孽〔三〕，驕子卻化邯鄲倡〔四〕。歌吴歈，習趙舞。吹玉笙，擊花鼓。十萬貔貅介胄雄〔五〕，三千粉黛煙花主。呼優名，李天下，龍頰輕批面如赭。法刀不斬敬新磨，鏡破銅光解如瓦〔六〕。魏州總管著柘黄，門高流矢生金瘡。劉尼不進銀瓶醴，鳳瑟鸞箏殉龍體〔七〕。君不見，鐵鎗將軍有先知，鬬雞咬犬呼小兒。

〔一〕盧龍悖子雖剖心：弘治王術刊本此句下有小注「劉仁恭」。

〔二〕耶律羶夷猶未虜：夷，弘治王術刊本作「胡」；弘治本此句下有小注「阿保機」。

〔三〕癩梟本畏太原孽：畏，底本作「爲」，據弘治王術刊本改；弘治本此句下有小注，作：「朱温嘗曰：『不意太原遺孽昌熾如此。』」

〔四〕驕子卻化邯鄲倡：卻，底本作「都」，據弘治王術刊本改；倡，弘治王術刊本作「娼」。

〔五〕十萬貔貅介胄雄：介，弘治王術刊本作「甲」。

〔六〕鏡破銅光解如瓦：銅，弘治王術刊本作「同」。

〔七〕鳳瑟鸞箏殉龍體：鸞，底本作「龍」，據弘治王術刊本、文淵閣四庫本、《元詩選》本改。

金牀兔〔一〕

兔子上金牀，閉門作天子。日從日上生〔二〕，竟促明年死〔三〕。大鳥名鸑鷟，四目而三足。聲聲呼羅平，羅平赤公族。碧楮降朱文，赤光耀金虺。本圖南越榮，翻作西江鬼。〔四〕順天者昌逆天亡，南金越綾徒多藏〔五〕。八都副使拜尚父〔六〕，四世相承吴越王〔七〕，羅平髑髏悲血光。

〔一〕詩題：弘治王術刊本詩題下有小注，作：「董昌□（校點者案，或當作『求』）爲越王，朝廷未許。諂（校點者案，原作『謠』，據文意改）者曰：『□（校點者案，或當作「曷」）若爲越帝』。於是吏民上符讖。昌曰：『兔子上金牀，此謂我也。我生太歲在卯，明年歲又在卯，吾稱帝之秋也。』遂反，自稱大越羅平國，改元順天。先是，咸通中，吴越言山中有太鳥，四目三足，聲云『羅平天册』。昌曰：『此乃吾家之鸑鷟也』。」

〔二〕日從日上生：弘治王術刊本此句作「誰云董公健」。

〔三〕竟促明年死：竟，弘治王術刊本作「自」。

〔四〕自「碧楮降朱文」至「翻作西江鬼」：弘治王術刊本作「烏乎」。

〔五〕南金越綾徒多藏：徒，底本作「從」，據弘治王術刊本改。

〔六〕八都副使拜尚父：使，弘治王術刊本作「將」。

〔七〕四世相承吴越王：四、相承，弘治王術刊本分別作「五」、「尊榮」。

申伶兒〔一〕

黄金鍾，真珠酒，弟飲此兮千歲壽〔二〕。真珠酒，黄金鍾，兄分飲兮壽當與弟同，兄不飲兮弟愈恭。兄色變，弟心疑，弟不退兮兄無辭〔三〕。申伶兒，起合雙金卮，一飲潰腦死莫醫〔四〕。死莫醫，置不知〔五〕。願全紫荆樹，莫忘棠棣詩。

陳橋行

唐宮夜祝邈佶烈〔六〕，憂民一念通天闕。帝星下射甲馬營，紫霧紅光掩明月。殿前點檢作天子，方頤

〔一〕詩題：弘治王術刊本詩題下有小注，作：「南唐李知誥以金鍾酒賜弟知詢，曰：『願弟壽千歲。』知詢疑有毒，引他器均之，跪曰：『願吾兄各享五百歲。』知誥變色不肯飲，知詢奉鍾不退，左右莫知所爲。伶人申漸高徑前，作詼語，掠二酒合飲之，懷金鍾趨出。知誥密使人以良藥解之，已潰腦死。」

〔二〕弟飲此兮千歲壽：兮，底本作「分」，據弘治王術刊本、文淵閣四庫本改。

〔三〕弟不退兮兄無辭：退，底本作「追」，據弘治王術刊本、文淵閣四庫本改。

〔四〕一飲潰腦死莫醫：潰，底本作「漬」，據弘治王術刊本改。

〔五〕置不知：置，弘治王術刊本作「豈」。

〔六〕唐宮夜祝邈佶烈：祝，弘治王術刊本作「禱」。

大口空誅死〔一〕。重光相盪兩金烏，十幅黃旗上龍體。中書相公掌穿爪，不死不忍祕鴻寶。畫瓠學士獨先幾〔二〕，禪授雄文袖中草。君不見，五十三年血載塗，五家八姓相吞屠。陳橋亂卒不擁馬，撫掌先生肯墜驢〔三〕。

金櫃書〔四〕

約誓書，金櫃藏，不鑒柴家幼兒祚不長。弟兄子姪相繼作，書記署名傳晉王。金櫃書，藏禍府〔五〕，肘腋奇兇起慈母。深宮燭影夜無人，漏下嚴更天四鼓。寡婦孤兒不敢啼，戳地有聲金柱斧。太平王子著龍衣，定策元勛不敢非〔六〕。藝祖有靈君莫急，朱牌金字火羊飛〔七〕。

〔一〕方頤大口空誅死：口，弘治王術刊本作「耳」。

〔二〕畫瓠學士獨先幾：幾，弘治王術刊本作「機」。

〔三〕撫掌先生肯墜驢：弘治王術刊本此句下有小注，作：「陳摶引惡少年幾人入汴，至封丘門，聞太祖即位，撫掌大笑墜驢，曰：『天下自此定矣』。遂隱華山。正與唐高祖、丹丘先生事相類。」

〔四〕詩題：櫃，弘治王術刊本作「匱」。下文同此情況不再出校。

〔五〕藏禍府：藏，弘治王術刊本作「真」。

〔六〕定策元勛不敢非：勛不敢非，弘治王術刊本作「功歸老普」；不，文淵閣四庫本、《元詩選》本作「孰」。

〔七〕藝祖有靈君莫急朱牌金字火羊飛：弘治王術刊本作：「烏乎！秦王薨，岐王刎，魏王又罷開封尹。朱牌金字火羊飛，藝祖有靈君莫隱。」

澶淵行

鐵馬遼軍飲河水，三關要地平如砥。諸城閉壘百僚驚，西幸東巡議蠭起〔一〕。相公峙立不動摇，忠肝義膽凌雲霄。親征雄謀出獨斷，孤注一擲先得梟。澶淵城上黄旗入，萬歲聲中河水立。神弧半夜發牀機〔二〕，天殺蕃酋蕃母泣。蕃兒進退兩成禽〔三〕，可惜君王不追襲。不追襲，失天賜。銀幣年年勞奉使〔四〕，冠履從兹顛倒置。君不見，主和至尊多善柔〔五〕，懶將一矢射岐溝。歲輸二十萬匹絹，不博胡兒一顆頭〔六〕。

〔一〕西幸東巡議蠭起：議，弘治王術刊本作「蟻」。
〔二〕神弧半夜發牀機：半夜，弘治王術刊本作「夜半」。
〔三〕蕃兒進退兩成禽：禽，弘治王術刊本作「擒」。
〔四〕銀幣年年勞奉使：年年，弘治王術刊本作「千千」。
〔五〕主和至尊多善柔：至，弘治王術刊本、文淵閣四庫本作「天」。
〔六〕不博胡兒一顆頭：胡兒，底本作「遼兵」，據弘治王術刊本改；弘治本此句下有小注，作：「太祖嘗曰：『我以二十匹絹易一胡兒首，其精兵不過十萬，止費我數百萬匹絹，則虜皆盡矣。』」

瑤華后 郭氏[一]

君不見，明道時，美人争寵皇后危。外廷議起吕丞相，内殿釁結閻都知[二]。爪痕龍頰有實迹，賜號猶得稱仙師[三]，美人之寵尋亦衰。又不見，紹聖中，婕妤凌后禮不恭。用事擠挑郝内侍[四]，順旨迎合章相公[五]。妄興魘魅卒無驗，詔獄慘酷寃血紅，婕妤正位名號崇[六]。瑤華兩后轍迹同，郭后不歸，孟后生還宫。天刑不殺侍醫賊，地下仁皇愧哲宗。

哀熙寧

熙寧天子仁如堯，熙寧相臣奸如梟。王荆公。心管商，口夔皋。朝保甲兮暮青苗，三司條例紛牛毛。

〔一〕詩題：后，弘治王術刊本作「詞」。
〔二〕内殿釁結閻都知：弘治王術刊本此句下有小注「吕夷簡、閻文應」。
〔三〕賜號猶得稱仙師：弘治王術刊本此句下有小注「封净妃、玉京沖妙（校點者案，原文衍一『妙』字）仙師，賜名沖（校點者案，沖，當作『清』）悟」。
〔四〕用事擠挑郝内侍：弘治王術刊本此句下有小注「隨」。
〔五〕順旨迎合章相公：弘治王術刊本此句下有小注「惇」。
〔六〕婕妤正位名號崇：弘治王術刊本此句下有小注「元符劉后」；弘治本此句下有「烏乎」二字。

祖宗製度皆動摇，百年流毒毒不消〔一〕。於乎！仁皇有意安天下〔二〕，悔不十年相司馬，南方聖人真土苴。

紹述謡

紹述復紹述，賢才一時出〔三〕。壞盡祖宗基，遂得奸臣術。

悲靖康

悲靖康，一主戰，百議和。括金銀，搜馬騾。不將一矢射戎虜〔四〕，奉使往來如走梭。青城車駕不復返，玉緝金支皆渡河〔五〕。君不見，幸使橋口六馬原鈔本當有脱誤。呼二酋話香火〔六〕。

一綱謡　李綱

一綱舉，萬目張。建炎帝，開重光。首竄賣國牙，繼誅易姓王。募軍買馬事戰備，誓爲吾君復舊

〔一〕百年流毒毒不消：消，弘治王術刊本作「銷」。
〔二〕仁皇有意安天下：仁，弘治王術刊本作「神」。
〔三〕賢才一時出：才，弘治王術刊本、文淵閣四庫本作「材」。
〔四〕不將一矢射戎虜：戎虜，底本作「勁敵」，據弘治王術刊本改。
〔五〕玉緝金支皆渡河：支、皆，弘治王術刊本分别作「枝」、「北」。
〔六〕幸使橋口六馬呼二酋話香火：使，弘治王術刊本作「便」；口，弘治王術刊本、文淵閣四庫本作「彘」。

疆。忤汪黄[一]，七十五日中書堂，奉祠已落張公章。浚。嗟乎！一綱去，萬目弛。虜馬長驅飲江水[二]，張公督戰方未已[三]。

岳鄂王歌

君不見，南薰門，鐵爐步，神矛丈八舞長蛇，雙練銀光如雨注。又不見，鐵浮屠，拐子馬，斫脛鋼刀飛白霜，貫陣背嵬紛解瓦。義旗所指人不驚，王師到處壺漿迎。兩河忠義望風附，襄鄧荆湖唾手寧。朱仙鎮上馬如虎，百戰經營心獨苦。賜環竟壞迴天功，捲旆歸來卧樞府。錢塘宫殿春風輕，嬌兒安晏醉未醒[四]。徒令功臣三十六，舞女歌兒樂太平。虎頭將軍面如鐵，義膽忠肝向誰説。只將和議兩封書，往拭先皇目中血[五]。將軍將軍通軍術[六]，君命不受未爲失。大夫出疆事從權，鐵馬長驅功可必。功成解甲面赤墀，拜表謝罪死不遲。惜哉忠義重山岳，智不及此良可悲。嗚呼！肆讒言，加毒手，申王心[七]，

[一] 忤汪黄：弘治王術刊本此句重復一遍。

[二] 虜馬長驅飲江水：虜，底本作「敵」，據弘治王術刊本改。

[三] 張公督戰方未已：文淵閣四庫本、《元詩選》本此句重復一遍。

[四] 嬌兒安晏醉未醒：晏，弘治王術刊本、文淵閣四庫本、《元詩選》本作「宴」。

[五] 往拭先皇目中血：往拭、目中，弘治王術刊本分别作「滴作」、「墳上」。

[六] 將軍將軍通軍術：軍術，弘治王術刊本作「經術」。

[七] 申王心：弘治王術刊本「申王」下有小注「秦檜」。

循王口〔一〕，蘄王湖上乘驢走〔二〕。五國城頭帝鬼啼〔三〕，胡兒相酌平安酒〔四〕。

悲建紹

張都督，殺曲端，關中斷右腕〔五〕，中興天子無相干。秦丞相，陷岳飛，江左長城墮，中興天子知不知？鐵象馬，精忠旗，婁室望風走，兀术揾淚歸，旗折馬斃事可悲。君不見，竄李綱，死宗澤，可憐建紹同轍迹，中興中興良可惜！

冷山使　洪皓

冷山使者蘇武流，仗節不畏敵人囚〔六〕。冷山八月雪成丈，四月五月猶氈裘。土人畏寒不敢出，使者

〔一〕循王口：弘治王術刊本「循王」下有小注「張俊」。
〔二〕蘄王湖上乘驢走：弘治王術刊本「蘄王」下有小注「韓世忠」。
〔三〕五國城頭帝鬼啼：帝鬼，弘治王術刊本作「二帝」。
〔四〕胡兒相酌平安酒：胡兒，底本作「殷勤」，據弘治王術刊本改。
〔五〕關中斷右腕：腕，弘治王術刊本作「臂」。
〔六〕冷山使者蘇武流仗節不畏敵人囚：弘治王術刊本作：「冷山使，蘇武流。不受僞齊官，甘從胡虜囚，顛連困苦十五秋。」人，文淵閣四庫本作「國」。

甘居十五秋〔一〕。戎王聚落不滿百〔二〕，土廬氈帳風蕭索。採薪乞食教胡雛〔三〕，嚙雪嚼氈籌漢策。歸來館閣席未温，一斥南荒九年謫〔四〕，天之報公何偪側！君不見，兩樞相，一侍臣，天之報公不在身〔五〕。

韓太師

黄袍飛著嘉王體，閤門知事從龍起〔六〕。經筵侍講戲倡優，定策宗臣趙汝愚。永州死。諫司臺憲鷹犬多，擊搏忠正收讒阿。何劉胡沈奮牙爪〔七〕，五十九賢投網羅。北珠冠子高一尺，十四夫人分寵席。行燈午夜鬧元宵，京尹師睪。明朝轉恩澤。地衣紅錦齊中堂，真珠搭當生明光。大臣排列賀生旦，進奏文移行四方。太師權重專天眷，邊釁胡爲起征戰。威行宫省勢如山，一日惡盈翻局面。玉津園裏悲風生，日色慘慘天冥冥。中軍統製擁車轂〔八〕，密旨一語加天刑〔九〕。殺韓侂冑。天殺權奸天假手，何事斲棺遠函首。

〔一〕士人畏寒不敢出使者甘居十五秋：弘治王術刊本無此十四字。

〔二〕戎王聚落不滿百：弘治王術刊本「戎王」下有小注「陳王悟室」。

〔三〕採薪乞食教胡雛：採，弘治王術刊本作「將」；胡雛，底本作「兒童」，據弘治本、文淵閣四庫本改。

〔四〕一斥南荒九年謫：弘治王術刊本此句下有小注「英州安置」。

〔五〕天之報公不在身：弘治王術刊本作：「天之報公在公之子不在公之身。皓三子：長適，丞相；次遵，樞府；次邁，内翰。」

〔六〕閤門知事從龍起：從，弘治王術刊本作「隨」。

〔七〕何劉胡沈奮牙爪：弘治王術刊本「何」、「劉」、「胡」、「沈」下分別有小注「澹」、「德秀」、「紘」、「繼祖」。

〔八〕中軍統製擁車轂：弘治王術刊本「中軍統製」下有小注「夏震」；擁，底本作「權」，據弘治王術刊本改。

〔九〕密旨一語加天刑：天，文淵閣四庫本作「大」。

君王不復三世讐，地下權奸堪藉口。

咸淳師相

賈似道

咸淳師相專軍國，堂吏館賓供羽翼〔一〕。諸司百職聽使令，臺諫承顏言路塞。輪舟五日一入朝，湖山佳處多逍遥〔二〕。諛言佞語頌功德，邊事軍聲聽寂寥。半閑堂連多寶閣，歌姬舞妓相懽樂。十年國勢盡傾摧，猶謂師臣堪付託。師臣師臣躬督兵，珠金沙頭鑼一聲。十三萬人齊解甲，寡婦孤兒俱北行。君不見，黯淡溪流東復東〔三〕，木棉花開生悲風。師臣不忍馬革裹，厠上有人能拉胷〔四〕。

從容堂詞

江萬里

朔風翻大江，吹仆碧油幢。懦將争投款，奸臣竄去邦。從容堂上鬼，節義獨成雙。更有熊湘閣，全家死不降。

〔一〕堂吏館賓供羽翼：弘治王術刊本「堂吏」、「館賓」下分别有小注「翁應龍」、「廖瑩中」。

〔二〕湖山佳處多逍遥：佳、逍遥，弘治王術刊本分别作「嘉」、「消摇」。

〔三〕黯淡溪流東復東：溪，弘治王術刊本作「灘」。

〔四〕厠上有人能拉胷：有人，弘治王術刊本作「虎兒」；弘治王術刊本此句下有小注「鄭虎臣押送至木綿菴，拉胸死」。

厓山行

三宫銜璧國步絶，燭天炎火隨風滅。間關海道續螢光，力戰厓山猶一決。午潮樂作兵合圍，一字舟崩遂不支。檣旗倒仆百官散，十萬健兒浮血屍。皇天不遺一塊肉〔一〕，一瓣香焚海舟覆。猶有孤臣卧小樓，南面從容就刑戮。

〔一〕皇天不遺一塊肉：肉，弘治王術刊本作「土」。

玉笥集卷三

元　張憲　撰

古樂府

古有所思行

我思古之人兮不可從，乃在黄土之底、青編之中。青編幾帙載名姓，黄土萬冢埋英雄。重泉黯黯隔白日，宰木颯颯生悲風〔一〕，我雖有言誰爲通〔二〕？皇天不肯惜人物，百年轉眼如飄蓬。秦皇漢武氣餤蓋

〔一〕宰木颯颯生悲風：木，弘治王術刊本作「樹」。
〔二〕我雖有言誰爲通：言，弘治王術刊本、文淵閣四庫本作「語」。

一世，彭殤丘跖俱成空[一]。黃帝升鼎湖，橋山葬遺弓。虞舜死九疑[二]，鑾輿不還宫。明王聖主只如此[三]，紛紛二子直螻螘[四]。二女泣兮湘竹斑，羣臣歸兮弓劍閒。弔古昔兮望遠，見江上之青山。白玉槨，黃金棺，千年滯魄生辛酸。功名震主亦閒事，不若樽前且破顔。

從軍行

從軍天目山，走馬臨安道。雖不著戰士鐵鎖袍，亦載趙公渾脫帽[五]。金鼓震四野，秋風吹三關。將軍不尚殺，士卒何時還？白露下青草，高樓多怨思。杵聲空入夢，誰解送征衣。三軍糧食盡，將士衣裘暖。女且拾橡栗，我欲醉絃管。楚王挾纊，越子投醪。同功共事，均苦分勞。入參謀議，出事弓馬。黃石之言，聽者蓋寡。

[一] 彭殤丘跖俱成空：丘，底本作「邱」，據弘治王術刊本改。校點者案，孔子名丘，清雍正三年上諭，除四書五經外，凡遇「丘」，並加「阝」旁爲「邱」，今悉數改作原字，下文不再一一出校。

[二] 虞舜死九疑：疑，弘治王術刊本作「嶷」。

[三] 明王聖主只如此：王，弘治王術刊本作「皇」。

[四] 紛紛二子直螻螘：二、直，弘治王術刊本分別作「餘」、「真」。

[五] 亦載趙公渾脫帽：載，文淵閣四庫本作「戴」。

雉子斑曲

雉子斑，雙雙起[一]，錦膺繡頸斑斕尾。十步一啄粟[二]，百步一飲水。雌逐雄飛，雄隨雌逝。不願拘攣生，寧求野鬬死。野鷹昨夜下蒿藜，搦雄飛去雌獨歸。雉子斑，忍分離，辟邪伎作鼓吹悲。

行路難

行路難，前有黄河之水，後有太行之山。車聲宛轉羊腸坂，馬足蹭蹬人頭關。白日叫虎豹，腥風啼狗犴[三]。拔劍顧四野，使我摧心肝。東歸既無家，西去何時還？行路難，重咨嗟。乞食淮陰市，報仇博浪沙。一劍不養身，千金徒破家，古來未際皆紛拏。行路難，多岐路。馬援不受井蛙囚，范增已被重瞳誤。良禽擇木乃下棲，不用漂流歎遲暮。

擬招

以我美姝，易彼紫騮，裝刀頭兮飾箭𩌦。西蕩秦隴，東清荆吴。擬立功於不朽，任市人之揶揄。客

[一] 雙雙起：雙雙，底本作「曲雙」，據文淵閣四庫本改；弘治王術刊本作「雙飛」。
[二] 十步一啄粟：粟，弘治王術刊本作「黍」。
[三] 腥風啼狗犴：風，弘治王術刊本作「氣」。

有忘君背國竊禄而活者，亦何異食溷之鼠、穴墓之狐？厭見窮猿守株於巖野，困鳥脱羅於江湖〔一〕。吾誠不能依阿偃仰以殉世〔二〕，仰皇穹而號呼。若乃沐浴日光，廓清天衢，抑血誠憤發於所感，又孰知强弱成敗之何如〔三〕？豪傑兮歸來，吾與爾兮良圖。

將進酒

酒如澠，肉如陵。趙婦鼓寶瑟，秦妻彈銀箏，歌兒舞女列滿庭。珊瑚案，玻璃罌〔四〕，紫絲步障金雀屏。客人在門主出迎，蓮花玉杯雙手擎。主人勸客客勿停，十圍畫燭夜繼明。但願千日醉，不願一日醒，世間寵辱何足驚！珠萬斛，金千籯。來日大難君須行，胡不飲此長命觥？劉伯倫〔五〕，王無功，醉鄉深處了平生。英雄萬古瘞黄土，惟有二子全其名。

〔一〕困鳥脱羅於江湖：羅，弘治王術刊本作「網」。
〔二〕吾誠不能依阿偃仰以殉世：殉，弘治王術刊本作「徇」。
〔三〕又孰知强弱成敗之何如：强弱成敗，弘治王術刊本作「成敗强弱」。
〔四〕玻璃罌：玻，弘治王術刊本作「琉」。
〔五〕劉伯倫：弘治王術刊本此句前有「君不見」。

行行重行行

行行重行行，此别何時還？風霜阻道路，歲月凋朱顔。層冰剥肌肉，半是刀箭瘢。金印大如斗，積功良亦艱。君看霍去病，終葬祁連山。

白雪吟

白雪復白雪，寡儔將奈何。不如下里唱〔一〕，能使和者多。繁囂亂俗耳，寧復知謬訛。五絃斷南風，咸韶隨逝波。正聲久絶學，舉世皆淫哇。吾將復大雅，盡掃蚊與蛙〔二〕。后夔今不在，曲成誰爲歌？

俠　贈

趙客虎皮冠，走馬章臺柳。自小恥讀書，吴鉤不離手。千里殺讐家，空中騰匕首。俠累座上死，嬴

〔一〕不如下里唱：里，弘治王術刊本、文淵閣四庫本作「俚」。
〔二〕盡掃蚊與蛙：蚊、蛙，弘治王術刊本分别作「蛟」、「鼃」。

政廷中走〔一〕。屠兒貪黃金，狂生終掣肘。丈夫難圖名〔二〕，合義死不朽。安得藺相如，澠池一杯酒〔三〕。

房中思

紅象作小梳，髻龍盤漆髮。香泥擣守宮，染透桃花骨。白馬不歸來，倚牀弄紅拂。桂陰緑團團，坐對玲瓏月。

銅雀妓〔四〕

陵樹日沉西，秋風石馬嘶。芳樽傾繐帳，詎肯濕黃泥。慘慘笙歌合，遥遥望眼迷。玉人脆如草，能得幾回啼？

秋　怨

雨聲繞山來，撼屋風獵獵。銀牀暑氣消，金井下梧葉。胭脂墮微淚，鸞鏡曉粧怯。香冷紅象梳，髻

〔一〕嬴政廷中走：廷中，弘治王術刊本作「庭下」。

〔二〕丈夫難圖名：難，弘治王術刊本作「雖」。

〔三〕澠池一杯酒：杯，弘治王術刊本作「尊」。

〔四〕詩題：雀，弘治王術刊本作「爵」。

薄釵燕貼[一]。明日玉闌干，槿花飛莫蝶。

天府告斗[二]

黄巾騎馬騰紅雲，緑章細書天篆文。芙蓉小冠切白玉，伏地夜奏中天君。灼灼桃花映羊首，電繞魁罡百怪走。九皇一笑帝車移，銀鹿作耙霞注酒。玉衡閃爍招摇光，人間塵土何茫茫。石家買得緑珠笑，五雲踏地椒壁香。短衣吹秋車武子，乾抱流螢照書紙。虚空喉舌正司權，杳杳冥冥注生死。

端午詞

榴花照鬢雲髻熱，蟬翼輕綃香疊雪。一丈戎葵倚繡窻，雨足江南好時節。五色靈錢傍午燒[三]，綵勝金花貼鼓腰。段家橋下水如潮，東船奪得西船標。棹歌聲静晚山緑，萬鎰黄金一日銷。

白苧舞詞

吴宫美人青犢刀，自裁白苧製舞袍。輕雲冉冉白勝雪，激楚一曲回風高。九雛鳳釵篸紫玉，長裾窄

[一] 髻薄釵燕貼：貼，文淵閣四庫本作「跕」。
[二] 詩題：天，弘治王術刊本、文淵閣四庫本、《元詩選》本作「火」。
[三] 五色靈錢傍午燒：弘治王術刊本此句下有詩句作：「菖蒲角黍互招邀。赧郎學得水犀戲」。

腰蓮步促。翩翩素袖啓朱櫻〔一〕，金籠鸚鵡飛來熟。館娃樓閣摇春暉，臺城少年醉忘歸。璚窻綺户鎖風色〔二〕，桃樹日長蝴蝶飛。傾城獨立世希有，罷吟緑水停楊柳。急管繁絃莫苦催，真珠臢買烏程酒。

桃花夢

美人夜出胭脂井，骨醉香肌春不醒〔三〕。去年阿護不重來，獨倚晨光照芳影。彩雲紅雨兩無心，覺來飛去三青禽。

夜坐吟

蜻蜓頭落燈花黑，瓦面寒蟾弄霜色〔四〕。玉壺水動漏聲乾〔五〕，夜冷蓮籌三十刻。蓬頭兒子凍磨墨，欲拾羈懷尋不得。起看庭樹響風箏，斗杓墮地天盤側。

〔一〕翩翩素袖啓朱櫻：翩翩，弘治王術刊本、文淵閣四庫本、《元詩選》本作「翩翻」。

〔二〕璚窻綺户鎖風色：綺，弘治王術刊本作「繡」。

〔三〕骨醉香肌春不醒：醉，底本作「碎」，據弘治王術刊本、文淵閣四庫本改。

〔四〕瓦面寒蟾弄霜色：寒，弘治王術刊本作「銀」。

〔五〕玉壺水動漏聲乾：水動，弘治王術刊本作「冰凍」。

秋夢引

翠翹半嚲雙飛鳳，轆轤金井懸銀甕。萬絲翠霧刷鴉光，兩點秋波和淚送。芙蓉帶露不忍折，鸚鵡隔籠時自哢〔一〕。多情宋玉正悲秋，故放香魂入秋夢。

梁苑行

銀鱗靡靡天光晚，晝出梁王江上苑。修眉凝睇秋波長，薄袖分香春麝暖。氤氳寶鼎騰水沉，寂歷宮門閉金鍵〔二〕。三十六竽吹紫雲，露冷高臺雙鳳遠。

夏日吟

白石鑿鑿可礪齒〔三〕，寒泉濯濯宜洗耳。六椽短屋雲下眠〔四〕，三日南風樹頭起。金刀薄切紅鱗鰉〔五〕，

〔一〕鸚鵡隔籠時自哢：哢，弘治王術刊本作「弄」。

〔二〕寂歷宮門閉金鍵：歷，弘治王術刊本作「寞」。

〔三〕白石鑿鑿可礪齒：石，底本作「日」，據弘治王術刊本、文淵閣四庫本改。

〔四〕六椽短屋雲下眠：短，弘治王術刊本作「矮」。

〔五〕金刀薄切紅鱗鰉：鰉，弘治王術刊本作「鯉」。

玉樽細酌松花螘[一]。大星西下月如冰，明漢南來天似水。

楊花詞

東風吹春春不醒，桃花杏花空娉婷。萬絲蒻綠暗如霧，千里相思長短亭。亭前女兒十六七，手挽柔條背春日[二]。六街馬蹄踏黃塵[三]，雪花漫天愁殺人[四]。

食獒行

哤聲夜吠樊將軍，袖刃一擲神血噴。鴻門側盾撞衛士，怒叱項王如狗蹲。黃流一仰一斗吞，生啗彘肩何足論。書生豪猛不減此，燈下漆盤生劍痕。

發白馬

朝發白馬津，暮及陳留縣。兵事急星火，驛程疾雷電。左挾弓，右擎箭。獨飛一騎報軍書，百里王

[一] 玉樽細酌松花螘：酌，底本作「嚼」，據弘治王術刊本改。

[二] 手挽柔條背春日：柔，弘治王術刊本作「長」。

[三] 六街馬蹄踏黃塵：踏，弘治王術刊本作「騰」。

[四] 雪花漫天愁殺人：弘治王術刊本此句重復一次。

城馳急變。丞相鎮静材，清談白羽扇。天子蔽九重，張樂絳霄殿。内朝三日不得朝〔一〕，咫尺天威無路見。三十萬衆解甲降，錦繡封疆成廣薦。明日腥風虜騎來〔二〕，背城借一誰堪戰？孌倖竊魯弓，姦諛賫紀甗。銜璧牽羊事已非，束手藩臣忘入援。收淚踏邊塵，含悲别宫院。回首東南漢月高，淅瀝風沙破顔面。白草黄雲望莫窮，西樓尚隔湯成淀。木葉山前下馬時，青衣始悟降王賤。使者來，君不見。

擇交難

擇交難，結交易。杯酒可歲寒，一言相背棄。金蘭膠漆照汗青，夢魂雞黍通幽冥。但慚未到張元伯，莫謂人非范巨卿。結交易，擇交難，擇交不慎生疑患。方寸鬼門關，對面九疑山。險其心，易其顔。口蜜尚甘香，腹劍已巑岏，人生慎勿輕交懽。君結綬，我彈冠，結交未若擇交難。結交結知己，擇交慎其始。嗚呼！叔牙王佐今豈無，安得鮑子兮爲我交夷吾。

隴頭曲

策馬上隴坻，七日行不了。回首咸陽在井中，萬户蒼蒼煙樹曉。隴月照黄沙，隴雲低芳草。朱顔緑

〔一〕内朝三日不得朝：内朝，文淵閣四庫本作「内門」。

〔二〕明日腥風虜騎來：腥，文淵閣四庫本作「邊」；虜，底本作「敵」，據文淵閣四庫本改。

鬢不建功，坐待星霜頭白早。持漢節，拂吴鉤，爲君生斫隗囂頭。誰能知李廣，百戰不封侯。

出自薊北門行

出自薊北門，遥望瀚海隅。黄沙落寒雁，衰草號雄狐。河水血成冰，土冢碑當塗。乃知古戰場，本是賢王都。武皇昔按劍，一怒萬骨枯。半夜下兵符，六郡皆讙呼。將軍各上馬，百道追匈奴。羊馬滿大野，萬帳收穹廬。英英長平侯，六騾走單于。至今青史上，猶壯武剛車。

北風行

北風吹胡沙，客上居庸關。山高落日黄，車重牛力殫。上岡隱顯際，百步聞鈴鸞。白馬流星來，上搭虎皮鞍。英英鞍上郎，髮拳雙頰丹。竹槽駕鞭箭，猿臂雕弓彎。連呼客避箭，箭出雙轅間。客懼墮車下，伏地不敢看。徑前驅車去，可望不可攀。轉丐田野中，一飽祈生還。江南有少婦，閉閤畏風寒。便識北風寒，北風摧心肝。

擬邯鄲才人嫁爲廝養卒婦

妾家叢臺下，自小善鳴箏。十五面如月，不離保姆行。胡塵西北來[一]，盜據邯鄲城。驅民出戰鬭，十户九爲兵。五載不解甲，千里屍縱横。司徒朔方至，賊勢始不撑。官軍下井陘，良家盡焚劫。掠爲廝養婦，哀怨何時徹？

吴鉤行

炭山燒天色如赭[二]，神血噴人雙躍冶。紫鑌百鍊結松紋[三]，三尺清泠掌中瀉[四]。吴人作鉤鉤同形，吴王不知鉤有靈。鉤師向鉤呼鉤名，雙拑父胷飛應聲。百金懸賞金爲輕，吴人重鉤如連城。吴鴻扈稽雙

〔一〕胡塵西北來：胡，底本作「敵」，據文淵閣四庫本改。

〔二〕炭山燒天色如赭：山，弘治王術刊本作「火」。

〔三〕紫鑌百鍊結松紋：弘治王術刊本此句作：「土瘦涮出米息鑌，米息，西番國名。」

〔四〕三尺清泠掌中瀉：弘治王術刊本此句下有小注：「鐵以土涮爲上，水涮次之，火鍊又次之。」

厲鬼，價重連城精莫比〔一〕。不殺句踐雪遺恥〔二〕，誤人亦似夫人匕〔三〕。

採蓮曲

明月滿大堤，盪舟湖水西。槳牙鳴浪碎，船尾拂花低。緑鬟濕香霧，紅袖漬香泥。採蓮不得藕，空妬鴛鴦棲。

空城雀

嗷嗷空城雀，一飽啄餘場。不比珍奇鳥，自矜毛羽光。翹首仰喂飼，巧語如笙簧。幽棲樊籠裏〔四〕，黃口不得將。

〔一〕吴鴻扈稽雙厲鬼價重連城精莫比：弘治王術刊本此句作：「□□□，精莫比，吴鴻扈稽雙萬鬼。」

〔二〕不殺句踐雪遺恥：雪，弘治王術刊本作「終」。

〔三〕誤人亦似夫人匕：夫人，弘治王術刊本作「徐娘」；弘治本此句下有小注：「詩意咎夫差有此鉤不能復父仇，卒爲越所滅，亦輙之匕首比也。」

〔四〕幽棲樊籠裏：幽，文淵閣四庫本作「卑」。

一鞘詞

一鞘容兩刀，古人恥不佩。一牝聚三雄，君子忍爲配。株林從夏南，遺臭穢千古。惟聞褚彦回，不污宋公主。

當壚曲擬梁簡文帝〔一〕

初八月上弦，十五月正圓。當壚設夜酒，客有黄金錢。憒濃易得曉，别遠動經年。相送大堤上，舉杯良可憐。

薄命妾

少長深閨裏，面不識風吹。自爲薄情婦，懶塗紅玉脂。花軒背春睡，月榭惱秋思。不嫁張京兆，敢煩郎畫眉。

〔一〕詩題：壚，文淵閣四庫本作「盧」，下同。

猛將吟擬孟郊〔一〕

手捽敵人頭，臨陣試劍術。氣酣乳虎怒，拳捷秋鷹疾。鏖戰每在前，上功當第一。江南未嘗見，自古山西出。

刺客行

刺客膽激烈，見義即内熱。每聞不平事，怒髮目眥裂。方剔奸相喉，又斷佞臣舌。試看腰下劍，常有未凝血。

胡姬年十五擬劉越石

胡姬年十五，芍藥正含葩。何處相逢好，並州賣酒家。面開春月滿，眉抹遠山斜。一笑能相許〔二〕，何須羅扇遮。

〔一〕詩題：擬，文淵閣四庫本作「效」。
〔二〕一笑能相許：能，文淵閣四庫本、《元詩選》本作「既」。

春晝遲

樓觀參差半空起，縹緲闌干煙霧裏。緑萍一道浸鴛鴦，笑聲只隔桃花水。柳下粉牆斜靠街，當晝紅門半扇開。遊絲冉冉挂簷角，燕子一雙何處來？

江南弄

茭尾蒲芽水新足，沙暖小桃紅夾竹。誰家燕燕倦東風，戢翼畫梁春睡熟〔一〕。螭頭舫子載醽醁，勿惜千金買詞曲。明朝風雨蔽九川，千里江南芳樹緑。

日出入行

東邊日出羣動作，蠢蠢營營異憂樂。須臾力倦各暫寧，日光亦向西邊落。枕衾未暖夢未成，金雞一聲扶桑明。孜孜爲善尚不及，何暇欲存身後名。

〔一〕 戢翼畫梁春睡熟：熟，文淵閣四庫本作「足」。

哀亡國

買桑餧蠶絲不多，鑿洼種藕蓮幾何？廣陵夜月璚花宴，結綺春風玉樹歌。君不見，黑頭江令承恩早，白髮蕭娘情未了。狎語淫人夢不醒，宮城緑遍王孫草。昏昏黄霧塞宮門，白練寒生玉頸痕。錦繡江山春似畫，幾傷風雨弔迷魂。

瑶池曲

曼倩啼飢桃未熟，綺窻珠樹層陰緑。上清童子晝臨關，鸞尾掃雲方種玉。芙蓉畫闌春晝長，簫韶一派起回廊。八龍未暇送周穆，三鳥遽能迎漢皇。風雨蒼蒼隔玄圃〔一〕，不勞西望祠王母。贈君桃核大如杯，歸植茂陵陵上土。

歸來曲

芍藥薔薇向春泣，湖上春風政無力。緑塵滿街馬跡多，良人未歸將奈何。娟娟修娥久凝佇，阿侯如今在何處？錦箏撥斷十四絃，絃聲清苦愁不眠，粉香翠黛凝芳筵。

〔一〕風雨蒼蒼隔玄圃：《元詩選》本「隔」字下有小注「一作『蔽』」。

襄陽白銅鞮曲

襄陽白銅鞮，下踏揚州郭。可憐揚州兒，棄戈甘面縛。大堤女兒何命薄，青年坐失榮華樂。蕩子功成未肯歸，閉門三月楊花落。

楊白花

楊白花，何輕薄！隨風渡江去，飛向誰家落？江南風雨春先老，陌上悠揚爲誰好？永巷春歸夢不成，緑池一夜浮萍生。

車遥遥

車遥遥，推向何處去？勸君勿輕行，前途有泥淤。勸君君不留，鋭意作遠遊。前有伏路者，勇力能挾輈。挾君輈，劫君財。夕陽衰草暴君骸，君魂有靈招不來。

俠士吟

俠士有時有，不平無日無。安得匕首劍，贈與軹井屠。刺殺韓王相，報仇嚴大夫。俠士死傷勇，亦勝懦夫活。許身然諾間，不爲勢利奪。瑕瑜兩不掩，意氣足相埒〔一〕。俠士赫赫聲，懦夫厭厭生。懦夫視死重，俠士視生輕。我吟俠士詩，俠士爲我起。斷却權奸頭，少雪懦夫恥。君不見，臨安軍士彼何人，能斫申王鐵輿子。

寒女嘆

楚楚寒家女，老大在閨房。空懷摽梅嘆，對鏡悲春陽。豈無媒妁言，配彼多金郎。竊念豈容易，欲嫁不復行。坐使窈窕容，緑鬢成秋霜。寧爲未嫁女，莫作失節孀。

征婦嘆

日暮鼓鼙急，呼聲如雷闐。漢兵三十萬，夜戰胭脂山。風皴皮肉疽，血染車輪殷。技窮下馬鬭，矢盡張空弮〔二〕。夫君暴骸骨，妾正摧心肝〔三〕。豈無膏沐容，粧艷不成懽。亦有琴瑟絃，音好誰與彈。枕痕掩淚迹，鏡影緘愁顔。高堂舅姑老，聊復强加飧。

〔一〕意氣足相埒：意氣，文淵閣四庫本作「功意」。
〔二〕矢盡張空弮：弮，文淵閣四庫本作「拳」。
〔三〕妾正摧心肝：正，文淵閣四庫本作「人」。

静女吟

豔女羅綺裳，静女荆布粧。豔女嫁大將，静女歸農莊。大將死邊疆，豔女愁空房。農莊務耕作，静女勤筐筐。豔女迭三嫁，末路流爲娼。静女教子成，五福垂高堂。好花空窈窕，桃李不如桑。

昭君怨

四絃嘈嘈彈，北風胡馬嘶。回頭望漢月，遥落長安西。白草没行路，萬里春凄迷。誰謂秭歸女，去作單于妻。抆淚入穹廬，顰眉向羊酪。敢恨君恩輕，惟憐妾命薄。嫁女媚夷狄，良爲中國羞。謀臣自無策，畫史不須尤。

秦臺曲

層臺五百尺，下瞰長安中。人言秦王女，學仙此成功。弄玉跨彩鳳，蕭史騎赤龍。雙吹紫簫去，千載永無蹤。惟留鴛鴦夢，萬枕魘愚蒙。

神絃十一曲

朝行青溪曲，暮宿青巖阿。女蘿施長松，白蘋依緑荷。神來水風生〔一〕，神去水無波。朝雲不爲雨，夕露將如何？右宿阿〔二〕。

古皇上帝高無語，十二天門守金虎。道君飛下玉清來，獨與蒼生作宗主，奈何人事多覼縷。閣皁號赤狐〔三〕，玉泉飛白鼠。武夷失左肩，羅浮虧右股。東明海波高拍天，幽魂滯魄稱神仙。腥風剥面晦白日，老蛟頑蜃垂饞涎。道君道力通上玄，天篆印文紅玉鐫。七星劍光上掩斗，五嶽小冠騰紫煙。飛雷走電摇山川，巍巍正位專天權，叱咤百神如轉圜〔四〕。賢哉道君胡得焉！嗟哉道君胡得焉！右道君。

雙頭牡丹大如斗，簇金小帽銀花鏤。緑鬬長眉丹激唇，白馬黄衫灌江口。平頭奴子金絲髮，六尺竹弓開滿月。神獒帖尾卧牀前，頑蛟尚染刀鐶血。靈風颸颸石犀吼，吴船楚舵紛搔首。紅雲忽報七聖來，蜀波水色濃於酒〔五〕。右聖郎。

〔一〕神來水風生：風生，弘治王術刊本作「生風」。

〔二〕右宿阿：右，弘治王術刊本無此字，該組詩十一首均是如此。

〔三〕閣皁號赤狐：號，弘治王術刊本作「嘷」。

〔四〕叱咤百神如轉圜：叱咤，弘治王術刊本作「呵叱」。

〔五〕蜀波水色濃於酒：於，弘治王術刊本作「如」。

四十九鞭鞭馬箠，合眼旋風馬頭起。曲項琵琶金帖槽，七寶銀瓶勸金醴。紅斑碎纈石榴裙，弓尖綷縩飛輕塵。雙鬟髮鬌好容色，十步回頭九媚人。舌尖若血噴紅雨，偪剥有聲微扣齒。綵衣零亂野花枝〔一〕，頓地神狐拖九尾。右嬌女。

石郎家住南山裏，夜叱臥羊成隊起〔二〕。砑光羅帽舞山香，金礦銀坑爛如紙。竹節短鞭鞭赤狐，山精水魅聲嗚嗚〔三〕。回風蹋水過溪曲，旋折山花聘小姑。右白石郎。

香爐盤盤青霧起，靈帷撒動金錢紙〔四〕。練帶斜垂八尺冰，纏項白蛇神色死。青溪小姑雙露乳，起著神衫代神語。花裙繡袴蹋旋風，雙袖翻飛小蠻舞。西山日落雲冥冥，金龍畫燭燈光青〔五〕。土妖木魅作人立，古壁空廊聞履聲。繁絃嘈雜社鼓吼，體挂羊腸磔牛首。扶神上馬送神歸，老狐醉卧簷前柳〔六〕。右青溪小姑。

洞庭八月明月寒，湖龍捧出玻瓈盤。湖風忽來浪如山，銀城雪屋相飛翻。白鼉樹尾月中泣，倒捲君

〔一〕綵衣零亂野花枝：亂，弘治王術刊本作「落」。
〔二〕夜叱卧羊成隊起：卧，弘治王術刊本作「石」。
〔三〕山精水魅聲嗚嗚：水，弘治王術刊本作「木」。
〔四〕靈帷撒動金錢紙：帷，弘治王術刊本作「幃」。
〔五〕金龍畫燭燈光青：光，弘治王術刊本作「花」。
〔六〕老狐醉卧簷前柳：簷，弘治王術刊本作「門」。

山輕一粒。浪花拍碎回仙樓，萬斛龍驤半天立。雨師騎羊轟晝雷〔一〕，紅旗照波水路開。青娥鬟髮紅藍腮，紫絲絡頭垂黄能，神絃調急龍姑來。右湖龍姑。

西溪日落星離離〔二〕，龍姑廟下號狐狸。東家少婦呼小姨，紙錢香奩左右提。紅甘紫嫩栗與梨，畫羅小扇相分攜。吹燈照道溪之湄，古祠深深溪岸陡，熒熒鬼火紅窠走。履聲襲人不敢啼，小姨堅持少婦手。心香一瓣謝姑恩〔三〕，鸞刀自斫烏羊首〔四〕。右姑恩。

兩兩白玉童，採菱湖渌中〔五〕。一雙木蘭棹，飛臂破南風。雁頭刺蔕緑〔六〕，菡萏花房紅。折來神女廟，進入湘妃宫。豈欲偶奇遇，願然神惠終〔七〕。右採菱童。

皇皇明下，福禄是臻。燁燁靈童，按舞殸殸〔八〕。膋蕭炳焕，元氣氤氲〔九〕。幡盤屈以下墜〔十〕，神昭回

〔一〕雨師騎羊轟晝雷：師，弘治王術刊本作「工」。
〔二〕西溪日落星離離：日，弘治王術刊本作「水」。
〔三〕心香一瓣謝姑恩：心，弘治王術刊本作「神」。
〔四〕鸞刀自斫烏羊首：鸞，弘治王術刊本作「鑾」。
〔五〕採菱湖渌中：渌，弘治王術刊本作「波」。
〔六〕雁頭刺蔕緑：蔕，底本作「帶」，據弘治王術刊本改。
〔七〕願然神惠終：然，弘治王術刊本、文淵閣四庫本作「言」。
〔八〕按舞殸殸：殸殸，弘治王術刊本作「殷殷」；校點者案，殸，一説爲「㱿」的訛字，如《正字通·殳部》云：「殸，㱿字之譌。」
〔九〕元氣氤氲：元，弘治王術刊本作「玄」。
〔十〕幡盤屈以下墜：以，弘治王術刊本作「而」。

而上伸。右明下童。

枝葉同生，根株異歸。萬物修短，靡不乖違。於惟靈祇，順庇咸宜。穆穆一德，雍雍百禧。雷霆以鼓之，風雨以舞之。俾爾生無阻兮，俾爾歸有所兮。右同生。

拂舞詞五章

翩翩白鳬，集我堂下。悠悠江湖，邈焉得所。白鳬之白，皎如雪霜。金堂高明，君惠無疆。葑湖下開〔一〕，白鳬飛來。青蓋黄旗，入洛何時？鵰鴞食人〔二〕，剥面殘肌。白鳬飛來，吾與女兮忘機。右白鳬〔三〕。

蹐蹐蹌蹌〔四〕，舞鳳飛凰。童子不孤，寡婦不孀。聖人在上，萬物斯覩。五日一風，十日一雨。成湯祝網，大禹下車。載道賡歌，盈庭都俞。猛虎不食生〔五〕，仁厚如騶虞。兇嚚各斂衽，干羽束籧篨。懷哉堯舜世，千古共嗟吁。右濟濟。

〔一〕葑湖下開：下，弘治王術刊本、文淵閣四庫本作「夜」。

〔二〕鵰鴞食人：鴞，弘治王術刊本作「鶚」。

〔三〕右白鳬：弘治王術刊本作「白鳬一」，以下依此類推。

〔四〕蹐蹐蹌蹌：蹐蹐，文淵閣四庫本作「濟濟」。下文「濟濟」弘治王術刊本仍作「蹐蹐」。

〔五〕猛虎不食生：生，底本無，據弘治王術刊本補。

獨漉獨漉，水高没屋。没屋尚得，水高何即。野鷹西來，摩天高飛。我欲射之，氣衰力疲。桃牀泛泛，東流西陷。嗟我伶俜，與之同憾。牀深幃低，對影獨棲。如有遠志，勿念繡閨。吴刀夜嘷，長弓在弢。父死不報，何用勞勞。申胥復楚，魯連却秦。一言定事，彼獨何人。右獨漉。

碣石没海水，淪湮無已時[一]。望之小如拳，鼇冠露玉笄。海波揚黄塵，碣石乃還故。雖復高際天，半已成灰土。靈龜固云壽，豈與天地久。螣蛇縱有神，頑鱗終亦朽。朱顔能幾何，轉眼成老醜。胡不廣作懽，日夜飲醇酒。右碣石靈龜[二]。

秋風下桐葉，轆轤動金井。美人汲寒漿，銀瓶垂素綆。緑雲掃晴空[三]，洗静青天影[四]。淮王尊有酒，箕踞事酩酊。撫手作悲歌，徘徊顧光景。八公門首待[五]，滄洲路非永。丹成劈空去[六]，血劍全首領。文成八卦背，秀聚三花頂。逍遥太清中，龍虎遞馳騁。全勝茂陵郎，銅盤花露冷。終然三泉下，玉匣蔽幽境。右淮南王。

[一] 淪湮無已時：淪湮，弘治王術刊本作「湮淪」。
[二] 右碣石靈龜：靈龜，弘治王術刊本無此二字。
[三] 緑雲掃晴空：雲，底本作「莖」，據弘治王術刊本、文淵閣四庫本改；晴，弘治王術刊本作「碧」。
[四] 洗静青天影：洗静，弘治王術刊本、文淵閣四庫本作「静洗」。
[五] 八公門首待：首，弘治王術刊本、文淵閣四庫本作「前」。
[六] 丹成劈空去：劈，弘治王術刊本作「擘」。

秋來

雨聲連夜捲江水，霹靂破車騰赤鯉。寒梢露翠劈空飛[一]，壓地黑龍扶不起。大山搖搖小山崩，黄能夜吐拳如冰[二]。天宫鬼箭自空注[三]，下射行人攢刺蝟。六丁長爪攬明河[四]，扛起虹橋翻玉波[五]。陽烏白頭朱雀叫[六]，雹蛇閃爍天孫笑。曇雲藹藹白帝來[七]，銀旗玉甲光明開。拳毛老虎排天門，颸颸涼氣吹黄昏。裌羅小衫裁嫩緑，金翦高堂對明燭。深沉鳳帳寂無聲，一夜輕涼新睡足。明朝織女會牽牛，更上西家乞巧樓。

江南謝 二首

江南謝，今何在？生緑畫羅屏，春光不相待。藕莖拗折蓮絲長，千尺春愁不可量。

[一] 寒梢露翠劈空飛：露，弘治王術刊本作「濕」。
[二] 黄能夜吐拳如冰：拳，底本作「雹」，據弘治王術刊本、文淵閣四庫本改。
[三] 天宫鬼箭自空注：宫，弘治王術刊本作「弓」。
[四] 六丁長爪攬明河：爪，弘治王術刊本作「叉」。
[五] 扛起虹橋翻玉波，弘治王術刊本此句下有小字評論云：「不爲粗。」
[六] 陽烏白頭朱雀叫：朱，弘治王術刊本作「赤」。
[七] 曇雲藹藹白帝來：藹藹，弘治王術刊本作「靉靆」。

江南謝，春風隔長夜。柏枝亭下水連空，捲起銀瓶向身瀉〔一〕。綵雲分得香囊麝，夢裏如今頻見畫。欲煩神嫗寄箜篌〔二〕，箜篌未彈先淚流。

卿卿曲〔三〕

煮蠒繅絲頭緒多，出門上馬歧路差，卿卿不麿奈卿何？

君道曲

大君若天道，廣運無不周。明視並日月，生殺成春秋。疆埸盡兩極，聲教被九州。丞相任股肱，尚書總襟喉。雷霆出號令，列宿分諸侯〔四〕。沉潛出陽剛〔五〕，高明破陰柔。乾健不少息，兢業毋自偷。以此守神器，堅固如金甌。

〔一〕捲起銀瓶向身瀉：捲起，底本作「□捲」，據弘治王術刊本、文淵閣四庫本補。
〔二〕欲煩神嫗寄箜篌：煩，弘治王術刊本作「憑」。
〔三〕詩題：曲，弘治王術刊本、文淵閣四庫本作「謡」。
〔四〕列宿分諸侯：列，底本作「前」，據弘治王術刊本改。
〔五〕沉潛出陽剛：出，弘治王術刊本、文淵閣四庫本作「蓄」。

天狼謡

煌煌天狼星，芒角射參昴。獨步天東南，燁燁竟昏曉[一]。天弧不上弦，金虎斂牙爪。萬里食行人，白骨遍荒草。火爇烏龍岡，血染朱雀航。列宿不盡力[二]，五緯分乖張。戍客困疆場，荷戈涕成行。誰爲補天手，爲洗日重光。

雙燕辭[三]

雙燕復雙燕，雙飛繡户中。梅梁立春雨，桂殿别秋風。火焚柏梁臺，信斷烏衣國。羈雌憶孤雄，雙飛難再得。卵破巢既空，繫絲徒爾紅。曾如燕赤鳳，能入漢皇宫。

〔一〕燁燁竟昏曉：燁燁，弘治王術刊本、文淵閣四庫本、《元詩選》本作「燁煜」。
〔二〕列宿不盡力：宿，弘治王術刊本作「星」。
〔三〕詩題：辭，文淵閣四庫本作「離」。

緑水謡〔一〕

今宵何處月，南浦木蘭船。半夜涼風起，荷花如錦鮮〔二〕。莫翦莖上葉，水珠有時圓。且留泥下藕，要使根株連。鴛鴦不竝翅，好事琉璃脆。解佩擲真珠，少酬交甫意。

君馬篇

君馬獅子花，臣馬照夜白。君著紫襜褕，臣著金蔽膝。天高風勁弓力强，一鞭飛過黄茅岡。豐狐狡兔少顔色，玄熊文豹走且僵。君撚箭，臣臂鎗，馬上各垂雙白狼。歸來解鞍坐，對飲一百觴。劍尖啗肉臂作俎，醉卧不知更漏長〔三〕。

子夜吴聲四時歌 四首

朱雀街頭雨，烏衣巷口風。飛來雙燕子，不入景陽宮。爲問秦淮女，還知玉樹空。

湖上水雲緑，荷花十里香。咿啞木蘭棹，驚起睡鴛鴦。雌雄兩分去，不覺斷人腸。

〔一〕詩題：謡，弘治王術刊本作「詞」。
〔二〕荷花如錦鮮：如，弘治王術刊本作「似」。
〔三〕醉卧不知更漏長：卧，弘治王術刊本作「後」。

白苧鵶頭襪，紅綾錦靿靴〔一〕。玉階零露冷，羞折鳳仙花。去去蕩遊子，秋深不念家。
瓦上松雪落，燈前夜有聲。起持白玉尺，呵手製吴綾。繧紉征袍縫〔二〕，邊庭草又青。

莫種樹

莫種樹，種樹枝葉多。枯楊易生稊，鈍斧難伐柯。秋風動悲思，春月夜如何？

估客　二首〔三〕

發舟石頭城，繫舟梅根渚。江月夜寥寥，照見家人語。
劄裳製家書〔四〕，刺指題日月。不知何時到，但見今朝發〔五〕。

〔一〕紅綾錦靿靴：錦，弘治王術刊本作「短」。
〔二〕繧紉征袍縫：繧，底本作「穩」，據弘治王術刊本、文淵閣四庫本、《元詩選》本改；紉，弘治王術刊本作「得」，《元詩選》本「紉」字下則有小注「一作『得』」。
〔三〕詩題：弘治王術刊本、《元詩選》本均作「估客行二首」；弘治本另有詩題小注「擬齊武帝」。
〔四〕劄裳製家書：製，弘治王術刊本作「作」。
〔五〕但見今朝發：見，弘治王術刊本、文淵閣四庫本、《元詩選》本作「記」。

史童兒曲

君騎汗血駱，兒卧紫絲幞。杜鵑滿空山，君行何時還？

阿母祠〔一〕

阿母似麻姑，十指如鳥爪〔二〕。先彼日月生，後於天地老。

高句驪

魚鼈走朱蒙，夫餘王氣終。金花紫羅帽，長袖舞遼東。

塘上行擬甄后

白露下塘蒲，芙蓉秋露濕〔三〕。不忍生别離，時抱蒹葭泣〔四〕。

〔一〕詩題：祠，弘治王術刊本、文淵閣四庫本作「詞」。
〔二〕十指如鳥爪：如，弘治王術刊本作「似」。
〔三〕芙蓉秋露濕：露，弘治王術刊本作「淚」。
〔四〕時抱蒹葭泣：時，弘治王術刊本作「持」。

芙蓉花一首三解

芙蓉花，大如杯。露爲醴，玉作臺。勸客飲，客勿推。　芙蓉花，嬌殺人。紅爲袖，緑爲裙。舞回風，歌停雲。勸客飲，客須醺。　芙蓉花，何娉婷！舞嬌堂上燕〔一〕，歌響花間鶯。子高未合巹，曼卿先寄聲。人間永夜秋風冷，莫説韓娥絲竹亭〔二〕。

丁督護曲一首五解

丁督護，北征去。衰草没戰場，郎尸在何處？　丁督護，勿回顧〔三〕。千里馬蹄塵，遥遥盟津渡。丁督護，寶刀鞍上據。百戰無前敵，收功洛陽路。　丁督護，冬窮歲云暮。相送落星墟，哀情向誰訴？　丁督護，白楊響墟墓。馬革易成泥，郎尸今暴露。

段兒歌

玉童磽磽兩髩墜，雙瞳射人秋水媚。情濃意遠風骨異，微笑向人書段字。花覆古城心欲醉，地遠如

〔一〕舞嬌堂上燕：堂，文淵閣四庫本作「梁」。
〔二〕莫説韓娥絲竹亭：説、娥，文淵閣四庫本分别作「按」、「娘」。
〔三〕勿回顧：顧，文淵閣四庫本作「頭」。

今空有淚。春風淡浥東北來，緑雲隔春眉不開。郎眉雖不開，未比兒心哀。紫絲竹鞭玉腕馬，踏破花城何日回？

紅門曲

紅門欲開人漸稀，棲烏啞啞漫天飛。西宮寳燭明如晝，玉筵圍坐諸嬪妃。黄羊夜剥博兒赤，金椀銀鐺進炰炙。銀漢依微白玉橋，隔花宮漏夜迢迢，内城馬嘶丞相朝。

和睦州雜詩 十四首

五將開新府，三軍解沸湯。將軍驅土鬼，部曲散夫娘。右大將令。

白牙山下水如湯，烏龍嶺頭日無光。五龍墜地化作狗〔一〕，怒目噉人烏喙長。右白牙。

閒花竹竿三丈長，紅皮縵笠繡衣裳。石榴花曲唱得好，争奈吴娘不斷腸。右石榴花。

十月四日天沙黄，虎狼西來將軍亡，帳前孌倖屍骸僵。君不見，崔杼鋒刃三尺長，晏嬰民望那可傷。右黄沙行。

孤城新築十丈高，五狼西來成夜嗥。將軍夜别美人去，軟玉不禁朱粲糟。右孤城。

〔一〕 五龍墜地化作狗：墜，文淵閣四庫本作「墮」。

城土未乾城主改，長旗夜入黃巢砦。怨禽飛來遶砦啼，不學精衛填東海。右怨禽。

鳳鳴不向阿閣巢[一]，網羅畢張將焉逃。此身尚不免鼎俎，豈問摧殘五色毛。右鳳鳥。

睦州女兒嬌如花，閨門不出愁風沙。今朝忽遇沙吒利，白馬馱入何人家？右睦州女兒。

婦人在軍鼓不揚，軍中豈宜安女郎。鄭旦西施齊入水，將軍真有鐵心腸。右旦施。

西王孫女嫁東郎，不學虞姬就劍芒。忍懷遺腹事仇主，不見胡法生兒洗滌腸[二]。右西王孫。

南國香，誰家女。容貌如花絕代孅，嫁郎西去久不歸。今日相逢在軍壘，宮粧不著嫁衣裳，三尺罟罟包髻子。右南國香。

相如全璧目眥裂，劍指秦王衣濺血。衣濺血，不比儀秦爭口舌。右壯士行。

秦王雄飛六王伏，六王戰敗疆土蹙。英雄獨有朱屠兒，袖隱金椎入函谷。圈中飢虎思人肉，屠兒入圈虎閉目。右壯士行。

義鶻子，雙翼長。獨入雁羣擒雁王，不比飢鷹肉飽思飛颺。君不見，公孫子陽墜馬洞胷死，七尺虎軀橫戰場。右義鶻子。

[一] 鳳鳴不向阿閣巢：鳴，文淵閣四庫本作「鳥」。

[二] 不見胡法生兒洗滌腸：不、洗，文淵閣四庫本分別作「未」、「先」。

睦州相杵歌六解

韓公西築受降城，吐蕃不來城下行。將軍築城城未了，隔城聽得打城聲。　築城築城忙築城，敵人去城不十程。雲梯火炮製作巧，中有魯般能用兵。　搬土築城民力多，晝夜不息如擲梭。黄梅雨來江水漲，城脚不牢將奈何。　蒸土築城不須高，買石甃城不須牢。城中一旦化爲敵，十萬天兵先敗績[一]。　一月築城城漸高，將軍心喜民力勞。將軍須與城俱碎，一寸城土皆民膏。　金城峩峩高際天，湯池泱泱洪若淵。堅深自古説統萬，猶有敵人擒赫連。

三忠詞

精衛苦，精衛苦，口銜木石填水府。水府若地平，精衛作人語。海鯨三頭共一尾，挾潮作兮挾瀾上，吞舟殺人如殺螘。豈無傷弓禽，不學精衛死。精衛溺死不足恤，填海不乾，誓願不肯畢。長鯨悔罪海寧謐，精衛雖死功第一。右精衛。

戰銅城，死湖水。父忠臣，兒孝子。淮南烽火吹邊塵，淮南將帥逃如麞。秋高覽鏡思血戰，誓死不作偷生臣。麾白羽，接短兵。有進死，無退生。騎可陷，身可殺。忠魂義氣無時歇，銅城不平血不滅。

[一] 十萬天兵先敗績：先敗，文淵閣四庫本作「敗天」。

右戰銅城。

蛇磧在湖北，蛇原在湖南。神蛟誓擊蛇首碎，蝍蛆不思蛇味甘。蛇類多，蛟力少，盡力搏蛇蛇不了。蝍蛆一旦化爲蛇，肆毒毒蛟蛟潰腦。神蛟死，蛇當途，雷聲爲我行天誅。右蛇磧。

富陽行

摇首上馬金鞭揮，山頭白旗如鳥飛。西來萬騎密蜂蟻，四面鼔聲齊合圍。金城木栅大如斗，五百貔貅誇善守。鐵關不啓火筒焦，力屈花猺皆自走。城南城北血成窪，十里火雲飛火鴉。將軍豪飲不追殺，掠盡野民三百家。

鐵礮行

黑龍墮卵大如斗，卵破龍飛雷鬼走。先騰陽燧電火紅，霹靂一聲混沌剖。山河傾，不擊妖孽空作聲，天威褻瀆人不驚。

燭龍行

燭龍燭龍，女居陰山之陰、大漠之野。視爲晝，瞑爲夜。吸爲冬，噓爲夏。蛇身人面髮如赭，銜珠吐光照天下。天地寬，日月小，烏兔盤旋行不了。窮陰極漠無昏曉，女代天光補天眇。女乃不知日被黑子遮，月爲妖蟇食。五緯無精光，萬象盡奪色。下民媕荄皆昏惑，燭龍燭龍代天職[一]。胡不張爾鬣，奮爾翼，磨牙礪爪起圖南，遍吐神光照南極。補缺兔，無損傷。正畸烏，不傾昃。妖蟇黑子紛誅殛，重光重輪開萬國。胡爲藏頭縮尾窮陰北[二]，坐視乾坤黯然黑？乾坤若崩摧，吾恐女龍有神無處匿。

白翎雀

真人一統開正朔，馬上鞮鞻手親作。教坊國手碩德閭，傳得開基太平樂。檀槽谺谺鳳凰齶，十四銀鐶挂冰索。摩訶不作兜勒聲，聽奏筵前白翎雀。霜皠皠，風殼殼，白草黄雲日色薄。玲瓏碎玉九天來，亂散冰花洒氈幕。玉翎琤珪起盤礴，左旋右折入寥廓。崒嵂孤高繞羊角，啾啁百鳥紛參錯。須臾力倦忽下躍，萬點寒星墜叢薄。砉然一聲震龍撥，一十四絃喑一抹。駕鵞飛起暮雲平，鷙鳥東來海天闊。黄羊之尾文豹胎，玉液淋漓萬壽杯。九龍殿高紫帳暖，踏歌聲裏懽如雷。白翎雀，樂極哀。節婦死，忠臣摧。八十一年生草萊，鼎湖龍去何時回？

[一] 燭龍燭龍代天職：天，底本作「五」，據弘治王術刊本、文淵閣四庫本、《元詩選》本改。
[二] 胡爲藏頭縮尾窮陰北：尾，弘治王術刊本作「頸」。

倀魂啼血行 二首

孤城四面啼猛虎，怒豹咆哮餓彪舞。東海王公長獵兒，手有長刀腰有弩。王公前日爲虎吞，膽落獵兒深閉門。今晨馮婦復攘臂，虎視不動門邊蹲。君不見，妖狐假威不敢搏，而況真虎據巖壑！倀魂導虎何已時，血腥荒草愁離離。

白面於菟行偃草，雄劍爲牙戟爲爪。夜越鐵關吞九牛，弱婦嬰兒眼中飽。郊原十里吹腥風，白骨塞途秋草紅。肝腸挂樹野鴉噪，鬼火照城人跡空。嗚呼獵師心力巧，藥箭無功機發早。舊魂走抱新魂啼，一夜黑風天亦老。

次韻壯士歌

春來塞草青，秋來塞草黄。草黄馬肥弓力勁，邊聲徹夜交鋒芒。鋒芒直上燭霄漢，壯士目炬與之相短長。王師十年厭追逐，朱粲黄巢食人肉。天津誰弔杲卿痛，秦庭孰舉包胥哭。壯士怒翻海，百川皆可西。巍巍鸞鳳闕，肯使鴟鴞棲。漫漫長夜久未旦，一聲啼白須雄雞。君不見，淮陰胯夫餓不死，一劍成名有如此。斬蛇未覩隆準公，沐猴寧數重瞳子。

孟城吟

孟城如斗復如鐵，百萬天兵半魚鼈。狼星燭地響晴雷，白馬將軍夜流血。匣中寶劍寒生雷，一擊能令太山缺。怒提往斷落星石[一]，獻與師臣補天裂。

生別離

有鳥有鳥桓之山[二]，一乳四雛長羽翰[三]。一朝棄母絶四海，母啼不絶聲悲酸。聲悲酸，摧心肝。生別離，死別離[四]。南鄰健兒戍渤海，東家壯子征函關。賣田買寶刀，賣牛裝馬鞍。父母墮苦淚，弟妹增離顏。呱呱子乳獨[五]，慘慘妻啼單。出關道路遠，匹馬鏖戰難[六]。百見月魄死，十度霜華寒。霜華寒，月魄死，悠悠歲月何時已？主將不尚謀，士卒欲誰倚。英雄務割據，盜賊何由弭。白骨積成山，仆地如螻蟻。普天事征戰，荷戈動逾紀。烽火入中原，千村不一存。初聞父母訃，繼傳家鄉焚。有喪不敢

〔一〕怒提往斷落星石：石，文淵閣四庫本、《元詩選》本作「丸」。

〔二〕有鳥有鳥桓之山：桓，文淵閣四庫本作「完」，下文「桓山」亦同。

〔三〕一乳四雛長羽翰：長，文淵閣四庫本作「良」。

〔四〕死別離：離，底本作「難」，據文淵閣四庫本改。

〔五〕呱呱子乳獨：子乳，文淵閣四庫本作「乳子」。

〔六〕匹馬鏖戰難：四、難，文淵閣四庫本分別作「上」、「艱」。

奔，有苦誰與論。生別離，聞者猶銷魂。死別離，痛極聲復吞。人生慎勿輕從軍，桓山鳥啼聞不聞？

殺氣不在邊

殺氣不在邊，凜然起比鄰。隔城聞叫喧，白日飛黄塵。春雨夜鬼哭，青燈火燐燐。豈無籌邊臣，百駝馱金銀。亦有館閣賓，紅粟盈倉囷。佞語喜見色，直辭怒生嗔。兵强不出戰，師老志何伸？

怯薛行

怯薛兒郎年十八，手中弓箭無虚發。黄昏偷出齊化門，大王莊前行劫奪。通州到城四十里，飛馬歸來門未啓。平明立在白玉墀，上直不曾違寸晷。兩廂巡警不敢疑，留守親姪尚書兒。官軍但追上馬賊，星夜又差都指揮。都指揮，宜少止。不用移文捕新李，賊魁近在王城裏。

賦得關山月送速博安卿

少室青連雲，虎牢峻削鐵。茫茫雒陽道，寒月正淒切。遊子悲故鄉，西望淚嗚咽。豈不念早歸，兵火久隔絶。山高月輪小，關險車輪鍥。虎豹起食人，狐狸坐凴穴。枯草白零露，陰風青燐血。跰足晝十程，鶉衣冬百結。弱子面削瓜，老妻頭覆雪。紀綱無力人，十進五復輟。似聞鄉里雄，百萬總旄鉞。王師雖戰勝，妖孽未盡滅。攘臂起作勢，欲歸備行列。徒存壯士心，奈此筋力別。人固有老少[一]，月亦有圓缺。月魄死復生，精神老衰竭。關塞遠且長，歸心中道折。六親不易見，萬古憑誰說。誦爾北征詩，知爾中腸熱[二]。念爾行路難，贈爾關山月。

白頭母次徐孟岳韻

道旁哀哀白頭母，西馬塍上花翁婦。數莖短髮不勝簪，百結鶉衣常露股。自言夫本業種樹，一朝棄業從戎伍。荷戈南征竟不歸，不知被殺還被虜。屈指十年音信斷，獨宿孤房誰共語。家在錢塘古蕩東，門前正壓官橋路。恰憶夫在種花時[三]，春來桃李下成蹊。自從夫死花樹折，錦繡園林成馬埒。縱餘梨杏與梅茶，無力入城供富家。富家遭兵亦銷歇，金錢誰復收名花。何況邇來新將相，一體好儉不好奢。兵餘城市化村塢，亂後名園作軍府。年年寒食杜鵑啼，人家上冢西湖西。時光荏苒易飄忽，可憐誰拾花翁骨？君不見，海棠風，楊柳雨，牢落錦紋箏，凋零金雁柱。黄四娘家客漸稀，蛺蝶飛來過牆去。

[一] 人固有老少：有，文淵閣四庫本作「存」。
[二] 知爾中腸熱：中，文淵閣四庫本作「心」。
[三] 恰憶夫在種花時：恰，文淵閣四庫本作「卻」。

澉海洋書海盜録後

海漫漫，颸風拍浪高如山。盜長踞坐大樓舶，手劍三尺，神思何安閑！淮樞官見之心膽寒，膠州龍公空授徑寸珠耳環[一]。盜長乃爲天除奸，不用大呼天可汗。天可汗，刑已失。吾非利若財，羝跪何足恤。失土民，真罪人。女命雖螻蟻，吾禮有主臣。穴胷取心賽海神，淫怒殺人天乃嗔。澉海洋，闊無垠。過者不用多金銀，重裝往往能殺身。

主家貓

主家畜雄貓，文采玳瑁光。晨飡溪魚飽，午睡花陰涼。營營溝中鼠，白日登我牀。鼠東貓却西，所恨不相當。一朝忽相當，反爲鼠所戕。淋漓兩唇疽，跼促四足僵。呼奴起擊鼠，鼠去貓倉惶。作炊實貓腹，割裳裹貓瘡。愛貓心雖仁，敗事流毒長。所愧主家闇，貓駑庸何傷！

塗山渡河女

公無渡河公渡河，公自取死死奈何。女無渡河女渡河，後有白刃前白波。上無橋與梁，下無舟與

[一] 膠州龍公空授徑寸珠耳環：授，文淵閣四庫本作「受」。

槎。渡河女，寧死河水，不死賊戈。死戈比節婦，死水齊孝娥。所以塗山女，受死不受辱。勿使賊刃斫妾頸，寧使河水爛妾肉，箜篌有聲如麗玉。

琴操

干戈不息，殆且十年。余流連江湖間，幽憂憤奮，不見中興；涯際四方，又無重耳、小白之舉。思欲終老深山大澤中，且所不忍，將欲仗劍軍門，而可依者何在？作《琴操》十二以寄意焉。俾能琴者尋聲而鼓之，余倚歌而和之，或者可以少泄於梗梗云。

瀍水東奔兮澗水攸同，禾黍離離兮薺麥蓬蓬。周召不作兮桓文告終，王目以公兮雅降爲風。嗚呼！平既自夷兮赧寧得不窮。右閔周操。

秋草兮芊芊，黄金臺兮夷爲淵。悵廣宇兮裂瓦，望離宫兮生煙。淚可盡兮目可穿，思昭王兮不可言。右懷燕操。

帝庭淵淵，玉京雄兮。憶我壯年，竊觀光兮。夔龍在朝，天下文明兮。既盛則衰，喻炎涼兮。耄期倦勤，禍亂之秋兮。通都大邑，天實荒之。織畚販繒，天實昌之。天自作孽，俾我不能生兮。右觀光操。

茫茫禹跡兮畫爲九州，侯伯牧守兮職貢是修。女或不臣兮天討罔偷，夫胡今世兮敵國同舟。嗚呼哀哉兮吾誰與謀？右禹跡操。

聲裂裂兮揚沙騰飈，雲冥冥兮雷蒸怒潮〔一〕，雨澤不降兮倏虹滅而電銷。不擊妖孽兮不潤枯焦，天威自褻兮怒曾不崇朝。右風雷操。

日薄西山兮沴氣交羅，魑魅迭作兮狐狸嘯歌。方當陽於中天兮四海融和，忽出路以晻墜兮光景蹉跎〔二〕。末虞淵兮浴咸池〔三〕，乘六龍兮挾以馳，世無其人兮奈日何其！右西日操。

高山巍巍兮危峯際天，蟠據厚土兮根入重淵。草木不遂兮赭如血鮮，磽不可薪兮瘠又不可以田。徒載祀典兮配岳與川，不雨不雪兮民何望焉！右高山操。

渭水滈滈兮函谷嶙峋，我馬西逝兮意將涉秦。父母止我兮子宜愛身，子毋遽西兮秦其有人。右涉秦操。

漳之水，幽幽其色。望魏陵兮悽然心惻，美人化土兮銅駝荆棘。徘徊涕泗兮弔孟德，翦群雄兮建皇極。何中道兮變鬼蜮，爾後人兮鑒失得〔四〕。毋披猖兮恃强力〔五〕，甘惡名兮稱漢賊。右望陵操。

〔一〕雲冥冥兮雷蒸怒潮：雲、雷，文淵閣四庫本分别作「雷」、「雲」。
〔二〕忽出路以晻墜兮光景蹉跎：出，文淵閣四庫本作「未」。
〔三〕末虞淵兮浴咸池：末，文淵閣四庫本作「取」。
〔四〕爾後人兮鑒失得：失得，文淵閣四庫本作「得失」。
〔五〕毋披猖兮恃强力：披，文淵閣四庫本作「狓」。

春江兮潺潺，目浩浩兮煙瀾。水浪浪以激石，日汩汩而含山。忽中流之白叟，楫芳桂兮舟木蘭。渺浮羽以輕舉，坦千里兮忘還。豈余心之不能，梗王室之未安。右春江操。

大田蕩蕩，時雨施之。東作既興，粗耰菑之。黍稌穰穰，歲計資之。嗟我驅馳，寒飢載途。豈不懷耕，歸守弊廬。民亦有言，田實禍余。右懷耕操。

屈吾指兮計吾壽，指白日兮怨清晝，惜芳年兮不吾幼。蟪蛄兮春秋，長無窮兮宇宙。右惜逝操。

被薜荔兮帶女蘿，乘赤豹兮變現多。手揶揄兮足趫跳〔一〕，夜吹燈兮晝長嘯。爲鬼爲物兮我不知，察爾情狀兮識者誰？右山鬼操。

朔風起兮天地昏冥，寒氣結兮河水成冰，舟楫不行兮車騎憑陵。狐兮狐兮身且輕，狐猶疑兮側耳聽。右狐兮操。

我有巢兮手自爲之，朝朝暮暮兮飛銜樹枝，精神疲勞兮爰托我私。女何爲者兮心實嶮巇，據我所兮使我朝不得食而暮無所歸，鳳凰莫訴兮余心孔悲。右烏失巢操。

萬木號風兮振山阿，垂舌舐掌兮刀劍磨。豐狐狡兔兮女食自多，虎乃傷人兮奈女何。右山君操。

有犬狺狺兮相雄其聲，努目砑砑兮復獰其形，匪盜是求兮主心靡寧。牢可食兮竇可經，犬毋咋骨兮污主人之庭。右咋骨操。

〔一〕手揶揄兮足趫跳：趫跳，弘治王術刊本作「蹻起」。

飛鳶兮徐徐，翔而集兮污渠。幸一飽兮腐鼠，遽仰嚇兮天衢。醴泉可飲兮竹實可茹，鳶毋鳳嫉兮鳳食有餘。右嚇腐操。

春江東流，懷我舊隱。萬岡層來，一溪橫引。碧漣漪以生瀾，緑衡從兮分畛。修竹映户，茂樹覆楯。枝纂纂兮秋實，林兟兟兮春笋。羹魴鯉兮粱有筍，廚雉兔兮韝有隼。奕清晝兮文楸，鼓良宵兮玉軫。顧晏安兮是湛[一]，忽垂兇兮荆蠢。抑天意之玉成，降孤臣以疾疢。復吾故兮允難[二]，悵忘歸兮安忍。右懷舊隱操。

和趙子固平章水仙二操

蹇予步兮南浦，水落落兮石魯魯。望漢江兮心獨苦，擲珠結兮贈交甫。右解佩操。

整予駕兮洛食，水瀰瀰兮石泐泐。望成皋兮目無極，緪朱絲兮待曹植。右鼓瑟操。

賦松隱二操

彼髯叟兮幽獨，避秦爵兮如避辱。甘霜雪兮在空谷，牽女蘿兮補茅屋。右牽蘿操。

[一] 顧晏安兮是湛：晏，文淵閣四庫本作「宴」。
[二] 復吾故兮允難：難，文淵閣四庫本作「艱」。

彼髯叟兮幽貞，蹇吾形兮全吾壽齡。鬱歲寒兮青青，抱長鑱兮采茯苓。右採苓操。

泰寓操

方寸微兮且大圜〔一〕，形不鑿兮七竅全。天光發兮日月内旋，我在其中兮以樂吾天〔二〕。

〔一〕方寸微兮且大圜：且，文淵閣四庫本作「具」。
〔二〕我在其中兮以樂吾天：在，文淵閣四庫本作「遊」。

玉笥集卷四

元　張憲　撰

歌吟

桃花馬歌

房星下飲瑶池清，神光夜化花龍精。東風滿背騎不得，冰痕净洗黄魚腥〔一〕。斑斑朱英點晴雪，滴滴真珠汗凝血。高蹄蹴踏花雨香，仰面嘶春春正熱。周家穆滿遊玄圃，萬里西馳覲王母。青絲繫樹摇玉珂，錦繡叢中五雲舞。歸來復入玄都觀，紫陌韶華政零亂。天閑不數連錢驄，路人只作文彪看。天台九曲溪流芳，解鞍春水浮丹光。劉郎牽入落花去，撲面玉鞭蝴蝶忙。風流自許王武子，未信叔癡癡不語。千年駿骨作銅聲，燕昭臺高金似土。

〔一〕冰痕净洗黄魚腥：冰，文淵閣四庫本作「水」。

二月八日遊皇城西華門外觀嘉孥弟走馬歌〔一〕

春風壓城紫燕飛，繡鞍寶勒生光輝。軟沙青草平似鏡〔二〕，花雨滿巾風滿衣〔三〕。潛蛟雙綰玉抱肚，朱鬣生光散紅霧〔四〕。金龍五爪蟠彩袍，滿背真珠撒秋露。生猨俊健雙臂長，左脚踏鐙右蹴韁〔五〕。銅鐃四扇遶十指，玉聲珠碎金琅璫。黄蛇下飲電掣地，錦鷹打兔起復墜。袖雲突兀鞍面空，銀甕馳囊兩邊縋〔六〕。西宫彩樓高插天，鳳凰繚繞排神仙。玉皇拍闌誤一笑，不覺四蹄如迸煙。神駒長鳴背凝血，郎君轉面醉眼纈。天恩翦下五色雲，打鼓歸來汗如雪。

嘔出錦心，可與桃花争奇，决非驢上詩人語也。

〔一〕詩題：底本作「走馬歌」，據《元詩選》本補。
〔二〕軟沙青草平似鏡：《元詩選》本「沙」、「草」下分别有小注「一作『莎』」、「一作『青』」。
〔三〕花雨滿巾風滿衣：風滿衣，文淵閣四庫本作「風潛衣」。
〔四〕朱鬣生光散紅霧：生，文淵閣四庫本、《元詩選》本作「分」。
〔五〕左脚踏鐙右蹴韁：《元詩選》本「踏」字下有小注「一作『撥』」。
〔六〕銀甕馳囊兩邊縋：馳，文淵閣四庫本作「駝」。

宛平主簿騮馬歌

宛平火主簿堂，訪余於大都雙橋里。指其所乘騮馬，曰：「能騎此否？」余笑曰：「虎則不能。若馬也，余固能之矣。」適翰林承旨汪闊台從騎三十餘自西而東。既過，余乃執策就馬，足甫及鐙，則已奮迅馳突入翰林隊中矣，羣馬辟易。於煙塵中但聞翰林厲聲曰：「好馬！」南馳至南橋〔一〕，越塹而過，俯身就韁，韁比及手，已馳過樞密院街矣，遂縱轡，至哈達門而回。主簿訝余久不返，騎他馬來追，遇於天師庵，執手大笑。竝轡歸飲，漏下初鼓乃散。明日，主簿索歌，乃歌曰：

熒惑宮中一團火，踢倒祝融掣金鎖。飛來塵世化頳虬，滿背紅雲結花朵。絳鬃拂膝朱尾長，赤瑛絡腦紅絲韁。炎光閃閃照人熱，渴死造父愁王良。北平公子宛平簿，萬鎰黄金求赤兔。黄羅袜首袴褶靴，虎氣逼人如吕布。江南書生力不多，一躍五丈飛官河。翰林馬上失聲笑，但見碧煙如鳥過。電光拂眼騰朱梭，駿快不數生蛟鼉。研朱爲寫紅叱撥，唤起杜陵賡我歌。

〔一〕南馳至南橋：南橋，文淵閣四庫本、《元詩選》本作「雙橋」，或當以此爲是。

樹稼謡

辛巳冬，雨木冰於京師，戈戟森然，精巧可愛。錯愕久之，不知其何祥也。適太原王子敬見訪，以問之，敬曰：「諺云：冰凌樹稼，達官皆怕。陰沴所感，其在大臣、妃后乎？」越二日，而宫中有喪，信天道之不誣也。賦《樹介謡》〔一〕。

西風一夜吹黄沙，千林萬木森瓊芽。江南客子未嘗見，認作燕山臘雪花。晶明皎潔枝條小〔二〕，的皪珠兒照瑶草。金刀擊破雲母屏，六出梅花碎龍腦。銀絲精巧細如毛，觸蠻戈戟槐安刀。春秋一筆照千古，天人感應誰能逃。妖星上射廣寒府，粉黛三千淚如雨。姮娥不起玄霜飛，玉兔空提雲外杵。蓬萊仙藥救不活，萬里悠悠夢魂闊〔三〕。

〔一〕 校點者案，此詩序底本無。據《永樂大典》卷一五〇七五（中華書局一九八六年版12A頁）輯録。賦樹介謡：介，《永樂大典》作「分」，據此集所收該詩之詩題改；又案，樹介即樹稼之意。

〔二〕 晶明皎潔枝條小：晶，文淵閣四庫本作「精」。

〔三〕 萬里悠悠夢魂闊：萬，文淵閣四庫本作「蒿」。

酬海藏主紙扇歌

海一漚，氣骨有似生騼騮。凡韁俗絡羈不得，西望八駿瑶池遊。終焉不遂志，屏棄妻子，祝髮爲比丘。遨遊名山川，脚跰不肯休[一]。誓絶俗士交，有語常不酬。西來貽我白紙扇，瀟灑不畫三湘秋。雙石相對峙，下壓長江流。上有禿髮翁，踞坐披羊裘。手垂獨繭絲，下挂直鐵鉤，其意不在鱔與鰍。涼風從西來，短髮吹颼颼。故人位九五，駕六龍，垂冕旒。諫議亦好官，視若囹圄囚。作書駡丞相，傲氣淩公侯。天星徹夜鬧，帝座疑有憂。胡爲太史公，仰觀勞心眸。偶然共卧伸一足，誤壓天子腹，奚足尤！飄然納爵去，天子不可留。清灘七里水如玉，上縛草廬下艤舟。有時耕白雲，鞭青牛，何庸圖像南宫樓。我今把釣釣臺去，海漚此意知我否[二]？海漚此意知我否？

此篇亦似生馬悍氣，不可羈也，知此僧不凡。

伍㧊罕元帥斬新李行

中原惡少稱新李，八尺長軀勇無比。鐵鎗丈二滚銀龍，白面烏騅日千里。攻州劫縣莫敢攖，烏羊渾

[一] 脚跰不肯休：跰，文淵閣四庫本作「踫」。
[二] 海漚此意知我否：否，文淵閣四庫本作「不」，下句亦同。

脱緵胡纓。輕車壯士三十兩，戰則爲陣屯爲營。殿前將軍不敢搏，羽林孤兒甘受縛。柳林道上掠寶車，獨樹堆邊剳氈幕。吐蕃老帥西南來，虎頭不挂三珠牌。弊衣羸馬失故態〔一〕，寶刀繡澀盔生埃。步入中書謁師相，願請長纓三百丈〔二〕。生縛兇魁獻至尊，不使朝廷乏名將。相臣入奏大明宫，玉旨特賜天廐驄。親軍百騎備兩翼，綵旗晝出東華東〔三〕。硬弓二石力逾弩，長驅夜走涿城下。土岡無樹著伏兵〔四〕，兩陣相當如怒虎。彎彎弓弰抱團月，點點鎗尖飛急雪。神騅未隨白羽仆，賊顱已逐青萍缺。一騎平原報捷歸，天狗有聲流作血。

北庭宣元杰西番刀歌　此刀乃江浙平章教化公征淮西所佩者

金神起持水火齊，煅鍊陰陽結精鋭。七月七日授冶師，手作鉗鎚股石礪〔五〕。一千七百七十鋒，脊高體狹刀口洪。龍飛蛟化歲月久，阮師舊物今無蹤。瓜哇繡鑌柔可曲，東倭純鋼不受觸。賢侯示我西番刀，名壓古今刀劍録。三尖兩刃圭首圓，劍脊黖黖生黑煙。朱砂斑痕點人血，雕青皮軟金鉤聯。唐人寶

〔一〕弊衣羸馬失故態：衣，《元詩選》本作「衺」。
〔二〕願請長纓三百丈：《元詩選》本「請」字下有小注「一作『借』」。
〔三〕綵旗晝出東華東：綵，底本作「緑」，據文淵閣四庫本、《元詩選》本改；晝，《元詩選》本作「盡」。
〔四〕土岡無樹著伏兵：樹，文淵閣四庫本作「處」，《元詩選》本作「樹一作『處』」。
〔五〕手作鉗鎚股石礪：石，《元詩選》本作「爲」。

刀誇大食，於今利器稱米息[一]。十年土澀松紋生，戎王造時當月蝕。平章遺佩固有神，朱虚固始多奇勳。三公重器不虚授，往繼王祥作輔臣。

西雲篇爲李山人賦

金天之西，其西孰存？有雲英英，運如車輪。上拂若木枝，下蟠崑崙根。六龍之所窟宅，二氣之所結屯。中有滂沛澤，可以蘇乾坤。何人獨斡元化柄，坐使天道久失尊。十烏竝出，四海皆焚。槁裂下土，萬彙不蒙恩。吾將上天問，叩天閽。諮元父，勑天孫。命傅説騎箕，鼓罡風以駿奔。以爾彌縫混沌，浩然使七竅無垠。

槎洲歌

明珠洲水西行九萬七千里，上直箕尾通銀河。洲中之地三萬六千頃，下有登天貫月槎。洲旁瑶草白似雪，瓊林大樹高可五百尺，樛枝的礫璚瑰葩。人間百世始一日，何有寒暑歲序白兔隨朱鴉？家雞曉啼，朝陽九苞鳳；家犬晝戲，于闐獅子五色石盤拏。雪龍切鱠色奪日[二]，月露注酒光燦霞。白石髓，

[一] 於今利器稱米息：米，底本作「安」，據文淵閣四庫本、《元詩選》本及前文《吳鉤行》改。
[二] 雪龍切鱠色奪日：日，文淵閣四庫本作「目」。

青胡麻。王母蟠桃七顆碧玉斗，安期大棗五尺青銅瓜。明星之精，化作老仙降槎上。手揮白鸞尾，身坐白鹿車。長髮晞綠水，童臉浮丹砂。西方康胡跪進酒，南極丈人來獻花。蓬萊散仙遺以照書杖，大瀛海伯貢以黄茅芽。明星翁，壽何遐，樂無加。時呼鐵崖老仙友，西渡弱水逾流沙。杖拄青膢蛇，橋踏金蝦蟆。五城十二樓，到處皆爲家。淋漓宫錦袍，倒著青綸紗。桑田東海不足較，麻姑三見何庸誇。明星翁，樂無極，壽無涯。吹笙駕鶴一去五千載，歸來重醉槎頭槎。

此又於賀體離而去之，掉辭孳韻，所謂横絶欻起者〔一〕。

薛相士歌

君不聞蔡澤問齒不問貴，壽夭不可知，富貴能自致。又不見裴中丞貌不逾中人，靈臺不可狀，容色何足論。河東薛相士，兩與中道逢玉笥生〔二〕，一見笑復驚。爲言爾相寒且怪，讀書萬卷今何成？計羅侵驛馬，野雪蔽天庭〔三〕。山根斷而側，地閣削且傾。縮頤故不壽，骷頰難於榮〔四〕。垂吻招謗，撑頄寡朋。利不利，名不名，東西南北身雲萍。玉笥生，胡不抑爾氣，庶可全女形；坦爾性，庶可延女齡。

〔一〕所謂横絶欻起者：欻，底本作「歘」，據文淵閣四庫本改。
〔二〕兩與中道逢玉笥生：中，文淵閣四庫本作「公」。
〔三〕野雪蔽天庭：雪，文淵閣四庫本作「雲」。
〔四〕骷頰難於榮：骷，文淵閣四庫本作「顴」。

胡爲捩手傲世不肯隨逢迎？奮髯晨擊劍，抵掌夜談兵。挽弓欲射封豕，拔刃欲屠長鯨。鑄銅立伏波柱，蒸土築韓公城。骸誅武陵蜑，骨碎蕲黄傖。呼晉重耳起作踐土會，挽齊小白重結葵丘盟。決浮雲不使蔽白日，斬彗孛不使侵前星。玉笥生，心血赤，膽銅青。將不逢李郭甲胄雄，相不逢姚宋冠冕英。歲月逝去可奈何，河山破碎難爲情。玉笥生，豪且狂。豈不知背可貴，黥可王，黄金可術致，周鼎可力扛。玉笥生，頭可斷，身可剮，一寸丹心不可變。三語不爲掾，五斗不作縣。不求嬖臣推，不希狗監薦。甘貧若回，甘病若憲。頭如虎，頷如燕，食玉横金何足羡。一貧何以報父師，報以孤忠身後傳。薛鑒士，心如鏡，目如電，慎勿逢人易貧賤。君不見，邗溝一夜轉東風，枯楊盡拂黄金線。

戲贈乍浦税使歌

去年四月雨如竹，錢幣不行百姓哭。故人走馬初上官，日日誅求征税足。今年四月雨如箭，海賊東來船著岸。士兵東走百姓空，商征不成官吏散。故人本是西河夫，殺賊得官心氣麤。如何臨難乃無勇，不敢東向鳴桑弧。君不見，彭城劉寄奴，長刀獨戰今非無。

詞氣豪宕，可以激立頽靡。

白雲觀遠圖歌

儀鑾江邊架層屋，萬里江流俱在目。上下風帆如馬飛，煙浪雲濤遠相逐。山頭白雲邃如許，西岸欲晴東岸雨。張公對此倚闌干，目送檣烏杳無語。樓心有窩深復深，白雲當晝生秋陰。少焉因倦閉窩睡〔一〕，咫尺華山無處尋。邊城一夜失關左〔二〕，到處黑灰揚劫火〔三〕。雕簷畫棟飛上天，介馬十年戎事夥。秦吴霸府相望開〔四〕，銜命使者勤往來。中流倚櫂驀西顧，矯首故居安在哉。風流最愛王記室，結攬江山歸彩筆。繭藤一尺破憂思，鬱悒心胷盡消失。吾聞丈夫不爲無益悲，明日以往未可知。且當把酒對圖畫，碎擊唾壺歌我詩。君不見，白雲一去雖不返，江上青山常在眼。待君恢復父母邦，重建新樓未爲晚〔五〕。

君不見簡孫明

君不見文豹隱南山，又不見潛龍居淺水。七日霧雨甘忍飢，一尺風雷終滌恥。丈夫變化自有時，刺客誰能困鄉里。爲豹爲龍總未知，切勿輕看游俠子。

〔一〕少焉因倦閉窩睡：閉，文淵閣四庫本作「蔽」。
〔二〕邊城一夜失關左：左，文淵閣四庫本作「鍵」。
〔三〕到處黑灰揚劫火：黑，文淵閣四庫本作「劫」。
〔四〕秦吴霸府相望開：霸，底本作「覊」，據文淵閣四庫本改。
〔五〕重建新樓未爲晚：新，文淵閣四庫本作「斯」。

吴興才人歌爲沈文舉賦

余讀李賀、杜牧送沈下賢歌詩，未嘗不歎其不遇。後於友人盧熊處獲覩其集，文甚怪，詩甚麗，真才士也。野亭主人沈文舉，求余賦《吴興才人歌》。余既傷下賢之淪落，且重文舉之高抗，才同趣異，不能無辨。爲賦是篇以贈之。〔一〕

吴興才人沈亞之，曾懷寶礦獻春闈。璞頑采晦世莫識，萬里江南負笈歸。歸來破屋壓江水，馬斃僕痡容色死。勞勞空惱瘦王孫，扼腕長歌淚盈眥。有孫有孫能讀書，懷寶不進非踟躕。短裙破帽蔽風日，落拓長途驅蹇驢〔二〕。東南大府求賢急，華館雄開君不入。商歌金石振秋風，刖足羞同卞和泣。平湖鏡静九峯青，萬古乾坤一草亭。寄謝天官賢太史，不勞仰望少微星。

新豐酒贈馬敬常

丈夫重功名，結交須死友。道逢馬賓王，一作「富貴樂少年，貧賤淹老醜。結交馬賓王」。共飲新豐酒。

〔一〕校點者案，此詩序底本無，據明人董斯張《吴興藝文補》卷五四（明崇禎六年刻本）輯録。

〔二〕落拓長途驅蹇驢：驅蹇，文淵閣四庫本作「走驅」。

燈前快意且高歌，莫管明朝遽分手〔一〕。夕陽衰草長亭柳，萬古英雄此中走。勸君痛飲勿固辭，更飲爲君沽一斗〔二〕。古來流落多不偶，鞘裏雄刀作雷吼。不用閑嗔逆旅兒，彼識吾曹是誰某。君馬駿，我馬輕。起看東方明未明，與君會食長安城。

春山行

須彌削出金芙蓉，青蒼萬古摩玄穹。丹砂豈緣閬靈壽，七十二候常春風。金骨仙人祕靈竇，蟠桃花下金光草。不知壽與天齊傾，但見羣真頭白早。君不見，十八公封五大夫，根盤琥珀枝珊瑚，與君繪作春山圖。

赤松仙人歌

赤亭之山上有宮，赤松仙人騎赤龍。虬鬚插戟動成把〔三〕，七粒五粒皆龍騣。茯苓入地多神功，琥珀照人如酒濃。千年老幹足高壽，誰識城南十八公。青牛奔走快如鹿，幾見劫灰然若木〔四〕。貪生不數漢文

〔一〕莫管明朝遽分手：手，文淵閣四庫本作「首」。
〔二〕更飲爲君沽一斗：飲，文淵閣四庫本作「欲」。
〔三〕虬鬚插戟動成把：鬚，文淵閣四庫本作「髯」。
〔四〕幾見劫灰然若木：然，文淵閣四庫本作「燃」。

成，白日閉門空辟穀。天上金銀十二樓，一彈指頃三千秋。吾將永棄人間事，馭氣排風從爾遊。

鹿皮仙人歌爲鐵崖先生壽

鹿皮子，方瞳眸，曾從羣仙登瀛洲。海風高寒不耐冷，帝命王母錫以漢武所獻上林白皮幣[一]，月娥親手裁成裘。副以華陽巾，佩以蒼玉球。授以丹臺長生籙一卷，白玉兔臼飯以玄雪三千秋。歸來人世忽已換，九霞文毛至今温且柔。玩珠之峯，洗玉之湫。醉跨茅君赤虎，戲騎老子青牛。東方小兒僉隱語，南極老人躬點籌。鹿皮子，壽與五總之龜侔。老仙開筵席長流，神仙老嫗彈箜篌。幔亭仙客，起舞且謳。老仙一飲千日酒，南山爲俎海作甌。君不見，碧紗帽上二十萬錢不得留，九十榮翁帶索行不休，賢哉鹿皮誰與儔？優哉鹿皮誰與儔？

橘洲行

太湖之水分三支，注爲長泖東去無已時。泖灣之口有大橘，一樹盤盤蔭門楣，里鄰呼爲橘洲衆所知。洲之上，橘之下，矮屋六七間皆茅茨，孝子萬生三世以來皆居之。生衣無綾錦華，食無肉作糜。讀書談道，操履步步以古哲自礪，不肯苟爲。堂有老親白髮垂，必須甘旨備二膳，家貧不常得，十年客寄

[一] 帝命王母錫以漢武所獻上林白皮幣：漢武，文淵閣四庫本作「劉徹」。

爲人訓其兒，所得金悉以爲奉母資。母病下痢，不能自潔，生即棄業歸，取中裙，滷溲穢，手奉虎子，晝夜伺母，不使牀席沾淋漓。母有女，贅狼壻，不識孝義惟務利，日思剥取生家貲，甚至湯藥之費亦來掊尅，生即與之無吝詞。惟恐致鬬傷母慈，使母不得瘥，以陷終天無窮悲。卒能護持母病無恙，以終天年之壽期。噫吁嚱！橘洲之水清且漪，橘洲之橘碩且飴。飲洲之水，食洲之橘，誰無父母思？嗟哉！萬生孝義今古稀[一]，我詩直欲追韓奇。

此篇步驟全是老韓，想見萬孝子不在董南下也。

玉壺歌

藍田四萬八千畝，玉子團欒大如斗。阿剛月斧巧斲成，外潤中虛可盛酒。金盤露，真珠醅，春風吹水桃花腮。嗟爾玉壺子，攜壺何處來。老奴玉壺何以如意碎，亞父玉斗何以寶劍開。玉壺子云是玉京來，但知玄石之酒可以千日醉，不知雍伯之玉何以千歲栽[二]。玉壺子，吾當與爾澆磈磊[三]，開雅懷。便呼王勣起作醉鄉記，更喚李白重築糟丘臺。鳳凰曲，鸚鵡杯。壺公狡獪不足法，玉笥山中歸去來。

[一] 萬生孝義今古稀：今古，文淵閣四庫本作「古今」。
[二] 不知雍伯之玉何以千歲栽：何，文淵閣四庫本作「可」。
[三] 吾當與爾澆磈磊：磈磊，文淵閣四庫本作「磊磈」。

玉帶生歌

玉帶生，端人也。事文山丞相爲文墨賓〔一〕，與同館謝先生翱友善。宋革，丞相殉國死，訃聞，生與翱哭於西臺之下。復悲宋諸陵暴露〔二〕，私相蓋覆，識以冬青木而去。後翱道卒。生今歸會稽抱遺老人〔三〕，與秋聲子輩爲寮中七客。初，宋上皇以丞相恩，賜以紫衣玉帶〔四〕，至今不改其舊服。生爲人端厚，强記默識，不妄開口。丞相素重之，呼召不以名，但曰玉帶生。故作《玉帶生歌》。

鸞刀夜割黑龍尾〔五〕，碾作端溪蒼玉砥。花鑌鐵面一尺方，紫霧紅光上書几。銀絲雙纏玉腰圍，翡翠青斑繡紫衣。金星鴝眼不敢現，案上墨花皆倒飛。景炎丞相魁龍榜，撫玩不殊珠在掌。背銘刻骨四十四，文山《硯銘》，丹書小篆四十四字，云：「紫之衣兮綿綿，玉之帶兮磷磷。中之藏兮淵淵，外之澤兮日宣。烏乎！磨爾心之堅兮，壽吾文之傳兮。廬陵文天祥造。」血録至今猶可想。謝公古文今所師，西臺一慟神血垂。獨持

〔一〕事文山丞相爲文墨賓：山，文淵閣四庫本無此字。
〔二〕復悲宋諸陵暴露：悲，《元詩選》本作「憫」。
〔三〕生今歸會稽抱遺老人：文淵閣四庫本「歸」字下有一「於」字。
〔四〕賜以紫衣玉帶：以，《元詩選》本作「生」。
〔五〕鸞刀夜割黑龍尾：黑，文淵閣四庫本作「墨」。

老瓦出門去，冬青樹邊書憤詞。天翻地覆神鬼怒，九廟成灰陵骨露。廬陵忠魄上騎箕，流落端生何所寓？抱遺老人生計拙，愛把文章寫忠烈。霜毫一夜電光飛[一]，不必矮桑重鑄鐵。

夏蓋山石鼓謡

鼓高一丈徑三尺下有盤石爲足諺云石鼓鳴三吴兵

臨平石鼓不自鳴，直待蜀桐魚作形。陳倉石鼓載文字，徒有鼓形無鼓聲。夏蓋之石或自鳴，蓋石一鳴三吴兵。嗚呼！三吴十年厭干櫓，不緣夏蓋鳴石鼓。

玉龍洞天謡

至正己亥冬臘月廿一日，飲酒碧雲玉龍洞天。其製，石室穹然，塓以粉。外植老梅一株[二]，鑿竅引南枝入座，勢扶疏覆榻上。花爛漫開[三]，香温馨浹膚髓。時斜月在户，寒光照映，如銀色世界，恍不知身在羅浮夢中也。是夜獨宿花下，賦詩一章云。

[一] 霜毫一夜電光飛：毫，底本作「毫」，據《元詩選》本改。
[二] 外植老梅一株：株，文淵閣四庫本作「樹」。
[三] 花爛漫開：漫，文淵閣四庫本作「熳」。

海風夜捲蓬婆城，金神飛下白玉京。爛銀壁立直上八千尺，盤陀頂結穹廬形。是何年儵欻帝鑿成東西竅，又何年巨靈老剖破駢脅開雙櫺。遂令混沌質，太極一判胚胎凝〔一〕。畸烏缺兔竄跳擲，二氣光爍如珠星。玉龍精，劈空入，瓊鱗瑶甲聲錚錚。蜿蜒屈曲布奇勢，獨據巖險誰與争。碧雲師，來西溟。蹋飆輪，駕雲軿。右執策龍鞭，左握縛龍纓。呼小巽，驅老滕。杖龍之脊鎖龍頸，抉龍之腦散作栴檀清。優曇曼陀出神相，盤空不下交撑擎。方牀水晶座，曲几雲母屏。姑射仙不敢現，羅浮女不敢迎。散花不染金襴縷，朝供自作天廚馨。碧雲師，不坐九眼觀，不閱三藏經。手把玉龍尾，吹作玉龍聲。玉龍聲沉霜五更，月輪挂樹玉林側。參斿墮地天盤傾，翠羽叫夢東方明，洞天春回晴昊晴。

渡揚子江懷祖豫州

四海芒芒混塵土，中原興廢誰能數。神州陸沉自有由，後人空罪王夷甫。王夷甫，清談亦解語人主。英雄豈無祖士稚，終令神器資强虜。

靈竹杖歌爲奎上人作

南能老子留神跡，鉢裹毒龍枯作腊。山靈瘞向栴檀林，蜕骨年深勁如石。海東昨夜轟霹靂，頭角飛

〔一〕太極一判胚胎凝：胎，文淵閣四庫本作「腪」。

空二千尺。奎公一叱來掌中，噀作鏗鏘紫篁策。紅銅彎跧鸚鵡喙，黑節礧磈狻猊脊。色疑湘江栽，數合嶰谷裁。霞氛結雙縷，雨氣盤瑰腮[一]，長身妥尾八卦披鮫胎。杖兮杖兮異形質，不比江心桃竹堅而實。天禄爝火明一室，葛陂風雨夸幻術。韓公赤藤可以拗而屈，衛公方筇可以規而漆。孰若紫篁策，歸之靈鷲翁。嗟嗟靈鷲翁，胡不攜爾杖，往獻天王宮。截爲二十四管陰陽筒，吹作七十二鳳聲雌雄。調六氣，宣八風。載令黎庶歌時雍，功成歸卧西崆峒。

贈鐫碑王生歌

太湖之水通吴淞，緑波泠浸青芙蓉。巨靈神斧斫不去，帝命留與歷代賢聖鐫奇功。奇功曠世信希有，至德乃可齊不朽。嗟哉王生習此藝，功德不逢長袖手。虞黄歐揭牛毛多，筆端佞語如懸河。銀鉤鐵畫銜奇麗，天下匠石勞礱磨。王生手握三寸鋼，肥深瘦淺能自量。神椎輕重心應手，白蠹食鐵森成行。詞嚴筆勁逼晉漢，學士何人美詞翰。穹亭五彩護龜趺[二]，峙立通衢人不看。人不看，恐淚垂，晉朝羊公今爲誰。高山深水苦自置，後世誰人想見之。王生王生女當知，功德豈在多文辭。君不見，延陵季子碑上僅十字，千載萬載生光輝。

[一] 雨氣盤瑰腮：瑰，文淵閣四庫本作「文」。

[二] 穹亭五彩護龜趺：穹，底本作「窅」，據文淵閣四庫本改。

玉斧歌

吴郎璞中半規玉，曾向廣寒斫金粟。狻猊鑿齒怒舉頭[一]，五尺長柯插天木。銀花裹腦金盈㮽，五色天空磨石火。劍脊條成偃月稜，光滴露珠三百顆。藍河水涸巨神走，白鵠高旗懸紂首。璚瑰合就水晶蓬，雲掩般門雙袖手。雷聲夜破妖蠆腦，月殿重輪間七寶。九天八萬下天丁，右秉金旄肆天討。凶門未出左黃鉞，玉斧鋒鋩利如鐵。白蛇不哭卯金刀，斫落猪龍半天血。

壽客堂歌

富春朱梓氏，營生窀檀欒山下，繞籬種菊，創堂其中，扁以「壽客」。謁歌於余，乃爲之歌曰：

緑雲檀欒赤霞小，壺中雞兔忘昏曉。華鯨叫落青娥愁，夢壓籛鏗歲年夭。石門潭水流甘芳，樓船浪隔長生方。繁英咀齒嗽香玉，百歲上壽如南陽[二]。海風吹折蓬萊島，九節菖蒲石上老。童兒五百不歸

[一] 狻猊鑿齒怒舉頭：舉，文淵閣四庫本作「吞」。
[二] 百歲上壽如南陽：歲，文淵閣四庫本作「廿」。

來，仙蹬青懸斷腸草。東山公主魯朱家，方頤玉頰塗丹砂。寒香五彩富秋色，七十二種金銀花。陶公一去秋無語，千載東籬悲失所。清霜九月曉生稜，紫土新阡開别墅。黄金落英白玉船，鳳笙龍管朱絲絃。玄鸞對舞老鼉笑，誰識孺子爲神仙。秋風西來秋露白，高陵五美争奇跡。百年過客酹清觴，手把黄花題壽客。

玉笥集卷五

元　張憲　撰

古詩　四言

野亭

肅肅野亭，在彼中野。眷眷隱君，寢處其下。修竹映户，華松覆瓦。闌楯高明，簷楹瀟洒。豐草鮮茂，雜花妖冶。絃有清瑟，飲有文斝。遠青層來，平碧溉瀉〔一〕。言命輕車，言駕瘠馬。臨流暫坐，釣絲時把。詠歌雍容，意思閑雅。情越羲軒，氣劘屈賈。清風古今，知爾亦寡。冠蓋遑遑，彼何爲者。

〔一〕平碧溉瀉：溉，底本作「概」，據文淵閣四庫本改。

題趙仲穆蘭竹

羃羃楚雲，漠漠湘雨。懷人東皋，送别南浦。秦虜不歸，重華莫覩。二女凝佇，三閭獨苦。惡棘蕩蕩，白石魯魯。撫卷潸然，淒其千古。

題袁子寧瞻雲圖

陟彼太行，瞻望白雲。哀哀父母，疾呼不聞。彼陶者瓦，爰覆我廬。豈不興念，歸讀父書。王事多難，靡遑止居。東東者竹，肅肅者木。有石可憩，有泉可掬。閒哉歸去，毋亂心曲。白雲英英，東南是征。豈不欲往，誰與同行？道阻且修，莫知所經。陸則可輿，水則有舟。嗟我昆季，欲見無由。匪兕匪虎，匪蛟匪虬。白雲蔽空，八荒同陰。瞻望弗及，搔首沉吟。展圖莊對，聊以慰心。

畫梅

温温春陽，皎皎冰雪。小橋竹外，天然幽絶。夷清惠和，二聖孔並。赧彼色媚〔一〕，望君德馨。

〔一〕赧彼色媚：赧，底本作「報」，據文淵閣四庫本改。

方寸鐵爲印工盧奂賦

唐有處士，曰賤臣仝。心一寸鐵，正直以剛。誓刳蟆腹，還明月光。又有奸相，曰李十郎。腹懷利劍，人莫敢當。一正一邪，不翅臭芳。爾奂後出，方寸錚錚。不藉鍛礪，自成利鋼。斂鋒蓄鋭，戲我文場。鐫斯刻籀，用代筆耕。惟多事秋，所在侯王。載玉其符，亦金其章。頑石獻諂，赤伏貢狂。奂不往刻，立取富榮。嗚呼！奂鐵孔方，奂心孔長。持爾利器，往獻我皇。刻泰階符，俾天下昌。無俾爾祖，專美有唐。

賦得孟軻隱几

文梐鱗鱗，烏皮皴皴。君子所凴，夭夭申申。宴安氣勝，乃有假寐。彼大賢者，胡寧有是。鱗鱗文梐，皴皴烏皮〔一〕。長者見絶，蓋亦弗思。

諸葛武侯像

羽扇飄飄，綸巾蕭蕭。渭原星墜，梁父寂寥。

〔一〕 皴皴烏皮：皴皴，底本作「鵁鵁」，據文淵閣四庫本改。

古詩　五言

呂梁洪彭越廟

黄河東南奔，吕梁屹相向。蕭蕭彭王廟，凄然據其上。空山藐秋色，衰草蔚長望。荒煙薄殘陽，柔櫓破寒浪。彭王古莊士[一]，志節素豪宕。徒成百戰功，不獲寸土葬。哀哉虎兕軀，竟作栝中醬。可憐黄金甲，綵繪泥土像。佇想忠壯魂，陰風幾悲悵。憂來不忍去，駐馬更悽愴。

經東阿城

馬鳴西風長，赤日在高樹。輕車東南征，疾驅恐遲莫。俄經東阿城，蕪然峙中路。空垣烏鵲起，遺跡瓦礫聚。荒衢蓄草莽，陰穴竄狐兔。不見煮膠人，舊物并如故。尚憐齊大夫，投鼎有餘怖。凄然耿弁迹[二]，寂寞曹植步。我行亦須臾，相看等朝露。

[一] 彭王古莊士：莊，文淵閣四庫本作「壯」。
[二] 凄然耿弁迹：然，文淵閣四庫本作「涼」。

汶陽道中

汶水東入海，疾流無已時。可憐齊與魯，荒草秋離離。日澹野水黄，風高木葉飛。繫舟閑弔古，不覺淚沾衣。

任城道中

客行魯橋道，路出毒山驛。驅車上峻坂，歇馬道傍石。雨來松樹暗，風起荷葉白。一笑嘆浮生，胡爲倦行役？

汎舟黄顙湖望梅山

汎舟黄顙湖，望見梅仙山。嵳峩結寶髻，晶淼浮銀灣。長風蕩青蘋，雪浪相飛翻。魚龍現怪誕，水怒山自閑。詎知神靈意，杳在虚無間。緬思學仙尉，一去何時還？幽姿不可見，高風邈難攀。落日動簫鼓，把酒酬潺湲。

冬夜聞雷有感

陽氣涣不收，梨花開九月。無何玄冬夜，火靈飛列缺。疾雷放訇訇，大雨久不輟。頑雲聚復散，淫風赤如血。蟲豸不入藏，龍蛇競出穴。寒威變融煥，四序失故節。胡爲數歲中，雷向盛冬發。委靡不執柄，遂爲羣陰竊。及其不可忍，奮迅始一決。乃於涸寒時，礮礴未肯歇。龍戰久不解，險難紛糾結。既乖長養意，愈使威權褻。天怒不終朝，王綱有時裂。何能堯吾君，調理繼稷契。先事誅權奸，以次及羣孽。假爾霹靂車，爲吾左黃鉞。普天新號令，坐使萬國悦。煌煌世祖業，中道復光烈。

詠窮博士

五日張京兆，猶能故殺人。一年窮博士，不救歸裝貧。深冬未衣絮，坐席長凝塵。愁吟蒼蠅叫，怒作蝦蟆嗔。冷撥豆稭火，倦卧黄茅茵。飢來捕雀鼠，夢裏騎麒麟。不知貧作祟，猶道詩有神。商歌滿天地，聲響驚比鄰。歌罷自激勵，慷慨豪氣伸。揩摩雄膽畧，棄捨貧賤身。左挽祖士稚，右招周伯仁〔一〕。往殺諸賊奴，救我飢餓民。出門復歸來，擲劍一長顰。天狼大如月，七將空横陳。

贈吴仲舉

手擎白錦鷹，日畋剡溪曲。人語狡兔起，犬行山雉伏。春草足繁露，秋風多落木。雖非封侯相，不負食肉腹。厭厭窮經士，閉户饜虀粥。

〔一〕右招周伯仁：招，底本作「指」，據文淵閣四庫本改。

秋日山寨校兵呈同列

露下草木空，四山秋色峻。起持餓鴟弓，習作長蛇陣。旅分貔虎徒，翼若鷹隼奮。文成牙既禡，血祭鼓亦衅。日光耀旗影，霜威肅兵刃。翕張更坐作，勇怯迭退進。徐如磨蟻沿，忽若奔馬迅。向背月輪偃，孤虛斗杓運。渭原識諸葛，泜水見韓信。雖非勍敵遇，敢忘出門慎。堂堂固莫遏，整整孰敢近。哀哀白骨堆，纍纍黄金印。縱無東可平，豈患西難鎮。誰爲人中雄，往雪天下憤。盡取羈縻域，帖然作州郡。

秋日古城葉希聖見訪

夫君滄江來，訪予清溪曲。清溪窈而深，佳氣散天旭。塘蒲澤新雨，秋意冷可掬。鳥鳴萬山静，猿下雙樹緑。相看語清晤〔一〕，餘響起空谷。坐久神宇閑，斜陽在高木。

西溪出巡寄鍾君顯沈弘道

今日天氣佳，整隊適近郭。溪迂水聲緩，峪逼山勢惡。曲折盤羊腸，縈迴行棧閣。前驅迭隱見，後

〔一〕相看語清晤：《元詩選》本此句下有小注「一作『揭來晤語清』」。

至猶繹絡。虎鳴彩旝動，鳥起柘弓彍。試問捫蝨談，何如逐禽樂。

於潛點呰經脱忽赤右丞戰地

路迴山麓交，直壁萬仞立。浮嵐滴空翠，下浸澄泓濕〔一〕。長巒拱天嶽，壞道駛磵急。眷彼巖險勢，一夫自敵十。要地不力戰，崩奔胡可戢。哀哀左轄公，馬革卧原隰。孰知王師重，戴首奉賊級。我來訪戰地，一慟已莫及。日入鬼燐生，陰風國殤泣。

自臨安往富春過芝泥嶺示隨行李巡檢

平明升肩輿，相與東西征。浮嵐翳遠道，宛在雲中行。連山互低昂，曲折如送迎。接天蔽喬木，澗與風争聲。前登芝泥嶺，雨意漸覺晴。曈曨日色薄，蕭瑟衣裳輕。畏途見鹿角，高呰屯鄉兵。綵旗病目眩，嚴鼓羈魂驚。憑軾若夢寐，撫髀傷浮生。顧謂李飛尉，我行猶幾程。

〔一〕下浸澄泓濕：浸，文淵閣四庫本作「侵」。

臨安道中先寄賽景初

朝入臨安山，暮上由拳嶺。周道無行蹤，晴空斷飛影。巖關固高栅，疊嶂列危屏[一]。荒坰斜日淡，虚市野煙冷。息肩坐茂樹，瞑目發深省。何庸馬蹄塵[二]，兵鋒迭馳騁。

我夢騎赤龍

我夢騎赤龍，謁帝白雲庭[三]。帝方奏大樂，鈞天聲泠泠。木公起獻壽，金母持銀瓶。麒麟伏坐下，鳳尾芙蓉青。蟠桃大如斗，一啗三千齡。太乙顧我笑，冷風吹面醒。

臨安遇革鞏

革公東方來，面有和悦色。長裾曳麻袍，散髻岸紗幘。袖書謁大臣，唾手拾恩澤[四]。亟歸裝刀頭，買馬來擊賊。

[一] 疊嶂列危屏：疊，文淵閣四庫本作「壘」。
[二] 何庸馬蹄塵：《元詩選》本「庸」字下有小注「一作『事』」。
[三] 謁帝白雲庭：雲，文淵閣四庫本作「玉」。
[四] 唾手拾恩澤：拾，底本作「捨」，據文淵閣四庫本改。

送周尚文

手把五色筆，人呼老畫師。忽騎六尺馬，便類幽並兒。袖中安漢書，篋裏平淮碑。丞相方進賢，有志當及時。酒盡便可去，少需猶未遲。

壺　隱

四山如仰壺，環護深洞府。白雲齊鶴飛，竹枝作龍語。劍術走猿公，簫聲下鸞女。曉來溪水深，零亂桃花雨。

春日寫興

慽慽戀里閭，悠悠感時光。朱顔既易去，樂事何能常。不有一日功，安流百世芳。起行亂石間，坐近流水傍。舉觥意頗適，浩歌情復傷。念彼保衡心，忍將天下忘？

贈石畊子

泖上多異人，近見石畊子。黄金鑄犁頭，白玉磨耙齒。朝鞭滄海龍，夜灌天河水。種成五色璞，幻就一萬紀。上補星文空，下措天柱圮。庶息共工争，少佐媧皇理。瑣瑣田舍兒，秋成望穈芑。

中秋小芝山望月

涼飈起山阿，零露下溪曲。沉沉萬籟静，浩浩一氣肅。明河瀉匹練，白月挂團玉。庭柯棲鵲動，階草寒螢煜。顧瞻不成寐，興歎忽在目。雄才值休運，壯士恥雌伏。風雲奮英會，談辯騁酈陸。寄謝我輩人，相期習馳逐。

遊　仙

處世厭兵火，憫生悲歲華。安得乘浮雲，游彼仙人家。下視萬蛙螾，擾擾成泥沙。東望俯暘谷，凌晨湌太霞。青龍與白虎，簇擁金銀車。但恐匪仙骨，腐爛如潰瓜。

懷　古

魯人不傷麟，楚狂豈歌鳳。王風逝莫追，五伯才一閧。古今等飄風，興廢迭醒夢。舉手招麯生，今古兩相送。

仲温畫扇上作假山椶蕉梧竹

椶櫚覆牆陰，芭蕉上窻緑。涼風起高梧，白露下叢竹。明月照假山，雁啼人未還。砧聲不出户，心在玉門關。

柬宋仲温

宋公陣右盂，楚子駕左廣。陵轢戎車奔，奮迅介馬駉。力争良可念，幸勝未足倣。矯矯魚腹磯，石磧盤巨蟒。縱横六十四，餘奇握在掌。衡軸示其端，機衝應如響。我欲彷彿之，伊人竟長往。按圖得其妙，不覺稽吾顙。君非米家狂，胡爲技云癢。爲君聊發蒙，睫前辯霄壤。

贈葉秀才

仗劍作説客，愧非縱横時。漂流闔閭城，僕痡病馬遲。黄金亦併盡，困頓所不辭。獨憐懷寶腹，日旰方及炊[一]。雖則貧有餘，不爲無益悲。賢哉顏巷樂，瓢飲吾其師。

感憤 二首

手持一丈槊，坐跨八尺馬。力可敵萬人，英氣邁古冶。四郊政多壘[二]，國恥尚未洒。安得大風歌，

[一] 日旰方及炊：旰，文淵閣四庫本作「午」。

[二] 四郊政多壘：政，文淵閣四庫本作「正」。

爲君貽勇者。

汗血産渥洼，其名號赤兔。高蹄踣生鐵，未許泥水污。生猛不可騎，惜今無呂布。牽去駕鼓車，雄心向誰訴？

感寓 二首

秋風吹芳草，日車縛不住。素絲變青髮，新人漸成故。莫嗟功名遲，政爲讀書誤。昔賢雖達道，不免在丘墓。我騎白鳳凰，清風上天去。

遲日照芳辰，晴光在楊柳。行樂須及時，況兹樽有酒。緑髮美少年，烏馬犀匕首。一笑千金輕，章臺街上走。賈生多讀書，白骨同一朽。

潛齋

驟進易觸辱，藏修或得名。與其志聖賢，不若心孩嬰。誰知六椽茅，下隱極品榮。歷山與雷澤，萬古可與耕。大舜且不辭，況兹常人情。君看霄漢顯，孰似淵泉清。

觀倪元鎮王叔明詩畫〔一〕

柳長女垣低，桃開小樓近。凭欄望春色，撫髀嘆天運。主人愛遠客，清酌倒芳醞。坐深顙有泚，飲餘臉生暈。黄鶴素豪宕，雲林靄聲聞。畫圖寶名筆，詞章騁雄韻。諷誦心神驚，披閲目力紊。予生慕膏馥，殘剩苦拾攟。君教本家庭，翰墨抱遺訓。青顔羨軒昂，白髮厭孤憤。仰珍明月珠，俯愧蜣螂糞。高玩固可憐，退思當自奮。

除夜 三首

今日歲云暮，歷日忽已周。自憐不成寐，静坐思所由。匪無濟時心，秉鈞徒廟謀。豈以廣博材，著述驅窮愁。平生萬金璞，三獻不一酬。竟成唾面馬，不捄失水舟。何如攘六鑿，保合全天游。放形大化門，逍遥追浮丘〔二〕。

梗梗集中抱，脈脈有所思〔三〕。明當是四十，前悔那可追。雨霰促歸夢，畏途瀕海涯。豈無鄉井念，欲往將安之。焉得御風術，遂我懷歸思。臨觴不及樂，空成游子悲。

〔一〕詩題：詩，底本無，據文淵閣四庫本補。
〔二〕逍遥追浮丘：追浮丘，文淵閣四庫本作「退浮休」。
〔三〕脈脈有所思：有，文淵閣四庫本作「傷」。

跼蹙數時光，鬱悒嘆人事。寒暑終變遷[一]，盛衰常彼此。宇宙無窮年，人生安得已。天人互定勝，帝德自光被。嗟余蟣虱然，中處聊復爾。窮愁苟未盡，擾攘亦兹始。

題王克孝二十四孝圖

惟孝先百行，惟子乃克之。問子何以克，帝舜吾其師。父頑而母嚚，乃是舜之孝。苟非處其變，奉養亦常道。不以克自揭，孰知志乎舜。裂素以寫圖，庶使觀者信。寥寥數千載，孝行耀青史。圖今止若斯，餘豈非孝子？侃侃貢公説，英英周子書。舉圖授其概，自可見其餘。嗟哉客省史，三公出自兹。永持食禄心，常作奉母思。忠孝不兩途，臣子匪二身[二]。今日之孝子，後日之忠臣。謂以子餘年，事君如事母。高步追昔人，珠璧耀前古。方今風塵際，大義尠不踰。願言存壯節，繼寫忠臣圖。

春日陪金達可張習之僧祖平燕申屠仲耀氏[三]

晴風蕩新柳，春意滿陂塘。幸逢二三子，同上夫君堂。劇談到時事，清燕開蘭觴。念兹兵燹年，風景殊故鄉。總戎豈乏賢，軍氣胡不揚？曰予好奇計，豪宕無由嘗。乃令鼠蟻輩，撫劍歌慨慷。賢哉兩

[一] 寒暑終變遷：寒暑，文淵閣四庫本作「暑寒」。
[二] 臣子匪二身：匪，文淵閣四庫本作「非」。
[三] 詩題：耀，文淵閣四庫本作「櫂」。

申屠，伯仲雙玉璜。髯張大雅士，雲漢飛鸞凰。睦睦金義門，七世行彌昌。席端見謙德，愈覺尊而光。平公古墨氏，詞藻葩天章。雅情雜詼笑，懽樂何茫洋。却憶圍城中，黔首紛彷徨。析骸給曉爨，易子充枵腸。豈無華元心，夜登司馬牀。懷寶不見用，坐待歲月亡。矯矯平津閣，而登白面郎。

題　畫

浮雲浩茫茫，青露兩崖壁。十尋滴秋潤，萬頃停春澤。渺渺沙渚蒲，昏昏土岡柏。豈無舟楫渡，奈此仙凡隔。瞻彼鶴髮翁，嗟予兔園册。默默與世忘，虚亭坐生白。

枕上感興

客枕不成寐，丙夜猶展轉。香銷篆文灰，燼落燈花翦。露下林噪烏〔一〕，月斜巷鳴犬。鄉心梗寂寞，歸路際屯蹇。拓疆良在念，擇木詎忘靦。嘉猷固久抱，忠憤欲誰展？豈忘藩籬護，奈此蹄涔淺。伊昔山水郡，屢興詩酒宴。勝覽熟輕輿，幽尋狎芳甸。空翠洒心目，輕紅破顔面。清流朝澄澈〔二〕，密蔭鬱葱蒨。猿鳥各欣適，魚龍更變現。繁調翕寶瑟，雄儒集珍硯。妙境眇隔世，良辰迅馳傳。憂來竟作惡，事

〔一〕露下林噪烏：烏，文淵閣四庫本作「鳥」。

〔二〕清流朝澄澈：朝，文淵閣四庫本作「朗」。

去漫興羨。北辰位極高，南州禍方煽。何人靖妖孽，普天罷征戰。沛澤被草木，餘光照寒賤。一席倘再温，百廢或興繕。殘喘苟未盡，太平庶幾見。

我有 二首

我有騂角弓，百步能破敵。力强不受檠，材美陋越棘。時能斃飛將，萬騎莫敢逼。翻翻鐵絲箭，剡剡金爪鏑。鼓寒霜氣重，應手響霹靂。豈惟射渠魁，眼中已無敵。雄哉兩櫜鞬，儼若左右翼。時來亦大用，不偶直暫塞。我弓雖少置，未許楚人得。

我有雁翎刀，寒光耀冰雪。神鋒三尺强，落手斷金鐵。在昔臨元戎，志在除草竊。怒來死不顧，決眥肝膽裂。老蛟遶腰卧，夜枕寒泉冽。維時誠女賴，豈忍時暫輟。中途偶棄置，竟踐秋扇轍。塵埋土花暗，繡澀神氣滅。思之終永傷，默坐慘不悦。敢忘漢宣詔，不負吕虔説。金風吹秋郊，賊馬敢侵軼。又當攜女去，舊義未遽絶。莫瑩鸊鵜膏，恐污荆卿血。

送嚴掾從軍

昔登淮安城，四面望楚國。韓信釣魚處，水落石屴崱。方其不得志，俯就婦人食。磊磊胷中奇，固非俗眼識。君去終作掾，而有自得色。竊窺步驟間，抱負已莫測。堂堂熊虎軀，傑立萬夫特。必能樹奇勛，歸解衆人惑。毋俾淮陰侯，地下三嘆息。

趙奢簿書時，已能不撓法。及其居大任，一戰斬秦甲。笑談解圍城，豈問道險狹。嚴掾抱奇器，意豈在筆劄。平揖左轄公，從容借前筴。梁宋齊魯郊，東西久持夾。敵情指顧間，咳唾隱顛跲。誰云擊搏便，褶袴事韎韐。沉船防夜渡，秣馬備晨壓。拙速勝巧遲，哀哀民困乏[一]。

哀蒼頭

蒼頭何地客，家在浙江東。母逐錢商去，父兄歸務農。力綿不足使，齒弱未禁庸。襤褸衣裳薄，倉皇途路窮。攜來客窻下，給役過殘冬[二]。缺舌蹇蠻語，瘦軀餘病容。鑿冰汲泉水，踏雪遞書筩。所愧資儲狹，深防用度豐。無金施惻隱，有恨寄怔忪。空慚李長吉，短調問巴童。

次韻周履道爲予題所畫山水

突兀久遁日，嶒嵂思盪胷。故原忽在望，蒼翠疊重重。削鐵下直壁，潑黛然晴峯[三]。百怪遞走現，萬媚争來供。軟裀記獨坐，幽屐懷孤蹤。澄藍止水静，新緑嘉樹濃。前瞻甫没鳥，右顧方來龍。依微霽色敞，窅眇數聲鍾。隱心紛俱集，勝事諒難從。幻境且自怡，真樂何由逢。不惟步劇韻，亦以寫愁容。

[一] 哀哀民困乏：困，文淵閣四庫本作「窮」。

[二] 給役過殘冬：役，文淵閣四庫本作「使」。

[三] 潑黛然晴峯：然，文淵閣四庫本作「騰」。

席上

彼美璚林姬，緑雲何盤盤。清歌珠落斗，妙舞玉成團。風急酒暈薄，月斜花露寒。翦燈續殘醉，把袂接餘懽。雖非長夜飲，猶勝萬錢飡。

次韻吴近仁

昔騎千里馬，首絡黄金羈。馳射麋鹿場，罷龜以爲奇。鞍心置鐵鎗，腕下懸銅鎚。壯心久落莫，功名安可期？

送陳惟允

抱劍入帝都，未知何所求。觀其辭氣間，已類朱阿游。肝膽正激烈，既悲還復謳。欲銷天下難，先斷佞臣頭。

浩歌一章

少小恥讀書，袒裸習槍棓。雄心不自禁，氣壓楚諸項。怒提彭城師，能使睢水絳。四十未得禄，蔬食伏陋巷。始悟平生狂，適增木然戇。憂來發浩歌，忿激聲不降。精誠上感天，貫日生白虹。

對雪示張髯

陰沴妬人日，苦寒逼燈宵。虚齋對春雪，況值鷩騰飈。吹去映空没，飛來著砌消。深憐役夫恨，荷鍤上河橋。

題　畫

愛此溪上山，結茅斷橋裏。停雲宿簷阿，積雨上階址。嘉樹生秋陰，扁舟蕩春水。晨鐘上方來，日高人未起。

玉笥集卷六

元　張憲　撰

古詩　七言

送鐵厓先生歸錢塘　時新除江西提舉

團花染累吴蠶繭，五色文綾出金翦。海風吹度滕王宫，南浦西山畫簾捲。天狗夜吠聲如雷，東奎西壁昏煤炲。土洲自可駕黄犢，鐵箸何用畫寒灰。牛酥爇花春未老，湖上同誰翦芳草。真珠酒瀉紫蒲萄，金錯刀鐫紅瑪瑙。六橋楊柳香霧深，吴娃一笑千黄金。莫邪不作老龍舞，鐵管自成丹鳳吟。軟輿送别湖源道，江花照人日杲杲。長風吹送書畫船，先生眼空方醉眠。

唐五王擊毬圖

興慶宫前春正熱，緑楊夾道花如雪。毬門風起日西斜，五馬歸來汗成血。潞州别駕醉眼纈，雙袖傾攲擁岐薛。申王按鞚宋王馳，杖撲毬囊手親挈。草平如掌馬力均，玉鞭十里不動塵。黄門扶入五花帳[一]，大衾長枕姁家人[二]。花萼相輝雨氣寒，樓中歌管漸闌殘。紫騮不踏毬場路，萬里青騾蜀道難。

中秋碧雲師送蟹

天風吹綻黄金粟，簷前老兔飛寒玉。客窻不記是中秋，但覺鄰家酒漿熟。泖田秋霽稻未鐮，葦箔竹斷收團尖。紅膏溢齒嫩乳滑，脆美簇簇橙絲甜。無腸公子誇矍鑠，兩戟前驅終受縛。饜心晝煖白玉臍[三]，照眸夜泣紅銅殼[四]。麴生風度亦可憐，且對霜娥供大嚼。酒后高歌繞碧雲，九峯一夜霜華落。

天香閣觀王元章梅次其所題詩韻

天香閣下秋氣清，上人邀我閣下行。舉頭驀見王冕畫，使我塵埃雙眼清。摩挲素壁如鏡平，上有萬點冰花明。若非華光騁三昧，誰使造化驅百靈。繁枝久不林下見，老幹忽來堂上生。拳孿磥磈鶴膝凸，屈曲盤拏猿背撐。薄寒似覺霜氣勁，慘淡似有參星橫。酒家門前曉月落，羅浮夢裏春風輕。枝間積雪擬

[一] 黄門扶入五花帳：五，文淵閣四庫本作「錦」。
[二] 大衾長枕姁家人：姁，底本作「如」，據《元詩選》本改。
[三] 饜心晝煖白玉臍：饜，文淵閣四庫本、《元詩選》本作「曆」。
[四] 照眸夜泣紅銅殼：照眸，文淵閣四庫本、《元詩選》本作「夔牟」。

待伴，樹杪翠衣疑有聲。皎如姑射太綽約，静似處子多娉婷。鐵心石腸不挂念[一]，冷蕊疎香偏動情。短籬倒照日杲杲，野橋春水波泠泠。空懷孤山已半世，不到西湖今十星。何當結茅里閈近，相與把杯懷抱傾。閑扶竹杖石上坐，起持鐵笛風前鳴。君不見，梅花艇子浮如萍，浮遍鑒湖八百里，胡爲送死將軍營？嗚呼！胡爲送死將軍營？

松隱圖

松陰道人松作屋，飡松衣松松下宿。秋簷露濕女蘿衣，午竈風香茯苓粥。華頂神遊跨白鸞，繁陰獨步攜青鹿。也識秦封解污人，十年夢斷丁公腹。餅輕花粉試新黄，液熱天漿沸醽醁。却笑張良見事遲，老盡容顔方辟穀。

青山白雲圖

青山青青白雲白，一尺小溪千里隔。扁舟檥岸不見人[二]，雞聲何處秦人宅。桃花流水春粼粼，不識人間有戰塵。待得紫芝如掌大，歸來甘作太平民。

[一] 鐵心石腸不挂念：心石，文淵閣四庫本作「石心」。
[二] 扁舟檥岸不見人：檥，文淵閣四庫本作「艤」。

贈答薊丘聶茂宣[一]

憶昔往弔望諸君，曾識燕南屠狗者。昭王臺前春雨晴，緑柳陰中共馳馬。短軀五尺頗精悍，插戟黄髯不盈把。青樓買笑土揮金，紅粉供筵龍作鮓。酒酣慷慨發悲歌，老淚滂沱苦揮灑。美人亦起撥四絃，密怨濃懽一時寫。漏深丙夜不肯睡，翦刀落盡銀燈灺。馮陵大叫不自知，豈問鼾齁有旁舍。皇帝神聖丞相賢，廣宇承平樂有年[二]。文華正富膽力盛，牀頭況有黄金錢。雄豪自許魏無忌，氣岸誰推魯仲連？淹纏歲月不知老，豈信朱顔易枯槁。門前客去金亦盡，故國歸來空懊惱。十年干櫓苦風塵，碧血白骸蔽秋草。武功不就文業荒，悔不當年致身早。飄泊江湖未有涯，南北東西營一飽。薊門學士燕南豪，平生恥交兒女曹。憤來幾欲擲敗筆[三]，老去猶思撫大刀。胷懷磊落厭譎詐，狐媚每笑奸人勞。報仇不搏韓相死[四]，籌邊肯使單于逃。家徒四壁避風雨，儲無儋石充烹庖。撐腸拄腹十萬卷，光燄自與山岳高。蹇驢一旦去京國，扁舟萬里衝洪濤。詐齊懦魯兩蠻觸，勾吴於越雙蟰蛸。眼空四海礙兩脚，身小九州輕一毛。空懷長策繼董賈，未忍嘉遯追由巢。朅來水國共作客，一見便爾悲綈袍。軒昂惜不霄漢遇，老鈍乃

[一] 詩題：贈答，文淵閣四庫本作「答贈」。
[二] 廣宇承平樂有年：宇，底本作「寓」，據文淵閣四庫本改。
[三] 憤來幾欲擲敗筆：敗，文淵閣四庫本作「弊」。
[四] 報仇不搏韓相死：搏，文淵閣四庫本作「博」。

爾窮途遭。窮途相遭兩無那，君政窮愁我飢餓。神交契合不忍離，風雨茅齋數相過。瓦盆濁醪爲君酌，劇韻長詩招我和。狂心頓忘新遯煩，癡情猶懷舊驕惰。詣君脱巾下牀坐，容我解衣上牀卧〔一〕。片時高興且睢張，萬斛濃愁總摧破。須臾起立爲君賀，一片雄心勿輕挫。但當飽食待時需〔二〕，會有天書覓王佐。顛連困苦未足憂，富貴從來伏奇禍。

李嵩宋宫觀潮圖

至正二十年秋八月既望，自姑蘇來雲間，寓延慶方丈。雲谷講師出《宋宫觀潮圖》徵詩。嘗記父老言，宋亡時，丞相伯顔駐師沙上，潮不至者三日。又記庚午歲七月十四日曉，有雷自北高峯飛至故宫塔頂，火不滅者二日。撫卷憶舊，不覺慨然，爲賦七言長詩一首。適宋仲温至，遂命書之。詩云：〔三〕

磁州夜走泥馬駒，卧牛城中生緑蕪。炎精炯炯照吴會，大築錢塘作汴都。玉殿珠樓連翠閣，七寶簾

〔一〕容我解衣上牀卧：上，文淵閣四庫本作「大」。
〔二〕但當飽食待時需：食，文淵閣四庫本作「養」。
〔三〕校點者案，此詩序底本無，據明人徐伯齡《蟫精雋》卷八（清文淵閣四庫全書本）輯録。

櫳敞雲幙。生移艮岳過江南，不數東京舊懽樂。茂樹盤盤迷緑雲，龍飛鳳舞峯巒奔。玉牀下壓大江小，海水正入東華門。木樨花開秋可數，紞紞靈鼉振天鼓。海門一線截江來，雪壁銀城晝飛舞。吴商楚賈千萬艘〔一〕，黄龍戰船頭尾高。豈無海道走中土，長驅逐北乘風濤。煙霧蒼蒼繞城郭，屋瓦魚鱗互參錯。百萬驕民事醉醺〔二〕，坐使中原厭羊酪。因循六帝不復讐，西風八月凭江樓。攢宫人飲白骨恨，洪波不洗青衣羞。邦基削盡師臣逐，帜道人降子嬰哭。繡袈文錦踏浪兒，反首誰能報君辱？廟子沙頭卓大旗，天吴縮頸不敢馳。行人指塔話楊璉〔三〕，三十六宫秋草飛。

董羽龍

南山隱隱雷作聲，北山油然雲氣生。蜿蜒百丈走神物，海水壁立青天崩。南陽董公苦揮洒，百世誰能辨真假？鯉魚夜躍蜻蜓飛〔四〕，腐甲頑鱗滿郊野。九重殿深天宇廣，不覩聖顔空悵惘。乃公别有三尺泉，爲爾往誅當道蟒。

〔一〕吴商楚賈千萬艘：賈，文淵閣四庫本、《元詩選》本作「估」。
〔二〕百萬驕民事醉醺：醺，文淵閣四庫本作「醺」。
〔三〕行人指塔話楊璉：璉，底本作「槤」，據文淵閣四庫本、《元詩選》本改。
〔四〕鯉魚夜躍蜻蜓飛：蜓，文淵閣四庫本作「蛉」。

古城八詠 在富陽江南

黄公洞

辟穀功臣神骨腐，袖裏遺編竟何補。炎精火斷穀城祠，二十四陵皆黑土。深山窮谷多春風，十月九月桃花紅。篝燈煮石自卒歲，廐將不煩隆準公。

黄巢寨

石徑山前夜飛矢，金色蝦蟆渡江水。千年碧火照黄坑，鹿角蒺藜圍故壘。黑風揺闗金統破，人骨糜成鋒已挫〔一〕。怨魂不捨八仙營，哭聲夜繞陳州磨。

金雞石

黄道荆榛鬱儀死，跂足趾間生黑子。紅光相盪白晝昏，中夜惡聲四旁起。絳衣朱幘天下雄，時乖亦隨星殞空。誰能琢枕獻天子，一聲啼白扶桑東。

驪珠石

秦皇鞭石石入海，驪珠頷下生光彩。金聲扶上碧壺顛，五色燭天光不改。共工觸山梁棟揺，百川震

〔一〕人骨糜成鋒已挫：糜，文淵閣四庫本作「縻」。

蕩海水號。何當用爾作大磃，穩托不周天柱牢。

棲鶻巖

霜崖壁立秋風肅，野鶻東來巖上宿。老拳夜握猨爪禽，義心誓磔飢蛟肉。通都大邑狐狸號，鳳凰無語鴻鵠逃。銀黄兔鶻不下擊，紫韝空用金鏇絛。

棲鶴峯

遼東失却丁令威，赤壁夢裏横江飛。明河洲頭槎已爛，千歲去家今始歸。晴峯歷歷入雲小，獨立秋空望華表。華陽真逸上清來，鐵笛一聲山月曉。

黄天蕩

昆明刼火燒成灰，臨平葑湖撥不開。黄泥萬頃下無底，海眼一線通往來。南徐江邊海鱔走，江神頓足黄龍吼。便翻銀漢濯泥沙，要使妖蛇先授首〔一〕。

來青閣 宋大理丞馮驥讀書樓也宋亡驥戰死獨松關下

獨松關下忠魂歸，明珠洲邊樓閣飛。怪底青山在屋裏，户牖自能吞翠微。神芝山名。一朶盪胷舞，翠滴寒光濕秋雨。諸孫炙盡竹書青，從此襟懷小齊魯。

〔一〕要使妖蛇先授首：使，底本作「此」，據文淵閣四庫本改。

題竹雪齋

去年曾賦竹雪謡，今夜適來齋下宿。入門見扁已不凡，推窻縱觀清可掬。長竿挺挺森似束，密葉錯金幹裁玉。萬鞭走地虎脊露，千梢拂雲鸞尾曲。大嚼雖無笋可燒，雅歌剩有詩堪續。肩輿竟造欲誰共，把筆狂題許吾獨。經樓曉霽霧初散，僧舍秋高酒初熟。滿引觚稜滌塵慮，大拍闌干豁吟目。江南九月天尚燠，那有瑶花洒銀屋〔一〕？扁舟興盡且歸去，雪裏再來尤不俗。老僧一笑萬山静，幽鳥不鳴千樹緑。

菊潭爲顧子順賦

盤龍塘下潭如井，百尺甘泉冰雪冷。瓊彝一勺露生香，能黑華顛駐光景。九月十月天雨霜，七十二種分秋芳。粼粼曉碧卓倒景，白者白玉黄金黄。咀菊之英飲潭緑，不數南陽舊甘谷。童子開門濯帽紗，報道新醅夜來熟。

〔一〕那有瑶花洒銀屋：花，底本作「光」，據文淵閣四庫本改。

題不礙雲山樓

遠山近山濃淡青[一]，朝雲暮雲先後生。我樓雖小實空闊，雲自往來山自横。山耶雲耶兩無礙，地久天長果誰在。渺茫蜃氣等虚空，縱有軒窻何足怪。爲愛雲山搆小樓，看山看雲今白頭。山形起伏只如舊，雲濕雲晴知幾秋。開窻向山作長揖，長揖雲山兩俱入。推窻送山出樓去，山出雲歸樓自立。愚公好勤不奈閑，孫孫子子厭躋攀。眼空四海本無物，何事欲移門外山？

題壽老人松年圖

我昔湖上看眠松，蟠屈蒼龍陰十畝。青天晝暝雷雨黑，白日猶疑鬼神守。却憶僧前如雨落，春雨新秧不盈握。如今合抱復蔽牛，偃蹇輪囷卧丘壑。松下老僧金骨仙，親手種松忘歲年。倒持一尺白鸞尾，拄頰聽風當晝眠。茯苓作粥粉作餅，千斛松醪供酩酊。不用飛丹駐玉顔，前身自是陶弘景。人道大椿多壽齡，以松視椿椿未靈。根盤入地九萬里，劫火一番枝更青。

[一] 遠山近山濃淡青：近山、青，底本分别作「近水」、「清」，據文淵閣四庫本改。

題畫柏

憶昔皇輿九鼎重，萬里荆揚遠朝貢。楩柟栝柏蔽江來，竹頭木屑俱成用。自從劫火煽孽風，豈有樛枝宿鸞鳳。翦墳伐廟鬼亦斂，拔石移根山欲動。戎車戰艦莫計工，塗肝碎腦空喧哄。斧斤不時入山林，毁圮樓臺禍梁棟。載民舟楫挽民牛，盡廢耕耘遠防送。孔明祠下根已無，黛色參天恍如夢。摩挲香葉望太平，何日可消天下痛？

爲唐元仲彬詠白雞

海南曾進司晨鳥，黑骨白毛天下少。桃都雪後獲火精，陳倉月下逢陳寶。意態不殊韝上鷹，擭身側目見者驚。玉翎冰翅逼人冷，半夜牀頭聞劍聲。長鳴自解作人語，何用嘐嘐叫風雨。賈昌輕薄宋宗愚，可惜雄姿久無主。槃跚獨步喑萬雌，紅冠滴露生燕支。昂藏勇氣莫敢抗，啼得晨霜皆倒飛。蓮花漏箭一百刻，三叫能令天下白。秋風吹荒蜀道祠，露濕螢窗對書客。

爲隱師題林若拙畫

阿師堂上生雲霧，突兀峯巒起縑素。玄雲靉靆濕丹青，積翠斕斑落庭户。漲空嵐氣湧波濤，噴石寒光飛瀑布。鐘昏煙寺僧未歸，澗跨板橋人不渡。黄茆幾簇尖頭屋，緑林一帶無根樹。茸茸碧蘚雨乍晴，恰恰黃鸝春欲暮。新水桃花溪上舟，閑亭芳草沙頭路。意匠潛移造化機，筆端想有神靈助。尚書在昔已擅場，弟子如今稱獨步。抵須指畫索我題，不惜長篇爲君賦。

張以文夏山欲雨圖

董元夏山今罕覩，名家所藏皆可數。海上張郎法度雄，胷次嶙峋獨追古。山腰孛孛雲氣吐，石頭流汗日當午。殷殷雷聲黑太陽，盛暑鬱蒸天欲雨。木葉颸颸風滿浦，收港小舟催進櫓。塢裏農庄八九家，政望甘霖沃焦土。山川高厚自有神，肯使膏腴成瘠鹵？我方憫雨面高堂，坐閱斯圖心獨苦。豈無手板對西山，瘦頰憂來不堪拄。

題高尚書畫

土山豐隆石山瘦，大溪春容小溪驟。遠林濕翠結秋陰，茅屋空村鎖清晝。板橋跨渡一逕微，泥滑只憂騎馬歸。雲昏列嶂最深處，一段楚天無雁飛。高侯畫山誰與匹，名重當今稱第一。萬疊千尋丈尺間，益知庸工無此筆。論畫甚勿先論人，以名求實常失真。但看所畫何如耳，强辯不須多討論。尚書才藝真英物，胷次雄蟠山水窟。每驚爽氣起高堂，恨不日來閑拄笏。

題華山高卧圖

蹇驢不踏封丘塵，華山歸卧雲臺雲。曲肱枕石且適意，世事耳邊殊不聞。建隆天子小天下，自起潛行風雪夜。經濟元臣不敢眠，夜夜衣冠待車駕。南征北伐事紛紜，猛將四出貔貅軍。盡取荆吴並蜀廣，牀頭鼾睡只容君。

圯橋進履圖

暴秦肆吞如盜劫，六雄繫頸甘婦妾。下邳少年真可憐，不保相韓先世業。千金買死博浪沙，豈謂大椎摧副車[一]。遍搜十日幸脱網，蒲伏草中蹲怒蛙。穀城老翁老無恥，坐倚橋亭落雙履。英氣猶能壓後生，笑呼孺子爲吾取。孺子容貌雖婦如，孺子心膽勇且麤。搏嬴搏項不必屈，乃肯屈身於老夫。翁知孺子已可教，一卷奇編投所好。不獨身榮帝者師，四百漢基由此造。保身末路異韓彭，功在三宵冒曉行。後來廷尉號長者，猶待王生全令名。

〔一〕豈謂大椎摧副車：摧，文淵閣四庫本作「椎」。

宿永福寺醉贈舉講師

九月十月天氣暄，走馬看花來福泉。石頭銜水雪平磵，楓葉著霜紅蔽川。講師倚杖出速客，邀我樓頭看山色。秋天日落風四嘷，清氣逼人眠不得。金籠巨燭光煌煌，舉觥一飲連十觴。明朝酒醒忽上馬，兩袖西風歸興長。

周昉横笛圖

一婦跨鐙如習騎，一婦鵠立類勇士。一婦横笛坐胡牀，容貌衣裳畧相似。蓬鬆雲髻作嬾粧，丫鬟手擎紅錦囊。人言天寶宮中女，我意梨園舊樂娼。憶昔承平生内荒，宫中消息漸難藏。昨宵一曲寧歌笛，明日新聲滿教坊。春嬌滿眼情脈脈，唤起紅桃親按拍。不將三弄作伊涼，潛把閑情訴秦虢。聲悽調低和絃索〔一〕，砉然有聲如裂帛〔二〕。月落長安天四更，六宫一夜梨雲白。

〔一〕聲悽調低和絃索：和絃，文淵閣四庫本、《元诗選》本作「承索」。

〔二〕砉然有聲如裂帛：砉，文淵閣四庫本作「砉」。

桂林圖

瑶階夜冷莎鷄泣，老兔西飛天宇濕。萬斛秋香捲海風，丹砂滿地誰收拾。太湖仙子月中立，青瑣畫闌塵不入。玉鞭一尺跨白鸞，笑向霜娥作長揖。

太真明皇譜笛圖〔一〕

黑奴絃索花奴鼓，諢奴撫掌閣奴舞。阿環自品玉玲瓏，御手夷猶親按譜。風生龍爪玉星香，露濕櫻唇金縷長。莫倚花深人不見，李謩側足傍宫墻。〔二〕

〔一〕詩題：譜，文淵閣四庫本、《元詩選》本作「並」。

〔二〕校點者案，《元詩選》此詩末有云：「此詩見《鐵崖集》，其前尚有十六句，截去較勝。」今檢楊維楨與張憲别集，詩句重復者不止此例，《湖龍姑曲》亦是一例，不一而足。或是由於師生切磋、楊維楨爲張憲潤色所致。

玉笥集卷七

元　張憲　撰

古詩 長短句

雙龍圖

雲谷道人手持一片東溪繾，雲林散人爲作雙龍出入清潮圖。硯池濃磨五斗墨，手塗脚踏墳刻雲模糊。既不爲爬山引九子，亦不作掣電吞雙珠〔一〕。但見一龍盤空偃蹇飛下尾閭穴，一龍攪海奮迅直上青天衢。雄者筋脈緊，雌者腹肚麤。雙銜交挺白玉柱，兩角對樹青銅株。宛宛修尾捲蹴浪花白，聶聶鉅甲挾拍天風烏。性馴肯入孔甲駕，氣惡欲踢豐隆車。張吻啖阿香，舞爪拏天吳。轟霆時或取旱魃，飛雨自足蘇焦枯。寸池尺泊雖云不能一日處，十年未用猶可高卧南陽廬。雲谷子，七寶鉢盂深袖手。雲林子，九

〔一〕亦不作掣電吞雙珠：吞雙，文淵閣四庫本作「雙吞」。

環金錫且載塗。吾將倒三江，傾五湖。洗餘百戰玄黄血，盡率凡鱗朝帝都。

贈天馬生

天馬生，騎天馬，三尺昆吾手中把。有時上殿前斬佞臣頭，有時臨戎怒斫奸雄髁。天馬生，馬有千里材，劍有連城價。馬或爲舘人脱，劍或爲徐君挂。官可棄，金可捨，此身可殺不可駡。喜不爲兒女顔，怒不作粗豪吒。七尺雄軀人可齊，一片義心誰得畫！天馬生，嗜利如嚼蠟，嗜義如啗蔗。天馬生，豈不知四海若潰瓜、九州紛解瓦〔一〕？十年苦戰血成窪，千里流移肉爲鮓。八陣圖，吾不秘。出師表，君當寫。吁嗟乎天馬！

滄浪舟圖爲謝士英題

謝公拔劍斬吴松，截得滄浪一泓水。倒卓青天入水中，一葉漁舟凌水起。舟與水升降，水與天拍浮。雖無具區三萬六千頃，混淪一片元氣清悠悠。謝公本好勝，況復知慮周〔二〕。常恐有力者，夜半偷挾舟。當頭築土山，對面圍蓬丘。花竹麗晴晝，葦蓼涵高秋。映蓮去白鷺〔三〕，穿柳下輕鷗。粼粼錦生瀾，

〔一〕九州紛解瓦：紛，文淵閣四庫本作「分」。
〔二〕況復知慮周：知，文淵閣四庫本作「智」。
〔三〕映蓮去白鷺：去，文淵閣四庫本作「立」。

汩汩珠跳漚。緑蓑拄鷁尾，畫槳倚船頭。謝公天性頗疎散，拄頰日來凭柂樓。豈無濟勝具，恥襲康樂遊。亦有鎮静才，嬾懷安石憂。手把六尺珊瑚竿，餌懸一線黄金鉤。篷窻雨不閉，椶纜夜忘收。天隨舞，玄真謳。名不變鴟夷，服不異羊裘。舟下風清韻欸乃，花間水響聲夷猶。我方買棹事遠遊，燕齊楚越將周流。長淮大江不滿眼，褰裳舉足如涉溝。燥吻吸雲夢，隻手掬滄洲。邈視謝公水，漚洼無一抔。舟車二十年〔一〕，窮途困遐陬。涔蹄起波浪，潢潦弄干矛。故道走運河，洪濤沃九州。我前舞鰍鱔，我後躍蛟虯。沴氣蔽白日，荒荒使人愁。既匪急名宦，又不勤商賈。胡爲泛此不測淵，萬里逴逴忘樂土？猛省急回來，歸程已豺虎。江湖鼎沸海飛煙，膏染荆榛血漂櫓。走覓謝公舟，求作滄浪侶。謝公舟在東海濱，滄浪水深多縱鱗。飛橋不可渡，戰艦莫通津。鱠美四腮鱸，羹滑千里蓴〔二〕。雲淨水光淡，波來風力匀。倚篙紛緑藻，落柁斷青蘋。數舉鸚鵡杯，滿酌桃花春。飲餘呼蠟屐，醉起岸綸巾。濯足濯纓儘由我，孺子有歌公不嗔。

贈馮以玉宣使

余素奇以玉，有奇骨，且有奇志。一宣郎，何足以辱之？然行遠自邇，升高自卑，古人皆然。

〔一〕舟車二十年：二，文淵閣四庫本作「三」。

〔二〕羹滑千里蓴：羹滑，文淵閣四庫本作「滑美」。

故敢以女家破莎車、平赤眉之勛業期之。

馮宣使，清如冰，温如玉，年未三十享天禄。既不學腐儒老書卷，又不學寒士卧空谷。東鄰兒子癡，窻前弄絲竹。西鄰兒子嬌，穿域事蹋鞠。獨持一片丈夫心，萬里虎飛思食肉。南垣相公選行人，千萬人中獨拔君。樓船夜破海東浪，驛馬北馳天上雲。作徒不必論魏尚，焚券抵用驚田文。忠肝義膽刻心骨，大掃羣醜書奇勛。李家大黄箭六尺，王家小鐵鎗百斤。西京奉世，東都公孫。功名至今千古存，宣郎職小未足論！

送宗上人

海上宗師美如玉，手執落花流水軸。扣門求我送行詩，自説移禪向西竺。西竺迢遥十萬程，豺虎塞途那可行！武林別有小西竺，八面蓮花圍化城。層巒疊嶂開佛國，孽火劫風然不得。浮杯不用渡東洋，飛錫無勞問西極。樹撑鬼努力，石鬬虎攫食。水奔龍折身，山回鳳鋪翼。雲起太虚白，雨來清晝黑。月輪夜挂龍樹東，斗峯曉落猊峯北。玉枝風動兩玄猿，金沙水冷雙鸂鶒。素食不絶天廚供，禪衣自有雲機織。水南寺隱隱傳石鐘，石上座鏗鏗振金錫[一]。寶髻無邊發象光，長舌有聲飛霹靂。贈君誌公杖頭刀與

[一] 石上座鏗鏗振金錫：座，文淵閣四庫本作「老」。

尺，爲我裁量松下石。待吾釣盡吞舟魚，分爾半巖懸襏襫。

憎龎

武陵老祖死盤瓠，至今子孫奸如狐。懸蹄蹺眼亦常類，而况細腰矮脚俱慵駑。鴿倉九尾古聞有，茹獚四尺今非無。胡爲蠻種肆獰惡，邈視宋[犭足]欺韓盧。獨不見陸家傳書走長途，張家注睛咋奸佞，楊家衮草濡焦枯。徒能殺都官，走愛弟，逐華氏，追夷吾。吠堯尚有説，食桀良可吁。箝口視盗曾未殺，拱手學人何足誅？吾常怪漢祖少恩，夷皐無謨，蕭何短智，李斯實愚。族信醢越痛可惜，括穿嗾盾尤無辜。宮中牝雞除不得，發蹤指示言何誣。東門狡兔自無恙，望夷馬鹿將奚逋？西旅底貢實自召，西園枉用銅司徒。分陝保奭不可見，使我悲憤思樊屠。吁嗟乎！提彌明，膽氣麤，金椎不舉良非夫。

詠雙陸

君馬一十五，臣馬一十五。共成三十騎，相拒河之滸。君馬黑虬龍，臣馬赤虓虎。盤旋兩陣間，不復計行伍。彎彎水中月，蛾眉挂天宇。疎星二十四，薄曉見燦者。亂眼無旌旗，寂耳罷金鼓。奔衝互馳驟，交縱肆擒虜。君馬踰津梁，臣馬越城隍〔一〕。君馬渥洼種，一日千里長。臣馬的盧骨，一躍五丈强。

〔一〕臣馬越城隍：隍，文淵閣四庫本作「湟」。

君馬左馳迅飛電，臣馬右驟激羽箭。東闒未下黄金鎖，西塞先扃紫鑌鍵。牙骰宛轉兩叫喧，喝六呼么破顔面。君不見，宫中無子武曌悲，席上有情韋后嬉。典籌天子不自振，地下孤臣血淚垂。

賦西鄰兒東家生各一首

西鄰健兒書不讀，駿馬硬弓習馳逐。十年遭逢天下亂，一品榮食卿相禄。出專邊庭分閫寄，入坐朝堂秉鈞軸。重輕楚漢一諾間，指劃成敗千人服。分茅裂土趣刻印，堊垔流丹新賜屋。我曹何爲事筆硯[一]，風雨西窻翦殘燭。飲酣遽高歌，憂來思慟哭[二]。嘗恐少年人，思之未精熟。報國勿論命，愛君終獲福。功高心愈下，志静欲易足。君不見，淮陰壯士功蓋世，一請假王赤三族。

東家老生面白皙，脱粟五升逐日糴。燈窻埋頭理文字，瘦兒啼飢妻夜績。悄然窮巷車馬斷，挂户蓆簾遮敗壁。頓生髀肉暗垂淚，懶惰筋骸愁運甓。寂寂常羞鄧禹笑，咄咄不忘殷浩戚。心如秋風鷹在韝，志若夜雨馬伏櫪。豈無六鈞弓，牽弦誇破的。亦有五尺戈，交臂習搏擊。痛僻絶秦書，竊草駡曹檄。深愧死傷勇，事此一人敵。君不見，孟軻四十不動心，有道可援天下溺。

[一] 我曹何爲事筆硯：何，文淵閣四庫本作「胡」。
[二] 憂來思慟哭：思，文淵閣四庫本作「私」。

贈日者

我生之年歲在酉，日挂龍角身懸柳。水爲命元用金母，十年落限空搔首。紛紛豪傑争趨走，雌雄未決誰能剖？知子有術術不苟，肯以公侯許誰某？嗟余流落成老醜，豈有文章垂不朽。逆旅相遭偶攜手，許我功業可期貧不久。囑君爲我三緘口，過眼浮雲我何有？且飲今宵花下酒，莫管明朝殺敵完[一]，換取黄金印如斗。

送康上人歸覲兼遊方

湖之西，浙之東。山如舞鳳，水如蟠龍。精藍古刹據其上，往往焕爛金銀宫。蓮臺猊座事轉换，天龍圍繞森金銅。山珍海藏列怪異，琅玕瑪瑙紛青紅。雲廊月殿綿亘不見日，蜂房蟻户開簾櫳。法門自别教禪律，一蒂乃爾分三宗。神僧大德亦間出，闡揚道德誇神通。地龍凡聖相混雜，服色則類實不同。五山十刹占奇觀，天生鬼造非人功。三竺靈隱在湖上，南北對峙雙高峯。飛來小朵割鷲股，桂子萬樹吹香風。冷泉一派瀉寒玉，六月冰雪清心胷。天台石梁跨澗險莫渡，瀑布萬丈飛銀虹。半千開士住方廣，神

[一] 莫管明朝殺敵完：完，文淵閣四庫本作「成」。

異變現初無蹤。插天絶頂露石骨，雁宕妙處宜秋冬。天燈夜照舍利塔〔一〕，雪竇咫尺鄰天童〔二〕。桃花小白境界别，大士出没洪濤中。伏龍五洩屬婺女，徑山天目巢雲松。自餘佳處不可以名記，青鞋布襪山萬重。僧康僧中雄，弱冠祝髮辭乃翁。攜錫下赤城，千里遨吴松〔三〕。十年值亂離，汩汩悲途窮。一朝忽憶歸省堂上老，因之遍扣叢林鐘。僧康雖浮屠，讀書頗聞道。不背君父恩，不違佛祖教。侍膳與問安，劬勞知所報。移錫與駐單，去住從所好。泉石足盤桓〔四〕，煙霞堪笑傲。水不畏蛟龍，陸不虞虎豹。僧康爾佛徒，有杯可以渡，有葦可以桴〔五〕。真山真水處處宜爾居，何爲袖軸求我書？我書三過讀，於爾無補徒誇諛。東或越，西或吴。少留一席地，小結松間廬。爲報兩邦山水窟，不妨我亦賦歸歟！

送馮判官之昌國

蘄奕將軍飛上天，十年海水生紅煙。驚濤怒浪盡壁立，樓櫓萬艘屯戰船。蘭山摇蕩秀山舞，小白桃花半吞吐。鴟夷不裹狀元尸，白日雄兵圍帥府。長鯨東來驅海鰍，天吴九首龜六眸。鉅牙鑿齒爛如雪，

〔一〕天燈夜照舍利塔：夜，文淵閣四庫本作「下」。
〔二〕雪竇咫尺鄰天童：雪，底本作「雲」，據文淵閣四庫本改。
〔三〕千里遨吴松：松，文淵閣四庫本作「淞」。
〔四〕泉石足盤桓：足，文淵閣四庫本作「作」。
〔五〕有葦可以桴：桴，文淵閣四庫本作「浮」。

怒殺小民如有讐。春雷一震海帖伏[一]，龍變海魚安海族。煙青滷竈雪翻盤，浪煖黃魚串金鏃。海鹽生計稍得蘇，職貢重修遵島服[二]。判官家世忠孝門，獨松節士之奇孫。經綸手段飽周孔，豈與弓馬同等倫？晝窮經史夜兵律，麟角鳳毛多異質。直將仁義犯笞榜，恥與姦賍競刀筆。吾聞判官昔佐元戎幕，三軍進退出籌度。便移韜略事刑名，坐使剽游歸禮樂。鳳凰池，麒麟閣，酬德報功殊不薄。九天雨露聖恩深，萬里扶搖雲路廓。

題富春吴雲槎皆山樓

前樓後樓山嵯峩，東窻西窻石盤陀。巑岏犬牙峯錯綜，轇轕虎口若相摩。便如乘樏導伯禹，偏歷岱華踰嵩嶓。誰移琅琊置樓下，環滁形勢迴向斯樓多。奔巒峻嶺曲折走奇狀，寒肩瘦脊韁鎖千飛鼉。風雷變現吐神怪，草樹蓊鬱迷天羅。白雲漫漫下無底，萬頃往來如海波。松枏栝柏直上盪日月，玄鶴赤鳳皆來窠。雨樵煙牧異昏曉，笠戴黃竹簑青莎。皆山主人不食天子禄，青綸紫綺雙烏靴。拄笏夜上東谷月，抱膝晝眄南庭柯。銀虹百尺下挂屋簷角，曲澗宛轉盤旋渦[三]。山人樓居恣豪飲，谽谺呹口頻醺酡。偃息野樹卧石枕，起舞落日攀松蘿。醉翁作記冠一代，塗竄舊藁無差訛。文人才士亦繼作，詩賦頌美何猗

[一] 春雷一震海帖伏：震，文淵閣四庫本作「振」。

[二] 職貢重修遵島服：島，文淵閣四庫本作「海」。

[三] 曲澗宛轉盤旋渦：渦，文淵閣四庫本作「窩」。

那。嗟余半世苦奔走，官馬大野舟濁河。殘山剩水不到目，清賞有癖今成痾[一]。蜃樓消長不足較，但使有山猶可歌。

贈馬庸

既不能學書記姓名，又不能學劍敵一人。丈夫武定禍亂文經綸，捨此將何以立我身？扶風豪士有馬庸，軀幹短小氣吐虹。自言若不致身鳳凰池，亦當安身虎豹叢。如何尚荷戈，遠戍東海東？吾聞王師夜報捷，席捲千里風塵空。何不泛樓船兮鼓南風，渡長江兮追羣雄？馬豪士，誰不死，努力功名從此始。爲我酹酒誓江神，曰所不盡取中原歸國家，復濟大江有如水。

題黑神廟

雄巫啞角神犀吼，翻脚翩躚起筋斗。血倀怒嚼葛黨刀，剥面腥風下天狗。烏騅拏雲捷飛豹，金獸吞頭渾脱帽。青蛇丈八㲲鑾旂，北府新分南嶽號。捲魚鴟吻高插空，飛甍列棟紛青紅。花裙草袴自膜拜，白日椎鼓夜擊鐘。莫猺酋長不平賊，十丈龜趺誇石刻。既不能皁旂玄甲接武黑雲都，謾綴竿旄半天黑。君不見，兖州祠鎮星，會稽借鬼兵。井埋骸骨爛，屍與雉堞平。烏乎！五花營，千里馬。珠如礫，金如瓦。亡妻走妾各事仇，三尺弓弦淚成把，黑神黑神何爲者？

[一] 清賞有癖今成痾：賞，文淵閣四庫本作「事」。

玉笥集卷八

元　張憲　撰

近體　五言

瑞柳十二韻

緑霧靄華滋，柔條著地垂。玲瓏隔翠幙，婀娜拂長絲。種近臨春閣，分來太液池。彩堂依密蔭，珍幹夾宏基。九烈朝衣貴，三眠晝漏遲。汴溝全盛日，張緒少年時。裊裊含芳色，茸茸發令姿。藏鴉春尚淺，拂燕舞頻欹。沐雨披雲髻，顰煙斂黛眉。妒深渾是恨，嬌重半如癡。莫訝多纖麗，何曾識别離。更培連理樹，相對映門楣。

投贈周元帥十韻

玉帳臨江近，金城鎮海遥。鼓聲秋動地，劍氣夜衝霄。露下星河白，風高草木凋。山寒旗獵獵，沙静馬蕭蕭。左廣初傳駕，西船已畏燒。五離纔散鼠，六博又成梟。豪傑乘時奮，賢材早見招。紫樞虚上座，黄閣待清朝。會見擒奸操，歸來醉小喬。恩波門外柳，長拂富春潮。

壽星將軍十六韻

大將開軍府，明旌擁節旄。威聲千里震，雄略萬人豪。虎運乘時奮，龍星並日高。誓將擒趙歇，義不事朱滔。古法傳三陣，新書變六韜。花門重製鎧，大食舊遺刀。畫戟終依陛，彤弓豈在弢。銀章分斗印，珠韍上花袍。會客春開宴，傳觴夜伐鼙。壽筵王母降，醴酒穆生逃。膃肭薰蛇角，燕支浴鳳毛。白鸝銜瑞草，青鳥送蟠桃。豪飲酺三日，雄牽犒百牢。杯深紅瑪瑙，酒溢紫蒲萄。未祝南山頌，時勤北府勞〔一〕。雲臺多彩繪，好去逐英髦。

林塘幽十四韻

勝境愜幽尋，芳塘簇茂林。漫天驚滉瀁，拔地見蕭森。隔水時聞磬，穿花或聽琴。青浮鼇弁小，黑直蜃宫深。躍藻跳珍鯉，争枝墜野禽。風回微作籟，雲去尚留陰。鶴起如迎客，龍歸若獻琛。蘿房依蔭芘，寶栰渡迷沉。春雨移舟坐，秋霜倚杖吟。豈惟便枕簟，莫欲棄冠簪。住久將忘世，觀來已悟心。埃

〔一〕 時勤北府勞：時勤，文淵閣四庫本作「先煩」。

塵猶不到，榮辱詎能侵？天貢朝朝下，神燈夜夜臨。閻浮那有此，大士現潮音。

贈道士十韻

紅絲牽斗杓，白刃斬霓腰。雲雨多消散，天星盡動摇。指摧狐女仆，目爍蜃郎焦。冠碾含膘玉，衣裁疊雪綃。青騾晨渡海，赤鯉夜迎潮。弱水纔容葦，蓬萊不用橋。暫離金母宴，又赴木公招。石鼎閑聯句，瓊樓卧品簫。祕書傳寶籙，名籍挂神霄。下土年華促，丹爐許借燒。

寄何九處士十韻

聞道遷新業，濮家原上居。連牀棄珍玩，囊載束詩書。臘水春前釀，晴泥雨後蔬。琴清花院静，棋響竹窻虚。紀曆忘秦漢，徵租絶吏胥。浮鷗孤艇棹，健犢短轅車。緑樹行吟罷，黄庭坐對餘。山林奚必問，鐘鼎待何如？情已羲皇上，時方雜霸初。觸蠻兩蝸角，天地一蘧廬。

宿瓜州渡

夜泊瓜州渡，天空客思清。月生滄海白，潮落大江傾。目斷中流楫，心摧去國旌。著鞭吾豈敢，王室正承平。

懷完者禿元帥

勇略經千載，威聲落萬夫。虎紋横赤頰，犀骨貫霜顱。海盜清旗幟，倭人讋畫圖。鯨鯢今縱恣，風浪滿江湖。

秋日古城

國勢方龍鬬，林居且鶴棲。鼓風秋樹急，接日暮雲齊。江淺沙呑地，山迴石礙溪。日將兵火信，融化作詩題。

寄天香師

圓帽頂紅毳，方袍搭絳紗。海龍邀早飯，山鹿進秋花。試墨探倭紙，尋泉鬬建茶[一]。時抛紅豆粒，竹下唤頻伽。

[一] 尋泉鬬建茶：泉，底本作「船」，據文淵閣四庫本、《元詩選》本改。

戲贈陳李二萬户各一首

金虎横腰重，銀盃壓頸酸。力能擒項籍，氣欲短曹瞞〔一〕。雅有長城寄，貧無故紙鑽。憑誰奏天子，易爾惠文冠。

聞道尊君父，功成丈八鎗。金牌晴射日，白馬夜飛霜。羊肉分軍士，人皮貼戰瘡。箕裘如可紹，不用試三場。

贈西僧

西離五印度，東渡獨繩橋。海若擎雙足，天花上七條。胡經函貝葉，飯鉢繫椰瓢。回首流沙路，程途十萬遥。

菊　隱

隱士追陶令，黄花托素心。或從鄰舍飲，不厭貴人尋。曉露三花長，秋風五柳深。未須天子詔，且盡酒家金。

〔一〕氣欲短曹瞞：短，文淵閣四庫本作「矮」。

挽宣元杰 諱禿堅帖木兒

天下政多故，而公乃殞身。縱非補天手，猶勝望風臣。日月光雖薄，乾坤氣尚新。瘦軀如未死，撥亂屬何人！

挽陳衡之 諱璿

感舊詩千首，傷情酒一樽。煙塵嗟白晝，花月怨黄昏。瘦馬湖西路，輕輿江上邨。玉樓雖帝命，題著也銷魂。

挽徐文卿 諱焕章

七尺虎熊體，所傷髭鬢稀。本鍾英氣出，竟抱病魂歸。土壘思排陣，風鎚記笑圍。空攜挂墳劍，無處發長噫。

挽李焕章 諱文

飛翼樓前路，若耶溪上山。雲居期共隱，雪艇竟空還。丘嫂貧何業，孤兒長更頑。一泓桑瀆水，仍遶舊柴關。

挽張子堅 諱風

文僅典州郡，武徒經亂離。異書肥白蠹，雄劍吼蒼螭。身冷家人散，門荒過客悲。忠魂倘爲厲，猶可捍城危。

挽張則正 諱木號小客星又號小桐君有觀海集誅魃文行於世

雲外客星落，江頭桐樹凋。有文誅旱魃，無禄佐清朝。觀海聲名大，回天志慮銷。孀妻與孤子，仍舊尾翛翛〔一〕。

挽孫回之 諱明〔二〕

不躡西湖路，秋風幾嘆嗟。傷心倚廬樹，過眼合懽花。别業飛龍劍，離絃冷鳳琶。至今資聖寺，猶種故侯瓜。

〔一〕仍舊尾翛翛：翛翛，文淵閣四庫本作「蕭蕭」。

〔二〕詩題：回，文淵閣四庫本作「元」。

挽馮君祥 諱天瑞

鬈齔爲昆季，煙塵更別離。艱難惟爾共，忠勇果誰知。白馬金戈冷，紅鸞玉鏡悲。燕山萬里外，若箇送靈輀。

挽楊原中 諱原

習熟夾鎗法，軍中作武師。兜鍪晝攬陣，蹀躞夜交綏。敢戰惟聞鼓，先登每望麾。可憐包馬革，無處認僵屍。

挽程以謙 諱式

草冷駱駝墩，青燈斂怨魂。皇輿春蕩蕩，天策夜焞焞。望泰須從否，扶乾在抑坤。英雄今不語，斯意與誰論？

挽趙有道 諱信

學就過人藝，不成昭代功。寥寥千古道，寂寂萬夫雄。已矣黿蛇廟，哀哉虎豹叢。佘山西下日，無樹起悲風。

挽張思賢 諱希賢

玉局頻鏖戰，皇墳屢辨疑。似君埋亦少，如我活何爲！海眼填星石，天喉坼斗司。英雄都老去，誰爲輔明時〔一〕？

燈下有懷

憶昔童婆店，高屯坐夕曛。樹聲呼出月，石角礙回雲。野雉穿花見，清猿隔澗聞。馬頭三四子，曾縛故將軍。

寄贈延慶講臻雲谷

童子扣金鐘，洞天嘶玉龍。天王空裏見，羅漢定中逢。律己兼儒行，蜚聲徹教宗。有時吟未穩，哦遍夕陽松。

〔一〕誰爲輔明時：輔，文淵閣四庫本作「補」。

聽彈琴

吴生抱緑綺，爲我操春江。洄洑收沙嶼，飛濤濺石矼。岸低風捩柁，船静月窺窻。萬派朝宗意，鍾期信少雙。

送孫伯明教授

白髪桃源長，新恩教越州。丰儀高勝畫，情思淡於秋。春雨羲之屋，涼風賀監舟。遥知足登眺，日與繡衣遊。

答問湖源風土

湖源源上路，東與浦陽連。地勝藏春塢，民居小有天。秋山紅入畫，晴野白浮天〔一〕。一道桃花水，如今泊戰船。

〔一〕 晴野白浮天：天，文淵閣四庫本、《元詩選》本作「煙」。

送海藏主之浙東

浙東多勝地，師往幾時還？夜雨天童寺，春風雁蕩山。鳥聲花外静，江影渡頭閒。去去且隨分，無勞雙鬢斑。

送范士謙别

勝友早英發，懷才人未知。聰明管輅易，局面賈玄棋。霜月雞聲早，江帆雁影遲。相逢遽相别，别後愈相思。

簡蔣克政

四海皆龍戰，潛夫尚讀書。經營宜此始，出處定何如。樺桿雙枝戟，偏廂八陣車。欲煩徵聘使，因便寄吾廬。

次韻海石上人書事　二首

張侯生冀北〔一〕，關帝出河東〔二〕。勇氣迅雷黑，忠肝畏日紅。腰橫小青劍，臂挂大黄弓。才力萬人敵，惜今無二公。

旦視北斗北，夜觀東井東。截天沴氣白，射月大星紅。心有一寸鐵，力微兩石弓。世乏段太尉，夢懷郭令公。

次韻僧文憲書事　二首

分省銀章重，開邊鐵騎多。南猺心似獸，西馬項如駝。夜枕眠紅玉，春衣繡緑羅。營盤方十里，不用大風歌。

朱粲糟人少，黄巢磨骨多。固陵宵遁馬，沙苑戰回駝。白羽裝鞭箭，紅銅鑄叵羅。兒童齊拍手，攔路唱苗歌。

〔一〕張侯生冀北：侯，文淵閣四庫本作「飛」。

〔二〕關帝出河東：帝，文淵閣四庫本作「羽」。

聞說

聞説江城破，歸心夢裏驚。肺肝從此熱，手足近來輕。春事愁花朵，晨齋怯鼓聲。平生慕王猛，今日莫談兵。

戎馬

戎馬復四起，吾民何得蘇？江山雖王氣，花柳且皇都。竟日黄塵暗，連年白骨枯。王官皆重禄，大厦許誰扶？

寄曾彦魯

大尹久不起，吾民何所任？挑燈註脈訣，閉閣讀官箴。舉世誰知己，逢人即吐心。不如憑玉局，長日萬機沉。

寄曾文淏

老淏多情思，深吟苦寄誰？喝盧驚彦道，臨帖到羲之[一]。小席金盤露，長圍玉局棋。醉眠忘戰伐，何物鋭頭兒。

烏龜嶺草菴

户納乾坤小，山環日月遲。瑞雲飛白鶴，靈石墮玄龜。魔女能銷睡，狙公不濟飢。道人貪入定，忘却下山時。

寄宣元杰王元諒

昔者蘆溝月，曾停十九車。水聲深入地，霜氣倒飛花。路險羸牛乏，泥堅瘦馬瘸。槁錢賒不得，拔劍野人家。

[一] 臨帖到羲之：到，文淵閣四庫本作「别」。

悼博羅同知没於軍

已矣專科學，於今定若何？陣雲寒可掬，兵氣耿相磨。鹿脯祀天乙，蛇神泣太阿。哀哀霹靂棗，偏向死門多。

挽盧處士

月掩少微星，幽人奪壽齡。宋清良可傳，郭泰不慚銘。斷壟荒煙白，新阡野樹青。猶賢玉川叟，有子抱遺經。

簡景初

千里淮吴府，先登得壯侯。馬蹄開鳥陣，虎氣繞蛇矛。春酒花攢帽，秋筝月滿樓。幕賓雖老病，曾識舊風流。

簡王維賢王彦洪

聞道元戎府，風流得二王。紫毫金錯字，白馬水平槍。雁過蘆洲月，鴉啼楓樹霜。邊情宜少壯，遽肯老頻陽。

次韻許萬户 三首

爲問天台許，誰能洗太陽。旄頭雖弄角，戾氣故生光。山市千峯暗，江城百雉長。獨憐宫省樹，無事起悲涼。

伯圖紛雜亂，玄象自昭回。茅屋幾風雨，孤城又草萊。壯心驚客雁，病眼亂寒梅。到處逢旌節，誰爲命世才。

文墨老奇士，弓旌得偉人。尚功惟殺敵，祕計肯和親。玉帳三邊夢，金符百戰身。猶懷蜀丞相，羽扇白綸巾。

取青樓夜飲戲葉子肅

酒令傳觴急，燈花嚙燭低。山人清似水，老子醉如泥。天黑月墮地，水寒星在溪。猶吹赤蹄紙，照道畫樓西。

江道翁挽詞三章 自號冬木

相鶴浮丘伯，騎驢石曼卿〔一〕。看花歸洞府，採藥返蓬瀛。劍影埋金氣，丹光隱木精。滿空飛羽葆，萬里海天清。

天上碧桃熟，山中丹藥成。茅山朝跨虎，弱水夜騎鯨。華蓋新分座，芙蓉舊領城。玉棺傳帝命，飛去覺身輕。

劫火然冬木，先生去就輕。法言遺許遜，大藥授茅盈。龍虎低金兆，煙霞護玉京。惟餘孫與子，傳得步虛聲。

簡陳照摩

尚憶錢王國，車中舊往還。肩輿小西市，立馬大官山。錦水明秋日，金戈報曉關。空漫乞米帖，無處破天慳。

〔一〕騎驢石曼卿：驢，文淵閣四庫本作「騾」。

劉廷璋齋居

縠障秋煙薄，花軒午漏長。傳衣裁白苧，頮弁刃黃楊。散帙迎風亂，清樽過雨涼。悠然北窗夢，情思到羲皇。

喜見樓次韻

高樓名喜見，遠客獨傷今。鞍馬思劉備，衣冠惜華歆。曙光浮海闊，秋色到江深。送目闌干久，冥鴻入窅沉。

贈吴熙

吴子勇爲義，壯爲金石交〔一〕。燈前看劍室，花下弭弓弰。春雲鳥破夢，曉煙麋在庖。不知攘臂者，何事逐黃巢。

〔一〕壯爲金石交：爲，文淵閣四庫本作「懷」。

代悼亡

漢武黄金屋，何曾貯阿嬌。離鸞春對鏡，孤鳳夜聞簫。事往成陳迹，情多賦小招。分香並賣履，此意已蕭蕭。

悼瑞上人死於兵

執手言猶在，回頭事已非。寧知三尺劍，斷送六銖衣。緣淺金剛壞，魔深舍利飛。白雲堂上月，還照怨魂歸。

悼義闍黎死於兵

幻劍擊空屍，痛深何足悲！誰知祝髮日，便是斷頭時。緑樹懷芳趾，紅英惱夢思〔一〕。最哀黄髮媪，不葬寧馨兒。

〔一〕紅英惱夢思：英，文淵閣四庫本作「樓」。

送哲古心往吴江報恩寺

蘭若壓江橋，長廊晝寂寥。鳥啼春後樹，龍起定中潮。花雨隨風散，茶煙隔竹消。客程他日路，清話借通宵。

題　畫

雲寺隱難辨，煙江遠莫窮。水枯沙出石，葉落樹呼風。野渡秋逾静，漁舟晚尚空。尺綃意無限，詎讓米南宫。

寄周履道

清事何方好，荆南溪上山。雅懷凌鮑謝，好手到張關。花鳥春風碎，雲松白晝閒。可憐無與共，獨岸小青還。

寄蔡漢臣

十四從戎陣，先鋒百戰輕。休官推李敢，敵馬避秦瓊。伐鼓春開宴，銜枚夜突營。何年靖淮梗，封錦壽春城。

留題陳惟允齋居

風雨茅齋夜，琴樽清晝時。雄談雖邂逅，遽别愈相思。落日鳴孤馬，平原卓大旗。知君頗豪俊，勿後戟門期。

分題得吴王井送張德常〔一〕

斸地鑿山骨〔二〕，重泉出洞天。聲虚響屧步，影照捧心妍。露冷銀牀滑，秋空玉鏡圓。養民功用在，莫問邑頻遷。

九日寄許廷佐張景昭

冷落黄花節，蕭條白雁天。雄摶鵬九萬，鏖戰馬三千。鐘鼎淹衰鬢，山河憶盛年。擬呼劉越石，同著祖生鞭。

〔一〕詩題：德常，文淵閣四庫本作「常德」。

〔二〕斸地鑿山骨：斸地，文淵閣四庫本作「巧匠」。

次韻許萬户

虎將有吟癖，詩成命僕騷。倚牀晨擊劍，隔屋夜呼醪。落日銅駝冷，秋江石陣高。欲持長脛槊，涉海寄敖曹。

九月十日同許廷佐吴近仁泛舟淞江

汎汎江湖闊，蕭蕭廬舍稀。晚雲低遠樹，秋水淡晴暉。大野頻鏖戰，孤城未解圍。何當驅鐵馬，北向靖王畿。

不　醉

不醉揚雄宅，甘居許汜牀。求田空敗意，識字謾成章。射虎衣裾短，屠龍劍鼻長。憂貧何日了，筋骨豈能强[一]。

[一] 筋骨豈能强：骨，文淵閣四庫本作「力」。

感古

關内收三傑，淮南養八公。金成幽血碧，龍起瑞雲紅。過眼王章碎，回頭帝業空。惟餘白楊樹，一類響悲風。

聽琵琶

引手作琵琶，槽深桫欏花。茶船方到岸，鹽客未回家。密語思何切〔一〕，相尤怨更譁。江聲八千里，心緒滿天涯。

有懷亡弟

白塔寺前路，朔風吹軟沙。疊騎黄忽刺，側抱紫琵琶。乾酪曉銜酒，真酥夜打茶。朱容竟何在，雨淚濕黄麻〔二〕。

〔一〕密語思何切：思，文淵閣四庫本作「恩」。
〔二〕雨淚濕黄麻：雨，文淵閣四庫本作「兩」。

虎丘寺

四野天垂幔，孤峯地湧金。潮來講臺潤，日午劍池深。曲徑穿紅樹，長廊蔽緑陰。小吴軒子好，誰繼老坡吟。

顧野王讀書堆

昔聞野王宅，今上讀書堆。篁竹最深處，菊花時自開。天風響鐘磬，海氣結樓臺。回首陳梁事，悲歌付一杯。

大都即事 六首

平章橋上日，光禄寺前春。楊柳緑垂地，桃花紅照人。粉香迷醉袖，草色妒行輪。屠狗悲歌者，空埋泉下塵。

三月西山道，春風平則門。繡鞍紅叱撥，氈帽黑崑崙。衣襆分香裹，壺瓶借火温。醉歸楊柳月，緑霧掩黄昏。

小海春如畫，斜街曉賣花。連錢遊子騎，斑竹美人家。襖色揺紅段，鞶香鬬蠟茶。額黄斜入鬢，側髻半翻鴉。

楊柳暮鴉啼，鐘樓日又西。小車隨客散，歸馬望塵嘶。碧瓦差宮樹，金波溢御堤。時平足行樂，誰問醉如泥。

紅雪點綿袍，青樓酒價高。朱絲紅杪櫂，玉斗紫葡萄。春餤行綾卷，秋醃割佩刀。簾鉤風不定，觸損鶺鴒毛。

千步廊前月，朦朧照御街。風簷鳴寶鐸，雷板耀金牌。城影平鋪地，樓陰半上階。誰家吹短調，一夜亂春懷。

柬戚少府

浙水險天下，驚濤晝夜奔。雲雷號海獸，風雨走江豚。少府公田薄，鴻儒德望尊〔一〕。聖朝容讜議，不用老吳門。

聽雪齋

萬籟入沉冥，坐深窻户明。微於疎竹上，時作碎瓊聲。撲紙春蟲亂，爬沙夜蟹行。袁安政無寐，欹枕漏三更。

〔一〕鴻儒德望尊：鴻，文淵閣四庫本作「洪」。

柬張彦禎知事

臺憲故人老，山林幽趣深。放船歌落日，倚杖聽秋霖。架有生風簡，囊無傎獄金。獨賢顧同守，不負好儒心。

聞鄭國寶往無錫

匹馬抵毘陵，重圍百雉城。金湯從地湧，壁壘亘天横。風勁雕弓急，霜寒晝角清。將軍正閒暇，高枕亞夫營。

寄馬將軍

馬服古名將，孤軍鎮海壖。射鵰天雨血，拔槊地飛泉。筝手調銀甲，花奴遞玉鞭。虎營燈火夜〔二〕，自註十三篇。

〔二〕虎營燈火夜：夜，文淵閣四庫本作「下」。

贈黄元帥

蕩盡百金産，圖成一代名。誓天關帝廟〔一〕，劃地吕蒙營。峴首嗟難鑿，江流竟莫清。滿懷忠義氣，揮作淚縱横。

贈王良佐

雲起碧螺峯，賢人出處同。絶憐懷道德，無處逐英雄。使者徵王肅，諸侯重蓋公。也知囊底智，猶足掃江東。

寄中山隱講師

問訊山中隱，中山第幾重？風廊巡夜虎，雲鉢聽經龍。流水千溪月，寒巖一樹松。無因浄查滓，來共上堂鐘。

〔一〕誓天關帝廟：帝，文淵閣四庫本作「羽」。

送宋仲温還姑胥

興盡抱琴歸，江空歲暮時。孤城天拍水，長路雪漫歧。日月催年事，關河起夢思[一]。胷藏幾兵甲，能壓布帆遲。

寄馬都事

職分歸南省，軍機重左司。欲成錢氏志，無出馬家眉。大府晨趨早，嘉猷夜退遲。歸來椿館下，猶作老萊嬉。

簡孫大雅[二]

別後東家子，扃門只著書。但令儲有粟，豈問出無車。精緻追天禄，工夫到石渠。賓筵干櫓外，須爾講關雎。

[一] 關河起夢思：起，文淵閣四庫本作「啓」。
[二] 詩題：簡，文淵閣四庫本作「柬」。

柬成元章

共説成夫子，詩名逼有唐。精神輞川畫，風致午橋莊。野店雞前月，官河鴉後霜。雪髯渾未撚，七步已成章。

贈顔欽若

六合故人散，八方多難深[一]。青年憂國淚，白髮奉親心。雨屐春苔妒，寒氈夜雪侵。尤憐乞米帖，日向水窻臨。

懷趙有道

武功原上路，憶爾奮幽尋。技巧神機秘，經營霸業深。幾年搔短髮，何日遂初心。病起寒江暮，囊空買藥金。

[一] 八方多難深：難，文淵閣四庫本作「艱」。

柬顧明府[一]

水國差徭重，江城廬舍稀。曉星懸印出，春雨勸農歸。官馬哦新月，公庭散夕暉。欲知通守瘦，但視野人肥。

寄鍾伯紀

著就春秋傳，緘封懶示人。共傳懷伯略，獨許作王臣。葛亮終存漢，揚雄漫劇秦。憑君贍才力[二]，天下政風塵。

寄題錢孟安書房

曲徑蹙平坡，危橋跨斷河。樹深偷日短，閣小借春多。酒熟妨詩債，茶香却睡魔。醉心經史内，何用説登科。

[一] 詩題：柬，《元詩選》本作「簡」。
[二] 憑君贍才力：才，文淵閣四庫本作「材」。

岳飛墓祠

半蓋樹陰圓〔一〕，長廊列從官。銀鎗火光現，鐵鍊雪花寒。二帝孤魂散，三軍老淚乾。獨存秦檜首〔二〕，不挂藁街竿。

過杭州雷院留題

急澗水沄沄，長松蔽夕曛。金鎚飛使者，肉翅下天君。寶殿閑鐘簴，瑶緘冷誥文。晚來龍取水，湖面滚雷雲。

題樂静草堂

古稱仁者静，所樂在居山。一鳥不敢語，萬松相對閑。小齋迂逕入，深户褋花間〔三〕。擾擾喧譊子，何曾見一斑。

〔一〕半蓋樹陰圓：圓，文淵閣四庫本作「團」。
〔二〕獨存秦檜首：存，文淵閣四庫本作「全」。
〔三〕深户褋花間：間，底本作「關」，據文淵閣四庫本改。

簡邵可大[一]

四裔政瓜潰，羣雄分蝟張。横磨狂景劍，勇恃老僧鎗。瘴雨銷銅柱，天災火柏梁。誰爲股肱郡？往取後降王。

贈張習之

膏雨晝廉纖[二]，爐煙不隔簾。燕泥侵玉麈，蛛網挂牙籤。夜枕花頻妒，春衫酒半淹。緑窻人散後，明鏡摘風髯。

贈何彦明

芳草緑芊芊，南梁二月天。綺窻低映户，紅袖蚤登筵。化日連錢馬[三]，輕風罨畫船。歸來東閣下，時有麗人篇。

[一] 詩題：簡，文淵閣四庫本作「柬」。
[二] 膏雨晝廉纖：晝，文淵閣四庫本作「盡」。
[三] 化日連錢馬：錢，文淵閣四庫本作「乾」。

送暹上人之笠澤

具區三萬頃，碧浸楚天深。日月循環没，星河徹夜沉。寳坊開曉甸，幽磬隔秋林。但恐歸歟後，相思無處尋。

玉壺清冰室

斗室如蝸殼，冲然氣象温。虚含太古雪，倒覆洗頭盆。色相俱難著，瑕瑜兩不全〔一〕。誰言鐵如意，醉後怯王敦。

漁樂圖

昔在山陰住，門前是鑒湖。晚雲昏島嶼，秋水净菰蒲。漁艇中流急，衡茅倚樹孤。歸來拂縑素，寫作釣魚圖。

〔一〕 瑕瑜兩不全：全，文淵閣四庫本作「存」。

次趙伯温韻

共是越州客，同爲莊舄吟。潮來鰻井沸，龍起鏡湖陰。烽火臨邊急，池塘入夢深。蘭亭修禊處，無復舊攜琴。

梁楷鍾馗

虎口插虬髭，藍蓼鬢脚垂。帽裙全破碎，袍袖半離披。夜雨高堂静，秋風耗鬼悲。人間多大怪，不獨錦棚兒。

立仗馬

照夜玉狻猊，霜毛鐵鑿蹄。春風金絡腦，小雨錦障泥。御駕馳天上，軍封受海西。日供三品料，緘口不聞嘶。

二喬圖

並倚兩嬌嬈，人呼大小喬。腕鬆紅玉釧，釵嚲紫金翹。公瑾應同調，孫郎早見招。獨憐銅雀瓦，風雨夜蕭蕭。

錢塘逢施孝先

亂裏交遊散，信音殊未聞。海天清夜月，江樹早春雲。到處皆圖霸，何人果見真？相逢惟爾在，褶袴亦從軍。

奎上人松風閣

兩松依邃閣，謖謖發春音。夜静灘聲近，秋高雨意深。石壇鳴落子，窻月動清陰。此際陶弘景[一]，幽沉用世心。

寄題佘山普照寺

塔鎖聰公影，墳荒少保鄰。綠苔侵古檜，黄葉下高椿。寶殿秋雲合[二]，雲廊月色新。兩山青遠送，長夜賴誰巡？

[一] 此際陶弘景：此際，文淵閣四庫本作「從此」。
[二] 寶殿秋雲合：雲，文淵閣四庫本作「陰」。

次鍾君來韻

我愛山中好，全無俗事牽。秋霜溪口樹，春水渡頭船。豆熟白鷴聚，花開錦雉眠。官閑僧舍近，棋罷又詩篇。

九日

客中逢九日，心折大刀頭。草白水沙静，橘紅江樹秋。曉風欺破帽，落日盼歸舟。空把陶潛菊，長凭王粲樓。

次鐵笛道人韻

翠黛鎖眉山，濃愁無處安〔一〕。玉環雙鳳叫，珠髻九龍盤。花落夢初斷，鶯啼春未闌。檀槽兒女語，昵昵向誰彈？

〔一〕濃愁無處安：濃，文淵閣四庫本、《元詩選》本作「穠」。

春登永安寺

宿雨忽開霧，凭高散旅愁。野煙啼翠鳥，庭草卧青牛[一]。怪石尖於劍，長杉高過樓。尚懷登絶頂，東北望杭州。

立夏後一日寫懷

隔樹竹雞啼，夢深懷欲迷。玉人方拭淚，白馬政頻嘶。芳履閑花逕，塵牽倚繡閨。明年還舊約，歸醉瑞雲西。

懷　越

遊子憶山陰，秋風自越吟。雲從秦望遠，城壓鏡湖深。筍轎常攜酒，松梭或載琴[二]。遥憐舊童稚，久負浴沂心。

[一] 庭草卧青牛：青，文淵閣四庫本作「犁」。
[二] 松梭或載琴：松梭，文淵閣四庫本作「梭松」。

玉笥集卷九

元 張憲 撰

七言長律

送海一漚十韻

尊者來從乾竺國，畏途生出玉門關。地窮西北河爲帶，水盡東南島若環。劫火自如潮勢吼，禪心已似石頭頑。法華雨施金盂水，貝葉經挑錫杖鐶。幻境萬家飛蝶夢〔一〕，滄波一箇野鷗閑。染輕龍女花難著，德重天廚食自頒。灝氣秋橫銀色界，白毫夜破鐵圍山。瀴溟此日浮杯去，葱嶺何年隻履還。佛日未應違下國，甘霖直欲遍人間。探窮大地蛟蛇窟，歸立穹天虎豹班。

〔一〕幻境萬家飛蝶夢：飛，文淵閣四庫本、《元詩選》本作「蝴」。

遊黄公洞十八韻

十月山城氣候偏，黄公洞裏看春妍。五紋鷃雀嬌疑鳳，千葉蟠桃大似蓮。巨彈落星天狗碎，神砮出土佛牙堅。雜花冉冉張紅錦，芳草茸茸卧緑氈。庢瀉蜂腰横斷杵，巖撐虎口抱空拳。澗邊野雉如人立，松下馴麛傍母眠。峯隱金雞啼曉月，瀑翻銀漢下長天。十圍龍竹高逾樹，五頂神芝秀結拳。蘚壁冷雲封鬼谷，寶函金穴祕神淵。枰遺商皓棋三角，劍缺黄巢石半邊。丹火有人留蜕骨，玉棺幾度葬神仙。扶危鐵柱長存跡〔一〕，代步花輿不下肩。世隔衲僧方廣地，路迷漁父武陵船。華陽未老陶弘景，勾漏先歸葛稚川。記曆何嘗知晉魏，流光端可繼彭籛。蓬萊方丈圖中見〔二〕，流水胡麻世上傳。欲報穀城山下礦，已無圯上袖中編。便當導引師吾祖，深避衡茅一萬年。

送何山長十韻

黄岡義學何人建，山長新除甚日行。禮樂三千開治道，風雲九萬始修程。絃歌此去培英雋〔三〕，俎豆由來得老成。齋舍諸生師郭泰，橋門萬衆羡桓榮。干戈久弛衣裳會，豪傑思趨月旦評。静考羲圖紬大

〔一〕扶危鐵柱長存跡：長存蹟，文淵閣四庫本作「堪捫手」，《元詩選》本作「高擎掌」。
〔二〕蓬萊方丈圖中見：中見，《元詩選》本作「間現」。
〔三〕絃歌此去培英雋：雋，文淵閣四庫本作「俊」。

衍，博評麟史議齊盟。壺觴日永歌魚麗，琴瑟春深和鹿鳴。豈但雅情違世務，終知雄略在經營。玄黃未解乾坤戰，薄食徒傷日月明。珍重斯文膺至寄，可能坐待泰階平。

寄宣參謀十四韻

輕裘緩帶晉羊公，羽扇綸巾蜀卧龍。霸府規模談塵裏，神州形勢畫圖中[一]。文章藻飾冰霜操，戈甲森羅錦繡胷。掌上風雲開八陣，指端神煞祕諸宮。廟謀素抱留侯略，雅量真成謝傅容。鹿角砦深嚴木柝，虎皮韉暖覆花驄。據鞍橫槊心何壯，賭墅圍棋興政濃。湖面鼓聲催落日，原頭旗影動秋風。蕭蕭歸馬荒陵樹，慘慘昏鴉夜寺鐘[二]。偏伍暗分玄武旆，牀機潛發鳳凰弓。燈前玉女趨符令，月下金神守劍鋒。幕客坐均三品食，健兒立侍萬夫雄。屠龍古技嗟先識，捫蝨奇論惜未逢。好在勇爲天下事，扁舟歸卧五湖東。

[一] 神州形勢畫圖中：畫，文淵閣四庫本作「坐」。
[二] 慘慘昏鴉夜寺鐘：夜，文淵閣四庫本作「晚」。

七言律

井西丹房

葛井西頭更向西，丹房高與白雲齊。鉛田虎下飛紅電，汞海龍沉結紫泥。山鬼俯欄窺火候，爐神伏地丐刀圭。飲餘一盞中黄酒，坐聽鵑聲松上啼。

觀習鄉兵

吴班馮習兩都頭，十里山城據上流。錦帳月明張夜宴，繡旗風暖試春蒐。裹瘡賡樂猶堪戰，垂翅回溪未足憂。天子念功思將帥，南宫聞已搆層樓〔一〕。

題院人畫小景

高棟層軒夜未央，溶溶新緑漲池塘。風輕楊柳金絲軟，月淡梨花玉骨香。亂唾碧茸紆曲逕，獨循青

〔一〕南宫聞已搆層樓：層，文淵閣四庫本作「高」。

鎖轉迴廊[一]。千金一刻誰能買，輸與豪家白面郎。

受上人房簪芍藥花

金縷杯安瑪瑙盤，花神爲我獻清懽。都將東武伽藍會，直作維揚宰相看。兩袖春風嬌拂座[二]，一壺美酒醉凭闌。從教夾道吴兒笑，贏得烏紗玉露溥。

對牡丹有所贈

塵滿堯夫小步車，東風幾度負韶華。蜀人自適琴中調，吴女徒歌陌上花。半裹牛酥和夢寄，一腔羯鼓共誰撾？金刀翦斷雙頭錦，羅帽簷嬌壓欲斜。

寄周畫史

花竹翎毛滿近郊，可憐畫手日蕭條。鳩聲未絶春常雨，鷗影不移江自潮。魏武門風今作庶，梁家奴態動成謠。王淵邊魯俱無信[三]，誰寫先生五柳橋？

[一] 獨循青鎖轉迴廊：鎖，文淵閣四庫本、《元詩選》本作「瑣」。
[二] 兩袖春風嬌拂座：袖，底本作「坐」，據文淵閣四庫本改；座，文淵閣四庫本作「坐」。
[三] 王淵邊魯俱無信：邊魯，底本作「獻頌」，據文淵閣四庫本改。

雪篷

十年南雪不沾沙，獨爾孤篷載六花。路入溪山天一色，雲同湖海玉無瑕。瓊田預借收冰榜，銀漢驚飛貫月槎。我是寒江蓑笠叟，凍吟真敢繼劉叉。

席上得摇字

翠館行廚雪乍消，牆頭新柳又垂條。珊瑚枕暖人初醉，鸚鵡籠寒舌未調。座上綵鸞珠插鬢，掌中飛燕玉圍腰。海棠一夜東風軟，落盡雲邊金步摇。

嬉春

春來何處惱柔腸，柳下人家緑鎖窻[一]。畫棟歌塵珠簌簌[二]，雕盤舞袖翠雙雙。鼓翻芍藥雷轟座，酒熟酴醿雪滿缸。最憶瑶芝堂下路，一宵歸夢隔春江。

[一] 柳下人家緑鎖窻：鎖，文淵閣四庫本、《元詩選》本作「瑣」。
[二] 畫棟歌塵珠簌簌：簌簌，底本作「蔌蔌」，據《元詩選》本改。

贈張帥〔一〕

馬似游龍槊似蛇，弁登雄雉服登猳。聲吞漢賊當陽坂，氣壓秦皇博浪沙。蔽日浮雲行按劍，滿天明月卧吹笳。同宗亦有狂書客，坐對寒窻擬禡牙。

題僧智果書梁武評書帖

三十四賢三百年，能書端有幾人傳？藝高梁武評都盡，筆到隋僧法度全。逸少雄强難繼踵，元常茂密孰齊肩。摩挲斷石思存古，起倚西風一慨然。

與甯子廉馬敬常飲酒得移字

我愛中州雙國士，尊前爲我解金龜。南山石爛歌逾緩，銅柱沙沉跡未移。割土有人窺漢鼎，磨崖無客頌唐碑。狂生雅抱澄清志，中夜聞雞起舞時〔二〕。

〔一〕詩題：帥，底本作「師」，據文淵閣四庫本、《元詩選》本改。

〔二〕中夜聞雞起舞時：《元詩選》本「中夜」下有小注「一作『況是』」。

送海上人從軍

闍黎不肯著袈裟，要斬人頭换白麻。天道近來增壁壘，火星昨夜入匏瓜。山城暮雨閑弓劍，沙塞秋風送鼓笳。縱不黄金鎖韎韐，也勝紫繡踏麻鞎。

讀戰國策

雞連六國歎從人，蠶食諸侯笑暴秦。上黨禍階朝作厲，長平戰血夜生燐。苟全田建松間命，寧恤燕丹劍下身。抖盡祖龍囊底智，咸陽回首亦成塵。

春日寄賽將軍

雨後教場春草青，一鞭飛馬似流星。畫旗展綵明金字，花箭翻香落粉翎。虎豹韜鈐新戰陣，麒麟閲舊儀型。霸吴平楚男兒事，早立奇勛待我銘。

柬衛處士

傍山依水作幽居，未減南陽諸葛廬。卓行自成高士傳，浮榮不用辟書除。烏絲小楮春題畫，青簡長編夜著書。愧我紅塵走官馬，計偕空詣漢公車。

詠櫻桃

海西四月櫻桃熟，曾醉吴郎珠樹叢。梗落金刀紅玉潤，彩摇華月赤瑛空。香脣每笑歌姬淡，小字深憐妒妾同。客裏薦新家廟遠，聖恩只憶大明宫。

題衛王畫〔一〕

拄天直壁插山椒，拍挾晴空老氣驕。蒼隼没雲猶可望，野煙著水未全消。樓臺落日秋蕭索，林麓西風晚寂寥。安得樂郊真似畫，日扶藜杖上溪橋。

大都書所見

桃皮觱篥響秋空，鵝項琵琶奏晚風。西馬長腰駄赤豹，北駝穹背挂玄熊。太平有象歸文德，大獵無忘示武功。赫赫帥臣專獮狩，聖恩聞已賜彤弓。

〔一〕詩題：王，文淵閣四庫本作「生」。

元會

天眷聖明開大業，班分文武列賢寮。股肱元首歌虞舜，富壽多男祝帝堯。萬國山河歸正統，百王禮樂聚清朝。瓊樓玉殿攢金闕，紫霧紅光隔絳霄。

白塔寺

紺殿瑶臺列梵區，舞鸞翔鳳繞階除。黄金飛出栴檀像，白馬馱來貝葉書。七寶浮屠珠結繖，五龍交椅玉爲輿。法音一派鈞天起，萬籟聲高振碧虚。

登齊政樓

層樓拱立夾通衢，鼓奏鐘鳴壯帝畿。萬古晨昏常對待，兩丸日月自雙飛。壽山樹色籠佳氣，御水波光蕩落暉。手把闌干頻北望，心如征雁獨南歸。

渡江懷宣元杰

北固山前春水生，瓜州渡頭人不行。火殃夜落金山寺，海氣朝吞鐵甕城。萬古不磨青嶂老，六朝都逐大江傾。伯符公瑾今何在，狠石雄談最憶卿。

春日

彩毫漆點新蟬翼，奚墨雲磨舊馬肝。月落小窻瓊珮冷，夢回孤枕玉釵寒。荼蘼架雪香生宴，么鳳籠煙醉倚闌。笑我一春長閉户，柳花填巷卧袁安。

賦松江漁者

短棹輕舟白髮翁，往來常在泖西東。一篙緑水孤篷外，九點青山落照中。不盡春光楊柳雨，無邊秋興蓼花風。鴟夷盛酒羊裘卧，表海封齊莫論功。

早春

二月葑門河水新，落花芳草暗平津。綵雲不作青樓夢，黄鳥空鳴緑樹春。風暖畫旗開甲第，日斜歸馬趁行輪。紛紛冠蓋埃塵裏，誰問城東樹屋人。

悼惠師

八十一年塵夢醒，佛臺歸坐九蓮青。金銀氣斂心無礙，衣鉢囊空性始靈。舍利自飛阿育塔，荼毘不損貝多經。春風草草新阡下，日有門徒打墓銘。

贈軒轅道士

子是彌明幾代孫，姓名乃使世間聞。坐驚星斗生雷劍，動使煙霞繞練裙。月裏白鸞招子晉，山前青虎借茅君。長春酒熟朝朝醉，高枕瑶琴卧碧雲。

王氏小桃源

一簇林塘隱者棲，天然畫出武陵溪。循牆流水灣灣曲，匝屋桃花樹樹低。春雨閉門山犬吠，炊煙隔竹午雞啼。幽深直待秦人避[一]，但恐漁郎自路迷。

題宋仲温墨跡

江南羽化張天雨，海上神交宋仲温。楷法鍾繇稱獨步，草臨皇象已專門。折釵未墜風前髮，屋漏先垂雨後痕。寄謝墨池諸俊彦，蚓蛇雞鶩莫須論。

[一] 幽深直待秦人避：待，文淵閣四庫本作「得」，《元詩選》本「待」字下有小注「一作『得』」。

留别賽景初

暖雲將雨驟陰晴，四月羅衣尚未成。萬點愁心飛絮影，五更殘夢賣花聲。方空越白承恩厚，繡褔諸於照道明[一]。自笑窮途不歸去，空懷漫刺闔閭城。

蘭棘圖

山果羅生何瑣細，幽蘭叢雜愈馨香。寒根壓石垂垂瘦，惡棘侵蹊故故長。甘苦所需同雨露，萌芽餘幾更牛羊。撫圖未用增嘘唏，且復呼兒進一觴。

送賽將軍入吴興收集故業

暫歇將軍帳下驄，樓船西入水晶宫。集賢書畫干戈外，公子田園簿籍中。天目諸山皆走北，太湖萬頃獨朝東。不堪重舉新亭歎，地下前王淚血紅。

[一] 繡褔諸於照道明：于，底本作「干」，據《元詩選》本改。

謝惠墨

南唐五李久絶跡，老潘入井法不傳。太史鴻文今有價，故家豹橐定誰捐。篆成屈玉雙釵並，詩寫聯珠九曲穿。直待枋頭修史了，却須佳傳贈陳玄。

臨安軍前

寂歷荒城遍野蒿，昔人事業已徒勞。雁將秋色催歸馬，楓引霜花入戰袍。地阻東南鄉信遠，天昏西北陣雲高。不堪屢作還家夢，起向西風撫大刀〔一〕。

畫　馬

臆間鱗甲隱龍紋〔二〕，前立啼雞後犬蹲。天仗威儀猶想見，江都法度尚生存。廐官自寵王毛仲，部校誰奇賀六渾。幾度夜深瞻象緯，可憐房宿至今昏。

〔一〕起向西風撫大刀：向，文淵閣四庫本作「倚」，《元詩選》本「向」字下有小注「一作『倚』」；撫，文淵閣四庫本作「舞」。

〔二〕臆間鱗甲隱龍紋：間，文淵閣四庫本作「前」。

王師討徐

相臣虎拜别龍顔，廟算神機指日還。大選五兵開武庫，長驅萬馬下天閑。投鞭足竭長河水，磨刃能平九里山。爲報麗勛先授首，黄樓土色夜來殷。

次葉秀才韻

丈夫有淚濯氛埃，莫作尋常兒女哀。帝室河山初不改，令公幙府幾時開？仰瞻北斗低金闕，遥望中天近玉臺。安得吴兒八千騎，爲君縛取衛王來。

黄大癡畫

樹裏人家似輞川，塢中草木類平泉。下方官府自徵税，何處漁郎來繫船。百折澄溪東走海，萬尋直壁上摩天。筆端點點皆清氣，誰道癡翁不解仙。

書　憤

離宫金翠化爲煙，土宇凋零舊幅員。豈是相君酣醉日，況逢天子中興年。武關兵馬全無信，浯水文章久未鐫。白髪詩翁憂帝室，長歌泣血拜啼鵑。

良宵

良宵情緒不堪題，立遍闌干意欲迷。鐵撥忽敲壺口破[一]，金刀頓翦燭心齊[二]。緑分楊柳湘簾細，紅壓櫻桃斗帳低。彷彿第三橋畔宿，月明珠樹夜烏啼。

次韻江鍊師

道人容貌似嬰孩，手抉天罡步斗魁。拄杖神遊却月觀，渡風夜上鍊丹臺。劍横秋水蒼龍化，衣染春雲玉女裁。聞道蓬萊隔東海，芙蓉三朵翠成堆。

次韻孫塤

十年戎馬動成群，勢比連雞未解紛。天狗星流聲震地，蚩尤旗卷氣垂雲。仆碑誰讀平淮頌，誑鬼人傳詛楚文。安得爾家賢討虜，雄談狠石坐宵分。

[一] 鐵撥忽敲壺口破：《元詩選》本「忽」字下有小注「一作『頓』」。
[二] 金刀頓翦燭心齊：《元詩選》本「頓」字下有小注「一作『頻』」。

花　洞

花洞花開雲錦鋪，看花遊女白如荼。素羅便面歌紅拂，紫障罘罳舞緑珠。楊柳露乾方作態，海棠春困未全蘇。畫船來往仙潭闊，人在銷金十里湖。

李遵道枯木

葉蠹心枯勢欲僵，火焚雷翦類空桑。强扶朽質排元氣，力挽旁枝障太陽。鬼狀虺隤生意少，龍鱗剥落本根傷。薊丘深意吾知得，珍重君王別棟梁。

次韻贈張省史從軍南征

震天金鼓紫駝驕，皁纛連珠畫斗杓。甲馬魚鱗開曉日，錦袍花蕚上春潮。桄榔雨暗湯泉溢，茉莉風暄海瘴消。幕下何人專草檄，共誇謀議得張昭。

玉笥集卷十

元　張憲　撰

絶句　五言

次韻虞閣老題柯丹丘畫

夜雨幽篁密，晨霜落木多。月明商女恨，江冷越人歌。

天馬　二首

蕃方皆貢馬，聖意本求書。縱使行千里，終當駕鼓車。

今代佛郎國，龍媒進上都。傒斯能作頌，周朗善爲圖。

董羽卧沙龍

仰閣青牛首，橫揞赤鯉腮。輕雷驚不起，直待早潮來。

宫廊雪霽圖

樹影上階除，宫廊雪霽初。門前有鹹草，倚柱待羊車。

宫　怨

寶索懸珠珮，霜花上玉墀。井桐紅似錦，不寫御溝詩。

畫　扇

萬木落秋風，雙桐氣勢雄。嶙峋一卷石〔一〕，留取補天空。

〔一〕嶙峋一卷石：卷，文淵閣四庫本作「拳」。

陸垣畫

山果綴丹實，霜林開畫屏。美人湘水上，誰與拾秋馨。

醉 歸

五柳低垂地，孤松俯壓簷。門生舁竹轎，往取醉陶潛。

仕女圖

孔雀當階舞，芙蓉夾路生。玉人誰作伴，相對坐調笙。

葡 萄

天上金盤露，人間玉樹秋。長卿消渴久，明日再扶頭。

竹 石

春來不肯晴，緑苔遍頑石。曉起看新梢，一夜高一尺。

柯丹丘枯木竹石圖

粲粲翡翠釵，歷歷珊瑚樹。露涼蘿月高，湘魂不知處。

梁楷鬼

既竊寧王笛，又盜妃子扇。雖曰情狀深，終爲端士見。

桂花便面

冷露下山阿，寒光濕秋宇。天香鏡中來，照見嫦娥語〔一〕。

畫　竹

涼風徐徐來，六月静如水。但恐瀟湘姿，不堪美人倚。

〔一〕照見嫦娥語：嫦，文淵閣四庫本作「姮」。

秋　棠

秋棠類春櫻，粲粲耀緋緑。可憐竹與蘭，零落在空谷。

畫　扇

渴龍飲清江，江水皆倒立。風雨滿山來，石楠半身濕。

温日觀葡萄

銀甕懸紫駝，驛騎曉來急。西風吹竹窻，一夜鮫人泣。

盛子昭畫

秋樹半著霜，水落石嶁嶁。寄謝清渭翁，釣得謍丘否？

八仙花

手折八仙花，贈余十日别。春光不待人，歸來已成雪。

絶句 六言

採桑圖

道旁人畫秋胡，桑間誰是羅敷。莫戀懷中金餅，倚門家有嚴姑。

瘦馬圖

神駿豈在澤毛，力强不妨少肉。仗前無限豐駒，徒糜君王芻粟。

湖上 二首

緑蓋遮籠菡萏，碧瀾摇蕩鴛鴦[一]。罨畫船中鼓板，銷金鍋裏時光。
紅杏牆頭粉蝶，緑楊窻外黄鸝。何處春光最好，踏青人在蘇堤。

[一] 碧瀾摇蕩鴛鴦：瀾，底本作「欄」，據文淵閣四庫本、《元詩選》本改。

夜月

夜月小樓箄箂，東風深院琵琶。料理宿酲未了，春光又在鄰家。

冠蓋

冠蓋花間玉驄，綺羅簾下香風。一體傷春病酒，奈何轉眼西東[一]。

問鵲

寒食清明已過，牡丹芍藥將開。爲問簷前喜鵲，遠人何日歸來？

楊妃睡起圖

琥珀椀空荔子，龍香撥冷琵琶。問道三郎何在，今朝早仗南衙。

[一] 奈何轉眼西東：東，底本作「風」，據文淵閣四庫本改。

自歎

臺閣荒涼鼎鐘，家山孤負雲松。偏地烟塵豹虎〔一〕，何年雷雨蛟龍？

宫體

綺疏面面玲瓏，衝牙步步丁東。金尾屏風孔雀，銀牌絲線梧桐。

早春湖上

玉驄草軟平田，油幕風輕畫船。燕子釵頭春勝，梨花院裏秋千。

軍士

黄犢草肥易牧，雕弓雪冷難彎。比似馬鞍作枕，何如牛背看山。

〔一〕偏地烟塵豹虎：豹，文淵閣四庫本作「豺」。

陶淵明

二頃半田種秫，八十餘日居官。稍帶收成解印，也教妻子心寬。

題　畫

遠岫層層何處？矮房簇簇誰家？煙樹夕陽歸鳥，清溪古渡横槎。

寄王祖孝

許昌城中種菜，弘農道上騎牛。笑我雨宵翦燭，憐君月夜凭樓。

漁翁圖

細雨斜風箬笠，淡煙殘月篷窻。意足半篙春水，夢回一枕秋江。

絶句 七言

秋夜書所見

大星殞地聲動屋，明月入樓光滿牀。起看北斗正半夜，白氣繞城如女牆。

長蘆鎮書客況[一]

旋風捲簾楹拄天，長河斷流冰膠船。擬隨富翁同守凍，只有一旬沽酒錢。

聽松圖

洪厓羽士氅衣輕，脚踏青鸞下玉京。直壁倒懸秋萬尺，盤陀石上聽松聲。

早春寄雅宜山人

天平東下瞰靈巖，一派雲巒黑萬杉。鶯燕未來花柳瘦，欲於何處試春衫？

〔一〕詩題：客況，文淵閣四庫本作「所見」。

贈菊田道人

秋雨開田四十雙，陶家舊徑遂成荒。中年眼角方如口，始信菊花滋味長。

酈生長揖圖 二首

淮南黥王乃可傲，高陽酒徒何必輕。駕馭英雄須有術〔一〕，不宜如此見書生。

踞牀洗足非爲慢，長揖軍門也不多。大抵英雄皆坦率，子陽謦折竟如何。

許將軍郊居

東青門東草地平，曉來濃霜如雪明。細弓膠勁不須焙，手撚骲頭尋雁聲。

簡竇彦南〔二〕

二十四橋風月清，瓊花觀裏坐吹笙。金盤露冷凝脂滑，一夜新霜睡不成。

〔一〕駕馭英雄須有術：須，文淵閣四庫本作「斯」。

〔二〕詩題：簡，文淵閣四庫本作「柬」。

赤壁圖

白露横江山月小，柔櫓啞啞聲渺渺[一]。船尾一聲吹洞簫，回首黄州天已曉。

竹蝶圖

落盡春紅春夢熟，平沙小院窻中緑[二]。美人睡起背東風，蛺蝶飛來上修竹[三]。

子陵獨釣圖

天上故人赤伏符，羊裘大澤隱狂奴。絶憐一線桐江月，不换當年諫大夫。

佘山道中

老樹排雲石徑斜，炊煙起處有人家。一聲啼鳥春成夏，新緑滿汀浮柳花。

[一] 柔櫓啞啞聲渺渺：聲，文淵閣四庫本作「烟」。

[二] 平沙小院窻中緑：院，文淵閣四庫本、《元詩選》本作「苑」。

[三] 蛺蝶飛來上修竹：蛺，底本作「蚨」，據文淵閣四庫本、《元詩選》本改。

脊鴒圖

曉來霜重蒹葭濕，枯楊颯颯西風急。鄰家兄弟政鬭争，不見脊鴒原上立。

吴仲圭畫荔枝障

知味何人似蔡襄，方紅陳紫與誰嘗。七閩塵障南來使，腸斷薰風十八娘。

弔寶維賢参政

紫團犀銙新公服，鐵馬金戈舊戰場。倘使僵尸包馬革，也勝廟食水仙王。

鐵笛道人遺筆篥七絶

朔客有以筆篥遺道人者，道人以送余，且將以詩。仍率五溪馮溥、錦泉馮文和以成什。余深愧無李龜年之藝，而虚得張承吉之名也，既次第來韻，復賦此答美意，且邀李桐屋、僧守仁同賦。

贊皇太尉有新題，不減吴江與會稽。最憶秋山霜月夜，卷蘆一曲醉如泥。

朔客蒼頭一尺髭，酒酣氣熱卷蘆吹。花娘不展徘徊拜，虛負王孫五字詩。
長安城裏紫葡萄，關塞遺聲透月高。一十八星清竅冷，無人喚起薛陽陶。
南徐江上月黄昏，誰嚼寒爐對酒樽。滿耳胡風全不競，空煩公主嫁烏孫。
漢家鹵簿最多儀，夾駕雙弧武騎隨[一]。不似酒邊呼李衮，静攜九漏月中吹。
一曲邊聲繞月樓，滿天兵氣似并州。塞鴻不管關山怨，閒却吹螺小比丘。
國手傳聞張野狐，清歌最善月中蘆。風前静洗箜篌耳，別畫明皇按舞圖。

冬至古城簡楊馮二先生 二首

徧地妖氛起砲車，十年戎馬未寧居。瑞雲一朵壺中境，留作先生魯觀書。
昨夜三更雨似酥，新陽地底動葭莩。憑誰蚤起書雲物，梓慎曾爲魯大夫。

留別盛經歷

重關複道固高深，戰勝尤宜苦用心。莫倚昔曾擒李密，賊徒今不走桃林。

[一] 夾駕雙弧武騎隨：夾，文淵閣四庫本、《元詩選》本作「來」。

方頤

方頤大口玉顔紅，七尺長身猛似熊。偏得將軍傳武藝，闊街飛馬背開弓。

題畫

晴川渺渺停春水，怪石峩峩插亂山。最愛夕陽煙寺裏，千株古木一僧閑〔一〕。

釣魚圖

水痕新落露灘沙，葉葉丹楓映晚霞。六尺釣竿三尺線，先生意不在魚蝦。

趙集賢枯木竹石

槎牙老樹響天風，寂歷幽篁泣露叢。惆悵玉堂舊公子，故家陵廟月明中。

〔一〕千株古木一僧閑：《元詩選》本「一」字下有小注「一作『伴』」。

戲歌兒

閒門落籍丁文椀，教子讀書隨意歌。湖上水雲樓上月，如今贏得夢魂多。

達失八都兒平章復許州

狡計争功笑子都，登城不在奪鍪弧。少留天使須臾飯，坐看將軍入許郛。

贈日者

玉節旌旗照帥符，虎争龍鬬正吞屠。煩君勇啓談天口，説破當今推祕圖。

贈僧聲無像〔一〕

蚩尤天狗正狰獰，五緯紛紜起鬬争。一點圓靈無認處，六符誰問泰階平。

〔一〕詩題：聲，文淵閣四庫本作「星」。

西窻 三首

西窻大樹遮夕陽，南樓小溪生晚涼。青天無雲鳥飛絶，白蘋起風蟬噪長。

寒瓜激齒冰雪香，白石枕頭魂夢長。枇杷葉大暑光薄，梧桐生子秋意涼。

赤日欲落又未落，清風忽來又不來[一]。溪邊屬玉成對立，水上藕花相間開。

[一] 清風忽來又不來：又，文淵閣四庫本作「或」。

跋《玉笥集》〔一〕

右《玉笥集》十卷，元張憲撰。案，憲字思廉，山陰人，家玉笥山，因以爲號。仕張仕誠，爲樞密院都事。吴平後，變姓名，走杭州，寄食報國寺以死。《明史·文苑傳》附載《陶宗儀傳》末。考朱竹垞《静志居詩話》，稱宗儀入明，自署其居爲「小栗里」，雖好爵未縻，而集中如《乙卯人日》、《紀行》、《入都門》、《早朝》、《聞皇太孫即位》等詩，可以不作。可以不作而作之，宜録入明詩矣。《玉笥集》固無之也，其心跡殆迥不侔矣。

《四庫提要》已著録，稱卷首有楊維楨、周砥、戴良及安成劉釪四序，又孫大雅《玉笥生傳》及楊基《玉笥生傳書後》各一篇，而此鈔本俱佚之，僅存劉釪一序。顧俠君《元詩選》稱思廉師事楊廉夫，尤多懷古感時之作，劉釪一序，可稱知己。又《静志居詩話》稱：「鐵崖弟子，才鋒犀利，莫過張思廉，讀其長歌，波瀾横溢，弟子不必不如師也。」録其詩於《明詩綜》「外臣」卷内，多至三十二首，所以推挹之者亦至。其風骨實迥異於可閒老人也，乃可閒嘗策張仕誠之必敗，嘗作詩刺之云：「一陣東風一陣

〔一〕文題：校點者代擬。

寒，芭蕉長過石闌干。只消幾箇瞢騰醉，看得春光到牡丹。」思廉豈不如其明哲？閲其詩，悲憤無端，顧竟不能自拔，亦可哀已。詩於七言古外，復分歌吟、長短句諸名目，微嫌破碎，以原本如是，即仍之。咸豐辛亥穀雨令節，南海伍崇曜謹跋。

補遺

鄂國公 有叙論

鐵崖先生論敬德玄武挽弓之事不在榆窠奪槊之下，然亦一時戰鬭之勞，未足爲萬世之功也。憲謂敬德有萬世之功，房、杜諸人所不及者，其在海池宿衛乎？人看不到。當是時，隱巢既死，上泛舟海池，世民使敬德入衛。敬德擐甲持矛，直至上所。上大驚曰：「今日作亂者誰邪？卿來此何爲？」使敬德不善應對，豈不駭天下耳目，而陷太宗於何地也？敬德對曰：「秦王以齊王作亂，舉兵誅之，遣臣宿衛耳。」於是，上意乃安。時宫府衛士，戰猶未已，敬德又請上出手勑，使聽秦王處分，上從之，然後定。烏乎！孰謂敬德爲武夫悍將也，觀其應對閒雅，處決合義，從容進退，不失臣禮。使敬德麄豪如王敬則輩，則拔刀跳躍，事須及熱而白紗加首矣。人謂敬德河東打鐵漢，吾不信也，爲賦《鄂國公》詩。

玄武門前曉流血，虬髯天子誅兇孽。誰開貞觀太平功，奪槊將軍三寸鐵。於戲！海池一語安天聽，手敕親頒宫府定。人知房杜善經綸，誰識將軍善詞命，萬世之功無與並。

長髮尼 有叙

存目。〔一〕

孔巢父

孔巢父，唐隱者。潭州觀察果何榮，御史大夫真禍府。江淮蛇，永王璘。河北虎。田悦。兩度奇兇逃網罟，危機終陷河中弩。李懷光。孔巢父，何不早掉頭，竹林溪邊來飲牛。真巢父，齊許由。

破桐葉

破桐葉，既破不可合。梁洋逼駕此何心，自壞奉天三戰捷。鬼谷子，破桐葉。先生志在全河東，不許□虎生河中。鬼谷子，衡山人。曾令李郭成奇勛，如何不記御史語，靈武行軍能活人。李懷光之子璀謂

〔一〕 校點者案，《長髮尼有叙》一詩據弘治王術刊本輯補。弘治王術刊本所收諸詩，如《行酒歌》等，與通行十卷本異文較多，另有《匡復府》等不僅異文衆多，且多出詩序。此類詩篇均附於正文相關作品之後，此處不再贅述。不過，《長髮尼》一詩與底本《檛馬詞》詩題不同，詩序仿佛，詩文内容亦完全不同，故不僅見於正文，此處亦存目。

帝言：「臣父言惟靈武行軍能活我耳。」詩意惜□□往能成就李、郭，今乃能全馬燧〔一〕，不活懷光也。

陳醫者

陳山甫，醫者流，吹咀一匕勝戈矛。襄陽悖賊僭帝號，吾將爲國除深憂。誰能金匜玉笲置堇汁，甘露神酒爲身謀。成德李寶臣蓄異志，引沃人作讖記。沃人乃置金匜玉笲，猥曰：「内産甘露神酒。」寶臣大悦。既而畏事洩，恐爲所誅，詐曰：「公飲甘露神酒，可與天神接。」密置堇子汁，寶臣已飲即瘖，三日而死。事在建中三年。

吕梁金龍

黄河倒瀉青天里，下灌東南九千里。石鯨嚙斷水銀山，牙縫參差横鋸齒。五鳳泥樓飛紙錢，擊牲釃酒南商船。苦篁嘯風蒼樹煙，珓聲無害巫祝言，麗祠日高金龍眠。

秋夜長

秋夜長，華堂耿耿燈燭光。瑶箏倚席玉簫卧，留得水沉金鴨香。六窗沉沉萬户静，涼月獨挂天中

〔一〕今乃能全馬燧：今，底本作「令」，據文意改。

央。樹寧風息鴉不噪，盆池並卧雙鴛鴦。雙鴛鴦，空斷腸，良人遠在天一方。

宮人怨

梧桐拂宮簷，棲棲戀金井。蜜炬淚紅垂，照見流螢冷。清霜撲慊飛，漏長人不歸。白日下東壁，土花青復紅。玉人萬里恨，斷夢隨秋蓬。

（以上均據弘治五年王術刊本輯録）

輯佚

詩[一]

樹介謡詩序

校點者案：《樹稼謡》一詩見於底本卷四，無詩序。《永樂大典》卷一五〇七五（中華書局一九八六年版12A頁）序、詩俱存，今據以補詩序，並置入正文。此處存目。

吴興才人歌爲沈文舉賦詩序

校點者案：《吴興才人歌爲沈文舉賦》一詩見於底本卷四，無詩序。董斯張《吴興藝文補》卷五十四（明崇禎六年刻本）序、詩俱存，今據以補詩序，並置入正文。此處存目。

[一] 校點者案，輯佚詩歌之次第依據所利用文獻編纂時間先後排定，三篇詩序居首。

李嵩宋宮觀潮圖詩序

校點者案：《李嵩宋宮觀潮圖》一詩見於底本卷六，無詩序。徐伯齡《蟫精雋》卷八（清文淵閣四庫本）序、詩俱存，今據以補詩序，並置入正文。此處存目。

和鐵崖先生月氏王頭飲器歌〔一〕

持爾月支頭，飲我虎士頸，虎士飲之怒生癭。猩紅酒熟黄金柈，淋漓猶疑血未乾。雄心如劍四五動，倒蘸狼山海波湧。帳前按劍千熊羆，耳熱聽我歌谷蠡。此杯持勸藺夫子，烏能持勸武陽兒？（楊維楨：《樂府補》卷一，清文淵閣四庫本）

漱石齋爲孫生賦

嗟嗟子荆，邈焉寡儔。矯俗易世，漱石枕流。惟其才高，出言合理。情雖不近，旨實可取。淑慎温恭，起繼祖風。它山取石，有玉不攻。磨齦礪鈍，堅固困窮。先哲有言，菜根難嚙。齒鋒既利，百事可

〔一〕詩題：校點者代擬。校點者案，《樂府補》此詩附於楊氏《月氏王頭飲器歌》之後，謂爲張憲和辭，但萬曆本《楊鐵崖先生文集》卷二、乾隆本《楊鐵崖詠史古樂府》卷二皆將之歸入楊氏名下，鑒於此對師徒詩作頗有重合，此處存疑。

作。我爲銘詩，用誡齟齬。勉思鄙言，以保粲者。（《永樂大典》卷二五三九，北京，中華書局，一九八六年版11A頁）

賦賀氏江鄉老人

不住鏡湖曲，來居揚子村。吴霜衰晚鬢，海月浄衡門。潮信蒹葭濕，風花島嶼昏。夕陽沙觜樹，閒步引諸孫。（《永樂大典》卷三〇〇四，北京，中華書局，一九八六年版9A頁）

寄石郎詩

弓馬英雄徧四方，何人重爲整王綱。鳳凰池竭多春草，獬豸臺傾少夜霜。賤似衛青猶出將，飢如韓信亦封王。誰能孤坐窮山裏，剔盡殘燈讀漢唐。（《永樂大典》卷七三二九，北京，中華書局，一九八六年版9A頁）

寄錢德鉉

何處逍遥好，莊生在漆園。傍花尋蝶夢，倚樹看蜂喧。怪跡多高趣，雄文亦寓言。紛紛迷復者，政銜鶴乘軒。（《永樂大典》卷一四三八二，北京，中華書局，一九八六年版21A頁）

次來韻寄野亭君 二首

窈眇貞溪上，高標獨出群。楚氣那敢近，秦火不能焚。檻倚波心月，窻開樹杪雲。城中多甲第，若箇得如君。

秋入野亭幽，何時許一遊。濁醪趨市買，村果近鄰求。刺漫狂生竹，毛凋說客裘。獨憐傷世慮，無處爲東周。（《永樂大典》卷一四三八二，北京，中華書局，一九八六年版21A頁）

次來韻答寄顧仲瑛

草堂深夜燭摇紅，樽俎文章集鉅公。十載行蹤兵火裏，一詩盛事畫圖中。笙歌尚照桃花月，池館空閒柳絮飛。此日嘉禾東郭外，虹橋晚步與誰同？（《永樂大典》卷一四三八二，北京，中華書局，一九八六年版21B頁）

寄張希尹

别來好在張山長，門逕猶依教授廳。移石晚雲生鉄鍤，灌花春雨落銅瓶。壁間塵阮同誰摘，席上風琴只自聽。對酒幾番懷故舊，舉觴仰勸少微星。（《永樂大典》卷一四三八二，北京，中華書局，一九八六年版21B頁）

寄阮拱辰

途窮輙哭未爲狂，蝨處褌中最可傷。本謂天心收禍亂，豈期臣節尚披猖。大田宿麥連齊壤，白日祅氛蔽楚疆。廣武山頭觀血戰，須君青眼鑑興亡。（《永樂大典》卷一四三八二，北京，中華書局，一九八六年版21B頁）

寄林塘幽主者

籬邊古木覆滄浪，門外平橋跨斷河。清磬數聲繞出定，雅琴一曲又賡歌。鳥情花思嬉遊絶，雲影天光感慨多。阿錫可衣藭芑茂，汩沉名利欲如何？（《永樂大典》卷一四三八二，北京，中華書局，一九八六年版21B頁）

何處

何處情懷好，清溪白苧袍。晚煙浮樹動，秋氣挾天高。曹閣慙卿輩，筇枝屬我曹。天空清可鑒，憑檻數纖毫。（《永樂大典》卷一四五四四，北京，中華書局，一九八六年版19B頁）

伏日取青樓寄桐屋君

盛夏何洶洶，陽烏怒流火。大田拆龜兆，旱雲蓺成朵。出門畏靴帽，閉户習袒裸。小樓鬱坐甑，眠食無一可。南薰雖驟來，塵坌厭掘堁。時時樹蔭卧，屢徙計亦左。番思湖上舟，翠荷風婀娜。玉纖捧冰壺，菱芡剥水果。緬彼桐屋人，朱墨政繁夥。既無官可係，胡乃自拘鏁。何當勇飛去，筆硯棄么麽。君看肉食人，一一皆勇果。（《永樂大典》卷一九七八三，北京，中華書局，一九八六年版9A頁）

取青樓席上和牙字韻

延陵公子故侯家，坐上仙人萼緑華。風旋舞塵鳴玉佩，雲盤歌韻揭紅牙。璚漿灧溢香螺甲，畫鼓聲喧鐵馬撾。老子風流狂不減，水沉龍撥鼓琵琶。（《永樂大典》卷二〇三五三，北京，中華書局，一九八六年版4B頁）

席上贈挨胡琴玉寶瓶彈琵琶俞山月 四首

花圍七十紫鴛鴦，月繞三千金鳳皇。每到曲終催賜酒，舊恩猶憶鎮南王。

龍頭蛇腹半金瓶，鳳縷鸞膠兩玉繩。一尺提頭封錦橐，内家新失鄭中丞。

低絃背調不勝哀，冰璽雙飛信手挨。老盡玉皇風憲吏，月明獨上鳳凰臺。

破訥沙頭漢草青，蕃兒打手馬蹄輕。開明橋上黄昏月，不作昭君出塞聲。（《永樂大典》卷二〇三五三，北京，中華書局，一九八六年版4B頁）

飛來孤送奎師住靈鷲

君不是唐林夫，我不是眉山蘇，如何臨行索我歌驪駒。借君二十四節之龍鬚，擊我迎風寒露之玉壺。聽我歌爾飛來孤，嵌嵌嶷嶷天下無。左擁羅刹江，右抱西子湖。靈峯秀出五百尺，嘉樹玉立三千株。香林冠其顛，冷泉濯其趺。晴嵐盡掩西子幔，寒月夜上摩尼珠。馴麛或墮猛虎下，山鬼戲答黄猿呼。千蹄鐵騎亂戎服，五丈大旗屯梵區。方舟子，休悒怏。龍節杖，且載途。明年二月春風裏，花外馬蹄知是吾。（偶桓：《乾坤清氣集》卷十，清文淵閣四庫本）

江雁初飛圖

雁將邊信拍江飛，人倚闌干立翠微。山色忽隨雲影换，秋聲暗向樹頭歸。可憐上國多戎馬，悵恨中原又落暉。於悒客懷仍對畫，不勝老淚濕征衣。（錢謙益：《列朝詩集》甲集前編卷十，清順治九年毛氏汲古閣刻本）

贈宋仲温[一]

大王風息塵漲天，邊烽鬼燐紅飛煙。劍倚高穹懶磨刃，弓挂扶桑未上弦。冰凝霜冱江南道，偃蹇寒梅雨中老。鐵心不屑作和羹，紅杏枝頭春意鬧。宋才子，第一人。卿寵□，奴佞臣。姻不諧□□，宴不

[一] 詩題：校點者代擬。《趙氏鐵網珊瑚》卷七、《式古堂書畫匯考》卷二二收録宋仲温詩帖，所書爲元人寄贈之詩，其中存張憲詩四首，此詩不見於傳世《玉笥集》。另三首爲《題宋仲温墨蹟》、《聽彈琴》、《送宋仲温還姑胥》。

終園人。恥隨青袍白馬橫梁境，肯學銅爐鐵筋匡徐君。登科只許大兄先，奪錦已傳佳句新。宋才子，温如玉。商之孫子多伶俜，能武能文唯爾獨。惟爾獨，何不取？中尉獨擅代，成功治太平。鼎食開元祿，文武名成吾爾録。（卞永譽：《式古堂書畫彙考》卷二十二，清康熙刻本）

題倪雲林山水圖〔一〕

艮嶽恩榮雨露荒，平泉銷廢子孫忙。久無人下公庭拜，賴有倪迂繼米狂。（陳田：《明詩紀事》甲籤卷二十五，清陳氏聽詩齋刻本）

文

跋鐵崖先生五王毬歌〔二〕

國朝雅詠五王毬者多矣，至吾鐵崖先生，始以錦囊隱語帶史斷，此其難也。寧哥識破涼州，諸王之所不及，非老於史學，孰能感慨至此哉！（楊維楨：《樂府補》卷二，清文淵閣四庫本）

〔一〕詩題：校點者代擬。
〔二〕文題：校點者代擬。

白雲漫士陶君墓碣銘書後[一]

元故白雲漫士陶明元氏，諱煜[二]。弱冠時，用道家法，事所謂玄武神甚謹。明元母病心痛，痛則拍張跳躅，齧牀簀衾褥，號叫以紓苦楚，歲瀕死者六七發，醫莫能愈。明元每掐心嚼舌，以代母痛。一日，危甚，計無所出，走禱玄武前曰：「刲股割肝，非先王禮，在法當禁，某非不知也。今事急矣，敢犯死取一臠爲湯劑。神爾有靈，疾庶幾其瘳。」禱畢，即引刀欲下。忽有二童自外躍入，叱曰：「毋自損！我天醫也。」明元大駭，伏地乞哀。童子取案上筆，書十数字於几面。擲筆，二童子咸仆地。隨呼家人救之，噀以水，良久，蘇，乃鄰氏兒也，叩之，無所知焉。視其書，藥方也，隨讀隨隱。明元私喜曰：「此必玄武神也，吾母其瘳矣。」即如方治之，藥甫及口，而痛已失，終母身不再舉。

張子曰：齊諧志怪，聖人不道。《左氏》尚誣，君子非之。明元之事，遂昌鄭元祐狀行、會稽先生楊維禎誌墓皆不書，非逸也，畏譏而削之也。彼以謂「玄武神」者，西北方之氣也，莽蒼無知，非如俞跗、岐、扁，能切脉察色、投湯熨火、抉腸剔胃，以取人疾，在理所不通，故不書。雖然，動天地，感鬼神，莫大乎孝。焉知冥冥中英魂烈氣不散者，或如俞跗、岐、扁，依憑精魄，以遂孝子之請也。不

[一] 文題：校點者據陶宗儀所謂「宗儀之先人，有孝感一事，人多傳道之。會稽張君思廉，嘗書於楊鐵崖先生所譔墓銘之後矣」代擬。

[二] 諱煜：諱，據以輯録之《南村輟耕録》整理本作「韓」，據文意改。

然，何穹然漠然之體而有所謂天醫乎？明元子宗儀與余友善，其寓殯又在玉笥山下，去余居不遠，以是得其實尤詳。故寧受左氏之譏，不敢没明元之孝。《書》曰：「與其殺不辜，寧失不經。」先王之過蓋如此。會稽張憲譔。（陶宗儀：《南村輟耕録》卷六「孝行」，北京，中華書局，一九五九年版75頁）

殘句

斜日輕風燕尾船。〔一〕（失題）（朱彝尊：《説舟示戴生鉠》，《曝書亭集》卷六〇，四部叢刊景清康熙本）

〔一〕校點者案，朱彝尊雖明言此句爲張憲思廉之作，但值得注意的是，該句在他人詩作中亦屬常見，如清人錢載《憶西湖》（《蘀石齋詩集》卷四十七），又如吴俊《歲暮感懷十五絶句》之十徑用此句並稱「楊廉夫句」云云。

附録

傳記

送張憲之汴梁序

（元）楊維楨

會稽張憲與奉元趙信俱游吾門。二人者，各負忠義之氣、經濟之才，而未遇大知己以施諸行事也。至正甲午，憲嘗以布衣上書辨章三旦公，公奇之，列置三軍之上。出奇料敵[一]，言一一中，表爲某官，非其志，弗就。乙未春，寇復陷常、湖，又以策干苗部之總兵者，不能聽，輒去。嗚嗚泣下，釃酒祝期偉人佐世。太尉張公聞憲名，辟以行人，俾游説江東，且輸平于淮安。來別曰：「憲行，必見察大將也。得吾師一言之教，憲有以藉於察公矣。」予聞唐相臣裴度之佐主中興也，延攬遺傑，恢復失土。入縣瓠者，以愬之勇；獻德、棣者，以耆之辨。一武一文，各適其用，此所以成功之易也。今大將，人

[一] 出奇料敵：料，底本作「科」，據文淵閣四庫本《東維子集》改。校點者案，本文底本字句有誤、文意不暢，據文淵閣四庫本《東維子集·送張憲之汴梁序》對校。

期爲唐之度也，豪傑歸之唯恐後，顧一得一耆、恕已乎[一]？倘得，昇寇不足平矣。信既行，予以恕期之。子復踵往，耆之所長，當屬子已。子勉之，使大將之門三千客中十九人内，稱有趙、張兩奇士[二]，豈惟光吾門也哉！（楊維楨：《東維子文集》卷三，四部叢刊景舊鈔本）

玉笥生傳

（明）孫　作

玉笥生者，會稽山陰人也，家玉笥山。少力學有志。既壯，負才不羈，薄游四方。慕魯連子爲人，不治産業，誓不娶、不歸鄉里，故年逾四十而猶獨居。親舊或稍勸爲計，生輒嘻笑舍去，曰：「吾身未立，天下事未已，此大丈夫以國不以家之穐也。吾豈不知有舊田廬足以資衣食無乏，而此拓落耶？」先是，國家承平，民無藏甲，士不言兵。生始徒跣走京師，謁貴人，創談天下事。衆駭其狂，且誚曰：「生洛陽少年，專務生事。」不合，便拂衣還江南。淮西揚塵，聲勢日甚，物情惶惑。生首抗大議，言論風采，歆動時相。居數日，不報，去入富春山中，混淄黄輩爲方外遊，日以詩酒自放。里豪見而異之，争下榻，設盛饌，生弗之顧。貧士或置雞黍，輒飯不辭。間有識之，曰：「子非張憲思廉耶？君之齒長矣，猶溷劍士俠客爲也？」爲具衣冠，强令出山，生默不答。久之，一旦升高望遠，若有所睹，退謂

[一] 顧一得一耆恕已乎：一得一，文淵閣四庫本作「得一二」。
[二] 稱有趙張兩奇士：奇，底本作「寄」，據文淵閣四庫本改。

所親曰：「吾亟去，汝輩亦慎毋居此。」呼避避里中，三日而逃，衆不之覺。會寇狼狽猝入，兵死五百餘家，始悔不用生言。生識見沉敏，博學無不窺。其閒静寡默，在稠人中，或被推墮，無所較也。及遇事酬酢，論兵説劍，天下一豪健辨士。與搢紳輩爲文章，談王道，從容禮法，雖老儒先生避之。

論曰：士貴善用己，善用己者，必善用人。生之才氣，雖予不知其有挾，予間扣底裹，輸發腑臟，百反不能竭。噫！澤中之蜥蜴，不用則委蛇草莽間，用則致雨雹猶呼吸也。生善用己，亦若此與！（孫作：《滄螺集》卷四，明毛氏汲古閣重刻本）

（正德）《松江府志·張憲小傳》

張憲，字思廉，會稽山陰人。家玉笥山，自號「玉笥生」。少力學有志。既壯，負才不羈，薄游四方。慕魯連子爲人，不治産業，年四十猶不娶。方承平時，走京師，謁貴人，談天下事，衆謂之狂。及淮西兵起，憲首抗大議，復不報，去入富春山，爲方外游。一旦，升高望遠，若有所覩，退謂所親曰：「吾亟去，汝輩亦慎毋居此。」衆不信，俄寇至，兵死者五百家。孫作大雅謂其閒静寡默，在稠人中，或被推墮，不較。及遇事酬酢，論兵説劍，天下一豪健辯士。與縉紳輩爲文章，談王道，從容禮法，雖老儒先生避之。嘗學於楊廉夫，往來郡中最久，湖山名跡多見之詩云。［顧清等：《（正德）松江府志》卷三十一，明正德七年刊本］

《南濠詩話·張憲小傳》

（明）都穆

會稽張思廉，元末流寓吴門。時張士誠欲結内遊客，大開賓賢之館，聞思廉名，禮致爲樞密院都事，思廉遂委身事焉。未幾，張敗，思廉變姓名走杭州，寄食於報國寺，旦暮手一編，人不得窺。後思廉死，寺中人取視之，乃其平生所作詩也。孫司業大雅嘗爲思廉著傳。（都穆：《南濠詩話》，清乾隆道光間知不足齋叢書本）

玉笥生張憲

（清）錢謙益

憲，字思廉，山陰人。負才不羈，薄游四方，誓不娶、不歸鄉里。嘗走京師，創言天下事，衆駭其狂。還入富春山中，混緇黄以自放。一日，升高望遠，呼所親曰：「亟去。」三日，而逃寇猝入，兵死五百餘家，始悔不用生言。淮張據吴，禮致爲樞密院都事。吴亡，變姓名，走杭州，寄食報國寺。旦暮手一編，人不得窺。死後視之，其平生所作詩也。楊廉夫云：「吾用三體詠史，古樂府不易到，吾門惟張憲能之。」又曰：「吾鐵門稱能詩者，南北凡百餘人。求其似憲及吴下袁華輩者，不能十人。」（錢謙益：《列朝詩集小傳》甲前集，上海，上海古籍出版社，二〇〇八年版40頁）

《明史·文苑傳》

元末文人最盛，其以詞學知名者，又有張憲、周砥、高明、藍仁之屬。

張憲，字思廉，山陰人。學詩於楊維楨，最爲所許。負才不羈，嘗走京師，恣言天下事，衆駭其狂。還入富春山，混緇流以自放。一日，升高，呼所親語曰：「禍至矣，亟去！」三日而寇至，死者五百家。後仕張士誠，爲樞密院都事。吴平，變姓名，寄食杭州報國寺以歿。（《明史》卷二八五，北京，中華書局，一九七四年版七三二六頁）

評　論

評語二十三則[一]

（元）楊維楨

《屠隱行》評曰：「此章議論甚大。」

《滄海君》評云：「有隊仗，有議論。」

《請劍歌》評曰：「婦人能勉其君子，此章有焉。」

[一] 楊維楨評語二十三則：諸評語均録自弘治五年王術刊本。今傳十卷本《玉笥集》文中亦皆夾雜評語，參見正文，此不録。

《梁甫吟》評曰：「此作隱秀。『一丸土』『二將軍』，此兩語又是一篇中之警策。」
《南飛烏》評云：「全是烏上織出一段錦，使胷中無此機杼，徒血指汗顔耳。」
《縛虎行》評云：「此一番案，有千斤筆力。敬服敬服。」
《夕陽亭》評云：「『短青鬼』打破錦囊。」
《玩鞭亭》評曰：「此作辭意並臻，厭老温多矣。」
《梁簡文飲酒歌》評曰：「詞婉而不迫，真得詩人情性。」
《鴆酒來》評云：「末語甚得三百篇之厚意。『不墮井』，亦善譏。」
《毒龍馬》評云：「以毒龍馬喚起昭陵六馬，成一奇論，老夫所未及也，蓋筆端有煉石能補天空者也，令人誦之不能去口。」
《鄂國公有叙論》評云：「表出宿衛、請勑二事，見得平日讀史有眼力，贊功鄂國，可謂信不誣矣。」
《田舍翁》評云：「叙論平反鄭公不死建成之難、太宗不得謂虧臣節而憾之，雖程朱復生，亦當服此奇論，末再發根心語，至停婚仆碑之時，使鄭公尚在，誠可危公也，皆前人所不能發。詩補鄭公鬼諫，既出公所不能言，使鄭公地下有知，何以爲吾兩詩之報哉！句意傾瀉如長江大河，全不爲詩家繩尺所縛，可以稱史匠之奇才矣。」
《長髮尼》評云：「摘出殺馬事，愈見文皇不悟者，以寵蔽之，史論未有及此者。」

《匡復府》評曰：「詩意高於叙論，真春秋之筆也。史匠足以繼聖人之刑書矣。」

《玉真仙人詞》評云：「詞婉而切。」

《大腹兒》評云：「此篇全似錦囊，聲嗽融化，大裀事實[一]，奇語曾出，不喚作活長吉不可也。歆伏歆伏。」

《五父》評云：「善譏善譏。」

《哀熙寧》評云：「可與吾《哀舒王賦》並肩。」

《火府告斗》評云：「但賀緑章後難措手，僅有後村、少翁招魂詞，此作語似弱亦不弱，結涵意可感。[二]」

《秋夜長》評云：「此章蓋有所刺。」

《秋夢引》評云：「此作甚似飛卿。」

《宫人怨》評云：「不在急言，善怨善怨。此類長恨吉能説，商隱、飛卿不能説也。」

（弘治五年王術刊本《玉笥集》各篇什之末，國圖館藏號7124）

[一] 大裀事實：裀，疑爲誤字。

[二] 結涵意可感：此句疑有脱文。

弔白門（節録）

（明）瞿　佑

張思廉作《縛虎行》云：（略）記當時事，調笑可誦。思廉有詠古、樂府一編，皆用此體。（瞿佑：《歸田詩話》卷下，清知不足齋叢書本）

大腹兒

（明）徐伯齡

張思廉名憲，會稽人，楊鐵崖之高弟也。當國初時，甚有文名，詞藻高古博洽。所居玉笥山下，故號「玉笥生」，所著名「玉笥集」。詩皆詠史，篇篇膾炙人口。先正瞿存齋嘗稱道其《縛虎行》之美矣。暇日，菊莊劉隱君爲予道其《大腹兒》寫禄山事，痛快詳盡，其詞云：（略）其詩大抵皆此類。（徐伯齡：《蟫精雋》卷三，清文淵閣四庫本）

論張憲[一]（節録）

（明）李日華

元張憲字思廉，號「玉笥生」，與楊鐵崖、高季迪諸公遊，詩亦清妙有味。（李日華：《六研齋二筆》卷二，清文淵閣四庫本）

〔一〕標題：校點者代擬。

張思廉

（明）徐　㶿

元季詩人輩出，語皆奇警，會稽張思廉尤峭峻可喜。題《唐五王擊毬圖》云：（略）又《太真明皇並笛圖》：（略）思廉有《玉笥集》十卷，詩多富贍，蓋熟於史學者。以方駕鐵厓，未知鹿死誰手。（徐㶿：《筆精》卷四，清文淵閣四庫本）

張憲（節録）

（清）朱彝尊

鐵崖諸弟子，才鋒犀利莫過張思廉，讀其長歌，波瀾横溢，弟子不必不如師也。（略）鐵崖評其《走馬歌》云：「决非驢背詩人語。」洵足異也。（略）《餞梁王》云：（略）楊廉夫謂：「讀此不覺涕泗横流，恨不剸刃賊臣以快其心。」（朱彝尊：《静志居詩話》卷二十四「外臣」，北京，人民文學出版社，一九九〇年版七七〇頁）

張都事憲

（清）顧嗣立

憲字思廉，山陰人，别號「玉笥生」。負才自放，走京師，創言天下事，衆駭其狂，還富春山中。一日，升高望遠，呼所親謂曰：「亟去！」三日，逃寇猝至，死者五百餘家，始悔不用生言。張氏據吴，辟爲樞密院都事。吴亡，變姓名走杭州。思廉初薄遊四方，誓不娶、不歸鄉里。中遭兵亂，混緇黄以自存，晚寄食報國寺以死。其《琴操序》曰：「干戈不息，殆且十年。余流連江湖間，幽憂憤奮，不見中興；涯際四方，又無重耳、小白之舉。深山大澤，所不忍言，將仗劍軍門，而可依者何在？乃作《琴操》十二章以寄意。」其《閔周操》云：「平既自夷兮，赧寧得不窮。」其《懷燕操》云：「秋草兮芊芊，黃金臺兮夷爲淵。悵廣宇兮裂瓦，望離宫兮生煙。淚可盡兮目可穿，思昭王兮不可言。」思廉師事楊廉夫，尤多懷古感時之作。廉夫曰：「吾用三體咏史，古樂府不易到，吾門惟張憲能之。」又曰：「吾鐵門稱能詩者，南北凡百餘人，求其似憲及吴下袁華輩者，不能十人。」明成化初，安成劉釪序其集曰：思廉與鐵崖諸君，同爲一時能言之士。當元季擾攘，志不獲伸，才不克售，傷時感物，而洩其悲憤於詩。此可謂思廉之知己也已。（顧嗣立：《元詩選》卷五十四，長洲顧氏秀野草堂刊本）

湖龍姑

（清）宋長白

鐵厓、《玉笥集》俱有《湖龍姑曲》。玉笥起句曰：「洞庭八月明月寒，湖龍捧出玻璃盤」，其下十一句與鐵厓全同，當是師弟一時擬作，或誤分爲二首也。內中字法稍異，抑或思廉原稿而廉夫裁潤之耶？（宋長白：《柳亭詩話》卷二十四，清康熙天茁園刻本）

校點者案：關於《湖龍姑》之問題，趙翼持論與宋長白相近，附於此。

附：古今人詩句相同（節録）

（清）趙　翼

又楊鐵崖樂府中《湖龍姑曲》有「湖風起，浪如山，銀城雪屋相飛翻。白鼉豎尾月中泣，倒捲君山輕一粒。浪花拍碎岳陽樓，萬斛龍驤半空立」等句，而張思廉和其曲亦云「洞庭八月明月寒，湖龍捧出玻瓈盤。湖風忽來浪如山，銀城雪屋相飛翻。白黿樹尾月中泣，倒捲君山輕一粒。浪花拍碎回仙樓，萬斛龍驤半空立」，但起處稍不同耳，今各刻集中，豈本張作、經鐵崖删改，後人遂各刻其集耶？（趙翼：《陔餘叢考》卷二十四，清乾隆五十五年湛貽堂刻本）

論鐵崖及其門人[一]

（清）沈德潛

鐵崖樂府，詆訾者比於妖魅，然廉折稜稜，異於男子而巾幗服者。論宋元詩，不必過於求全也。鐵門諸子中，玉笥生亦復可采，過此以往，近乎填詞，等之自鄶已。（沈德潛：《説詩晬語》卷下，清乾隆刻沈歸愚詩文全集本）

讀元人詩各賦絶句　其十八

（清）阮葵生

淋漓豪氣語懸河，玉笥編中樂府多。可惜雄心消不得，新詞聊付雪兒歌。張憲思廉。（阮葵生：《七録齋詩鈔》卷五，清刻本）

[一] 標題：校點者代擬。

題《玉笥集》〔一〕

（清）張廷枚

茫茫四海一身存，回首難忘國士恩。節概不同王蔡葉，埋名絶跡寄空門〔二〕。先生嘗仕張士誠，張亡，遁入四明山中，變姓名爲佛家奴。嘗攜一册自隨，卧則以藉首。一夕死於寺中，發而讀之，《玉笥集》也。藉首遺編董古今，偶然讀罷覺思尋。重重論定千秋案，義正詞嚴褒貶深。集中多詠史、樂府。（《玉笥集》卷首，張廷枚乾隆四十八年鈔本，國圖館藏號2985）

論元詩絶句　其四十三

（清）謝啓昆

玉笥懷才值喪亡，鐵門樂府許升堂。金臺秋草離宫没，淚盡琴歌十二章。張憲。（謝啓昆：《樹經堂詩續集》卷七，清嘉慶刻本）

〔一〕詩題：校點者代擬。

〔二〕自「茫茫四海一身存」至「埋名絶跡寄空門」：原作「茫茫四海一身存，絶跡埋名寄佛門。志節遠逾王蔡葉，到頭絶不負深恩」，張氏自改。

論張憲[一]（節録）

（清）翁方綱

張思廉詠史、諸樂府皆不如《代魏徵田舍翁詞》一篇。

張思廉驚才絶艷，然純是雄冠劍佩氣象。殆天所以位置斯人，故不爲春容和鳴耳。

鐵崖《湖龍姑曲》，全與張思廉作相同，中只换數字。豈改而存之，未暇芟去耶？

（略）至於七言長篇，則張思廉亦有之，仍是從李長吉打出耳。（翁方綱：《石洲詩話》卷五，清粤雅堂叢書本）

書眉叔問月吟後　其三

（清）孫原湘

看作文妖世眼驚，鐵崖衣鉢玉笥生。除非唤起芙蓉頰，自有清矑識長卿。（孫原湘：《天真閣集》卷三一，嘉慶五年刻增修本）

論元詩　其二十八

（清）袁　翼

寄食浮屠隱姓名，愛吟樂府愛談兵。廉夫枉自誇三體，竊盡元機玉笥生。（袁翼：《邃懷堂全集》

[一] 標題：校點者代擬。

詩集後編卷四，清光緒十四年袁鎮嵩刻本）

論楊維楨、張憲〔一〕（節録）

（清）李慈銘

閱鐵崖樂府諸集，其儗古諸篇，務求尖新而多近傖調，時病粗梗，至改譔《焦仲卿妻》等詩，真點金成鐵矣。詠史諸作，亦多苦槎枒，識議亦往往庸下，不及其門人張玉笥時有警句也。（李慈銘：《越縵堂詩話》卷下之上，民國刻本）

論楊維楨諸人作詩仿李賀〔二〕（節録）

王禮培

（楊廉夫）七言長篇非不奇麗，是與薩天錫、張思廉、宋子虛輩依倚長吉爲性命者。長吉煅煉辭藻，務去陳言，此境與太白之天仙羽人皆非後人所易擬，擬之不成，流爲文妖。（王禮培：《小招隱館談藝録初編》卷三，民國刊本）

〔一〕標題：校點者代擬。
〔二〕標題：校點者代擬。

序跋著録

玉笥集序

（元）戴　良

古者學成而用，故其爲志，在乎行事而已。然方未用時，有其志而無其行事，則以其性情之發，寓諸吟咏之間焉。及其既用也，而前日之吟咏，乃皆今日行事之所資，則所以發諸性情以明吾志之有在者，夫豈見之空言而已哉？此登高賦詩，所以觀乎大夫之能否者，其所由來遠矣。後世學不師古，而詩之與事判爲二途。於是處逸樂者，則流連光景，以自放於花竹之間而不知返。不幸而有飢寒之迫，擯斥摧挫，流離窮厄之至，則嗟窮悼屈，感憤呼號，莫有紀極於其中。然於時政無所繫，於治道無所補，則徒見諸空言而已耳。是故有見於此而思務去之者，豈不謂之有志之士乎？然余求之於時而未之見焉。及來吴中，張君思廉出其所爲詩一編以示。觀其詠史諸作，上下千百年間，理亂之故，得失之由，皆粲然可見。而陳義之大，論事之遠，抑揚開闔，反覆頓挫，無非爲名教計。至於樂府、歌行等篇，則又逸於思而豪於才者。及觀其他作，往往不異於此。而此數體者，尤足以肆其馳騁云耳。嗚呼！若思廉者，蓋庶幾古詩人作者之能事也哉？余嘗以此求諸昔人之作，自三百篇而下，則杜子美其人也。子美之詩，或謂之「詩史」者，蓋其可以觀時政而論治道也。今思廉之詩，語其音節步驟，固以兼取二李諸人之所長，而不盡出於子美。若夫時政之有繫，治道之有補，則其得之子美者深矣。思廉之齒少於余，而余學詩乃在其後。當其始學時，嘗聞諸故老曰：「詩之道，行事其根也，政治其幹也，學其培也。」余以是求之二十年，而未得其要歸。及觀思廉之作，然後悟向者之所聞爲足取，而思廉之惠我至矣。余於思廉，又安敢以年齒之已長而自棄乎？因書此於卷首，使觀思廉之詩者，或取於斯言而有所感發也夫。思廉名憲，其字思廉，玉笥乃所居山也，故以題其集云。（戴良：《九靈山房集》卷十二，四部叢刊影印明正統本；李軍、施賢明校點：《戴良集》，長春，吉林文史出版社，二〇〇九年版一三七頁）

题《玉笥集》卷後[一]

（明）黄瑮

《玉笥集》一編，總一十卷，累億萬餘言，會稽張憲思廉先生之所著也。先生生於元末，平日著作多不存藁，其所存者，僅見此集，嘗自號「玉笥山人」，因名其集曰「玉笥」。觀其所載，如詠史則足以發史臣之所未發，古樂府則足以繼楚騷之遺音，歌則豪放沖逸，擅李白之仙才，詩則渾涵流麗，入少陵之矩度，以至絶句、六言等作，亦皆清新典雅，而非世之穠纖俳偶者可比，誠詞人中之孑然者歟！昔余先君子在黄門時，手録此集，珍藏於家，恒欲板行於世，有志未就而卒，迄今三十餘年矣。成化丙戌冬，余自内臺謫官衢之常山。公退之暇，慨念先生雄詞傑作不可湮没，而先君欲爲未就之念不可不繼，

[一] 文題：底本無，據國家圖書館藏石研齋藏本（館藏號5412）、章愫校跋本（原書收藏於南京圖書館，國圖膠卷副本館藏號S1061）補。以下兩篇文題爲校點者據此文代擬。

廼命工鋟梓以垂不朽，俾往來士夫攜之四方，庶乎是編之傳益廣云。時成化五年己丑仲春餘月既望，全椒黃璞謹題。（《玉笥集》卷末，北京大學圖書館藏鮑氏知不足齋鈔本，館藏號 SB／811.059／1130）

題《玉笥集》卷後

（明）王　琮

侍御黃君間持厥先尊父嘿菴翁所録會稽張思廉先生《玉笥集》，出以示余，其諸家體製悉備。或吟詠古今，或模寫風景，若秋鶚盤空、健馬歷塊，神俊飄逸，莫能籠絡，至於讀史諸作，又如漢廷老吏理決疑獄，犂然當乎人心，誠一代之詩豪矣。以故嘿菴翁素珍重之，嘗有志欲壽諸梓以圖不朽，惜乎天不假年而未就也。今君自内臺出佐斯邑，簡静少事，遂捐俸鳩工，克成先志，以永其傳焉，不□□乎！「太上有立德，其次有立功，其次有立言，久而不廢，同謂之不朽。」然發諸口、形諸聲律皆言也，言而關乎世教，斯不朽耳。今先生之言，發乎性情，止乎禮義，皆有關乎世教之大者，余知其必傳於天下後世而不朽無疑矣。烏乎！叔孫穆子，魯之國華，夫豈欺人哉！若黃氏父子，可謂好成人之美者歟。三復之餘，題以歸之。時成化屠維赤奮若之歲仲春餘月哉生魄，常山縣學教諭金陵王琮謹識。（《玉笥集》卷末，北京大學圖書館藏鮑氏知不足齋鈔本，館藏號 SB／811.059／1130）

題《玉笥集》卷後

（明）侯　衵

右《玉笥集》一帙，會稽張憲思廉先生之所著也。先生平昔制作甚多，其行諸世者，惟於《精忠録》、《皇元風雅》僅見一二，惜全集則未之見焉。成化丁亥冬，余釋褐來知常山縣，適同寅黄君玉輝自内臺出佐斯邑，公退之暇，偶出示先生全集，乃其尊府僉憲公之手筆耳。披閲數四，其古選樂府，若健將用兵，累經百戰，氣不少衰也；而五言、七言律，若羽流學仙，遯世辟穀，精神異澤也，殆太白、長吉之流亞歟？余與玉輝謀欲梓行垂遠，述職不果，既而玉輝遂鋟梓以傳矣。烏乎！士之遇不遇〔一〕，時也。先生生當元季，時值多艱難，以雄才碩德，不能昌其身，而幽思浩氣發而成章，又未盡白於時。使微僉憲公筆之於先，玉輝君行之於後，是重不遇也。今幸其全集流布於時，身固弗昌而言已昌矣，亦可謂遇也。余於是深有感焉。成化五年夏四月既望，常山縣知縣平原侯昶識。（《玉笥集》卷末，北京大學圖書館藏鮑氏知不足齋鈔本，館藏號 SB / 811.059 / 1130）

玉笥集序

（明）桑悦

浙之慈溪王君用仁，博雅之士，由進士出宰練川。踰年，政通人和，乃脩舉文事，以元思廉張先生《玉笥集》善於咏史，有古樂府遺風，欲鋟諸梓。用仁，予知浙貢舉時所取士，因予調柳而歸，懇求予言以爲序。予取而觀之，其詩如干將、莫邪新發於硎，光芒射人，不可正視；又如習人鷹隼，盤旋秋空而招之能下。味其旨意，蓋以長吉爲之師，故字練句戛，足以破鬼膽而喑巴唱也。鐵崖楊維禎，當時

〔一〕士之遇不遇：士，底本作「女」，據國家圖書館藏石研齋藏本、章愫校跋本《玉笥集》改。

號稱海内詩豪，亦稱許之不置，是豈易得耶！予不試，愛觀古今詩文而爲之品第。三代之文，姑置勿論。西漢之初，文極渾厚，東漢漸趨對偶，傑然如范蔚宗，反爲之倡引。漢末歷三國、六朝，俳體益盛。唐興，積百餘年，昌黎韓公出，其文始復於古。唐末以至五代，延及宋初，文格益卑，如王元之輩，名爲作者，亦不過隨波逐瀾，徐出泡沫耳。向非歐、蘇、曾、王四人相繼犄角，尚能一空相沿之習，而雄視百代之下哉！俄而晚宋作者又悉奇巧纖麗，望之如飣梨，味之如嚼蠟。梅溪、誠齋而下，則亦不足觀也已。元繼宋興，文體稍變，務爲雄長，引注不竭，差强人意。逮於末運，詞章則又澎湃盈耳，滲乎無聲、肆乎永歸者，絶不可得。觀之張、楊二公之作，不可見歟！嗚乎！文章雖儒者末技，然傳世之文，必置天地於度内，會古今爲一家，扣之而響，投之而應，言簡而意足，語淡而味深，爲庶幾□〔二〕，是豈初學一蹴之所能至？必由是詩爲之入門，觀其語意之工，可以立陳而起腐，馴致之以造平遠之域，斯可謂之能文。用仁善古文詞，其刻是詩，不可謂無意於是也。我明述作，上繼三代，亦不爲過。當天下文運者，尚期勗諸。（黄宗羲：《明文海》卷二三六，北京，中華書局，一九八七年影印北圖藏涵芬樓鈔本二四二五頁）

〔二〕爲庶幾□：□，底本此字難以辨識，此句疑有脱文。

新刊玉笥集序

（明）潘　密

《玉笥集》者，會稽張思廉先生所作也。邑侯慈溪王君用仁雅重之，乃命工鋟諸梓，將與四方學者共覽焉，俾予序諸卷端。予始未識有此集，因侯之重，得寫本於儒者家，閲之累日，繼而歎曰：「先生，天下奇才也。」欲贊一詞於其間，以有鐵崖楊廉夫先生爲之評點矣。廉夫節義文章爲時所重，觀其極口稱美，間亦自謂不及，則先生之學冠絶天下可知，予何庸於復贊哉！竊獨怪夫世有如是之作，曾不板刻，大行於四方，顧使下伍於稗官小説，不知良工用心之獨苦，豈其言不適於用耶？豈廉夫之稱不足信耶？不然，儒者之立言不可適於用，斯已矣。如其可適於用，雖不得行於當時，必得行於後世。昔韓退之以一代山斗之文，時人尤有始驚中笑之者，後得歐昜子鉅目，始能脱諸敝篋，況其下者乎！是則兹集之受知於侯，亦不偶也。予生既晚，不獲從先生游，而徒仰先生於文字間。兹因侯命，得挂名於珠玉之右，爲幸多矣。先生之神有知，其無罪乎小子之僭！弘治壬子菊月吉旦，嘉定後學潘密序。

（《玉笥集》卷首，明弘治五年王術刊本）

跋張思廉《玉笥集》〔一〕

（明）徐　燉

勝國人才之盛，超宋接唐。當時善鳴者，凡數百家，皆流麗逸宕，以情采風致勝。會稽張思廉之作

〔一〕文題：「跋」字爲校點者所加。

古體，鍊句鍊字，出入温、李，近體有法有度，比肩劉、許，讀之惟恐易盡。張公生於元季，張仲達選《元音》十二卷，宋公傳選《體要》十四卷，皆遺思廉姓氏，蓋二公選詩時，思廉全集尚未傳之人間。嚮非侍御黄玉輝梓而行世，則思廉將腐同草木耳。此本余得之故家，所藏不絶如綫矣。重加裝訂，秘之篋中，尚俟質諸同調，再刻以傳也。又按，都玄敬《詩話》云：（略）萬歷己亥初夏晦日，惟起書。（徐𤊹：《紅雨樓題跋》卷下，鄭傑輯刻，清嘉慶三年刻本）

《四庫全書總目·〈玉笥集〉提要》

《玉笥集》十卷　浙江鮑士恭家藏本

元張憲撰。憲字思廉，山陰人，家玉笥山，因以爲號。少負才不羈。晚爲張士誠所招，署太尉府參謀，稍遷樞密院都事。元亡後，變姓名，寄食僧寺以没。《明史·文苑傳》附載《陶宗儀傳》末，然二人出處不同，非氣類也。是集卷首有同時楊維楨、周砥、戴良及成化初安成劉釪四序，又孫大雅《玉笥生傳》一篇、楊基《玉笥生傳書後》一篇，其平生事狀，尚略具梗概。憲早歲入元都，所作《紅騮馬歌》、《酬海一漚》諸篇，皆在集中。奇氣鬱勃，頗有志於功名。後從淮張之招，非其本願，故其《枕上感興》詩云：「拓疆良在念，擇木詎忘靦！嘉猷固久抱，忠憤欲誰展？」蓋初同王粲之依劉，晚類韋莊之仕蜀，亦自知所託非人，而貧賤銜恩，不能自拔。讀其詞，可以知其志矣。憲學詩於楊維楨，維楨許其獨能古樂府。今集中樂府、琴操凡五卷，皆頗得維楨之體。其他感時懷古諸作，類多磊落骯髒、豪氣坌涌。詩末間

附評語，蓋亦維楨所點定云。（《四庫全書總目》卷一六八，北京，中華書局，一九六五年版一四五五頁）

季錫疇跋語三則[一]

咸豐丁巳夏六月，以舊抄本校一過於恬裕齋。錫疇。（《玉笥集》卷首，弘治五年王術刊本，國圖館藏號7124）

咸豐丁巳歲夏六月讀此集，以宏治壬子年嘉定令王伯仁刻本校一過。王本僅有詠史、樂府及古樂府一册，不分卷，與此本字句微有不同，編次先後亦異，蓋別得一初藁本刻之也，中有鐵崖評語，極爲推重。松雲居士季錫疇記。

此書尚有楊維楨、周砥、戴良序、孫大雅《玉笥生傳》、楊基《玉笥生傳書後》共五篇，當覓而補録之，閱一日又記。（《玉笥集》卷首，季錫疇校跋顾楗舊藏本，國圖館藏號7123）

李兆洛跋語一則

張思廉，見《明史·文苑傳》附載《陶宗儀傳》後。《四庫書目》云集首有楊維楨、周砥、戴良序，

〔一〕校點者案：此條至李之郇跋語一則均過録自國家圖書館所藏《玉笥集》，乃諸人手書，編次順序大致以諸本刊刻、抄録時間先後爲準。不過，季氏題跋所述乃兩本對校之事，故將長洲善耕顧氏舊藏本題跋移置於弘治刊本之後。

又有孫作《玉笥傳》、楊基《玉笥生傳書後》，其生平事狀略見。此皆無之，當求足本補入。李兆洛。（《玉笥集》卷首，李兆洛跋錢氏述古堂舊藏本，國圖館藏號9927）

盛昱跋語一則

甲午二月補抄，盛昱記。（《玉笥集》卷四末，鮑氏知不足齋舊藏、盛昱補抄本，國圖館藏號82884）

陸錫熊跋語一則

歲癸巳於錢塘施舍人直舍見張思廉《玉笥集》抄本一册，借歸録副，留案頭歲餘，不知爲誰所取去。今舍人貳守宜春，戒行有日，因假四庫官本付楷書，手疾寫成帙，以歸行笈，字跡潦草，愧不及原本之精楷也。乾隆四十三年四月下浣，雲間陸錫熊識於宣南坊寓舍。（《玉笥集》卷首，陸錫熊鈔本，原書收藏於南京圖書館，國圖膠卷副本館藏號S1169）

丁丙跋語一則

玉笥集十卷　雲間陸耳山鈔本　汪魚亭藏書

會稽張憲思廉。

憲字思廉，山陰人，家玉笥山中。負才不羈，薄游四方。嘗走京師，創言天下事，衆駭其狂。還入富春山中，混緇黄以自放。一日，升高望遠，呼所親曰：「亟去！」三日寇猝至，共死五百餘家，始悔不用其言。張士誠據吴，禮致爲樞密都事，非其本願。《枕上感興》詩云：「拓疆良在念，擇木詎忘醜！嘉猷固久抱，忠憤欲誰展？」可以悲其志矣。吴亡，變姓名，寄食杭州報國寺而死。學詩於楊廉夫，廉夫曰：「吾鐵門能詩者凡百餘人，求其似憲，不能十人。」可以知其詩學耳。集爲常山丞黄玉輝發其先世藏本以梓行，成化五年浙江按察司副使提督學校安成劉釪爲序。此本有雲間陸耳山錫熊識，謂：「錢塘施舍人直舍見有《玉笥集》鈔本，借歸録副，留案頭，不知爲誰取去。今舍人貳守宜春，戒行有日，因假四庫官本付楷書，手疾寫成帙，以歸行笈，愧不及原本之精楷也。」又有「汪魚亭藏閲書」印。（《玉笥集》卷首，陸錫熊鈔本，原書收藏於南京圖書館，國圖膠卷副本館藏號 S1169；又見於《善本書室藏書志》卷三十四）

張廷枚跋語一則

此書流傳絶少，癸卯春從知不足齋借録之。廷枚記。（《玉笥集》卷首，張廷枚乾隆四十八年鈔本，國圖館藏號2985）

章愫跋語兩則

咸豐己未三月六日，取向藏舊本對勘一過，此本第一卷計少四首，當囑月河補之。中有訛字、脱字，已隨手添改。

三月七日午後校畢。凡此本缺而舊本有者〔一〕，悉爲補正；兩本俱缺俱模糊者，仍之，不敢肊添肊改也。（《玉笥集》卷四、卷十末，章愫校跋本，原書收藏於南京圖書館，國圖膠卷副本館藏號 S1061）

李之郇跋語一則

此書爲長洲韓崇家故物，譌誤特多，卷首楊周戴三序、孫楊兩均闕〔二〕，存者惟劉釪一序耳，當俟佳本校補之傳。仝日瞿硎主人又誌〔三〕。（《玉笥集》卷首，經鉏堂鈔本，國圖館藏號 13231）

《讀書敏求記》一則

（清）錢　曾

張憲《玉笥集》十卷

憲字思廉，會稽山陰人，居玉笥山，自名玉笥山人。讀其《怯薛行》、《琴操》十二首，誠留心斯世之士，劉釪稱思廉以忠義自許，良不虛也。（錢曾：《讀書敏求記》卷四，清雍正四年松雪齋刻本）

〔一〕凡此本缺而舊本有者：缺，旁注「訛脱」二字。

〔二〕孫楊兩均闕：「兩」下當有脱字，原意指孫作《玉笥生傳》與楊基《玉笥生傳書後》兩文均闕。

〔三〕仝日瞿硎主人又誌：據此，跋文當不止一條，前一條已佚。

《鐵琴銅劍樓藏書目録》二則

（清）瞿　鏞

《玉笥集》十卷　舊鈔本

題「元會稽張憲思廉著」。舊有楊維楨、周砥、戴良及成化初劉釪四序，又孫大雅《玉笥生傳》、楊其《玉笥生傳書後》二篇，此本惟存劉序，餘並闕。

《玉笥集》一册　明刊本

此明弘治間山陰令慈溪王伯仁刻本，嘉定潘密序。其詩不分卷，專録詠史、樂府，間有楊鐵崖評語，與成化十卷本篇第字句微有不同。又《列朝詩集》采玉笥詩五十餘首，取校此本，絶異，或蒙叟未見刊本也。（瞿鏞：《鐵琴銅劍樓藏書目録》卷二十二，清光緒常熟瞿氏家塾刻本；上海，上海古籍出版社，二〇〇〇年版六三三頁）

静思先生詩集

（元）郭鈺　撰
張欣　點校

點校説明

郭鈺（一三一六——一三七六年後），字彦章，江西吉水人，别號静思。壯年時胸懷奇志，遭逢元末戰亂，愁苦不得志，隱居不仕。明朝建立以後，以茂才徵，辭以病。有《静思先生詩集》傳世，存詩六百余首。現存郭鈺傳記資料極少，只能從其詩集中窺探其生平大概。觀其詩《乙卯新元余年六十目病又甚撫今懷昔感慨係之適諸弟姪來賀因賦長句》，則知洪武八年（乙卯，一三七五）郭鈺適當六十歲，由此可推算郭鈺生於一三一六年。集中又有《丙辰上巳與新喻龔履芳同郡周公明羅澄淵諸孫仲雍登南山絶頂歸息於雩壇意歡如也公明賦長句次韻》，丙辰爲洪武九年（一三七六），這首詩也是《静思先生詩集》明確標有時間的最晚的一首詩，這可以作爲郭鈺卒年的上限。故郭鈺之生卒年大致在一三一六——一三七六年後。

郭鈺壯年之後遭遇元末動亂，輾轉兵戈，流離失所，親見亂離之狀，其所作詩歌，亦多慷慨愁苦之詞。所言當時時事，皆爲親睹，如《悲廬陵》詩前長序，詳細叙述了吉安城兩次淪陷的經歷；《袁州有警不見舍弟鍷消息》及《壬辰閏三月初三日鍷弟歸因録其語奉呈楚金諸君子》可見宜春戰事之慘烈；《征婦别》則見當時羣雄混戰，壯丁不足，繼而强征婦人入軍的情形。故四庫館臣謂其「足以補史傳之闕」，確有見地。

郭鈺布衣終生，從未擔任過元朝政府的一官半職，而且窮困潦倒，連基本生活都難以保障，然而他依然對元廷忠心耿耿。明朝建立之後，郭鈺成了元朝的「遺忠」，對朱明政權採用非暴力的方式進行抵觸。而朱元璋爲了緩和與知識分子的關係，進行了中國歷史上規模最爲宏大的徵召。郭鈺在徵召之列，但是他以「耳聾足躄」拒絶，並作詩明志，以不應漢高祖之徵的兩魯生自況，明確表示自己不願加入新政權。此外，郭鈺在其詩集中不書明朝年號，但書甲子，這種政治傾向很明顯的做法，也證實了郭鈺對元朝忠貞不貳的態度。

從《静思先生詩集》里綜觀郭鈺一生，與之相伴的始終是貧困和無奈，在窮困之極的時候，他也曾怨望過，也曾後悔過，甚至動摇過，但是郭鈺在顛沛流離、飢寒窮困之際，始終窮而不愁，潦而不倒，保持了一個儒士文人的節操，正如羅洪先對郭鈺「聖賢去我遠，縻茲糟粕味。每當得意時，何如卿相貴」兩聯的評價：此詩人所以窮餓終身而不悔也！

郭鈺作詩頗有章法，顧嗣立編選《元詩選》，收録郭鈺詩歌一百七十九首，評價其詩「清麗有法，格律整彦。其餘離亂窮愁之作，尤淒婉動人」，並爲錢謙益《列朝詩集》具載元末詩人卻不及郭鈺而感到不解。郭鈺生前曾有意裒録詩文，並請友人羅大已作序，時洪武二年。但觀其集中有作於洪武二年以後之詩，如《辛亥秋詔舉秀才余以耳聾足躄縣司逼迫非情因成短句》、《癸丑首正》、《乙卯新元余年六十目病又甚撫今懷昔感慨係之適諸弟姪来賀因賦長句》、《丙辰元日》諸篇，分别作於洪武四年、六年、八年、九年，則可知在羅序之時，郭鈺詩文並未編定。郭鈺詩文的正式編纂，是在一百八十多年後的嘉靖末年。嘉靖四十年（一五六一），鄉人羅洪先校其舛訛並爲序，囑托郭鈺八世從孫郭廷昭編次刊刻以行，是爲嘉靖刻本《静思先生詩集》。嘉靖刻本是郭鈺詩集的最早刊本，可惜流傳不廣，旋成罕本，今已不存，諸書目皆不見著録，故嘉靖本的情况不得而知。

其後又有刻本和抄本流傳，内容無大異，而卷數則有二卷與十卷之分。據筆者經目，兩卷本有重印康熙五十三年刻本《静思先生詩集》、江蘇進呈抄本、翁斌孫抄本、八千卷樓藏抄本，凡四種；十卷本有四庫全書本《静思集》十卷、經鉏堂抄本《静思先生詩集》十卷，共兩種。

從以上六種《静思先生詩集》的情况來看，其版本情况比較複雜，而各本之間缺少有價值的信息來推索各本之間的關聯，只能根據體例大致推測《静思先生詩集》的幾個版本系統。

甲：康熙刻本，較爲完整地保留了嘉靖刻本的面貌，其祖本殆爲嘉靖刻本。

乙：江蘇進呈抄本、翁斌孫抄本、八千卷樓藏抄本，此三本體例大致相同，編著者信息的著録體例一致，分卷一致，是爲同一版本。筆者推測，可能是嘉靖本之後的衍生本或者改良本。

丙：四庫全書本十卷，《提要》謂以鮑氏家藏本爲底本，然鮑士恭家藏爲二卷刻本，與四庫本迥異。從内容來看，四庫本與乙類三種抄本各類詩歌排序一致。館臣將二卷本拆析成十卷，並據他本改動，還是另據他本爲底本，目前不得而知。

丁：經鉏堂抄本十卷，此抄本録自蔣重光家藏明末抄本，不具嘉靖四十年羅洪先爲郭廷昭編次

《静思先生詩集》所作之序，無任何關於郭廷昭刊刻嘉靖本題記信息，其分卷與體例亦與各本殊異，可能是嘉靖本刊刻之前的流傳本，具有較高的校勘價值。

本次校點郭鈺《静思先生詩集》，以國家圖書館藏重印康熙五十三年刻本《静思先生詩集》爲底本，校以文淵閣四庫全書本《静思集》（簡稱文淵閣四庫本）、國家圖書館藏經鉏堂抄本《静思先生詩集》（簡稱經鉏堂抄本）。

本集的校點整理由中國石油大學（華東）張欣獨立完成。

叙

（清）韓侯振

古來騷人奇士無聊不平，每以聲歌宣天地之和，闢古今之秘，雖爲造物取忌，困阨不得志，而放情高致，大雅遺音，垂千百載而無窮，當不同蛙鼓蛩吟，鳴盛一時已也！邑紳曾可郭君，抱璞林泉，探思秘笈，且工詩詞，每相贈答。曾出乃父文多先生遺編示余，閎中肆外，華實兼收。余欲窮蒐畢羅，窺其家學淵源，奈簿書未遑。甲午之夏，公役富墟，曾可以乃祖静思先生詩歌一帙欲新梨棗，請爲序。余三復之。先生遭元季板蕩，挾所有不獲一遇，日放跡於山巓水涯，或托蟲魚草木，以形其懷抱，或借羈臣嫠婦，以寫其窮愁。奇情傑搆，揮毫作金石之聲；怨曲離歌，失路動開山之淚。玩其倉古，則周鼎商彝；其犀利，則干將莫邪。生平所著，皆鬱鬱不得志，寓無聊不平之慨。脱或都身通顯，抒其所蘊播之聲歌，薦諸清廟明堂，不難追踪雅頌，奈何天阨其遇，而使蕭然環堵，潦倒終身耶？然作述繼起，潛德彌光，採輯者將重雞林之選，垂之久而無窮矣。是爲序。

時康熙歲次甲午孟夏上浣之吉，文林郎知吉水縣事加一級茌山韓侯振坦軒氏書於富墟公署。

郭静思先生詩集叙

（明）羅大已

桂林郭君彦章，自其先世林磵先生得紫陽朱子之學於静春劉公，子孫世守以爲家法。後来若韋軒先生、湜溪先生〔一〕，皆能沉潛精敏，深有造詣。其所自得於先儒之議，多所發明，彦章固守其家法者也。經亂以来，遇事感觸，情之所至，勃鬱於中，不能自已，則輒形之歌詠。或登高而嘯，或臨流而歎，扣壺擊節，慷慨激揚，商歌之聲〔二〕，隱隱動林壑，聞者知其爲妙也。録成編帙，間以示予。予愛其題無泛作，必有關涉，章無羨句，必有警發，雖其片詞單言，特出諧謔，然亦未嘗不使聽者爲之怡然喜、赧然愧。其於世道人心、天理民彝有所感發，是真得古詩人諷刺之義者歟？亦其所養固有異於人歟？使余序之，余非能詩者也，將何以爲之言哉？雖然，余於彦章之詩，亦不能無所感焉，何也？《國風》、《雅》、《頌》，大抵皆古之樂章，固必以音節爲之主，而詩本性情者也。夫中人之性情，不能不有所偏，

〔一〕後来若韋軒先生湜溪先生：韋軒，文淵閣四庫本、經鉏堂抄本作「西牕」；湜，文淵閣四庫本、經鉏堂抄本作「諟」。

〔二〕商歌之聲：商，底本作「啇」，據文淵閣四庫本、經鉏堂抄本改。

隨其所偏，狥其所至，則溢而爲聲音，發而爲言笑，亦各有自得之妙焉，是豈可以人力强同之哉！漢魏而下，詩之合作莫盛於唐，然凡稱名家，文章雖有淺深高下，不可一槩論，而未有不本於性情。掩卷讀之，使人自辨，未有不得其人之彷彿者，此不可强同之驗也。以是知學詩者固當以涵養性情爲本，而不當專求工於詞也。而近年以来，江湖作者則往往托以音節之似，必求工於詞而不本於性情，譬之刻木爲人，衣之寶玉，面目機發，似則似矣，被服瑰奇，美則美矣，然求其神情色態出於天然自得之妙者，終莫知其所在也。又且專掇取古人一二勝處，藻繢織組，驟而讀之，動心駭目，又如八珍之饌、五侯之鯖，幾使下筯無可揀擇。後生晚進，慕而效之，如恐不及，直謂太羹玄酒爲淡泊、清廟明堂爲樸斲，又詩道之一變也。嗟夫，抵掌談笑似孫叔敖，果豈似孫叔敖哉〔一〕？亦强爲之詞耳。彦章之於詩，規矩音節盡出唐人而不拘拘焉，擬規以爲圓，摹矩以畫方，而自得之妙，固在言外，此余之所深愛也，故書之卷末而歸之。彦章將以吾言爲然乎？不然乎？彦章有經濟，能自守，觀其詩可見矣。

時洪武二年己酉，盧陵羅大已伯剛序。

〔一〕果豈似孫叔敖哉：果豈，文淵閣四庫本作「豈果」。

郭静思詩集序

（明）羅洪先

元鄙儒術，七八十年間，科舉詔不幾下〔一〕。山林之士無他慕，因各肆力於文學，於是多爲古辭詩歌以道己志，在吾族鄰而媚者，有郭静思先生，與先翠屏諸公倡和往来，而先竹軒公及里中宋、周、李、楊諸君子，固皆一時傑出者也。兹數人者，不獨能爲古辭詩歌而已，尤善測微隱，明道理，言又足以發之。至其處貧遭患〔二〕，卓然自守，不少涅流俗，皆以爲當然，無用矯强，使得一命所在〔三〕，必有可觀。顧老於蓬藋，不少概見，餘其精神，僅寓於聲律，可哀已！静思名鈺，字彦章，高村桂林人，吾族志行甥。壯年奔走，資筆以爲養〔四〕。晚際明興，徵茂才，辭疾不就，年踰六十，竟貧死。常訪其家，見其

〔一〕科舉詔不幾下：幾，文淵閣四庫本作「歲」。

〔二〕至其處貧遭患：患，文淵閣四庫本作「遇」。

〔三〕使得一命所在：在，文淵閣四庫本作「立」。

〔四〕「吾族志行甥壯年奔走資筆以爲養」，底本無，據文淵閣四庫本補。

詩歌猶有存者[一]。蓋平生經歷時勢艱危、閭里流離之狀，若目見之，所載郡邑往復月日與當時記事故實[二]，可裨野史。有關懲勸而一時傑出相從倡和，又皆世家文獻之徵。不忍其泯没也，因校訛舛，屬其八世從孫廷昭特梓以傳[三]。因憶静思贈吾族伯英詩有云：「聖賢去我遠，麋茲糟粕味。當其得意時，何如卿相貴？」嗚呼，此詩人所以窮餓終身而不悔也！静思詩未知去古何若，然一時傑出者役志止是，不亦可以觀國乎？或謂静思酷好泉石，所居去余蓮洞三里許，吟眺獨未一至，人多以此少之，不知當時洞猶未闢，彼亦何從而寄其吟詠乎？假使與余生同時，其倡和又不知當何似也，惜哉！[四]

時嘉靖四十年辛酉仲夏癸未，蓮洞病樵羅洪先書於念菴之止止所中[五]。

[一]「見其詩歌猶有存者」，文淵閣四庫本作「孑然無遺獨幸詩歌猶有録者」。

[二]所載郡邑往復月日與當時記事故實：往復，文淵閣四庫本作「失没」；記，文淵閣四庫本作「死」。

[三]屬其八世從孫廷昭特梓以傳：「八世從」，底本無，據文淵閣四庫本補；特，文淵閣四庫本作「入」。

[四]「人多以……惜哉」，文淵閣四庫本作「將猶少之然歟必有爲解嘲者」。

[五]蓮洞病樵羅洪先書於念菴之止止所中：書，文淵閣四庫本作「譔并書」；「所」，文淵閣四庫本作「齋」。

郭静思先生詩集序

（明）伍　典

語有之曰：聲無小而不聞，善無隱而不彰。尋常嵬瑣之物，舉千萬億何没没也？惟夫世之珍奇如片玉寸珠，雖其不幸而棄擲於荒塗，埋匿於廢壤，然而光怪往往外見，即更數百歲之久，猶能寶氣溢出，而足以使人玩之不厭。故夫山林枯槁之士，其身雖隱，其名雖藏，而平生精意之所注者，逾久彌光，後之人愛而傳之，亦自不能掩於世也。郭静思先生生當元季，遭時之亂，鬱其所有，既不得奮見之事業，惟日與朋徒放浪於山水之間，而操觚染翰，發爲詩歌，以寫其幽憂要眇之懷，而記其所遇艱難流離之狀。當其退而巖居，光彩韜晦，蓬蒿終身，固無計於人之知與不知，而舉世亦鮮有能知之者。豈意迄今昭代二百餘載矣，有孫郭廷昭氏，類其詩，梓而行之，而又得吾師念菴先生爲之論著，序諸首簡，使其文采表見而清問流於不窮，蓋至寶之堙没久矣，久則必現，亦其勢然也。吾嘗觀今人於敗墟遺址中掘取金錢，多元時故物，而鬻於市則增價，函於笥則襲封，無不愛玩之者。有如先生之詩，皆泉石之遺響，煙霞之逸態，而山川光英融淑之氣之所洩也。其秘之也久，其出之也遲，有不爲世寶傳而終棄擲埋匿者乎？矧吾聞其藁僅存一帙，貯於空舍者幾百年，而不蠹不鼠，不散落於四方，以俟搜刻，鮮完如故，是天下之寶不獨爲人貴重，造物者亦若有意以惜之也。嗚呼！士之行比一鄉，才周一藝，能含精吐華而伸於後世猶若此。然則人之自樹者，固未可以善小而弗爲。而有能進於遠且大者，以會性命之全，宣天地之和，其傳世而鳴之久也，宜何如哉！余素慕先生之清隱，皦然不污，又喜郭氏諸君能不失其先世之可寶者，故爲之序，以附於後，若其詩之何如，則美玉精金，自有定價，覽者當得之矣，予何言哉！

時嘉靖癸亥歲孟秋望日廬陵後學慎菴伍典書。

目録

静思先生詩集卷之上

元處士吉水郭鈺彦章著
孫廷昭弘野編
孫鞏可亭校訛

五七言古風

和劉氏蓬軒歌

往與丹丘仙，採藥蓬萊下[一]。笑坐蓬牕中，蓬外春如畫。三生不得塵緣謝，老去人間結茅舍，却羡

[一]「往與丹丘仙採藥蓬萊下」，文淵閣四庫本、經鉏堂抄本作「往與丹邱仙人泛舟弱水之西採藥蓬萊之下」。

劉郎之蓬軒〔一〕，山水娱人甚瀟灑。春風淡沲春雲陰，花枝窈窕簾櫳深。劉郎酒初醒，獨向蓬軒吟〔二〕。月浸澄江雁無影，桂樹吹香秋夜永。劉郎歌未終，更向蓬軒飲。蓬軒飲後醉復吟〔三〕，樓船美人散如煙。英雄迴首皆神仙〔四〕，千金買閒不惜費。何日蓬軒容我醉，掛衣薜蘿落巖花，蕩槳芙蓉弄秋水。夜半天風捲翠濤，種来修竹齊雲高。待把長虹繫明月，海上重来釣六鰲。

題郭伯澄西崦山居

白日上東山，晴光射西崦。西崦山人開曉關，一襟暖翠濃如染。門前流水玉虹明，樹上啼鶯金羽輕。自掃落花客初到，共題修竹詩先成。十載戰塵迷道路，西崦只今成久住。移竹春深長子孫，種梅晚歲爲賓主。丈夫揚眉天地間，山林朝市俱等閒。出爲公卿入爲士，古人高節非難攀。聞君近年深閉户，烏帽青燈讀書苦。劍寒新淬冰雪光，松老終無棟梁具。西崦山深竹徑微，我来欲共薜蘿衣。一朝富貴逼君去，燕雀空羨冥鴻飛。

〔一〕却羨劉郎之蓬軒：劉郎，文淵閣四庫本、經鉏堂抄本下有「所作」二字。
〔二〕獨向蓬軒吟：向，文淵閣四庫本、經鉏堂抄本作「坐」。
〔三〕蓬軒飲後醉復吟：吟，文淵閣四庫本作「眠」。
〔四〕英雄迴首皆神仙：神仙，文淵閣四庫本作「成仙」。

採蕨歌

朝採蕨，南山側。暮採蕨，北山北。穿雲伐石飛星裂，手脚凍皴腰欲折。紫芽初長粉如脂，瘦根盤屈蛟蛇結。吞聲出門腹已飢，猿啼風擺藤蘿衣。長鑱短笠日將暮，攀援垠堮何當歸。朝採蕨，暮採蕨，東隣老翁更悽惻。抱蕨轉死長松根，妻子眼穿淚成血。情知世亂百憂煎，得歸茅屋心懸懸。痴兒啼怒炊煙晚，打門又索軍需錢。君不見，將軍擁旌節，紅樓夜醉梨花月。

畫山水歌贈楊彦正

憶我往歲山中居，山水娱人忘讀書。釣魚獨坐溪石久，看竹每過鄰人居。蒼松鶴帶白雲下，紫蘿猿抱晴煙虚。而我扶醉騎蹇驢，誰人不道似是浣花之畫圖？自從喪亂走南北，甚欲畫之不可得。楊君揮翰頗風流，雲山爲作秋三疊。寒雅隔浦淡微茫，老樹懸崖交屈鐵。門前芝草澗中石，稚子松根採殘葉。知君所畫非青原，令我展轉思故園。山橋野逕宛相似，桂樹正對梅花村。清毫秋末瘦蛟舞〔一〕，白日座上銀河翻。問君何得最奇古，十載苦心思董元。董元舊住浙江上，門對吴山聳千丈。有時登高望海潮，老

〔一〕 清毫秋末瘦蛟舞：清毫秋末，文淵閣四庫本、經鉏堂抄本作「清秋毫末」。

懷揮霍增雄壯。遺跡百年今盡忘〔一〕，戰塵千里吾安往。但將此畫掛高堂，清秋卧聽松風響。

題秋江送別圖送楊亨衢少府參安成軍事

楊少府，紫騮馬，黄金鞭，團花戰袍繡兩肩。腰下雕弓懸，迥若秋鷹解絛鏇，縱之颯颯，凌千仞之蒼煙。酒酣拔劍玉龍舞，喝令西飛白日回中天。簸海腥風白波立，壓空殺氣玄雲連。緣邊諸將亦無數，晝擁旌旂夜撾鼓。豹韜合變待參謀，太守掄材君獨去。送君江上君甚歡，江風吹雪蘆花寒。知君心事如秋水，故應寫入畫圖看。問誰畫者謝君績，不畫琵琶美人泣。舟子揚帆發棹歌，主人解劍停杯立。我亦從軍今四年，男兒姓名何足憐。老親白髮長相憶，只得還家種薄田。

送友人從軍兼呈謝君績參軍

歎息復歎息，歎息長書空。殺賊五年無寸功，今者又送君從戎。七星戰袍襯金甲，三山尖帽飄猩紅〔二〕。牙旂曉發玉花驄，猛士雙劍立西東。爺孃妻子不用哭，上馬更勸黄金鍾。黄金鍾，琥珀濃，豪氣千尺摇晴虹。明日軍門揖主將，論軍未可皆雷同。安成之寇容易攻，廬陵凋敝遺民窮。自非奇謀决擒

〔一〕遺跡百年今盡忘：盡忘，文淵閣四庫本作「漸亡」。
〔二〕三山尖帽飄猩紅：尖，經鉏堂抄本作「夾」。

縱，煩費日久誰當供。君家伯仲盡少年〔一〕，正好變化扳飛龍。頗聞幕府多才雄，爲我問信毋怱怱。我有大羽箭，不殺南飛鴻。要如魯仲連，繫書射入聊城中。衹緣骨相不受封，不如扁舟歸去，長伴滄浪翁。

鸛將雛同李文麟賦

鸛將雛，願雛長，結巢千尺蒼松上。自矜毛骨殊，凡鳥不敢向。朝哺夕抱羽翼成，風鶴雲鵬共還往。奈何挾彈子〔二〕，窺巢攫其雛！雛小豈能充爾腹，老大育子恩勤渠〔三〕。荒村風雨母歸急，空巢深鎖寒煙孤。哀鳴上下尾畢逋，人之愛子皆若予〔四〕，鴟鴞鴟鴞無處無。君不見，黄雀何足道，楊寶飼之玉環報。

貽郭恒

月懸松露明，鵑啼浦煙破。遥想山中人，此時正思我。我行忽墮滄江邊，度盡春風無一錢。向来自是釣鰲客，至今思拍洪崖肩。洪崖不可招，蓬莱在何處。鋪遍閑愁芳草路，千樹緑陰晝如雨。錦字書成人不来，銀燭花殘誰與度。近日聞君多好懷，雪色白紵佳人裁。小樓紈扇低徘徊，釀酒好近榴花開。榴

〔一〕君家伯仲盡少年：少年，文淵閣四庫本作「年少」。
〔二〕奈何挾彈子：奈何，文淵閣四庫本、經鉏堂抄本無。
〔三〕老大育子恩勤渠：恩，經鉏堂抄本作「思」。
〔四〕人之愛子皆若予：予，底本作「此」，據文淵閣四庫本、經鉏堂抄本改。

花開，我歸来。

效范先生侏儒行

君不見，侏儒長三尺，有錢可使粟可食。虎豹天關深九重〔一〕，直犯龍顔請恩澤。方朔昂昂飢欲死，每一見之長歎息。長歎息，將何如？東家之丘九尺軀〔二〕，遍走天下無停車。絶糧於陳逐於魯，皇皇何用三千徒。嗚呼！皇皇何用三千徒，吾寧飽死作侏儒。

春夜寒

余值時危，一窮到骨，薪米不給，恒自謂不敢僥倖。今春雨雪連旬，擁牛衣以熬長夜，寒砭肌骨，遂成痁瘧，可感也哉！貧而無怨，聖人以爲難。余今雖怨，其又奈何？發爲詩歌，私寫以示平昔之窮交，庶幾知己，不爲時貴所笑云。

春雨暗空雜春雪，閉門十日紅爐絶。寒壓破衾夜悽惻，鼓角聲酣千轉側。苦竹蕭蕭茅屋攲，懸崖礫

〔一〕虎豹天關深九重：關，經鉏堂抄本作「闕」。

〔二〕東家之丘九尺軀：丘，底本及校本作「邱」，據上下文義，當指孔丘，故改。

礫啼猿切。蒼檜拂風不自支，碧桃醉曉何由得。呑聲强起添牛衣，接迹不如投蟻穴。立登霄漢奮長策，死填溝壑抱奇節。奈何貧病相驅迫，少壯幾時頭欲白。更闌山鬼瞰孤燈，火攻水戰骨如折。隣曲尋常疎往還，妻孥劬瘁忘梳櫛。謬算平生坐不耕，時危況復山河窄。汗馬白丁樹功勛，儒冠俯仰無顔色。讀書忍作公孫諛，種菊願依陶令宅。志士百年慎語默，誰云出處輕如葉。每想淮陰酬漢恩，但欲功名垂竹帛。國士從来不易知，解衣推食寧爲德。悠悠今古誰知心，慷慨高歌唾壺缺。君不見，凍雀紇干栖一枝，彩鳳崑丘翻六翮。

題三顧草廬圖

畫史紛紛滿天下，君之此圖誰所畫？倚山茅屋野人居，門前何得將軍馬。得非孔明卧隆中，坐令玄德来趨風。十載煙塵戰羣虎，一朝雲氣隨飛龍。英雄契合人莫測，宛如魚水歡相得。抱膝長歌梁父吟，上馬已無曹孟德。三分割據功業成，用之惟在知人明。千鈞漢鼎懸三顧，丹青欲寫空凝情。嗚呼！河北二十四郡墮名城，君王不識顔真卿。

母棄子同劉茂材賦

母棄子，子幼情可憐。子長母還去，爲子宜思愆。龍爭虎鬭事翻覆，竇玦王孫捐骨肉。十年母子安茅屋，菽水真情無不足。奈何一朝辭故幃，子也慟絶牽母衣。母今棄兒不敢怨，父在深恩母當念。母如不聞竟不留，黄昏門掩青燈愁。負米歸来飲殘泣，他家兒女何綢繆。噫嘘嚱！邇来萬事足悲咤，負德辜恩滿天下。丈夫盡爲温飽謀，婦人何得毋重嫁。

題歐陽先生段君墓志銘後

翰林歐陽公，文章妙天下[一]。段君墓碑親手題，美玉精金動高價。雄詞傳世發幽光，奇氣騰空照長夜。段君有子渥洼馬，榮親何待爲卿亞。白雲山空心共飛，宰樹雨寒淚盈把。嗟我邑子棲林野，白鷺青原滿儒雅[二]。今晨始得讀君碑，才名豈是尋常者。鐘鼓清時金谷園，衣冠前輩洛陽社。人間萬事力可爲，子孫振耀古来寡。君家舊德今見之，復使鄉邦共悲咤。何時却得拜君墳，臨風絮酒哀悰寫。

題羅子澄所藏乃父晋仲文學桂林圖

我觀桂林圖，喜極翻長吁。江山城郭不盈幅，恍若經行千里餘。宦遊往歲羅文學，此圖正爲思親作。戲綵魂飛白鷺洲，望雲腸斷楚王閣。自從南北吹戰塵，邊鴻不到江魚沈。有子芳年滯鄉國，長日攬圖思桂林。父在桂林獨思母，子今思父更愁苦。太平干禄爲親榮，今日官高渺何許。還君此圖神凜然，

[一] 文章妙天下：妙，文淵閣四庫本、經鉏堂抄本作「滿」。
[二] 白鷺青原滿儒雅：滿，文淵閣四庫本、經鉏堂抄本作「徧」。

忠臣孝子無後先。一家骨肉眼前好，百歲功名紙上傳。君不見，太真来作南洲客，禿襟老淚傷頭白。

龍伯淵席上和周子諒長歌兼呈諸君子

伯夷登西山，魯連蹈東海。烈士懷苦心，海枯石爛終無改。蕭蕭華髮吹秋霜，夜煮白石充飢腸。人情俯仰今異昔，惟有青山似故鄉。桐江江上一攜手，公子華筵誰不有。賦筆每慚崔顥詩[一]，持杯願飲茅容酒。銀燭花高照座空，笑談頗有前賢風。好懷傾寫向誰是，或執蝘蜓嘲神龍。老我疎狂眼常白，欲麾涷蠅清几格。不須浪説管鮑交，眼中誰有真顏色。百年聚散如摶沙，東風燕子還西家。羣仙天上擷飛霞，君歸好醉瓊林花。

送王醫

東風吹樹千鈞力，怒勢呼號兩相敵。回飈蕭颯入霜林，敗葉紛披散無迹。老夫倚杖長歎息，百年三萬六千日。莊生齊物物不齊，誰鑄紅顏等金石。王君笑我何太痴，太極初分有伸屈。天根月窟窺端倪，靈臺天逈丹光溢[二]。奈何寸地攢千兵，朝似瓠肥暮如腊。自非一氣回孤根，宇宙幾何皆鬼蜮。乃知燮理

[一] 賦筆每慚崔顥詩：顥，底本作「影」，據文淵閣四庫本、經鉏堂抄本改。

[二] 靈臺天逈丹光溢：逈，經鉏堂抄本作「迴」。

藉登庸，瘖痖變作謳歌入。感君此言足才識，知君用心渺難及。君不見，長生之藥蓬萊多，從君歸去君如何。

贈峽江王巡檢

淮海龍飛乘五雲，攀鱗附翼多殊勛。英雄變化不知數，我今獨識王將軍。將軍好武稱第一，慷慨功名年少日[一]。劍術出奇愁白猿，兵符借重祠黄石。近報三軍掠薊丘，萬馬夜渡黄河流。將軍豈徒成一障[二]，成功獨早還優游。巴丘官衙俯江水，兩岸人煙鬱蒼翠。不隨李廣獵南山，却向揚雄問奇字。雕弓羽箭掛前除，座中賓客多文儒。煮茶煙細浮蒼竹，把釣江清出白魚。人生宦途須適意，大隱從來在朝市。將軍美譽播南州，纏腰騎鶴徒爲爾。君不見，凌煙閣上開畫圖，褒公鄂公氣骨殊。君臣際會總如此，嗟我閉門空讀書。

題追風圖

百金曾買櫪上駒，權奇神駿人間無。奚官絶力相控制[三]，出門已空千里途。大明殿前早朝罷，揚鞭

〔一〕慷慨功名年少日：年少，文淵閣四庫本作「少年」。
〔二〕將軍豈徒成一障：障，經鉏堂抄本作「陣」。
〔三〕奚官絶力相控制：官，底本作「空」，據文淵閣四庫本、經鉏堂抄本改。

半是追風者。君不見，狒狼獻天馬，白髮江南今見畫。

題宋仲觀所藏竹圖

王猷愛竹借竹看，何如寫此青琅玕。筆分雲氣千畝足，窻涵風色三秋寒。淡枝濃葉歲年久，能使良工名不朽。君不見，長竿千尺餘，世上誰爲釣鰲手。

題劉履初所藏莫慶善鷹

日光懸秋雙翮齊，欲飛不飛愁雲低。足無絛鏇腹無食，空林尚恐難安棲。筆力精到天機微，莫生所畫詩我題〔一〕。君不見，天下太平角端語，狐兔草間何足數。

送耒陽李中卿

干禄自爲通，滔滔逝水何時窮。隱居自爲介，慘慘龍泉閟光彩。何如耒陽李中卿，出也處也俱光榮。往者時危曾學武，彎弓射殺南山虎。一朝姓名貢玉堂，朝回滿袖攜天香。秖今辭官歸舊隱，五柳先生住相近。石逕掃苔客正來，荷亭置酒花半開。清夜夢回思舊事，天語温存猶在耳。却從雲氣望蓬萊，

〔一〕 莫生所畫詩我題：詩，文淵閣四庫本作「待」。

百年窮達安在哉。人臣大節保終始，滿眼官寮少能似。泰山峩峩河水長，君恩於爾不可忘。嗚呼！君恩於爾不可忘。

題郭元振所藏魚卷

往者觀魚，曾泛洞庭舟，鯨飛蛟舞令人愁。不似君家翫新畫，滿眼潑潑仍悠悠。風急欲牽流荇碧，窻虚可數金鱗密。柳花吹動浪微生，雲氣流空墨猶濕。不須把釣凌煙波，對此其如秋夜何。萬頃波濤翻白屋，長篙棹月來相過。君不見，聖代恩波及魚鳥，久矣黿龍在宫沼。池邊試問吮毫人，壁間變化春雷曉。

送王葬師

南山改舊隴，北山開新塋。行人路上總稱好，誰其相者王先生。王先生，雙眼明，吾聞其語心爲驚。江山隨運有遷改，人物乘機分重輕。指揮能事覈玄化，何必長抱青囊經。嗟余獨居環堵室，每一見之長歎息。君家科第舊聞名，自經世變嗟何及。河南南陽多貴人，長平坑卒無哭聲。星翁筮史常相過，專門竪白吾何憑。衡嶽由来凌絶頂，青山有盡雲無盡。更百千年似眼前，春蠶畢竟誰爲枕。東家求富西厭貧，倒屣相迎如父兄。伯牙抱琴子期聽，傾人意氣輕千金。秋風江上君重到，爲君沽酒開懷抱。杏花春早日邊開，松樹歲寒雪中老。

和李子晦

大鵬高飛絶南國，萬里扶摇六月息。歸来老屋翫圖書，細看箕疇終用十。飄飄美人貯八斗，凛凛長身逾九尺。技學屠龍未能試，桑田成海嗟何及。游泳詞林醉六經，熟路何資鞭辟力。子陵不報故人書，商翁終爲太子客。嗟余抱病深山深，慙與比隣少相識。破硯禿筆那復存，惟有當年無孔笛。四海交游晚得君〔一〕，不意於余情最密。花落花開能幾日，終不如孟郊韓愈爲雲龍，上下東西不相失。

戲惱王岳

春鳥啼春煙，春煙醉春色。花下彈琴酒微熱，白日千年秘丹訣。誰憐曲未終，花落絲絃折。麟角煎膠不可得，緑楊香夢愁千結。鏡奩絲碧網虫懸，銀燭心灰淚痕滅。青樓歌舞艶名都，年少雖同情各别。暮雨凄迷青鳥遲，東風摇蕩游絲白。雪羅小扇不堪書，腸斷桃根與桃葉。桃根桃葉音塵隔，露瀉瑶階踏殘月。金鞍駿馬洛陽陌，玉樓十二珠簾揭。鴛鴦野水空愁絶，玉樓十二神仙客。

〔一〕四海交游晚得君：晚，經鉏堂抄本作「説」。

控郎馬酬别蕭茂材

控郎馬，妾心悲。留郎駐，郎苦辭。少年只願封侯早，不惜蛾眉鏡中老。銀鞍金勒珊瑚鞭，白水青山千里道。控郎馬，郎駐鞍。郎飲莫須盡，酒醒郎衣寒。郎心懸懸五雲下，教妾若爲控郎馬。馬蹄好向御街行，蛾眉不向粧臺畫。

長相思

長相思，相思者誰？自從送上馬，夜夜愁空幃。曉窺玉鏡雙蛾眉，怨君却是憐君時。湖水浸秋藕花白，傷心落日鴛鴦飛。爲君種取女蘿草，寒藤長過青松枝。爲君護取珊瑚枕，啼痕滅盡生網絲。人生有情甘白首，何乃不得長相隨。瀟瀟風雨，喔喔鷄鳴，相思者誰？夢寐見之。

瑶花 花白色而變淺紅而碧

瑶臺仙子初相見，迥立天風飄雪練。東華夢破歸去遲，素衣緫被緇塵染。芳心不委春蝶狂，水晶簾捲凝清香。胭脂洗紅留淺暈，海雲剪碧浮霓裳。揚州璚花舊同譜，零落誰知到南土。聞君愛花最有情，亭臺五月清無暑。君不見，花開今日多，有酒不飲君如何。

秋夜讀劉昕賓旭子夜歌因效其體賦三章

子夜歌，歌聲苦短情苦多。幾回待月月輪缺，月當圓處仍虚過。銀燭窻深炯殘照，玉釵半脱羅幃悄。琵琶學得奉君歡，秖今彈作思君調。

子夜歌，歌罷其如明月何。牽牛織女永相望，不教精衛填銀河。妾心本如秋月白，妾顔不共春風發。玉兔擣藥三千年，近見嫦娥搔白髮。

子夜歌，承君蛺蝶雙花羅。羅衣秋来不堪着，梧桐樹上凉風多。銀燭作花好消息，又想歸期在明日。并刀不剪相思愁，相思誤畫曾相識。

桂林樵者爲邊季節賦

月中桂樹三千尺，吴剛斫之不能得。桂林樵者今如何，萬頃秋山白雲白。樵者早年才力高，論詩自許詩中豪。前輩衣冠識文獻，中年詞賦含風騷。詞林藝圃渺無極，擷秀采奇隨所擇。袖中玉斧光芒寒，眼前不用生荆棘。舊來種桂高成林，團團十畝懸秋陰〔一〕。明月流輝夜如水，西風吹夢香浮襟〔二〕。客来有

〔一〕 團團十畝懸秋陰：秋，文淵閣四庫本作「清」。

〔二〕 西風吹夢香浮襟：襟，經鉏堂抄本作「衿」。

酒林下酌，酒酣共説歸樵樂。江上漁翁尋舊約，一聲長嘯山花落。君不見，南山捷徑芳草迷，東山別墅寒鴉飛。明朝若遇圍碁客，斧柯爛盡君無歸。

哭胡洵　從楚金往峽江死焉

胡洵早年甚心苦〔一〕，自云恥與諸生伍。讀書不免四壁空，世亂還須用吾武。拓戟開弓筋力强，一聞殺賊心飛揚。無官不得騎官馬，搴旗走下千仞岡。玉笥山前水流血，白日不回大刀折。勝敗明知不可期，廬陵要使多忠節。我来哭君淚滿衣，君母老大君兒痴。揚旍撾鼓徒旅去，孤雲落日精魂歸。丈夫樹勛當許國，一死如君獨悽惻。君不見，武昌兵八千，盡向淮南看明月。

曹居貞進士月下彈琴圖引

秋風瀟瀟，秋月滿林。彼美一人，匡坐彈琴。我一見之傷我心，問誰畫者天機精。碧天瀉河漢，思入秋冥冥。不聞絃上聲，流水高山先有情。清夜音響何泠泠〔二〕。石泉寒激山間深，玉佩早朝天闕明。月滿洞庭白鶴唳，霜飛巫峽玄猿吟。畫師真好手，神妙豈在論丹青？我獨不見薰風奏虞廷，螳螂殺

〔一〕胡洵早年甚心苦：洵，文淵閣四庫本作「生」。
〔二〕「清夜音響何泠泠」，文淵閣四庫本、經鉏堂抄本作「想當美清夜音響何泠泠」。

心紛相仍，煙塵鼙鼓迴風腥。我欲破琴絶絃，獨攜白石，高卧長松陰。重爲告曰：美人兮美人，抱琴自苦求知音。

賦周煉師漁樵耕牧詩四章章十二句〔一〕

子何爲漁，碧海之丘，長虹爲綸月爲鈎。六鰲昂首愁相向，眼看海水不揚波，扁舟穩繫珊瑚柯。邂逅徐家兒與女，拔劍屠龍共君煮。煙澹澹，雨疎疎，人間彈鋏食無魚。吁嗟歸来乎，吾與爾漁。

子何爲樵，閬苑之東，璚林玉樹朝露濃，攜斤盡剪荆榛叢〔二〕。松下童子知何客，長日圍棋看不得。笑殺吴剛愁滿霜，千古桂枝碍明月。石磊磊，路迢迢，人間饑火燒心焦。吁嗟歸来乎，吾與爾樵。

子何爲耕，瀛洲之曲，玉山分雨秧苗緑，蒼龍爲耘虎收穀。炊煙晨起蒸爲雲，銀河晝洗塵沙昏。釀成九霞爲君壽，何必休糧苦長瘦。草青青，樹陰陰，人間作苦秋無成。吁嗟歸來乎，吾與爾耕。

子何爲牧，蓬萊之麓，自駕青牛度函谷，鶴羣鹿子還相逐。芝草松間長未齊，紫苔竹下行迹迷。南山羣羊化爲石，日斜歸去空無攜。水泠泠，山簇簇，人間岐路往還復。吁嗟歸来乎，吾與爾牧。

〔一〕詩題：文淵閣四庫本、經鉏堂抄本作「同李主敬賦周煉師漁樵耕牧詩四章章十二句」。
〔二〕攜斤盡剪荆榛叢：榛，文淵閣四庫本、經鉏堂抄本作「棘」。

寄彭中和

君來桂樹林，我辭桂林去。桂樹我所種，高大已如許。六月濃陰繞茅屋，不待花開可娱目。駐屐從穿石上苔，題詩況有墻西竹。小弟愛客開素襟，兩載於君情最深。短棘本非鸞鳳宿[一]，長琴每作蛟龍吟。君昔少壯抱奇節，荏苒風塵頭欲白。道義交從久更真，風月笑談常自得。江西詞賦多才雄，知君已有中唐風。汗馬功名属年少，且可草服山巖中。海棠牡丹都賞遍，磊落珠璣滿詩卷。我獨天涯塵俗塵，白紵每愁顔色變。丁寧小弟毋我違，南阮雖貧頗自奇。桂樹花開新酒熟，作書報我歸如飛。

同劉伯貞題袁氏寓軒

穹窿攝白日，百年幾旦暮。變滅乘化機，萬物孰非寓。鴻濛不可超，金石豈爲固。况兹無根蔕，自當隨所遇。聞君闢西軒，儵立延佳趣。種竹新作林[二]，移花整當户。蛛絲閃晴輝，青松沐朝露。久客賒酒易，親舊時相聚。臨眺登崇岡，故山渺何許。月明金鳳洲，夢魂自来去。少陵浣花溪，管寧遼東路。當其適意時，何必皆吾土。干戈尚未已，丘園安得住。雪泥留鴻跡，華表遺鶴語。茫茫宇宙間，蟻垤終

[一] 短棘本非鸞鳳宿：宿，文淵閣四庫本、經鉏堂抄本作「棲」。
[二] 種竹新作林：作，經鉏堂抄本作「成」。

誰據〔一〕。我亦東西人，長年忍羈旅〔二〕。相從豈云遠，即此馳音素。須留酒一罇，剪燭聽春雨。

芹寓爲安成彭伯圻賦

泮水過新雨，官墻度晴雲。於焉沐膏澤，素心託芳芹。悦玩永朝夕，采擷奚足云。淪漪映寒翠，光風泛微薰。野人分有限，安敢獻大君。聖化之所濡，生意何欣欣。上林滿春色，懽樂非所聞。始知君子心，希聖良獨勤。紛華念俱寂，淵源思不羣。願言美真味，盛德在斯文。

心雲詩爲羅宗仲先生賦

浮雲南山起，還復歸南山。騰騰駕輕風，悠悠度松關。仙翁坐盤石，心與雲俱閑。冥觀玄化初，吹噓膚寸間。蒼龍變神化，爲雨徧九寰。六丁封江湖，空捲驪珠還。無心乃無物，瑶琴相對彈。

袁州有警不見舍弟銈消息

客行何倉皇，挽衣問消息。答云避寇初，元戎先我出。峩峩宜春臺，烈火半天赤。雙龍蓄雲雨，不

〔一〕蟻垤終誰據：據，底本作「擁」，據文淵閣四庫本、經鉏堂抄本改。
〔二〕長年忍羈旅：忍，經鉏堂抄本作「怱」。

救煙焰赫。城中千萬家，大半殲鋒鏑。前者見令弟，少髭而白皙。語語達人情，謀身豈云失。間道苟無虞，生死候明日。倉卒棄吾兒，君弟我何及。揮手謝客行，奮飛恨無翼。復恐老親聞，黄昏掩殘泣。

壬辰閏三月初三日銈弟歸因録其語奉呈楚金諸君子

入門伴母啼，出門聞鵲噪。握粟卜靈龜，之子歸已到。飢走涉一旬，形容盡枯槁。閭里共歔欷，且慰慈闈老。問答憚語煩，客滿始相告。羣寇窺無人，鼠穴窮剽盜。承平宿將死，戰守自顛倒。九江咽喉地，戎卒何草草。宜春坐不救，吾土敢相保。惟當學義旂，戮力事誅討。賊衆亂且囂，一舉秋葉掃。廬陵忠節邦，足以正窮昊。鬱鬱英雄姿，封侯何足道。惟我最迂懶，聞之展懷抱。振衣舞龍泉，請作三軍導。

重過胡洵宅　洵字宗美

入門見桂樹，出門問桂樹。桂樹相送迎，主人竟何處。高葉鳴悲風，疎花落殘雨。獨立黄昏煙，思遠天涯路。

柬王志元四首

山深草屋寬，溪迴樹陰緑。脩脩圖畫開，斯人美如玉。芝草長未齊，今晨雨新足。開門掃落花，坐石看修竹。天遊邈難知，避世何忍獨。白雲歸未歸，借我半間宿〔一〕。

戰塵暗南國，白日無晶輝。客行何慘戚，途窮不忘歸。語及國家事，老氣晴虹飛。朝飲南山水，夕採西山薇。嗟彼反側子，捐軀逐輕肥。寒餓良細事，大義有是非。

叢蘭被幽谷，紫蕤含露滋。山深寡行迹，甘同秋草萎。春風滿披拂〔二〕，遂爲高人知。高人不敢佩，持以慰所思。紅塵紫陌間，灼灼桃杏姿。人心各有愛，遺之亦何爲。

海月上蒼茫，照我中庭正。香霧出簾遲，微風動花影。泠泠緑綺琴，拂拭塵埃净。一彈作新聲，再彈成雅韻。三彈曲未終，感激誰與聽。肅衿遲子來，無負春宵永。

同周愷子諒賦老人會詩二首

時危親戚散，况乃多賤貧。睠茲老人會，爲樂難具陳。生子競榮達，志養俱獲伸。朝出共寮采，夕歸爲比隣。異姓歡愛洽，不殊骨肉親。起居迭相送，惋愉盡情真。繄我豈無母，半菽長苦辛。願言敷治化，枯槁皆同春。

板輿度晴陌，綵服迎春風。今日良宴會，慈顔和樂同。翠翹髮垂素，錦筵花綴紅。萱草春自好，栢

〔一〕借我半間宿：宿，文淵閣四庫本、經鉏堂抄本作「屋」。

〔二〕春風滿披拂：滿，文淵閣四庫本、經鉏堂抄本作「偶」。

樹雪未融。縹緲瑤池母，並集蓬萊宫。自非有令子，世亂徒飄蓬。於焉倘錫類，頗勝平反功。乃知晉潘岳，閒居賦未工。

送王鎬之邵武省親 鎬字仲京

青青楊柳陌，之子晨巾車。去鄉不云苦，攬轡馳復驅。嚴君守名郡，長懷音問疎。再拜問起居，千里歡有餘。綵衣捧緑酒，紫袍映白鬚。上言尚書軍，聲振東南隅。下言太夫人，年高色敷腴。我雖邑子賤，問信抱區區。官寮展良覿，見子文采殊。定云渥洼水，生此汗血駒。故家三槐樹，功名遂良圖。願言慎徒旅，令德忠孝俱。

將歸桂林留別王志元劉象賢二首

耿耿念慈闈，戚戚別親友。屏營臨交衢，淚下多於酒。去留兩不忘，衷腸亦何有。道誼託襟期，取別無新舊。荏苒風塵中，會面何時又。好爲頻寄書，毋使長回首。

志士慎唯諾，況乃出處間。白圭微有玷，噬臍良獨難。富貴非苟得，貧賤當自安。干戈今若此，誰測衰盛端。明當爲遠別，爲君吐心肝。願言保貞節，深居且加餐。

和王鎬仲京自閩見寄兼柬歐陽文周

我昔晚聞道[一]，靈臺雜主客。冥行不知津，臨危始求楫。年邁悟前非，端居寡娛悦。聖賢迪遐軌，中道豈容歇。駑蹇不受鞭，出門有難色。平生歐陽子，肝胆無楚越。夙昔諧素心，窮達勗貞節。結交得斯人，焉用復多閲。王郎晚相逢，更覺才情别。泳游文海中，深淺力窺測。欲振蓬萊音，不同筝笛咽。老氣蒼旻高，雅懷秋水潔。蒹葭摧折餘，幸託瑶林側。柰何風塵起，干戈積歲月。牛衣卧空谷，長夜獨愁絶。自君入南中，扳附不可得。昨蒙求友篇，情誼何淪浹。恨無凌風翼，就君共劘切。鬱鬱長相思，秋夜幾圓缺[二]。持報愧琅玕，永言銘厚德。

濠石晚樵因簡李搗伯謙

出山復入山，流泉遞迎送。暝入黄葉深，濕分白雲重。棘荆攢徑危，側身抱深恐。春花自芳妍，春鳥自嗚哢。悠悠徒旅間，何由免寒凍。老親嗟我勤，歎息中腸痛。肩赬只自憐，囊罄當誰控。學劍惜已遲，讀書亦何用。國步政艱危，高官選才勇。李君舊知己，風格鬱清聳。光怪匣中龍，文采雲間鳳。庭

[一] 我昔晚聞道：昔，文淵閣四庫本作「惜」。
[二] 秋夜幾圓缺：夜，文淵閣四庫本作「月」。

闡壽且康，甘旨日相奉。避地雖云同，樂事誰能共。知君懷遠畧，臨機不妄動。戰爭奈未已，發策必奇中。何當展才力，青雲縱飛鞚。

聞龍興警報有懷歐陽奎

君子憂朝廷，野人念親友。壤壤吹戰塵，金湯無固守。自聞消息來，十日不飲酒。生死不可知，何論別離久。秉心思潔身，飢寒且東走。涉患始還鄉，還鄉復何有。咄此將奈何，迸淚空回首。

悲盧陵

至正十六年丙申冬，袁州兵逼城，屯藤橋。丁酉正月，義士盧陵陳瓘出，屯城北之青湖。二月，吴都事命兵校明某下桐江計事，不報，入蘭溪，召不至。五月，桐江李彬誅。六月，袁州兵退。秋，明某歸，遂以其屬屯太和之永和。十一月，明某矯殺騎將林伯顔、武端，不問。十二月，全参政笞其部將某某。戊戌正月朔庚子，戊午，参政兵亂，逐鎮撫吴林。三月，梁太守卒[一]。安成兵自去冬侵掠北境，旦暮至。四月至桐江。五月初四，退。初十戊申，分宜義士袁雲飛導沔兵至桐

[一] 梁太守卒：卒，經鉏堂抄本作「率」。

江。己酉，義士劉照與戰於吉水之灘頭。庚戌，明某以都事之衆降。辛亥，傅於城，録事張元祚與攝監郡雅某降。全參政奔贛，禆將降，參謀鄉貢進士吉水蕭彝翁死之。是日，陳瓘召安成兵入城。六月，吳都事將其屬居吉水之蘆兜，此吉安再陷之畧也。

峩峩青原山，洋洋白鷺水。炳炳照輿圖，磊磊足多士。四忠與一節，流風甚伊邇。往者舉義旗，事由匹夫始。連兵七年間，省臣兼節制。朝廷寄安危，幕府保奸宄。勢驕改令圖，反側久窺伺。紅旂溯江來，羣雄盡風靡。今日賣降人，昨朝清議子。奈何英雄姿，因之穢青史。朝爲龍與虎，夕爲狗與彘。流芳動百年，遺臭亦千祀。嗟余父母邦，何忍獨深訾。所恨寧馨兒，磔磔不得試。賴有蕭參謀，殺身刷深恥。我欲裁白雲，緘情問生死。哀歌裂肝腸，臨風淚如洗。

秋日撥悶

疎煙點寒蕪，落日低茅屋。哭子淚未乾，哭女聲相續。喪亂多憂虞，生死何榮辱。獨憐白髮親，無以娛心目。小姪早煢煢，歲艱缺饘粥。数椽燹火餘，鬱攸忍相蹙。余幸信有之，天道亦云酷〔一〕。桂樹萬

〔一〕天道亦云酷：道，文淵閣四庫本作「弢」。

黄金，可玩不可蓄。貧富非我能，出處從誰卜[一]。買臣非漢武，負薪終碌碌。側聞西山巔，薇蕨寒猶緑。倚樹晝軒楹，願依白雲宿。

送羅彦思往閩中候迎大父

天倫有真樂，家慶傳新圖。人生百年内，于焉始爲娱。爾翁老京國，風霜揺鬢鬚。爾父奉慈闈，干戈沉里閭。豈無饘與粥，朝夕不得俱[二]。眼穿孤飛雲，心折反哺烏。近者消息真，萬里神明扶。沉思供子職，内外懸君軀。投袂出門去，父命何勤渠[三]。朝迎暮望返，少壯輕畏途。見翁問起居，同舍相驚呼。孫已如翁長，子應似翁癯。時危久離别，會面當何如。歸期諒不遠，春酒爲君酤。再拜千歲壽，親戚多歡愉。卿相何足道，勝事世所無。願言慎前路，明發毋躊躇。

送别郭恒

作客似楊花，送别楊花側。楊花風際飛，那復計南北。曉棹洞庭波，暮鐘廬阜月。應笑山中人，閉門頭雪白。

[一] 出處從誰卜：從誰，文淵閣四庫本作「誰從」。

[二] 朝夕不得俱：俱，經鉏堂抄本作「供」。

[三] 父命何勤渠：命，文淵閣四庫本、經鉏堂抄本作「母」。

夢覺

風舞參差花，月照往來道。十載不相逢，恍然共懷抱。計年華髮生，何得容顔好。近事雖難知，舊愁忽如掃。奈何微醉醒，鷄唱心如擣。情知夢非真，頗幸覺来早[一]。瀟瀟風雨聲，離思滿芳草。

題贈溪上翁 淦邑柘鄉宋氏

白髪溪上翁，結廬溪上住。風暄花滿衣，水暖魚吹絮。隣曲相邀留，酒酣獨歸去。忘却釣魚竿，掛在垂楊樹。

和郭恒

罷釣澹忘歸，看花北山谷。不知春事深，黄犢無人牧。對酒斫白魚，題詩滿青竹。隣翁記疇昔，笑我剜節目。苟免征戰危，敢避泥塗辱。明日有餘樽，候君到溪曲。

[一] 頗幸覺来早：幸，文淵閣四庫本作「恨」。

大雪中羅伯英見過

大雪破絮温，高眠及辰巳。忽聞扣柴扃，不語知奇士。獨行何飄儵，海鶴乘雲氣。玉界璚田中，神仙足風致。云何剡溪船，高興一時廢。貧家飯脱粟，菘韭自無備。且復倒餘樽，燎衣語文字。聖賢去我遠，縻兹糟粕味。每當得意時，何如卿相貴。人生俱有營，俯仰期無愧。寇鄧列雲臺，嚴陵釣江涘。不聞青史間，馳議相軒輊。嗟我窮巷子，賓客少能至。况兹風雪中，廑廑見君意。感歎不可留，臨分更攬袂。回首北山巔，松柏鬱蒼翠。

甲　子

淵明賦歸去，正合書義熙。衣冠晉江左，寄奴我何知。春秋乾侯筆，凡例日星垂。誅心雖探微，臨難將安施。乃知書甲子，當在永初時。古人日已遠，澆風日已漓。空餘五柳樹，蕭瑟西風吹。

語童子

童子攜春衫，好去换春釀。隣翁来相過，林泉共幽賞。移席近花間，題詩在竹上。垂老惜交情，毋令默惆悵。

别羅昶

少小涉憂患，未老容鬢改。任情墮疎慵，事往不可悔。旅食玩炎凉，屢空蠹光彩。出門誰與言，見君獨長慨。幽蘭閟秋香，空谷若有待。霜露凄以零，明日誰當采。山鷄囚樊籠，羽翮日以鎩。見者不憐傷，雲山渺何在。今人不我期，古人不我待。琴聲發鏗鏘，劍光吐奇怪。得奉君子歡，綢繆涉三載。去去憐此辭，良晤何由再。

與客談鄒超因賦

鄒超一白丁，凛凛節士操。揮戈回白日，日沉戈亦倒。使其綴朝班，不愧國中老。遂成薛侯名，宇宙忽新造。煌煌天使星，輝光照窮昊。老守衆所推，深意完城堡。判筆負所期，丹心向誰告。城中百萬家，稽首忠厚報。薛侯今有孫[一]，家聲宜自保。鄒超不再見，耆舊傷懷抱。臣各爲其主，生死盡其道。我生百年後，俯仰憂心擣。側身望青原，寒煙黯秋草。

[一] 薛侯今有孫：今，底本作「令」，據文淵閣四庫本、經鉏堂抄本改。

齋居苦熱以大盆盛水置前坐臥對之心目清朗是亦用水之義也

炎埃不可掃，何以清我懷。銅盆汲寒井，捧盆置西齋。咄嗟一室内，滉漾江湖開。風漪浮席動，雲影入寥來。一清挹衆緑，凉意浮庭階。雖無瓜李設，即此懽相陪〔一〕。來客盡君子，談交性所諧〔二〕。嗟彼附炎者，長路迷黄埃。

早秋陪楊和吉曉登前山望桐江

白鶴導晨從，凉飈起林杪。振衣凌高岡，極目窮幽渺。蕭蕭草樹秋，歷歷人煙曉。依微玄潭觀，羣仙在林表。下有塚纍纍，世事誰能了。桐江滙章水，晴漲何渺渺。曾不瞬息間，一帶縈沙小。無怪豪傑區，煙蕪怨啼鳥。盛衰兩相乘，玄悟良獨少。君今脱塵羈，相從得閒眺。題名剜石苔，借蔭憩叢篠。白紵含餘清，稍覺心情悄。山市門初開，飛塵已紛擾。

〔一〕即此懽相陪：懽，文淵閣四庫本作「權」。
〔二〕談交性所諧：談，文淵閣四庫本作「淡」。

閏七月十六日山中早發

宿雨剩微凉，遊雲弄新旭。客子將出門，陰晴苦爲卜。驅車涉前途，今夕投誰宿。雨久愁躋攀，日長畏炎燠。使無塵故縈，在家貧亦足。天意詎得知，疇能遂所欲。俯看山徑泥，来往滿新躅。

秋夕王楚善過宿

片雨灑空庭，梧桐響殘滴。窻户涵清風，孤燈夜寥閴。渺懷平生親，暌違不相識。公子幸過從，爲之長歎息。意曠塵慮空，語到聰明入。山徑披榛蕪，晤言永今夕。物變心自傷，事往嗟何及。遠大與子期，無踵炎凉跡。

和宋時舉見寄

浮雲不爲雨，出岫期無拘。蒼龍偶借勢，影迹隨風除。懸知市朝上，不似山巖居。送客限門外，嗟彼馳交衢。爲農甘没世，何必衣冠儒。君居崆峒上，自與人事暌。清高浥沆瀣，念我纏塵區〔一〕。托交匪朝夕，無論出處殊。山水有佳趣，且此寧君軀。

〔一〕念我纏塵區：塵，文淵閣四庫本、經鉏堂抄本作「寰」。

聞周子諒訃

丈夫志耿介，臨别仍傷懷。况兹泉臺路，一往不復回。憶昔送君去，知與素性乖。微官淹歲月，悲風從天来。老淚爲君盡，寸心爲君摧。士林黯憔悴，功名安在哉。始知嵇阮輩，甘心沉酒盃。

十二月初三日大雪與同宗弟文昌飲諶塘忽落一齒遂賦〔一〕

垂老驗盛衰，深憑齒與髮。髮白歎吾衰，齒落衰已極。利害髮不任，養生資齒力。無問藜與藿，得以娱朝夕。次第相動摇，世事嗟何及。吾舌雖云存，苦乏儀秦術。修短未遑徵，得酒姑自悦。天公搆巧思，六花舞飛雪。倏盈還忽消，鴻爪無遺跡。古来豪傑士，文字畧相識。是非紛與奪，視今如視昔。寄言後来者，人生當自適。

峽江道中

去鄉已百里，避地何時轉。歷歷墟里殊，稍稍語音變。妖狐似鬼啼，落日人煙遠。遥睇層峯高，平地是交戰。流水爲誰哀，嗚咽相迎餞。

〔一〕詩題：塘，文淵閣四庫本、經鉏堂抄本作「時」。

過羅仁達別墅

架石束飛濤，結廬枕幽谷。縹渺紫翠間，孤松立雙鶴。主人坐清陰，候我渡溪曲。盤渦搏落花，茶煙出幽竹。相對淡忘言，月明山下宿。

二月十八日隴洲夜渡

江波展素月，好風吹衣巾。扁舟動寒碧，恍朗開金鱗。心清挹沆瀣，神遊挾仙真。獨恨迫兵火，倉皇来問津。豈不欣所遇，終焉銜苦辛。君王甚神武，何時息戰塵。歸舟如到此，月色應更新。爲君換美酒，長歌酹江神。

送別李騰還鄉

別離古云苦，况值兵未休。慈烏夕反哺，蝮蛇寒出遊。料事每成錯，去住難自謀。東風捲飛雨，添我雙淚流。憑君見親舊，道此情悠悠。

送人之臨川

聞君適臨川，臨川幾時到。日色江上舟，雨香沙際草。側聞吴先生，掛冠已云早。邂逅道深期，故山白雲好。

賦丁氏悠然齋兼呈羅宗仲進士

淦山西來森萬木[一]，幽人結廬枕山麓。入門所見勝所聞，先生弟子皆無俗。芸草晴香攤古書，竹簾晝永間棋局[二]。陂水門前春浸緑，一支分入清池曲。摇曳璚絲雙屬玉，意閒似與忘機熟。清曉開門掃落花，細雨分根補秋菊。鶴歸帶得南山雲，夜來共就簷端宿。溪魚入饌白如銀，春酒醱醅香滿屋。客來留飲醉爲期，人生樂在無拘束。知君心事媚幽獨，不肯低頭狥榮辱。感君於我情最深，每有篇章親手録。羅浮老仙卧雲谷，爲問淵明舊芳躅。相從更作秋風期，借我高齋看脩竹。

環山亭 袁氏爲奉親而築

環山亭上看山好，我獨愛君親未老。築亭當日爲娱親，不計春歸與秋到。捲簾雲拂老萊衣，折花香撲崔卿帽。四面煙鬟翠相抱，中峯屹立當晴昊。蒼松老柏鬱難攀，白鶴玄猿共幽討。怪石槎牙獻奇竇，澗水泠泠入琴操。隣叟時邀共酒杯，諸孫日遺傳詩草。婉容愉色春融融，稍覺龐公近枯槁。華萼弟兄永

[一] 淦山西來森萬木：淦，文淵閣四庫本作「金」。
[二] 竹簾晝永間棋局：間，文淵閣四庫本作「開」。

相保，金谷賓朋何足道。百年父子樂且真，始信人間有蓬島。我欲訪君待秋早，楚江釀酒宜傾倒。寄書更約安期生，攜来海上如瓜棗。

黄氏容安樓

君家高樓高百尺，樓間把酒無虚日。極目欲窮千里心，誰謂區區僅容膝。捲簾半空雲氣入，孤鶴長鳴楚天碧。醉拍闌干呼月来，萬壑松風夜吹笛。天上玉京十二樓，羣仙不帶人間愁。曉飛霞佩来相訪，攜我共作丹丘遊。今日之日君我留，爲君題詩樓上頭。笑指樓前大江水，古今人物共風流。

題劉文周愚直齋

先生結屋龍湖上，大書愚直懸齋榜。松風夜挾秋聲高，山雨晴添湖水長。一窻燈火聞書聲，洞視太古凝幽情。商周以前足人物，儀秦而下非功名。古人今人各如此，先生意向知何似。高風誰學柳士師，夜雨閉門魯男子。先生長笑心自閒，葛巾草服開松關。賓珠光燄照雲水，好詩題徧龍湖山。我遊梁楚號狂客，飲酒呼盧都不擇。鳳兮鳳兮歌思哀，老去人間拘小節。甚欲相從讀舊書，何時下榻容安居。是是非非吐心膽，先生真是古之愚。

賦清溪

清溪之水抱幽谷，盤渦細浪相蹙蹙。半篙晴日蕩金鱗，帶秋煙溜寒玉。溪上仙翁絶塵俗，開門俯溪飲溪緑。白鳥飛来明鏡中，垂楊鎖斷闌干曲。窈窕春花亞修竹，修竹何人共碁局。紫蘿爲蓋草爲褥，如輞川圖懸一幅。嗟我早年厭羈束，五湖風月醉心目。秖今是處沸鯨波，把釣從君事亦足。

題周季彬竹洞

周郎早歲才名重，華屋連雲接飛棟。却耽野趣愛幽棲，種竹廻環結成洞。洞中坐客雖不多，洞前車馬長相過〔一〕。微風敲玉鬱清爽，濕煙團翠涵清和〔二〕。石峯嵯峩儼賓主，紫苔帶得春前雨。翡翠晴連覆酒杯，琅玕日長添詩句。簟紋如水形神清，萬葉爲屋竿爲楹。朱光不到失昏晝，六月髣髴聞秋聲。嗟我村居逼樵舍，此居稍覺情緣寡。正擬相從共笑歌，不緣一看怱怱借。

〔一〕 洞前車馬長相過：前，文淵閣四庫本作「中」。
〔二〕 濕煙團翠涵清和：團，文淵閣四庫本作「環」。

題李次晦溪山間

往年走馬遊長安，杜陵韋曲花未殘。玉堂天上春夢斷，拂衣歸去溪山間。溪山之間深且好，主翁見客開懷抱。花氣晴熏白紵衣，波光滿浸紅雲島[一]。長松吟風晚泠泠，松下酒醒彈瑶琴。松聲琴響自相和，消盡人間名利心。臨溪結屋看山色，山下行人招不得。猿嘯煙深掛紫蘿，龍窺水冷吟秋月。主翁心閒一事無，諸郎文采珊瑚株。南山射獵非所好，芸草懸香惟讀書。竹逕曉開邀二仲，白鶴相迎復相送。風月西窗詩料多，酒熟何時添我共。

題鄒茂材讀書處

鄒君昂昂二十餘，世味不好好讀書。今年新作讀書處，青山白雲閒畫圖[二]。屋前老樹滿千株，濃陰晴抱溪光虚。架上牙籤醉白魚，窗前鐵硯愁蟾蜍。水沉香裊銅花爐，竹梢滴露自研朱[三]。十丈風埃葦簾隔，三更秋雨青燈孤。吐氣欲吞餘子輩，冥心獨遊太古初。門外來者皆吾儒，羡君文采時時殊。聖經賢

[一] 波光滿浸紅雲島：滿，文淵閣四庫本作「遠」。

[二] 青山白雲閒畫圖：閒，底本作「閉」，據文淵閣四庫本、經鉏堂抄本改。

[三] 竹梢滴露自研朱：梢，底本作「消」，據文淵閣四庫本、經鉏堂抄本改。

傳多貯儲，大義所得無拘拘。皐夔稷契何所讀，簞瓢陋巷誰與居。出門千里慎所趨，會看風翮排雲衢。我今老矣慚不如，贈君又無明月珠，爲君長歌敲唾壺。

羅友諒静樂園

老大爲園殊不惡，人間富貴浮雲薄。官曹賭命擁輕肥，不似先生静中樂。静中之樂樂無窮〔一〕，鶯啼燕舞嬌春風。貯酒經年偏爲客，雨餘剪韭寒薦菘。静中之樂不可畫，游絲裊空碧桃謝。滿前詩景取次收，諸孫捧硯花陰寫。午窻客散還復眠，長年習静如得仙。投壺聲悄停梟箭，篆香灰冷消殘煙。我居近市厭囂聒，老圃荒凉懶耕作。朗誦先生静樂篇，白鶴風高入寥廓。

秋塘曲

高荷擁翠秋滿塘，花開不見聞花香。老魚吹波紫萍碎，花下飛起雙鴛鴦。鴛鴦相逐低廻翔，藕絲易斷愁心長。玉筝不弾轆轤悄，一簪華髮凝秋霜。

〔一〕静中之樂樂無窮：樂無窮，文淵閣四庫本、經鉏堂抄本作「如可用」。

溪西静者爲安成周鼎傳賦

先生下筆妙天下，好從天上騎天馬。却將富貴等浮雲，自號西溪之静者。溪西池館門常關，緑陰滿地清晝閒。碁聲不聞賓客退，先生夢到希夷間。世上利名争賭命，誰似先生獨能静。心涵太極易書存，吟到盛唐詩律定。我今結屋萬山中，出處似與先生同。南州久已無高士，牀下終期拜德公。

冰山謡

黑風贔屭海波立，冰山嵯峨聳千尺。樓觀晴連蜃氣高，金銀夜貫虹光赤。上有異物騎於菟，左手鞭熊右麾貙。彎弓射天鬼神泣，憑凌殺氣揺荆吴。狡兔爰爰何所得，百計穿窬作三穴。父老相逢不敢言，夜對妻孥淚成血。一朝白日中天開，冰山融液非人推。淋漓后土滿泥滓〔一〕，笑聲變作啼聲哀。前者已傾後者踣，出門却恨乾坤窄。秦關逆旅商君愁，楚國飛車觀起裂。早知冰山不可保，何不委身平地好。從今寄語問津人，風雨西山薇蕨老。

〔一〕淋漓后土滿泥滓：滓，文淵閣四庫本作「濘」。

陪歐陽奎文周秋夜宴集

高陽酒徒厭拘束，洞簫清夜吹寒玉。月影微生滄海波，愁聲瀉入南窻竹〔一〕。主人好懷爲我開，前除掃葉剜蒼苔。移席傳呼秉銀燭，飛觴不惜空金罍。百年交契亦無數，且得共君長夜語。蘭苕翡翠自春風，延平劍合蛟龍舞。我家茅屋江之西，門閉不聞車馬嘶。攜書樹底騎牛讀，得句樽前洗竹題。酒酣拊缶山谷響，聊共漁歌答樵唱。此時半面未逢君，何乃見之輒稱賞。論交不論淺與深，丈夫一語輕千金。白璧無瑕人所貴，青雲有路我何心。簫聲不斷酒如注，泓下龍吟月涵霧。仙人招我歸去来，雲車相候蓬萊路。

美人折花歌

美人折花粉墻曲，花前背立雲鬟緑。乍愛薔薇染絳霞，還惜海棠破紅玉。素手纖纖羅袖寬〔二〕，心情凝想金刀寒。低枝未吐精神少，高花開遍顏色殘。花刺鈎衣花落手，草根露濕弓鞋繡。紫蝶黄蜂俱有情，飛撲餘香趁人久。情知人老不似花，花枝折殘良可嗟。明朝棄擲粧臺側，緑陰青紫愁天涯。

〔一〕愁聲瀉入南窻竹：愁，文淵閣四庫本、經鉏堂抄本作「秋」。
〔二〕素手纖纖羅袖寬：寬，文淵閣四庫本、經鉏堂抄本作「殷」。

送遠曲

爲君治行近一月，今晨竟作匆匆别。枕邊紈扇鏡中花，一時盡變傷心色。妾雖不見邊城秋，君亦不識空閨愁。憶君便如君憶妾，雙淚豈爲他人流[一]。才貌如君長刺促，少年心事何時足。歸期未定須寄書，誤人莫誤燈花卜。

悲武昌

武昌兵甲雄天下，王孫節制何爲者。白馬將軍飛渡江，壯士彎弓不敢射。玉船未過鸚鵡洲，紅旂已簇黄鶴樓。美人散走東南道，一絲楊柳千絲愁。戰鬼銜寃夜深哭，王孫獨在淮南宿。淮南美酒不論錢，老兵猶唱河西曲。九江昨夜羽書傳，九江太守愁心懸。焉得將書報天子，哀哉不識顔平原。

贈周郎

白馬渡江赭衣舞，青春煞氣吹吴楚[二]。豪傑如雲起義兵，盡説周郎才且武。鏦金伐鼓駐江滸，麾下

[一] 雙淚豈爲他人流：他，文淵閣四庫本作「它」。
[二] 青春煞氣吹吴楚：煞，文淵閣四庫本作「殺」。

健兒猛如虎。大刀照日開雪光，飛鏑穿雲落鵰羽。亦知困獸死猶鬭，轉戰大呼髮毛豎。馬鞍曉被帶冰霜，刁斗夜鳴雜風雨。黄河不見官軍渡，青天白日丹心苦。國家養兵八十年，不斬蛟鯨伐狐兔。自非忠義激心肝，誰肯艱難越深阻。昨者懸軍大捷歸，聲名欻起元戎府。府前獻俘揚虎旂，府中把酒歌都護。江南布衣有如許，政好歸来奉明主。選將壇高拜天語，中官促印黄金鑄，坐遣丹丘拜猰㺄。天下蒼生各安堵，虎符將軍何足數。

少年行

西家少年茅屋裹，牀擁牛衣瓶貯米。一朝販鹽多白銀，妻學宫粧兒學跪。甕頭新酒鵝兒黄，無時殺猪宴隣里。酒邊自歎還自矜[一]，眼前華屋連雲起。指似中男眉目强，早教讀書結豪貴。黄金直可睹公卿[二]，莫遣終身在泥滓。東家老儒笑無計，一窮到骨門長閉。百年榮悴那得知，世情直付東流水。

郭恒惠牙刷得雪字

老氣稜稜齒如鐵，曾咀奸腴噴腥血。倦遊十載舌空存，欲挽銀河漱芳潔。南州牙刷寄来日，去膩滌

[一] 酒邊自歎還自矜：歎，文淵閣四庫本、經鉏堂抄本作「數」。
[二] 黄金直可睹公卿：睹，文淵閣四庫本作「賭」。

煩一金直。短簪削成玳瑁輕，冰絲綴鎖銀駿密。朱唇皓齒嬌春風，口脂面藥生顔色。瓊漿晚漱凝華池[一]，玉麈晝談灑晴雪。輔車老去長相依，餘論於君安所惜[二]。但當置我近清流，莫遣孫郎空漱石。

贈彭將軍

將軍昔從布衣起，便欲賭命報天子。里中父老得開顔，刺虎斬蛟良細事。幾年汗馬鏖戰塵，君門九重誰得陳。羽檄飛雲白日暮，牙旂捲雨滄江昏。中書大臣擁貔虎，吐氣如雲蓋南土。豫章城頭鳴老鴉，匹馬夜出杉關去。楚山蒼蒼楚水清，草莽之臣何重輕。但得嚴君脱虎口，皇天后土相知心。誰想長材不終棄，控摶造化真兒戲。東隣早結丞相懽，種瓜不到青門地。君家屋前山水幽，正好歸来尋舊遊。座上衣冠戲綵日，窻前燈火讀書秋。我欲從君語疇昔，悠悠世事嗟何及。滄波東逝魚西飛，獨振布袍三歎息。

負薪女

山下女兒雙髻垂，山上負薪哭聲悲。辛勤主家奉晨炊，主翁頭白諸郎痴。干戈未解骨肉離，生来不

[一] 瓊漿晚漱凝華池：晚，文淵閣四庫本作「曉」。
[二] 餘論於君安所惜：君，文淵閣四庫本、經鉏堂抄本作「今」。

識妍與媸。長笑隣姬畫蛾眉，金屏孔雀何光輝。琱弓羽箭来者誰，緑楊終日青驄嘶。人生年少如駒馳，鴛鴦翡翠皆雙飛。愁思百結心自知，負薪拭淚背人揮，黄昏四壁寒蛩啼。

和羅貞仁達見寄

紛紛世事何爲者，殺氣騰空龍戰野。萬國瘡痍未得瘳，十年奔走終無暇。痛哭呼天晝杳冥，淚痕血點布袍腥。愁霜逐日催人老，厲階在昔知誰生。憶昨先皇振天怒，盡四海外遵王度。官曹裘馬連青雲，父老謳歌足春雨。我自甘爲樗散材，石田山下鋤蒿萊。骨相判知無肉食，對客長笑心悠哉。先生未肯老丘壑，雲海蒼龍奮頭角。碧桃紅杏皇州春，緣誰竟負看花約。空谷著書追昔賢，文章落手人間傳。長風吹雲出山去，使我不見心懸懸。出處情知各有志，故舊何人共心事。離別中年自不堪，芳草閒愁滿人世。海波幾許成桑田，麻姑消息魚沉淵。小山桂樹秋風老，待君歸去知何年。

寄李尚文少府兼簡周仲元

蓬萊歸路渺何許，美人相思隔煙浦。青鳥飛来雨意遲，黄鸝啼醉花陰午。江邊釣石甚奇古，一絲柳風獨延佇。囊罄久無酤酒資，詩成何得驚人語。李侯金閨聲價高，往年意氣凌吾曹〔一〕。官舍臨湖懸綵

〔一〕往年意氣凌吾曹：年，文淵閣四庫本作「來」。

棒，酒杯勸客濕宫袍。不擬東籬種秋菊，欲從上苑醉仙桃。寧知淮海風塵起，黄鵠委翅歸蓬蒿。去年東走共顛倒，茅簷寄宿憂心擣[一]。九月絺衣敵早寒，萬事不如歸去好。拾薪煮雪我常貧，掃石卧雲君計早。古人成敗每輕之，及此始知難自保。近日攜書尋舊遊，江上孤舟滿載愁。偶見周郎共樽酒，一談一笑何風流。主賓二妙不易得，我欲從之長滯留。相思且付楚江水，江水不盡情悠悠。

題秋山風雨圖

平生最愛米家畫，君之此圖妙天下。鳥分歸路雲不開，樹壓懸崖雨如瀉。倚江茅屋何人住，蘆竹蕭蕭出無路。似我還山煙雨中，愁来只讀秋陽賦。

同羅伯剛贈棲碧山尊師

子真騎鯨上天去，山中碧桃開幾度。昆明灰盡始逢君，到今獨守燒丹處。聞君早歲神骨清，手援北斗掛中庭。銅仙夜送玉盤露，孤月炯炯秋冥冥。碧山清高隔風雨，不省人間暗塵霧。酒杯春緑浸瑶花，棊局午陰團柰樹。我思子貞不可扳，欲往從君勘大還。仙人不借緑玉杖，只隔流水行路難。行路之難今最苦，山鬼跳梁一足舞。蒼精雙龍閟神光，待君不来白日暮。何當爲啟松筠關，一洗塵土開容顔。鶴背

[一] 茅簷寄宿憂心擣：簷，文淵閣四庫本作「屋」。

天風甚安穩，攜我更上蓬萊山。

贈别羅庭植

驊騮不受庸駑羈，志與千里風雲期。才傑每稱天下士，慷慨必展胸中奇。十載君歸卧雲島，功名歲月閒中老。燒丹永夜紫霞飛，問字無時緑樽倒。抱琴正好聽鳴泉，明朝又買西江船。角引曉霜凝别思，梅披晴雪照離筵。吴山楚水多芳草，黄金臺高幾時到。必逢豪傑語襟期，白髮誰憐長遠道。人生富貴各有時，朝陽鳴鳳梧桐枝。醉解吴鈎贈君去，歲云暮矣歸毋遲。

從軍别

將軍披甲控紫騮，美人挽轡雙淚流。六月炎埃人命脆，軍期稍緩君須留。彼爲兄弟此爲仇，朝爲公卿夕爲囚。歲歲年年苦征戰，黄金誰足誰封侯。煙塵暗天南北阻，英雄盡合回田畝。當時兒戲應門户，不謂虚名絆官府。馬鳴蕭蕭渡江浦，重唤奚奴再三語。將軍臨陣子爲御，莫把長鞭鞭馬去。

寄從弟鐸及弟銓

牡丹臺前春色滿，杏花初開柳芽短。霧氣撲簾翡翠寒，池光盪日鳧鷖暖。好花時節俱在家，銀錢買酒不用賒。長生共祝千歲壽，遠信相期八月槎。烹鷄斫魚宴親舊，弟也甚恭兄甚友。功名好在太平時，骨肉獨完離亂後。蹇余抱病向天涯，每從佳節長咨嗟。蘇秦六印終何益，半畝還須學種瓜。

和答銓弟

弟云在贛日有誦爾詩兩辱問起居者

别来兩見春日滿，愁思誰云春夜短。十八灘頭鳴棹歌，胡姬勸酒銀瓶暖。中江開帆先到家，意濃不計歸程賒。但云老兄久埋没，詩句何得隨飛槎。諸公傳誦無新舊，相憐似是平生友。事業青雲如鼠肝，文章白髮羞牛後。長年凍餓茫無涯，不敢仰天生怨嗟。先生歸去且種菊，詞客愁来空饐瓜。

題楊和吉灤京詩集

鈺也不識灤京路，送君幾向灤京去。灤京才俊紛往来，好景惟君獨能賦。太平自是多佳句，况逢虞揭論心素。金魚换酒謫仙狂，彩舟弹瑟湘靈助。豈知歸去煙塵驚，山中閉門華髮生。雲氣蓬萊心未已，夢中猶在東華行。貞元朝士幾人在，少年詩史千載名〔一〕。西雲亭上何日到，爲君舞劍歌灤京。

〔一〕少年詩史千載名：史，文淵閣四庫本、經鉏堂抄本作「思」。

猛虎行

猛虎長嘯風滿谷，十載山中往来熟。朝噉牛羊暮殺人[一]，眈眈不畏弓刀逐。山翁死後空茅屋，山下行人早投宿。妖狐憑威作人語，跳梁白日欺樵牧。南来壯士怒相觸，彎弓射虎穿虎腹。閃爍雙睛甘就戮[二]，髑髏作枕皮爲褥。人生何必書多讀，能事自足驚殊俗。何當更斬長橋蛟，老夫雖死關心目。

贈劉子倫

廬陵周愷文章伯，語語談君不易得。嗟余終日走風塵，到今未覩真顏色。聞君早歲抱奇節，胸中磊落太平策。玉龍霜冷光欲飛，蒼隼秋高影孤掣。交遊四海多才傑，自合貢之天子闕。綵筆題詩衡岳雲，畫船撾鼓西湖月。衣冠王謝自風流，賓客秦黄最超越。往年仗劍奮忠烈，戰袍紅濺猩鼯血。草檄未吐陳琳詞，種柳已近淵明宅。酒酣氣漲漱天風，一聲長嘯層崖裂。登山臨水澹忘歸，聽雨看雲頗愁絶。茫茫世事應難測，英雄莫遣頭空白。寒盡春生剗雪霜，海濶天高排羽翮。何當攜手銅駝陌，蓬萊羣仙朝帝側。醉浥溟波鱠六鰲，老懷浩蕩從君説。

〔一〕朝噉牛羊暮殺人：噉，底本作「瞰」，據文淵閣四庫本、經鉏堂抄本改。

〔二〕閃爍雙睛甘就戮：睛，底本作「晴」，據文淵閣四庫本改。

滄洲灌夫詩爲周子諒賦

往年曾踏滄洲路，滄洲仙人留我住。紫霞裁剪成春衣，到今掛在珊瑚樹。十載人間走塵霧，惟愛周郎讀書處。雲氣寒深連竹松，江波晴漲摇窗户。清曉中庭遺鶴羽，太乙青藜夜相語。晚菘春韭東西畦，鳥啼桑陰日當午。浦雲分送疎疎雨，抱甕歸来不知苦。嗟我已負滄洲期，羨君獨得滄洲趣。江山今古武陵源，姓名伯仲蘇公圃。畦外有田多種黍，長使糟牀壓香醑。招隱先須招我来，到門不用分賓主。

葵花歎

朝見葵花長歎息，暮見葵花重於邑。白日攜光萬彙蘇，寸心烱烱誰能識。蠟光膩粉花正開，翠袖捧出黄金杯。再拜君王千歲壽，六龍迎駕扶桑来。朱門厭逢車馬客，移花遠置山巖側。不辭辛苦灌葵根，遮莫浮雲翳空碧。

寄　友

東岸桃花西岸柳，来往扁舟共盃酒。去程易遠情易疎，長亭落日空回首。南山山下黄菊叢，采采寒花霜露濃。蝶恨蜂愁時節去，老懷且復相爲容。風雨昨朝籬竹倒，牛羊亂蹴荒山草。草木無憶難自保〔一〕，人事悠悠何足道，黄金多貯交情好。

呈羅伯剛文學

正月初四日，伯敏兄見過我桂樹林，辱拜老親，語及先舅志行房下事，重增感哀。先舅諸子姪留江外者，存亡雖未可知，而其田土在鄉里者，多寡宜有可攷。且韓謚祀充，神恐不歆，隣於若敖，生者何忍？僕謂宜白諸親者尊者，奉静季翁父子之主遷於羅氏祠堂，而籍其田土之入，以助歲時之祭，甚義舉也。俟江外者歸，完璧外府，又何難焉？僕侍老親，貧甚，無能爲役，謹賦長句以呈，惟伯仲究心焉。

羊郎不過西州路，痛苦當年獨何故〔二〕？甥舅深情江水長，今我思之更愁苦。葛山老屋依巖樹，杖屨往還經幾度。池光凝墨草帶垂，正是仙翁讀書處。仙翁騎鶴渺何許，零落殘雲春景暮。不消鬢雪添眼花，到今長者傳佳句。志行有詩云「臘盡未消頭上雪，春来惟長眼中花」，此甚工巧。麒麟高塚舊松楸，燕子他家好門户。嗟我重来淚如雨，早時鬢髮今垂素。再拜中郎問家譜，封胡羯末俱清楚。乃知喬木盤根深，

〔一〕草木無憶難自保：憶，文淵閣四庫本作「情」。

〔二〕痛苦當年獨何故：苦，文淵閣四庫本作「哭」。

萬葉千枝承雨露。澄清淮海藉英雄，亢宗事業寧無補。夜讀羣書霜月明，秋懸雙劍蛟龍舞。振耀家聲文且武，綿綿葛藟江之滸。印山祠堂今誰主，仙翁配食神靈聚。豈無他人我同祖，蒼崖勒碑照千古。

寄羅惟巽 善製筆

四年不見羅文學，緑鬢朱顔宛如昨。酒杯春滿聽啼鶯，琴響夜寒彈别鶴。鶴飛冥冥遡寥廓，仙人遺送長生藥。丹砂九轉飛靈光，玉虹白日穿林壑。豈無蹤跡到城郭，詞林近日傳新作。待月光分荷露圓，掃雲晴帶松花落。高懷自是貯冰清，而我胡爲困塵濁。愁心千尺遊絲懸，俯仰交情誰厚薄。白髮爲儒世所輕，臨池學書意蕭索。聞君近有山中約，狡兔何時當就縛。

題鄧家婦王氏詩卷

青原之北書臺東，高官厚禄多才雄。一死獨稱鄧家婦，立身豈在文章工。黑風吹沙舞魑魅，劍花凝碧血流地。紅顔薄命誰不憐，高風能使男兒愧。鄧侯莫傷鸞鏡空，厚夜招魂歸故宫。結髮深恩不相負，今日始見修齊功。茫茫世事東流水，鄧侯容髮今何似。黌宫有井井有人，重到讀書須向此。

和酬歐陽伯庸

往年讀書竹深處，君家叔父相賓主。一門羣從君最奇，賦詩已有驚人句。秋高沆瀣瀉金莖，日迴瑶臺森玉樹。邊烽飛度吴江浦，燕歸盡失舊門户。十五年間百憂集，相逢不敢訴艱苦。昨者見君俱老蒼，形容雖變氣如故。青眼惟逢舊客開，素衣不受緇塵污。松下長琴按新譜，流水高山必自語。聽者不知復不顧，始見高人有真趣。乃仍食貧忍羈旅，俯仰詞林誰比數。射工伺影江波暮，長日閉門傲寒暑。雲松千尺冥冥風，野桃三月瀟瀟雨。

題龍湖小影圖贈劉文周

龍湖春水浮翠煙，柳絲千尺繫漁船，漁歌唱得歸来篇。龍湖秋月浸寒玉，桂花香壓樽中緑，琴聲彈作高山曲。斯人何似似飛仙，是誰妙手分清妍，人間今日畫圖傳。薜荔分陰網茅屋，露瀉空青沐松菊，白鶴歸来晨自沐。蒼龍玩珠湖水寒，虹光飛逗霜毫端，賦詩寫徧青琅玕。世上功名舞豪傑，白髮青衫腰屢折，誰肯山中採薇蕨。君心直與古人期，朱顔緑鬢人莫窺，如何畫史能相知。彭郎意匠自奇絶，使我一見神飛越，小山招隱歌三疊。我家更在深山深，彭郎何日能相尋，畫我高秋桂樹林。桂林近接龍湖上，與君杖屨共往還，何須更看青松障。

答龍叔起

早歲功名望吾子，寶匣倒流三尺水。一朝騎馬稱將軍，鄉里小兒盡風靡。詩句烏絲寫兔毫，除書紫泥印宫紙。移席花間待客至，俸錢沽酒日餘幾。才傑大用當有時，長想風雲平地起。事有不然待消弭，中朝達官忽至理。塵飛戎馬塞江淮，日落妖狐鬫閭里。東西奔走十六年，今日見君雜悲喜。一飯不肯蹴權門，獨惜交情保終始。作詩寄歐思不羣，大音洗我箏笛耳。我欲煩君重見歐，着身更好山巖裏。

送劉掾歸休

人生無如食禄好，何似逢萌掛冠早。山林朝市將無同，英雄不向塵中老。聞君拂衣歸故林，往事欲説誰知心。一代文章塵土夢，百年富貴浮雲陰。君今住近青原下，庭竹窻梅絶瀟灑。幾回清夜夢故人，故人天上騎驄馬。丹心仰天寒冰清，白髮照鏡秋霜明。曉圃鋤雲種蒼玉，春山斸雨尋黄精。瓜田新得東陵種，襟期還與東鄰共〔一〕。門前賓客從去來，但令玄鶴司迎送。我不識君心煩勞，滿前出處君獨高。側身西望長歎息，懸崖老樹風蕭騷。

座客談仙

彩霞麗空覆蓬島，璚樓晝鎖春風好。海波不動羽輪輕，霞佩雲裾自顛倒。徐郎消息真未真，如何却許童男到。一盃曉露嚥瓊漿，兩袂天香拾瑶草。不省仙宫日月長，但憑青鳥歸来早。秦皇漢武空復情，蕭颯麻姑霜鬢老。

〔一〕 襟期還與東鄰共：鄰，文淵閣四庫本作「陵」。

送羅秀賓之江東兼寄劉潤芳兄弟

劉於余爲近隣而客於饒，與吾家諸父兄弟俱相好。壬辰之後，久不知消息，近年聞無恙，而故鄉有不堪回首者，故末重特致意云[一]。

十載山中投秃筆，長揮老淚送行役。今日緣君始放懷，爲作長歌寫胸臆。君昔讀書三百篇，早期擢桂秋風前。驊騮健步無由騁，白鶴仙經得秘傳。竹笻行遍吴雲白，地利天時細窺測。丹心欲拯世間貧，厚澤每沾泉下客。辭家千里遊江東，壯年豪氣飛晴虹。大府禁酤若爲别，奉一盃水情無窮。吾鄉劉郎好兄弟，爲我殷勤致深意。芳草煙荒同水廬，長松月冷龍湖地。東郭老生廢讀書，桂林雖好顔色無。人生萬事還鄉好，晝錦何時照里閭。

楊和吉西雲亭賞菊和韻

西雲亭上酒初熟，西雲亭下滿秋菊。主翁把菊飛酒觴，綵箋自寫陽春曲。舊觀菊譜不知名，今日按行心始足。靚粧洗粉舞霓裳，醉色扶嬌剪紅玉。就中一種菊之王，高花獨號御袍黄。縹緲翠華下南苑，

[一]　故末重特致意云：末重，文淵閣四庫本作「章末」。

玉環飛燕参翱翔。誰言老圃含淒涼，雅懷不受春花香。地偏佳色承曉露，天清老氣排秋霜。府司伐木震山海，嗟爾寒花獨光彩。長歌把酒酹淵明，歸来三徑今何在。座客酒酣多氣概，我獨看花發長慨。晚歲更爲松竹期，他時莫逐蕭蘭改。

桐江宴集和周子諒韻

岸巾長嘯吾與君，讓君筆力飛春雲。蒹葭枯折吴江濆，芝蘭却許濃香薰。今夕何夕歌聲聞，江山重到吾已老。慙愧詩成瘦如島，座中少年美辭藻。琪樹交花照晴昊，懷抱一時盡傾倒。玉瓶行酒杯如飛，争雄得雋酒滿衣。持觥御史令莫違，斫魚烹雁頤指揮。荆州吾土還相依，江上雲荒月欲爛。客囊空貯閒愁滿，不謂相逢重輾轉。交情豈必論深淺，黄鵠一飛天地遠。

答宋時用韻

朔風吹裂霜林錦，敗葉蕭蕭滿山徑。鴉啼落日繞空巢，雁度愁雲蕩孤影。思君不来心炯炯，白鶴傳書致三請。想見雲間騎鹿歸，坐俯清泉滿清聽。喬木千章拔地高，危樓百尺臨風迥。壯顔如玉紅光肥，閒意看花緑陰静。昨来訪古鳳凰臺，二水三山入高詠。李陽曾奮漚麻拳，毛生自脱囊錐穎。騄駬虚空不足騁，且復滄波理煙艇。歲月悠悠付笑談，水去雲飛兩無競。長琴横膝松風鳴，深巷閉門苔雨净。秫田秋熟新酒香，弟勸兄酹惜光景。問余别恨如水長，幾回空發剡溪興。坡上竹翁煩問信，何得風波起胥井。空山歲寒冰雪盛，凛凛蒼松千尺勁。

送宋仲觀迎親江陵

戰塵飛空暗南北，出門每恨山河窄。況復荆州千里遥，君家嚴君久爲客。天高雁杳音塵絶，十七年間愁百結。昨者忽傳消息真，健步如仙髻如雪。上堂白母喜欲顛，明朝便買西江船。奉迎歸養無不足，高官可棄金可捐。東隣失子西失母，君家具慶寧非天。别君豈必送行曲，望君却賦歸来篇。舊聞荆襄樹旗羽，客行不免多愁苦。嚴君能保千金軀，豈無歸夢到鄉土。老大還家樂且閒，溪柳山花總如故。君今去去須早歸，白髮慈親倚門暮。

代送安成潘判官

玄雲夜開景星現，野田秋枯甘雨遍。潘侯爲政今若兹，在於賤子何由羡。安成昔變虎狼都，黠者爲鼠痴爲魚。西風落日一回首，慘淡百尺書臺孤。萬馬南来如電掃，風俗只今還再造。遺民一一盡瘡痍，潘侯輟哺傷懷抱。朝馴蛇虺歸青山，夕抱赤子衽席間[一]。一朝威武收功易，三載撫字推心難。潘侯報政赴京國，不敢含啼卧車轍。再拜君王願借恂，重来早建黄金節。

[一] 夕抱赤子衽席間：間，底本作「開」，據文淵閣四庫本改。

古劍歌爲李伯謙賦

先生重劍如自重，藏之深山不輕用。寳匣夜開紫電飛，滄波曉淬龍光動。干將湛盧不易求，英雄今古良悠悠。鴻門舞散玉斗碎，吴宫皷絶蛾眉愁。銅花玉暈文章露，野人願致華陰土。佩之自可無邪心，袁公奇術何足數。先生揮毫山館中，光芒似欲争詞鋒。白照晴空鋪雪練，碧涵秋水生芙蓉。邀我一見神悽惻，坐歎毛錐老無策。何當借我小試之，目前且斷讒夫舌。

古桂樹吟〔一〕

六月十五日，龍可道邀飲古桂樹下。積雨初晴，緑陰如洗。入夜酒酣，可道立索詩，因賦。

六月塵沙倦長道，却愛君家桂樹好。桂樹未花意自香，暮雲捲雨秋先到。月光滿地無灑掃，石磴高低藉幽草。滿壺美酒共傾倒，一洗煩襟静懷抱。昔年夏屋高渠渠，秖今結茅自有餘。兄弟白頭俱孝友，高堂慈母多懽娱。兵革未息民未蘇，吾徒正合山巖居。子弟長大宜讀書，浮雲富貴何有無。桂樹與人共長久，從此栽培更深厚。萬葉團陰煙霧間，孤標發秀風霜後。半畝玲瓏斜月透，翠光寒色浮衿袖。八月

〔一〕詩題：吟，文淵閣四庫本作「行」。

花開我再来，君當剩貯千鍾酒。

和酧李憲文送茶

鰲山峭石攢碧空，物性苦硬氣所鍾。野老鋤雲種茶荈，年深獲利盛農功。雲蒸霧滃春濛濛，一槍兩旂戰東風。采掇可以羞王公，西山白雲將無同。我家住近鰲山下，糴米買薪日無暇。長夏飲水冬飲湯，風月交遊足清話。君年甚少甚瀟灑，摘鮮分贈金同價。已看雀舌堆滿盤，況復驪珠動盈把。讀書窻深午煙微，竹爐石鼎生光輝。玉川七碗吃不得，以少爲貴知音稀。君子浩蕩不可羈，好追彩鳳天門飛。白玉堂前春晝永，承恩拜賜龍團歸。

寄周子諒

人世近年不可道，相逢但説滄洲好。掃雲放鶴招飛仙，冠屨煙霞任顛倒。琥珀香傾白玉壺，珊瑚影拂紅雲島。洲前弱水知幾重，跂余望之不能到。滄洲美人玉無瑕，曳裾每在王侯家。去年把釣桐江上，驪珠飛光照白沙。野水平橋重回首，夕陽門掩松陰斜。關西老子拂歸袖，薄俗俯仰令人嗟。我初去留謬長策，遂使諸生笑王式。不論世事凋朱顔，一雙老眼依然白。五月抱病山居窄，展轉空窻想顔色。丈夫豈作兒女悲，情深不免傷離别。

爲李伯謙題蟠桃三熟圖壽白沙葉巡檢

瑶池春早羣仙集，東方小兒吹玉笛。酒酣攜得蟠桃歸，種向仙山人未識。學仙之人寫作圖，風枝露葉青扶疎。三實垂垂世所無，持贈將軍懽有餘。長歌願祝將軍壽，千歲蟠桃千歲酒。將軍自是山中人，好與蟠桃共長久。丹鶴銜書昨日回，爲報蟠桃花又開。南極老人笑相待，穩駕虹橋歸去来。

題滾塵圖

紫騮脱羈矜得意，一團旋風捲平地。氣猛欠伸赤汗收，尾長亂撒香塵起。筋骨不與凡馬同，始知貌在丹青中。門外水與天河通，不然翻身當化龍。

同李主敬題李南玉瑞竹詩卷

往来曾看瑞竹圖，君家盛事傳里閭。阿翁抱孫宴賓客，祝詞盡誇鸞鳳雛。今日重看瑞竹記，舊家文物君能繼。羽毛紅色彩雲端，銜圖應作皇王瑞。瑞竹翛翛分兩歧，節疎葉密寒參差。濕團曉翠煙花結，光浥空青露點垂。大安園中萬竿緑，滿林春筍森羣玉。能使一竿如此奇，王猷借看情何足。好縱長稍拂紫煙，樽前風月招飛仙。培養深根子孫長，主翁與竹俱千年。

和宋竹坡見寄

長途浼浼塵沙黄，車輪四角投何方。歸来却笑同舍郎，致身何用多文章。白紵吟魂消夜雨，青燈華髮凝秋霜。鴻雁南来同是客，蘆花漠漠湖光白。稻粱生計良獨微，入門誰肯相娛悦。君家洞口垂紫蘿，佩菊紉蘭秋興多。難弟持盃共傾倒，諸孫捧硯供吟哦。溪上羣鷗飛欲下，老翁自是忘機者。脱巾醉眠呼不醒，添入畫圖甚瀟灑。賦詩招我来相過，樽中美酒摇紅波。便宜相從飲一斗，梅花梢上春如何。

和羅明信見寄

憶昔羅浮遇仙伯，河潤九里分餘澤。翻雲覆雨幾晨昏，到今猶作飄蓬客。平生論交無淺深，抱琴但欲求知音。脩竹晚風留獨坐，落花春晝愁孤吟。遥望君家片雲隔，短竹化龍不堪策。醉語狂談禮法疎，知君於我終無責。天寒雨冷我欲歸，君詩滿紙龍蛇飛。去燕来鴻增感慨，兔絲松樹長因依〔一〕。

和丁與善

凍鶻不得棲上林，鍛羽卑飛空苦心。是處掃愁一斗酒，長年知己孤桐琴，緣誰推抱遂至今。萍水相

〔一〕兔絲松樹長因依：因，文淵閣四庫本作「相」。

逢共爲客，燈火長淹風雨夕。悵望鄉關歸計遲，聿陪杖屨歡情浹。嗟我囊空無一錢，頭顱贏得千絲雪。野性專於魚鳥親，始知嵇康交欲絶。偶題詩句落人間，骯髒伊優兩無遇。舊遊舊釣總依然，不恨歸雲無託處。杯行到君君莫止，酒醒明朝各分袂。霜飛茅屋硯敲冰，月上空山劍如水。寫詩持報腸九迴，明年當復爲君来。相思但見梅花月，如對玉人銜酒盃。

彭中和有贈松林墨蘭一幅許以貺余余故以墨梅先之既而中和賜報以詩遂次韻復之〔一〕

往年看花落春後，金莖琪樹山中少。江上老梅迴瘦枝，寫入山窻自妍好。君家雪壁宜掛之，繁花不逐東風老。共憐縞袂染緇塵，何惜微雲翳晴昊〔二〕。聞君舊貯書畫多，松林墨蘭香未磨。奪取錦袍吾豈敢，纏綿正好如松蘿。常笑虎頭每痴絶，不見人間鴻爪雪。何當来往翫心情，梅有高標蘭有德。

題李尚文少府所藏枯柳寒鴉圖

江邊獨柳飛羣鴉，敗枝殘葉秋風斜。石泉可飲不可啄，似聞落日鳴啞啞。一段凄凉幽思足，忽憶看花過韋曲。上林春早聽啼鶯，太液波晴寫黄鵠。

〔一〕詩題：余故，文淵閣四庫本作「余因故」。

〔二〕何惜微雲翳晴昊：微，文淵閣四庫本作「浮」。

題周惟中所藏落雁圖

燕鴻南飛幾千里，紈素寫之不盈咫。老翮風高剪斷雲，寒影日沉迷亂葦。野煙著樹淡微茫，山雨欲来秋滿堂。不是主翁催飲酒，秖疑短棹浮瀟湘。

題邊桂節所藏雪夜訪戴圖

雪光兩岸流素月，扁舟江上神仙客。畫史相傳回棹高，政恐風流變蕭索。何如入門各盡歡，主翁有琴爲君彈。梅邊醉漱瓊瑶寒，絶勝怱怱借竹看。

題劉氏雪翁吟卷

仙翁未老頭總白，飄蕭兩鬢吹晴雪。幾回覽鏡心自疑，却怪春風消不得。面如紅玉眼如月，往往問年驚坐客。到今上馬不用扶，風流文采居前列。新築雪菴倚山北，竹門晝開紗帽窄。花撲春缸酒氣香，月臨秋幌簫聲咽。溪山畫圖甚奇絶，萬事只從閒處閲。歲寒高誼誰與同，獨見梅花好顏色。玄陰峥嶸厚地裂，朔風如刀剪瑞葉。雪翁長嘯雪菴中，俯仰乾坤迴澄澈。襟懷寒浥冰壺清，標格炯如璚樹潔。近見麻姑兩鬢霜，染髭始信皆無策。何見竟棹剡溪船〔一〕，分我冰花沃焦熱。

和酬黄用泰

聞君讀書近秋浦，老大用心更清苦。錦箋揮翰散晴雲，燈火隔窻聽夜雨。前月西風送好音，孤鴻蕩影愁人心。盈盈一水不相見，千里命駕何由尋。憶昔風塵走長道，曾宿君家碧雲島。一時談笑君未忘，十載凄凉我重到。思君長日臨溪頭，蘆花吹雪迷歸舟。官錢當十足沽酒，時官錢一當十。何當一醉黄花秋。

題楊節婦劉氏書卷

桐江江上望江水，君家有母心相似。母昔少年失所天，澄波千丈無泥滓。瑶琴錦瑟六年中，孤鸞曉飛繞雲空。丹心惟抱秋月白，翠鬟不識春花紅。老天夢夢恨無子，仙桂移根中道死。種来苦栢翠可餐〔二〕，忽看滄海飛塵起。乃知爲善報不虚，諸孫文采珊瑚株。讀書既睹家聲振，奉珍能盡閒居娱。大府具状上朝省，烈士聞之毛骨冷。綸音早晚表門閭，貞節芳名重鄉井。高年七十顔色和，蟠桃千歲著花

〔一〕何見竟棹剡溪船：見，文淵閣四庫本、經鉏堂抄本作「年」。
〔二〕種来苦栢翠可餐：種，文淵閣四庫本作「移」。

多。史臣擬書列女傳，撫卷先爲題長歌。

寄胡伯清

諸公盡説爲官好，君獨胡爲掛冠早。朝上中臺脱繡衣，暮入南山卧煙草。聖朝耳目寄所司，青天尺五安雲梯。布衣承詔起江右，飛雨隨車到浙西。文采已爲當路重[一]，何乃抱才不終用。徒步愁聞驄馬嘶，舊名還與沙鷗共。自從子陵歸江湖，清風高節何代無。相逢莫問諫大夫，黄冠草服我自娱。英雄出處不論命，笑指南山空捷徑。鶴舞猿啼山月高，酒熟魚肥溪雨溟。君今所得良已多，功名富貴將奈何。憑誰寄書與周愷，歸来好共釣煙波。

和歐陽伯庸[二]

飛光忽忽催人老，白髮不期来獨早。氣鍾寒栢兀孤高，目眩春花自顛倒。平生籌策無一奇，着身山巖乃所宜。往事盡付東流水，惟有知心勞夢思。酒酣拔劍爲君起，愛君近来詩句美。思君不見獨長哦，一唱三歎情未已。結交何必黄金多，長松千尺懸絲蘿。王門伶人不肯作，其若高山流水何。昨日花開今

[一] 文采已爲當路重：路，文淵閣四庫本作「途」。

[二] 詩題：陽，文淵閣四庫本、經鉏堂抄本無。

日落，東風雖好亦云惡。百年會面能幾時，乘興須来不須約。

簡周文瞻

先生掛冠竟長往，青山白雲注遐想。姓名久在縉紳間，風節欲傾寮宷上。天柱峯高鬱蕭爽，門前流水供春釀。小車駕鹿度松陰，盤石彈琴答泉響。平生老筆稱絶奇，大小二篆皆吾師。江虚白沙鐵錐立，雲捲空青玉筯垂。襟懷浩蕩無所惜，每逢好事能書之。近来題扁滿江右〔一〕，丞相中郎千載期。往年下筆誰最妙，聞之獨數吴興趙。綉衣御史又得名，出處於君不同調〔二〕。高齋日長客来少，洗硯自瞰萍花沼。晴雲飛動碧窻間，酒酣得意掀髯笑。愧我還山茅結廬，老去家貧且讀書。願求大字懸書屋，一洗塵穢開清虚。竹林雨過暑氣無，霜毫染墨多勤渠。野人拜賜不敢隱，虹光應貫斗牛墟。

同李立本贈醫

丈夫爲醫真有道，人間百病煎百草。百草於人尚有功，聖謨砭訂誰當告。聞君獨得聲名早，上池分水洗襟抱。滿煎凋瘵生意回，君来絶勝陽春到。嗟余病癖老更多，瘵之無方愁絶倒。錦袍霄漢夢荒凉，

〔一〕近来題扁滿江右：扁，文淵閣四庫本作「筆」，經鉏堂抄本作「徧」。

〔二〕出處於君不同調：於，文淵閣四庫本作「與」。

白髮丘園日枯槁。平生頗嗜短長吟，弄筆至今無一好。久欲尋醫今遇君，安得從君共論討。參苓芝术俱等閒，頂門之鍼乃爲寳。

征婦别

征婦臨行曉妝薄，上堂辭姑雙淚落。含情欲訴哭聲長，一段淒凉動林壑。從夫不辭行路羞，婦去誰爲養姑謀。婦人在軍古所忌，今者召募如追囚。十年婦姑共甘苦，一室倒懸空四顧。小郎早没更無人，却把晨昏託隣婦。情知送兒是埋兒，姑年老大莫苦悲。萬一軍中廢機杼，減米换衣當寄歸。小旂叫呼催早别，出門便成千里隔。今夜不聞唤婦聲，愁心共掛天邊月。

題金守正所藏謝君績秋山讀書圖

晴雲日高澹林木，澗水縈迴繞茅屋。白髮何人似我閒，長日空齋把書讀。謝公湖海今倦遊，乃知筆力老更遒。西山一點千仞秋，臥風回首情悠悠〔一〕。

〔一〕臥風回首情悠悠：臥，文淵閣四庫本、經鉏堂抄本作「臨」。

題袁寅亮進士所藏袁安卧雪圖

大雪僵眠呼不起，錦袍公子何由至。苦寒未可更干人，斯言便爾含春意。他日登庸勛業崇，素心已見卑微中。黨家歌舞擁爐紅，歡娱一晌寒煙空。畫史經營自風致，琪樹瓊花照天地。舊家青氈君勿忘，公侯子孫當復始。

題蕭質所藏終南雪霽圖

玉龍銜燭晴光吐，怪底空簷響殘雨。南山一夜服還丹，滄浪之髭總如故[一]。公子昨朝愁出户，錦袍圍春醉歌舞。赤脚老樵拾斷薪，畫史何由得深趣。早梅回暖動精神，凍雀翻叢動毛羽。筆端生意開紈素，恍然不記寒宵苦。泥滑迢迢江上路，行客茅簷不少住。世間捷徑渺何許，已有扁舟候江滸。隔浦長橋似灞陵，何如着我騎驢去。黑貂擁醉詩思多，明日歸来爲君賦。

〔一〕 滄浪之髭總如故：髭，文淵閣四庫本、經鉏堂抄本作「水」。

春夢吟〔一〕

玉壺沽酒青絲絡，啼鳥勸人滿杯酌。落紅滿地晴香消，濕翠如煙午陰薄〔二〕。畫樓玲瓏隔彩霞，樓前雙鵲鳴喳喳。想見吴帆北風起，王孫明日當還家。

封股歌爲戴氏子賦

昔人狥恩自封股，儒生靳靳不相許。君今封股母疾瘳，一寸丹心吾所取。母年老大呻吟苦，恨滿西山日將暮。劚苓粉參竟無補，此事曾聞耆舊語。揮刀剜肉號蒼天，百靈昭昭瞰庭户。血流及屨不自知，何暇更要鄉里譽。明朝問膳俱復初，不用諸孫扶健步。匹夫精神動天地〔三〕，六月飛霜有其故。雪消修竹筍穿林，日射錦桃花滿樹。春風轉暖春晝長，滿壺美酒斑衣舞。

〔一〕诗題：夢，文淵閣四庫本作「暮」。

〔二〕濕翠如煙午陰薄：陰，文淵閣四庫本、經鉏堂抄本作「雲」。

〔三〕匹夫精神動天地：神，文淵閣四庫本作「誠」。

同宗弟文炳宴集余以病不能往中和仲簡偕行且有登覽之樂因事觸興形於詠歌俯仰之間余不能無感焉聊復次韻[一]

出門朝夕望西嶺，白雲千頃儀形静。縈空飛徑愁躋攀，玄猿抱子行相引。眼空不覺梯身高，羲和迴車近人頂。老樹憑風争怒號，危峯拔地相撑挺。絶谷遥聞瀑水聲，微雲忽墮孤鳶影。吾宗結屋紫翠間，彷彿人煙似仙境。主翁呼酒醉東籬，一曲未終俱酩酊。白髮簪花人更嗤，豈爲諸生玩光景。蘭茝已隨蕭艾化，人情不似江流永[二]。曲彈别調終無聞，藝入剩員空自逞。歃盟惟待桑苧翁，長向空山煮春茗。翻雲覆雨胡不然，撫事從今夢初醒。江山千里老驥鳴，風露五更孤月炯。閉門落葉紅滿階，賦筆登高再難騁。只將緘默謝友朋，混沌何由效溟涬。

荆軻詞

燕山雪飛青宫閉，氍毹夜暖沉沉醉。北斗黄金何足多，一筋深恩美人臂[三]。寒風蕭蕭度易水，匕首光芒泣神鬼。畢竟明年祖龍死，恨不報君爲君喜。

[一] 詩題：感，文淵閣四庫本作「憾」。

[二] 人情不似江流永：永，底本作「水」，據文淵閣四庫本改。

[三] 一筋深恩美人臂：筋，底本作「筋」，據文淵閣四庫本、經鉏堂抄本改。

張良詠

韓成未死思報秦，漢燒棧道吾兵神。韓成已死思報楚，始知漢王乃天與。昨日相從赤松子，今日已見淮陰死。控御天下漢業崇，不受控御真英雄。

石崇詠

樓上唱歌舞緑珠，樓前馳檄收齊奴。紅裙飛墮喚不甦，一死不救赤族誅。倚闌恨不忍斯須，緹縈没身尚可圖。報恩但願主翁壽，傾城顔色何代無。

王猛詠

五馬渡江老臣泣，垂死丹心在王室。當年非不思南来，王謝豈能生羽翼。魏相張儀尚爲秦，聊借羌苻展才力。江南雖僻不可圖，青史千年誰獨識。

乙卯新元余年六十目病又甚撫今懷昔感慨係之適諸弟姪来賀因賦長句

憶昔軍麾滿南國，性命一絲懸一息。老天與年補長貧，白髮蕭蕭今六十。巖前桂樹倚半空，臺上牡丹高數尺。雨露皇天根后土，前輩風流我何及。燈火讀書眼盡昏，杖屨遊山足無力。齒牙動摇亦已落，逆旅應催早行客。高陽酒徒誰獨存，蘇門先生人未識。春雨魂消韋曲花，秋風怨入山陽笛。檢束方知禮法疎，笑談尚倚心情密。甕頭新酒甜如蜜，羣從彬彬賀元日。一庭晴色毳袍輕，醉筆重拈百憂失。

高節宅中秋宴集

十年不到桐江上，畫棟飛甍欻高爽。長風送月作中秋，主翁攜客傾家釀。筠谷山人飲不多，半醉半醒發清唱。嫦娥怪我髮星星，笑談猶作青年想。千里嬋娟千里情，不期此夜從君賞。丹桂香清白露飛，黄蘆葉碎微風響。好懷得酒須放蕩，何必拘拘絆塵鞅。圓缺陰晴轉眼間，古人今人幾惆悵。但得明年有此情，抱琴江上重相訪。

十七日飲蕭觀遠宅候竹坡不至

候君直過横塘曲，白藕作花浸寒玉。秋香捲入桂樹枝，主翁新酒今朝熟。待君共泛盃中緑，前輩風流照心目。白髮雲間不可招，離情寫向窻中竹〔一〕。

〔一〕離情寫向窻中竹：中，文淵閣四庫本作「西」。

和周公明兼柬李子晦

聞君何從得拱璧，神功雕琢無難色。如此奇材自不多，况復芳年何可及。事業雲霄應有時，學問淵源豈無極。論交每恨識君遲，下筆還能愈吾疾。自從患眼親舊疎，空階落葉無行迹。相知誰似李先生，精神玉立仙中客。軒昂自是離鷄羣，骯髒何慚倚門側。每從東阡望南陌，十日不見苦愁絶。隴頭春色入梅梢，俯仰流光長歎息。王粲登樓不自聊，季子多金又何益。相逢各賦去来篇，官家已見頒新曆。

贈曾葬師

洙泗水西馬鬣封，龍虎山下留侯宫。當時相地果誰在，能使累世疏恩隆。聖人立參天地功，老莊之説將毋同。後来作者纔萬一，輸金償璧言非空。廬陵老仙曾艮峯，拂衣光吐蒼精龍。奇觀欲凌嵩華上，寓迹多在衡湘中。卓卓景純書滿腹，昂昂盧植虚如鐘。夜語飛觴驚座客，曉行控鶴追仙踪。恩流黄泉舞白骨，義激褰子撼王公。我今白髮飄亂蓬，惜我與君不早逢。邂逅今日無匆匆，神仙骨相須英雄。薰天富貴非我蒙，再拜何策驅詩窮[一]。

[一] 再拜何策驅詩窮：驅，經鉏堂抄本作「袪」。

寄　友

江波茫茫雪千頃，斜陽閃閃歸帆影。行人過盡不逢君，緑酒滿盃誰共飲。飛光如水不可留，思君如仙不可求。風捲落紅千萬片，滿空散作相思愁。

丙辰上巳與新喻龔履芳同郡周公明羅澄淵諸孫仲雍登南山絶頂歸息於雩壇意歡如也公明賦長句次韻[一]

老懷恥爲繞指柔，常恨不得登三丘。春花滿眼春日美，江山何往非勝遊。啼鶯一聲碎幽寂，南山面目如初覿。碧桃紅杏相送迎，翠栢蒼松分主客。目送飛雲不可攀，巨石人立當前關。飛徑縈迴不知遠，相逢樵牧俱懽顔。桐江如帶纔咫尺，彷佛青原雲外碧。鴻鵠凌飛天地寬，蛟龍捲水滄溟窄。第一峯尖知幾盤，足力雖乏飛吟魂。蘭亭陳迹不復見，有酒自可開窪樽。龔公氣宇劖峭崒，周郎風韻甚超越。俯仰乾坤散百憂，人煙縹緲神仙窟。題名絶壁慚魯臯，輸君年少筆力高。好詩不作山靈贈，往返笑我成徒勞。紛紛餘子風斯下，只合從今結鷗社。歸来高詠舞雩風，一幅畫圖無買價。惜哉蕭郎阻天涯，回首悵望重咨嗟。人生離合各有數，苦吟能使雙鬢華。我今萬事慵不理，空抱長琴寄流水。他年上巳欲登高，

〔一〕詩題：淵，文淵閣四庫本作「源」。

故事相傳自今始。

春夜吟

月色如水花如雲[一]，美人樓上歌迴紋[二]。棲鴉飛起玉階樹[三]，香風吹動殷紅裙。去年寄書到君側，書中只寫思君切。情知人老髮如絲，君歸不恨緣君白。插花記月夜未央，他人苦短我苦長。若使驅車到家日，天涯芳草愁茫茫。

狂客行

美人當窻捲珠箔，狂客花陰彈黄雀。黄雀低徊嬌不飛，金丸偏着搔頭落。與君未展平生親，奈何調笑如無人。萬一樓頭是夫壻，百年恨怨將誰陳。君心誤認雙蝴蝶，摇蕩迷魂招不得。

題山水圖

我行不到山中久，忽見青山爲回首。似聞流水響鳴琴，怳若寒雲落襟袖。松下茅菴絶瀟灑，甚欲從

[一] 月色如水花如雲：水，文淵閣四庫本作「冰」。
[二] 美人樓上歌迴紋：紋，文淵閣四庫本作「文」。
[三] 棲鴉飛起玉階樹：鴉，文淵閣四庫本作「霞」。

之度長夏。振衣大笑問主人，主人道是孫郎畫。

明妃曲與宜春龍旂餘杭吴植真定魏巖分題並賦

女無妍醜，入宮見妬。縱使色傾城，不如嫁鄉土。承恩初駕七香車，豈知今日馬上彈琵琶。氊車飛白雪，茸帽吹黄沙。不恨君王棄我天之涯，却恨父母嫁我于王家〔一〕。自入宮門一回首，薔薇香消縷金袖。淚痕長伴守宮紅，誤人何待毛延壽。將心寄語後代人，貧賤關天不係身。隴頭萬一無青草，埋没風沙空苦辛。

雙蓮曲

鑑湖上，雙蓮開，綵雲不收並香腮。二喬卧讀兵書倦，鏡光如水臨粧臺。兩心本同意，羅襪凌波回。冰絲透骨成連理，紅鮮翠濕鴛鴦猜。錦筵美人荷葉杯，勸酒滿飲舞袖迴。緑房青子無相催，牡丹凋瘁秋菊摧。奇祥異瑞君須培，明日之日好音來。共飛霞佩歸蓬萊，五雲宮闕高崔巍。

〔一〕却恨父母嫁我于王家：于，文淵閣四庫本、經鉏堂抄本作「天」。

射虎行贈射虎人

昨日射虎南山巔，悲風蕭蕭眼力穿。今日射虎北山下，虎血濺衣山路夜。朝朝射虎無空歸，家人望斷孤雲飛。度嶺踰山弓力健，虎肉共分不辭遠。府司帖下問虎皮，高枕髑髏醉不知。虎昔咆哮百獸走，一死寧知在君手。鼻端出火耳生風，拔劍起舞氣如虹。昨夜空村見漁火，牛羊不牧犬長臥。作詩贈君毛髮寒，煩君爲我謝上官。君不見，昔日劉昆稱長者，虎北渡河不須射。

贈王儀

曉日照射碧海之珊瑚，我思君兮文采殊。明月飛光萬頃之秋水，我思君兮情調美。朝騁望兮朱户，夕夷猶兮綵舟。迴棹雙溪花雨暝，捲簾萬壑松風秋。昨日偶相遇，池館邀我住。我有閒愁千萬縷，掛在落日寒煙之古樹。抽刀割之斷，擲向東流去。丈夫磊落天地間，傾人意氣移南山。干戈滿眼吾道喪，今日見君多厚顏。厚顏君莫哂〔一〕，壚頭酒壓黃花脂，典衣且復從君飲。悲歌擊劍，晴光吐虹。跨海斬鯨，誰知雌雄。半天飛雨，萬里長風。夜窺玉匣，雙龍騰空。

〔一〕厚顏君莫哂：厚顏，文淵閣四庫本、經鉏堂抄本無。

金雀屏送人往章貢成姻

金雀屏，翠羽紅翎照簾幕。馬上郎君雙箭飛，佳期不負藍橋約。藍橋咫尺間，青鸞去復還。桃花曉泛春江暖，玄霜夜搗仙宫閑。仙宫閑，情窈窕。重開金雀屏，拍手迎郎笑。流蘇帳暖酒微醒，銀燭花高漏聲曉。

賦得籬上雀送宜春龍旂伯章赴長沙

瞻彼上林，萬木交錯，爾獨何爲傍籬落。不如南溟鵬，又不似遼東鶴。高飛無力天地遠，短棘疎煙晚蕭索。遺穗蕩盡山田空，虞羅不收溪雨作。未看春日百花晴，寧惜窮陰一枝惡。嗚呼壯士當雄飛，八翼天風散寥廓。紫鸞丹鳳參翱翔，愧爾啁啾籬上雀。

延桂堂辭爲李茂才賦　騷體一章

桂樹團團兮堂之下，仰承元氣兮根后土。偃蹇蕭參兮枝交互，離立不羣兮儼賓主。堂中人兮啟璚户，攀援桂枝兮獨延佇。被蓀蘭兮庭堦，秋風起兮滿懷。日暮兮遠望，江之水兮湝湝。菊芳馨兮秋滿林，思美人兮懸素心。鬱兮深霿，草靃靡，石嶔崟。掃白雲兮彈瑶琴，抱明月兮知音。酌桂酒兮堂之中，子慕余兮聊春容。嫋嫋兮秋風，羌獨立兮靡從。虎豹遁兮晝寂，白露湛兮寒滴。蘢嵸兮凄凄，蕭蕭兮颯颯。發長嘯兮攬清秋，攜美人兮醉我疇。慨世俗兮悠悠，扳援桂枝兮長淹留。

六言絶句〔一〕

題掀蓬圖

疎蕊淡籠斜月，横梢低照寒流。清意是誰領略，除非訪戴王猷。

候吴植立不至

捲簾春睡初足，上馬午陰半斜。人别斷煙疎柳，鳥啼殘雨落花。

詞

摸魚兒·和彭中和雙頭菊

壓秋香，並肩如舞。情緣天似相許。結根自是孤高者，何乃含嬌凝竚。似秦女乘鸞，仙袂凌風舉。

〔一〕底本目録有六言絶句二首，但集中缺失，據文淵閣四庫本、經鉏堂抄本補。

精神清楚便帶綰，重金環連疊勝，心事自相語。

情深處，此事人間最苦，多少蝶來蜂去。蘋婆莖命同生死，尚恐翻雲覆雨。休折與，算太液芙蓉，不到人間覩。傷今懷古。想墻裏笑聲，池西流水，紅葉漫題句。

宋竹坡與余有延桂看菊之約竟不及赴賦長相思以寄之〔一〕

桂花開，菊花開，秪爲花開自合來，何須問酒盃？

掃蒼苔，惜蒼苔，風月應憐小宋才，佳期待早梅。

銘

席門銘

剪秸編茅，高揭爲門。獨當一面，出入道存。雖樞機之不密，而經緯之有倫。雖闔闢之不時，而卷舒之由人。隔風埃其晝静，敵冰雪而春温。吾常啟甕牖，敞蓬軒，擊土鼓，斟窪樽。對老親而起舞，振百結之懸鶉。亦不知玉堂之爲貴，繡闥之足云也。百年逆旅，睥睨乾坤，忽長者之過我，遂一笑而忘言。

〔一〕詞題：長相思，文淵閣四庫本作「樂府一章」。

靜思先生詩集卷之下

元處士吉水郭鈺彦章著
孫廷昭弘野編
孫鞏可亭校訛

五言律

春　思

迴舟桃葉渡，空數落花鈿。門閉紫苔雨，鳥啼青樹煙。相逢疑夢寐，此别隔山川。想對銀臺燭，猶題錦字牋。

中秋與袁方飲田家

今夕是何夕，桂花香滿樓。金貂换美酒，玉筍照清秋。好月偏憐客，殊鄉足散愁。主翁從笑罵，長判不封侯。

秋　望

長嘯動巖壑，秋風生滿林。片雲隨雁度，疎雨約蟬吟。燕馬關山遠，吴船歲月深。歸來蘇季子，何用苦多金。

從　軍

減袖作戎衣，爲儒事却非。心肝同感激，名位却卑微。浼浼黄塵合，悠悠白旆飛。將軍先陷陣，奪得紫騮歸。

苦　雨

雨寒滯茅屋，昏曉候春晴。欹枕江聲近，捲簾雲氣生。花開從過眼，麥倒最關情。況復轉輸苦，邊隅未息兵。

雪洞爲吴八都刺都事賦

船拓粉窻虚，丹青不用塗。晴波涵貝闕，寒月浸冰壺。旗舞魚驚電，燈明龍玩珠。紅塵飛不到，深坐按兵符。

入城

不見平安報，酸風雜鼓鼙。雨寒催日短，雲黑壓城低。枕席啼痕滿，鄉關去路迷。將軍多異見，誰與慰烝黎。

復愁

猛士憑城險，四郊今若何。纔聞一馬獻，已費百金多。江雨舟無渡，山雲鳥獨過。君王不相負，諸將且須和。

歲除前三日

一歲餘三日，還鄉鳥道通。論兵無衆寡，決勝在英雄。短髪思親白，衰容待酒紅。出門親舊滿，共訴客囊空。

王志元邀度歲不及赴敬答以詩

東門問来使，晚歲許相迎。野樹懸雲氣，江波挾雨聲。虎飢寒更出，驢瘦滑難行。好是城南酒，燈前只自傾。

除夕

短日如年度，寧知歲又殘。鄉關一水隔，風雪五更寒。寄食囊垂罄，更衣帶盡寬。主人供帳好，獨作太平看〔一〕。

江路

江路雪稜層，囊空仗友朋。炊煙晨減米，乞火夜分燈。白鳥踰青嶂，蒼松舞翠藤。鄉關長在望，歸夢久無憑。

憶弟

時危思共濟，謀拙阻相聞。念母誰無子，持家爾不羣。江煙寒織雨，山鳥暝穿雲。悵望歸無計，悲啼向夜分。

〔一〕獨作太平看：獨，文淵閣四庫本作「猶」。

元夕

聖主初臨御，舟車萬里通。上元開夜禁，樂事與民同。燈引飛星動，簾棲香霧濛。誰知今夜月，照我坐書空。

和王志元雨晴

客枕愁春雨，漁歌答晚晴。殘雲棲樹濕，新水與橋平。穉子買魚至，主人窺筍生。酒来即傾倒，何問阻歸程。

愁邊

白髮逼人甚，愁邊寇未平。江山含殺氣，草樹作秋聲。誰復思何武，人多厭禰衡。功名汗馬得，儒素足相輕。

舟次峽江

江上晚晴好，臨行復艤舟。雨龍歸大秀，水鳥度巴丘。公瑾人中傑，子真方外遊〔一〕。時危論出處，吾道莽悠悠。

題周瑜廟

雄姿不可見，遺廟俯江干。簫鼓龍祠近，旌麾虎落殘。樹勛先葛亮，定伯走曹瞞。獨恨三分後，無人憶漢官。

早春江行寄周子諒

茅舍一樽酒，獨行江上歸。風高去鳥疾，野迥炊煙微。青青麥苗長，娟娟蕨芽肥。寄語山中客，無爲空苦飢。

〔一〕子真方外遊：真，底本作「貞」，據經鉏堂抄本改。

雨夜宿竪坼

倚江茅屋小，白髮困淹留。燈影摇鄉夢，雨聲添客愁。二儀無定位，萬國總深仇。誰省驪山事，終同草一丘。

和郭順則見寄

振衣楚山曉，扇外暗飛塵。蘇武終還漢，揚雄獨美新。栖烏頭欲白，来雁信非真。懷抱向誰訴，江鷗或可親。

江　上

江雲捲驟雨〔一〕，涼意静書帷。兩岸鳥歸盡，孤舟客渡遲。物情皆自適，人事每兼悲。不惜買山早，黄金何可期。

〔一〕江雲捲驟雨：驟，文淵閣四庫本、經鉏堂抄本作「飛」。

寄歐陽奎文周

長笑對南山，浮名不似閒。布衣經歲月，茅屋寄鄉關。山曉捲簾坐，雨涼看竹還。今辰是好日，把酒桂花間。

壬寅正月十三日客退後書

酒從前日盡，客又幾人来。掃石俯流水，煮茶看落梅。爲儒生事拙，會友好懷開。但看情無媿〔一〕，妻孥不用猜。

用前韵酬曹彦明

江上一盃酒，春風今再来。將心托芳樹，回首見青梅。沈醉有時醒，閒愁何日開。海翁機未息，鷗鳥故相猜。

〔一〕但看情無媿：看，文淵閣四庫本、經鉏堂抄本作「得」。

同李主敬贈李將軍修隴西公墓

李侯將家子，重拜隴西墳。宰樹回元氣，豐碑補舊文。子孫長振耀，翁仲亦歡忻。側想神靈語，嗟君用意勤。

春　雨

日夜雨懸懸，問春春可憐。好花俱薄命，似我負芳年。雲氣低簾外，江聲到枕前。何時是寒食，早已禁厨煙。

桂林對雪

高閣延飛雪，浮浮天際来。亂飄随地闊，急舞逐風迴。寒壓晨煙濕，光揺暖氣開。四山勢欲合，雙桂立崔嵬。

登　樓

茅屋猒卑濕，登樓思不羣。天邊春色早，窻外暮寒分。把酒邀歸鳥，捲簾驚宿雲。直須借一榻，高臥避塵紛。

哭吴林鎮撫

幕府十年別，煙塵暗楚關。全家歸浙右，匹馬老兵間。劍術終難試，銘旌復不還。故人誰在側，魂斷萬重山。

經周進士聞孫墓

白日下幽谷，孤墳宿草荒。文章唐進士，兒女漢中郎。知己長難遇，憐才久不忘。浦雲歸樹暝，相顧色凄凉。

重到

青山山下屋，重到最傷神。門掩桐陰日，池分草色春。雨雲翻覆手，石火去来身。誤殺空梁燕，歸尋舊主人。〔一〕

〔一〕以上二首文淵閣四庫本作《經周進士聞孫墓二首》，題下小注云：「次首《重到》一本另起。」

雨中有懷

山中十日雨，滿眼緑陰成。園減蜜蜂課，樹藏鶯鳥聲。舊遊多掃迹，久別每關情。肝胆竟誰是，凄涼白髮生。

遊山觀佛堂和李尚文少府題壁

細雨涼生樹，歸雲暝入樓。燈懸金粟並，香蓊翠煙流。秀老詩多好，淵明醉肯留[一]。濯纓吾欲往，春浦水如油。

十一月二十四日彦充弟忌日因歎成詩

瘞骨荒山道，凄涼十六年。老兄今白髮，慈母久黄泉。世事不如意，修途無息肩。夢回孤客枕，猶自淚涓涓[二]。

[一] 淵明醉肯留：淵，文淵閣四庫本作「川」。
[二] 猶自淚涓涓：自，經鉏堂抄本作「是」。

秋晚

獨坐不知晚，捲簾雲正歸。門因無客閉，事久與心違。墟曲蒼煙合，林梢黄葉飛。老懷付蕭散，行到釣魚磯。

九月朔日發家書

黄菊盡開未，主翁明日回。紅飛霜逕葉，翠長雨階苔。病眼隔重霧，狂心着冷灰。但須壓新酒，兼有故人来。

寄李子晦

懷刺將安往，閉門空自勤。山巖宜置我，風月每思君。揮翰唾成玉，飛觴氣吐雲。春来林木變，鶴淚不曾聞〔一〕。

〔一〕 鶴淚不曾聞：淚，文淵閣四庫本作「唳」。

山館

偪側不敢怨，飛騰殊未能。野猿時送果〔一〕，山鬼夜吹燈。口腹久爲累，語言難盡憑。白頭方檢束，飽肉愧飢鷹。

又

貼石支松榻，閉門收蠹編。故人久不至，病客得高眠。松搖晚風怒，簾分夜雨懸。老禪應可學，世故苦相牽。

己巳元日次從姪瀾韻

太平應有象，王國早生申。雲捧虞淵日，天開壽域春。千年周鼎重，百戰漢兵神。側想朝元殿，征南獻凱頻。

和蕭伯章見寄

王孫文采盛，千里入神交。貧極錦囊在，愁来金盞抛。雨迎龍出峡，雲護鶴歸巢。欲寄相思意，梅

〔一〕野猿時送果：猿，經鉏堂抄本作「鶴」。

花霜後梢。

黄州有警聞從弟銈已過興國度早晚可到家

戎馬壓黄州，君先理去舟。艱難千里遠，貧賤一身浮。宿將今誰在，親王只自謀。長江如失險，鄉國足深憂。

次首憶從弟鐸

憶昨王師捷，還鄉近五年。艱危惟我共，俯仰得誰憐。茅屋秋風裏，烽煙夕照邊。亂離今轉甚，思爾只高眠。

野宿

誰謂歸田好，荒煙暗棘叢。邊愁攢戰馬，野宿逐征鴻。捆屨山涵雨，剪茶竹送風〔二〕。讀書成濩落，擬學六鈞弓。

〔二〕剪茶竹送風：剪，文淵閣四庫本作「煎」。

七言律

寄吴杜徵君

武夷空翠接秋陰，古木蕭森石逕深。中使又傳丹詔至，山人長對白雲吟。松花未掃風過席，芝草初耘雨滿林。九曲畫圖歸内府，君王應許遂初心。

送龍光庭赴都

帝城此去人千里，馬上題詩記舊遊。官酒滿傳鸚鵡盞，宮花飛點鷫鸘裘，星迴東壁文光動，日麗中天王氣浮。禮樂百年多述作，才賢深足應旁求。

登宜春衛公巖

衛公舊日讀書處，濩落孤亭紫翠中。野迴虹光分暮雨，天晴木葉響秋風。武皇國勢資雄畧，牛黨私仇累至公。論定是非誰復在，晨鐘空託梵王宮。

送胡元禮歸合淝省親

秋風林薄暮蕭騷，千里庭闈属望勞。天入秦關開去棹，霜飛楚峽擁征袍。每看潘岳閒居好，始信張翰歸去高。我亦天涯漂泊久，因君愁思滿江皐。

和虞學士春興八首

官河春水湧輕濤，来往千艘不用篙。江浦女遊遺玉佩，瑶池仙降獻金桃。鞦韆拔地煙花暝，閶闔中天日月高。早歲功名看得意，扶摇風力送鴻毛。

鳴珮天階委碧莎，雪消太液漲晴波。玉盤露浥仙人掌，宫袍花添織女梭[一]。王子問安回輦近，儒臣進請賜金多。明朝引見拂狼使，樂府新傳天馬歌。

沙苑煙晴苜蓿肥，朝回天馬錦爲鞿。詞臣會送歸青瑣，進士傳呼换白衣。雲氣曉依宫樹近[二]，春陰晝護苑花飛。君王又進長生藥，萬里樓船海上歸。

城上觚棱霧靄迷，角聲吹徹鼓聲齊。雲生水殿龍常現，月滿官松鶴並棲。風俗元存中國舊，天文並

[一] 宫袍花添織女梭：袍，文淵閣四庫本、經鉏堂抄本作「錦」。
[二] 雲氣曉依宫樹近：曉，經鉏堂抄本作「晚」。

拱北辰低。倚樓欲問通霄路，誰借青雲百尺梯。

萬里驅車入帝闕，十年棲息一枝安。承恩數對麒麟殿，却老何資龍虎丹。金水漲波融雪盡，碧桃分蕊到春闌。江南却憶看紅藥，紈扇羅衣不識寒。

清明煙散柳枝斜，宮樹沉沉點白鴉。暖霧撲簾成細雨，朔風吹面射飛沙。江南最憶王孫草，天上催宣宰相麻。十載滄洲孤舊約，鹿車何日共還家。

柳林笳鼓曉晴饒，王子春蒐出近郊。雲錦宮袍攢萬馬，鐵絲箭鏃落雙鵰。蒲桃壓酒開銀甕，野鹿充庖藉白茅。共説從官文采盛，不聞舊尹賦祈招。

浩蕩天風駕海航，忍從兒女問耕桑。珠聯魚目知誰識，劍吐龍光不自藏。司馬倦遊曾建節，買臣歸去密懷章。只今豈是無詞賦，材俊中朝少薦揚。

送王國琛使君赴福州

閩嶠来迎新太守，旌麾遥泛海雲低[一]。天書夜下羣龍會，露冕春行五馬齊。荔子已無中使勑，繡紋猶作白衣題。竚看到日傳嘉政，棠樹春陰滿建溪。

[一] 旌麾遥泛海雲低：泛，文淵閣四庫本、經鉏堂抄本作「颺」。

賦得越王臺送萬載敖司令之官

層臺高與越山齊，南斗諸星入地低。海氣秋澄鴻雁到，野煙春合鷓鴣啼。官船北走輸珠翠，幕府南開振鼓鼙。側想到官多暇日，登臨長聽玉驄嘶。

送萍鄉袁茂才歸縣試吏

玉門關外班司馬〔一〕，抗疏歸来白髮愁。絶域功名空老大，少年鄉國自風流。花飛細雨朝迴馬，月滿前川夜放舟。始信封侯馳萬里，不如吏隱近滄洲。

寄孫仲植文學

秋来最憶孫文學，無數黄鷄啄黍肥。得酒定邀諸弟飲，看萸應少一人歸。蒼龍出峽雨先至，白馬渡江雲共飛。季子敝裘今更少，還鄉信使故應稀。

〔一〕 玉門關外班司馬：「門關」，文淵閣四庫本作「關門」。

寄阮弘濟兼簡楊亨衢少府

舊時文物數江東，誰似風流阮嗣宗。紅袖醉歌金縷曲，牙旂歸導玉花驄。神仙原與塵埃隔，賓客多應氣概同。寄語龍泉楊少府，園花不減舊時紅。

柬王奎伯仲

我愛王家之二難，越羅裁剪春衫寬。折花滿簪紫茸帽，寫詩自作烏絲闌。玉壺載酒留客醉，竹竿把釣攜兒看。明朝更約溪南去，一樹錦桃花未殘。

寄劉淵茂才 字象賢

山館前宵忽夢君，紵衣如雪照晴雲。門前種菊開三徑，壁上題詩寫八分。酒浪紅深傾琥珀，劍苔翠澁繡龍紋。多情指畫秦臺近，一曲鸞笙月下聞。

和虞學士登宜春臺

萬家平地擁高臺，窻户層層近日開。鶴致瓊花迎帝子，龍持貝葉禮如來。雲依老樹秋如畫，峽束飛濤雪作堆。惆悵當年歌舞地，碧桃開落幾千回。

題興岡王祠

萬山濃翠湧飛濤，縹緲王宮結搆牢。兵衛焜煌連鎖甲，香煙浮動鬱金袍。晨飛脉嶺雲初散，夜舞胎仙月正高[一]。閬苑碧桃春自醉[二]，豈容野客薦溪毛。

澄虚亭

匹馬江上行且停，蒼松夾道風泠泠。波光倒吞落日白，雲氣下接炊煙青。山僧獨行掃殘葉，水鳥雙飛迴遠汀。主人邀客領奇勝，賦詩把酒澄虚亭。

賦鶴骨笛

雲沉碧海葬飛仙，樂府新裁紫玉員。律吕相和依象管，雌雄猶似唳芝田。老蛟夜舞君山月，綵鳳春迷嶰谷煙[三]。想是好奇心獨苦，琵琶昨日購鵾絃。

[一] 夜舞胎仙月正高：仙，文淵閣四庫本作「山」。

[二] 閬苑碧桃春自醉：閬，文淵閣四庫本、經鉏堂抄本作「仙」。

[三] 綵鳳春迷嶰谷煙：迷，文淵閣四庫本、經鉏堂抄本作「遊」。

賦文山硯

碧玉秋涵曉露滋，相君十載共襟期。承恩久在文章府，借潤終無軟媚詞。旗舞龍蛇廷對早，詩成珠玉載歸遲。可憐月落空坑夜，無復追随到鳳池。

早秋有懷歐陽文周

日暮獨迴江上舟，江波不盡思悠悠。虹垂青澗分殘雨，風滿碧梧鳴早秋。用世有材須汲引，思君爲客久淹留。綵樓七夕涼如水，知共何人望斗牛。

寄楊和吉

不見故人愁我心，江山信美倦登臨。附書白鶴幾時到，結屋翠微何處尋。風撼竹樓憑雨勢，雲歸溪樹作秋陰。琅玕細簟涼如水〔一〕，應掃桂花彈素琴。

〔一〕琅玕細簟涼如水：簟，底本作「簞」，據文淵閣四庫本、經鉏堂抄本改。

和李茂材牡丹

舊来聲價洛陽高，歌舞千金費酒醪。霞擁暖紅圍采檻，日描晴影繡宫袍。百年富貴花神醉，一曲清平筆力豪。近説開筵追勝事，詩成壓倒舊官曹。

哭宜春義士彭維凱

維凱復袁州，遣迎監郡某元帥以下歸視事，守土將某忌其功，遂殺之。

風折旗竿臥落暉，殘兵揮泪脱戎衣。徒聞即墨田單在，不見成都鄧艾歸。獻凱何時承寵渥，爭名自古抱危機。宜春元帥還相問，近報洪州未解圍。

宿七里山

十一月二十二日，余始得逸歸，值臨江兵至，楚金追斬九十九級，軍聲始復大振。

寒松霧暗月西頹，人語無聲鬼語哀。郡國忍聞侯景詔，朝廷初棄戴淵才。風傳鼙鼓驚魂戰，天入鄉關望眼開。骨肉死生俱未卜，淚痕血點滿蒼苔。

癸巳元日

屠蘇酒暖破朝寒，舊寫桃符忍再看。太史未頒周正朔，遺民思覩漢衣冠。天邊星斗孤槎遠，雪後江山萬木殘。再拜中庭賓旭日，共瞻霽色散雲端。

二月二十七日聞故鄉寇退

銅駝荆棘换東風，消息南州久不通。芳草得春煙漲緑，野棠無主雨飄紅。琱戈元帥登壇暇，賓玦王孫哭路窮。得覩親朋總悽惻〔一〕，相逢但索語音同。

寄龍子雨

書到山中收淚看，出門愁散楚天寬。落花春盡休文瘦，細雨更長范叔寒。金帶宦情違俗久，綈袍交態見君難。欲爲後會知何日，酒熟還家得盡歡。

〔一〕得覩親朋總悽惻：「得覩」，文淵閣四庫本作「亂後」，經鉏堂抄本闕。

贈劉明道

義旗獻凱滿南州，君擁兵符控上流。隔岸人煙鄰虎穴，中江雪浪送龍舟。劍鳴秋匣玄霜下，馬浴晴波紫霧浮。白羽指揮能事集，底須萬里始封侯。

秋日還山聞南省消息示從弟銓

南國風高聞好音，隣翁酒熟晚相尋。雁飛漢苑書来往，竹暗湘江淚淺深。茅屋暫歸秋四壁，柳營煩費日千金。瘡痍早使能蘇息，獨抱長貧亦素心。

重和答周聞孫進士兼寄宗瑾

飄零不改舊鄉音，来往空山費獨尋。楚地人煙三户在，漢家宫闕五雲深。急風亂颭蒹葭雪，斜日殘明橘柚金。公瑾雄姿最英發，還鄉何日共論心。

分府同知瑶童相公大閱之日天使適至喜而賦詩奉寄劉賓旭參軍[一]

鼓角緣邊永夜哀，使車忽自海南来。中朝舊法三章在，大將新圖八陣開。玉帳分明傳號令，金臺雜遝貯賢才。早看送喜麒麟殿，五色雲中進壽盃。

金絡銀鞍翡翠裘，參軍馬上最風流。相逢把酒青油幙，每憶題詩黄鶴樓。綵鳳銜圖堯殿曉，蒼鷹整翮楚山秋。攀龍早及風雲會，歸換貂蟬尚黑頭。

韜鈐兵衛立參差[二]，軍務初閒且賦詩。健筆有神傾後輩，美名如玉重當時。青雲鶴引朝天路，白羽鵞翻洗墨池。近見元戎再乘勝，憑君多製凱歌詞。

侯印軍符塞紫衢，儒生白髮混泥塗。兒騎竹馬談兵法，地盡桃源入戰圖[三]。雙劍舞閒歌激烈，一燈愁絶照清癯。山中薇蕨秋風老，心折孤村反哺烏。

[一] 詩題：經鉏堂抄本後有「四首」二字。

[二] 韜鈐兵衛立參差：鈐，底本作「鈴」，據文淵閣四庫本、經鉏堂抄本改。

[三] 地盡桃源入戰圖：盡，文淵閣四庫本作「畫」。

和楊繩彦正茂材

仗劍三年去里閭，桃源仙客獨安居。雨鳴修竹涼攲枕，花落小窻晴學書[一]。誰與捲簾通燕子，自須入海掣鯨魚。村園明日君能到，一徑蒼苔待剪除。

甲午元夕

已無釵釧典村醪，兒女炊羹薦野蒿。燈火獨揺元夕夢，干戈渾減少年豪。雲韜月色歸天闕，雨壓寒聲欺布袍。却憶將軍平寇處，崑崙夜度不辭勞。

雨中過龍西雨

雲連茅屋樹聲寒，舊補貂裘帶盡寬。蕭瑟鄉關愁庾信，清明風雨過蘇端。蒼龍波暖開鱗甲，黄鳥巢深護羽翰。側想蓬萊雲氣上，羣仙縹緲控飛鸞。

[一] 花落小窻晴學書：學，文淵閣四庫本作「曝」，經鉏堂抄本此字闕。

感懷

白髪溪翁斸草根，晚炊兒女帶啼痕。斜陽燕語興亡事，陰雨鬼號新舊魂。戰伐不聞烽火息，誅求惟見簡書存。艱難負米歸無日，夜雨青燈夢倚門。

晚過山莊

草滿畬田落照斜，溪行盡日少人家。自傷直性從干謁，誰在窮途不怨嗟。香火氤氳王子廟，旌旗明滅長官衙。主人問客知名姓，始肯開門喚煮茶。

和楊彦正茂才

故山疊疊是愁端，真宰何由剗翠巒。客館雨聲燈火共，皇都春色畫圖看。花飄金谷彩雲散，木落洞庭歸雁寒。見説攜家近仙館，紅塵咫尺不相干。

南省戰船至吉安喜見官曆

干戈阻絶歲時遷，幾向空山卜月圓。仍覩帝堯頒玉曆，兼聞楊僕將樓船。旌旗日月臨西楚，帶礪山河拱北燕。賴有忠良扶社稷，願聞籌策早安邊[一]。

寄劉賓旭參軍

經年避地百憂并，君獨還鄉少俗情。净洗木瓢分藥晒，新裁紈扇寫詩成。半蓬溪雨羣鷗散，萬壑松風獨鶴鳴。只好閉門度長夏，巾車莫遣野人驚。

送阮弘濟赴梁使君幕

諸生白髮守章句，磊落長材自不羣。河内已留賢太守，霸陵又起故將軍。鐵絲箭簇鳴秋月，銀錯旗竿豎曉雲。文采久爲當路重，更期馬上立奇勛。

贈周原道兼柬安子静將軍

武節遥瞻漢署郎，威稜猶帶柏臺霜。江通吴楚波濤息，天入燕秦道路長。白羽晝揮談虎略，黄旗暮捲護龍驤。宜春進士兼文武，好是青雲共激昂。

[一] 願聞籌策早安邊：籌，經鉏堂抄本作「長」。

寄羅履貞兼柬謝君績

烽火平安月正中，思君長倚翠樓東。儒生憂國燈前淚，壯士封侯馬上功。半榻鬆風看草檄，一庭花雨坐琱弓[一]。謝莊文采江東少，青竹題詩想最工。

送朱鵬舉照磨赴江西省掾

花外銀鞍韝紫騮，省郎文采自風流。英雄舊總三千士，美譽新傳十一州。山擁宜春深帶甲，江通章貢小容舟[二]。晨趨黃閣參籌畫，願審安危拓遠謀。

白鷺洲晚泊呈天隱兄山長兼柬曹居貞[三]

白鷺洲前春水寬，素王宮殿壓鷩湍。風飄墜瓦鴛鴦冷，雨暗疎篁翡翠寒。維翰未能穿鐵硯，叔孫先已改儒冠。凄凉講席君仍在，晚歲冰霜獨立難。

[一] 一庭花雨坐琱弓：琱，文淵閣四庫本作「調」。
[二] 江通章貢小容舟：容，底本作「客」，據文淵閣四庫本改。
[三] 詩題：兄，經鉏堂抄本作「凡」。

大洲宴集

殺賊歸来心甚歡，酒美不辭春夜闌。俯江樓迥月色白，緣邊鼓歇烽煙寒。玉驄誰送美人去，錦瑟更爲將軍彈。慚愧書生飲獨少，自剪銀燭題詩看。

寄楊和吉龍西雨

江南徐庾知名久，文采風流伯仲間。綵筆題詩傳上國，畫船分雨過西山。管寧舊向遼東老，杜甫新從巴道還。壤壤戰塵徒旅苦[一]，故人應怪鬢毛班。

山　中

柴門日落鎖秋陰，白酒愁来只細斟[二]。松下紫苔留虎跡，雨中蒼檜作龍吟。漢宫金狄空垂泣，秦地桃源不可尋。咫尺山中愁出入，何時江上足登臨。

[一] 壤壤戰塵徒旅苦：壤壤，文淵閣四庫本作「擾攘」。
[二] 白酒愁来只細斟：細，經鉏堂抄本作「須」。

别蕭伯章

蕭郎三十文采殊，錦霞暖矗青珊瑚。酒来獨對公榮飲，詩成笑遣王奎書。黑風捲雲慘飢虎，黄葉打頭騎蹇驢。明日山中徑歸去，梅花夜月情何如

即　事

時監郡納速兒丁改除廣西監憲，而省都事吴八都剌提軍始至。

西上官船日報頻，倚門收淚問行人。潁川太守終難借，細柳將軍始是真。木落高秋懸殺氣〔一〕，律回寒谷見陽春。不辭斗粟輸軍府〔二〕，但覓山巖着老身。

寄劉賓旭

舊日相逢玉雪姿，三年幕府鬢如絲。波濤入海屠龍苦，風雨還山買犢遲。客到定能頻唤酒，花開應

〔一〕木落高秋懸殺氣：高秋，底本作「秋高」，與下句「寒谷」不對，據文淵閣四庫本改。

〔二〕不辭斗粟輸軍府：軍，文淵閣四庫本作「官」。

不廢題詩。只憐雙劍牀頭吼，又是隣鷄報曉時。

奉和劉士貴

路轉春山晝啟關，玉驄深繫緑楊間。延平波浪雙龍合，遼海風煙獨鶴還。扇外紅塵從戰鬬，樽前白酒且清閒。諸孫早歲多文采，憔悴青燈我厚顔。

寒夜思親

老親白髮抱諸孫，寄食偏懷地主恩。故國山河空灑淚，殘年風雪更消魂。績麻誰與寒分火，待米長孤暮倚門。生子不才名位晚，愁来詩句共誰論。

奉寄吴琳子茂鎮撫二首

宜春臺前記勝遊，主人與客俱風流。春穠攜酒騎小鐵，夜深分燭歸南樓。雁鴻幾年斷書信，豺虎是處森戈矛。聞君總戎下章貢，明日相候青門丘。

英雄之姿不易得，慷慨汗馬收奇功。簸旗風高捲飛雨，舞劍日落揺晴虹。官酒春酣百盃緑，檄書夜草雙燭紅。竚看獻凱報天子，錦衣五馬蓬萊宫。

愁甚

白璧黄金不療飢，王孫攜此獨安歸。四郊烽火山川窄，十月雨寒雷電飛。豪傑憂時常共濟，功名報主不相違。臨危進退如無據，青史他年有是非。

殘年

久愁兵氣漲秋林，不謂殘年寇轉深。四野天青烽火近，五更霜白鼓聲沉。金張富貴皆非舊，管樂人材不到今。江上米船看漸少，捷書未報更關心。

和周霽海吴鎮撫詩三首就呈李伯傳明府

老子懸車歸舊隱，諸孫戲綵泛晴暉。畫圖煙樹松千尺，門徑秋花菊四圍。得句欲題青竹滿，攜琴每候白雲歸。殘年頗覺頭如雪，愁滿江空羽檄飛。

牛斗秋高劍氣横，幾人馬上取功名。扇揮白羽臨風迥，甲鎖黄金射日明。賈詡自期能料敵，山濤誰謂不知兵。官軍蓄鋭何時發，久厭城頭鼓角聲。

愁来倚劍立蒼茫，誰在籌邊策最良。捕賊五更唐李愬，揮戈萬衆漢雲長。烽煙瞑接城樓近〔一〕，鬼火寒穿石逕荒。多少材官鵰羽箭，不知何日殪天狼。

丁酉元日

城北城南暗戰塵，東風吹淚滿衣巾。秦讐猶待楚三户，漢將徒封趙四人。此會屠蘇濃味薄，誰家桃板舊題新。賽神江上情如海，且祝平安問老親。

風雨舟中作

憔悴江頭路已窮，小舟隔岸復相通。歸雲亂擁青山樹，飛雨斜穿白浪風。避地數年成老醜，累人一飯尚西東。憑誰爲息鯨蛟怒，容我滄浪作釣翁。

感　事

荆徐千里混干戈，日日君王候凱歌。上相出師三月罷，南人待援六年過。未休練卒誅求盡，甃脱歸

〔一〕烽煙瞑接城樓近：瞑，文淵閣四庫本作「滿」。

因反例多[一]。獨拜將壇須國士，掄才誰似漢蕭何。

道逢八十翁

八十老翁行步奔，存亡共訴斷愁魂。千金歌舞隨流水，六載干戈棄故園。晚竈燎衣籬竹盡，春牛換米草蓑存。情知青史無名姓，短策猶期報國恩。

柬王志元茂才

親朋亂後長相失，伯仲江邊得數過。久客問隣賒酒易，知君隨處賦詩多。鳥啼花樹驚殘雨，鷗散柳塘迴細波。懷抱暫開欲一問[二]，不知佳句近如何。

晴曉

最憶山中桂樹林，早春無日不登臨。衣冠並集吾廬盛，旗鼓俄分將壘沉[三]。山色故鄉青未了，鬢毛新歲白相侵。物情自覺傷懷抱，野鳥弄晴空好音。

[一] 蹔脱歸囚反例多：例，文淵閣四庫本作「倒」。
[二] 懷抱暫開欲一問：一，文淵閣四庫本作「相」。
[三] 旗鼓俄分將壘沉：俄，經鉏堂抄本作「互」。

和劉淵象賢晚眺

日落孤城疊鼓鼙，誰家山北復山西。干戈滿地愁相續，道路還鄉望轉迷。風度生香花遠近，雨團濕翠竹高低。劉郎欲問桃源路，紅葉流波好自題。

奉同楚金和蒲掾

健兒分隊舞朱干，玉帳將軍按劍看。笳鼓夜鳴邊月迴，旌旗曉豎野雲寒。皇圖不假山河險，民俗終同社稷安。早晚虞廷有苗格，薰風披拂五絃端。

奉和劉賓旭兼柬羅履貞

時危南國久連兵，幕府才華得合并。蔡寇遂煩唐宰相，漢儀猶待魯諸生。三邊烽燧晨傳箭，千騎弓刀晝繞營。主將策勛朝帝闕，從官應許任公卿。

送楊和吉過龍興

十月北風蛟鱷伏，樓船安穩出官河。交遊湖海知誰在，將帥朝廷近若何。一水纔通南浦近，衆星還拱北辰多。清河元帥煩相問〔一〕，獨釣寒江月滿蓑。

奉贈江西省郎中顔希古

江西羽檄日交馳，君佐中書策最奇。南極星垂天地正，北庭兵合鬼神知。君王舊賜馮唐節，父老新傳李愬碑。盡剗賊壕歸禹貢，更煩深意問瘡痍。

客　愁〔二〕

夕報將軍奏凱歌，馬前又見擁琱戈。民情共倚金湯固，客鬢惟添霜雪多。何日梧桐鳴彩鳳，舊時荆棘臥銅駝。無衣無食歲年晚，妻子山中如苦何。

小除夕

當年臘日還鄉早〔三〕，弟勸兄酬何怨嗟。腸斷此時同避地，眼穿永夜倍思家。鄉關去雁渾無信，風雨寒燈不作花。最是五更情調苦，城南吹角北吹笳。

〔一〕清河元帥煩相問：河，文淵閣四庫本作「和」。
〔二〕詩題：愁，文淵閣四庫本、經鉏堂抄本作「鬢」。
〔三〕當年臘日還鄉早：當，文淵閣四庫本作「常」；日，文淵閣四庫本作「月」。

與黄子益將軍

將軍文采舊知名，幕府分曹按甲兵。雪壁畫龍晴霧合，羽林飛鳥朔風輕。趙雲對敵關張並，馬援歸朝隴蜀平。憑仗早除狐兔亂，吴山楚水共秋澄。

大洲晚發

城南桴鼓轉相驚，却憶漁舟問水程。千頃江波鷗出没，數家茅屋樹枯榮。客行落日凝愁思，人隔疎煙聞笑聲。惆悵竹籬沽酒處，夜深燈火不勝情。

奉柬陳君與掾吏

漢室元勛曲逆侯，諸孫文采藹南州。薇垣地切星河冷，幕府霜飛草木秋。綵筆樽前賦鸚鵡，銀鞍花外韝驊騮。獨憐江海干戈滿，願屬安邊第一籌。

和酬友人

百年誰肯長拘束，每到花時愁悶過。金石人間春夢短，玉堂天上月明多。歸栖舊燕依林木，變化飛魚借海波。逆旅馬周豪氣在，憐才深意待常何。

奉同順則贈鄒省掾〔一〕

中朝大將霍嫖姚，材傑如君早見招。入幕文書金印大，行營笳鼓玉驄驕。兵謀合變元多與，殺氣憑陵未盡消。好待楚江鯨浪息〔二〕，白雲深處共歸樵。

戊戌元日

戎馬七年猶帶甲，客懷元日厭題詩。愁来刁斗聲相續，老去屠蘇酒到遲。野燒暖回雲際碧，江梅寒護雪殘枝。近聞拜相登耆舊，郡國朝正莫後期。

送李謙道入省叔父

中郎不見十年過，千里趨陪意若何。骨肉共論青眼舊，形容應換白鬚多〔三〕。三關虎旅傳新捷〔四〕，百粵鶯花入醉歌。莫嘆他鄉爲客久，故鄉是處阻干戈。

〔一〕詩題：經鉏堂抄本作「同郭順則贈鄒省掾」。
〔二〕好待楚江鯨浪息：息，文淵閣四庫本作「静」，經鉏堂抄本作「白」。
〔三〕形容應换白鬚多：换，文淵閣四庫本作「接」。
〔四〕三關虎旅傳新捷：旅，文淵閣四庫本作「豹」。

奉和龍西雨自洪見寄〔一〕

青樓風月故相干，慷慨樽前舞地寬。錦繡春明花富貴，琅玕晝静竹平安〔二〕。杉關旂鼓元戎勝，閩海舟車去客懽。舊日交親應有問，一蓑煙雨楚江寒。

原韻和寄龍長史〔三〕

扇外風塵素不干，湖光遥送酒船寬。錦箋傳草春詞好，銀燭燒花夜枕安。四海交遊空老大，百年世事半悲懽。子真谷口深相憶，黄獨無苗風雪寒。

又和劉參軍〔四〕

欲剸蛟龍試莫干，東南天地洞庭寬。鄭虔早被才名誤，晁錯終期社稷安。年老青燈徒自苦，時危朱紱爲誰歡。直詞照雪嶃高誼，排悶裁詩淚點寒。

〔一〕詩題：文淵閣四庫本後有小注「同此韻和寄楊和吉一首見贈」。
〔二〕琅玕晝静竹平安：晝，經鉏堂抄本作「風」。
〔三〕詩題：底本作「和寄龍長史」，據經鉏堂抄本改。
〔四〕詩題：底本無「又」，據經鉏堂抄本補。

又和寄歐陽文周〔一〕

厚祿才疎不敢干，幽棲暫遣客愁寬。屋前老樹留雲宿，竹外茅亭向水安。書寄鯉魚今始到，杯傳鸚鵡不同歡。龍泉舞罷獨長笑〔二〕，宇宙詩知范叔寒〔三〕。

又和寄王仲京〔四〕

暮雲飛盡倚闌干，懷抱何時獨好寬。天下兵戈愁杜甫，雲間鷄犬憶劉安。每傳佳句看君好，想對芳尊共客歡。香染越羅春袖薄，楝花風起不知寒〔五〕。

又寄從弟鐸〔六〕

畏途阻絶卜支干，夕見鄉書意始寬。痴腹於人深有累，驚魂從此暫相安。弟兄相顧三人在，風雨還

〔一〕詩題：底本無「又」，據經鉏堂抄本補。
〔二〕龍泉舞罷獨長笑：笑，文淵閣四庫本、經鉏堂抄本作「嘯」。
〔三〕宇宙詩知范叔寒：詩，文淵閣四庫本作「誰」。
〔四〕詩題：底本無「又」，據經鉏堂抄本補。
〔五〕楝花風起不知寒：楝，底本作「棟」，據文淵閣四庫本、經鉏堂抄本改。
〔六〕詩題：又，底本作「和」，據經鉏堂抄本改。

孤一日歡。春色故園付流水，白鷗應怪舊盟寒。

又寄從弟銓〔二〕

腐儒憂國泪闌干，江海容身何處寬。驚報每愁諸弟隔，臨危但祝老親安。對牀風雨長相憶，負米晨昏不盡歡。最苦二郎獨冥漠，晚煙原上鶺鴒寒。

贈宋經歷

山繞青原百雉城，入關盡説長官清。才賢肯爲明時出，政事多資贊畫成。禾黍秋風螟螣息，梧桐朝日鳳凰鳴。晝閒好讀開元紀，節操存心慕廣平。

哭羅達則

太阿出匣捲晴虹，誰肯埋光九地中。萬里擕書来上國，一時揮翰動諸公。杜陵避地身將老，宋玉招魂事已空。前輩交遊看欲盡，爲君彈泪灑秋風。

〔二〕 詩題：又，底本作「和」，據經鉏堂抄本改。

西雲亭種菊未開以余歸期逼迫特預賞之即席賦〔一〕

層層種菊繞籬斜，秋色偏歸處士家。擬鑄金錢酬歲月，得依玉樹伴煙霞。清風江上催行李，白髮尊前作按花。貯酒尚須留九日〔二〕，西風平地岸烏紗。

題分宜縣胡于信釣翁詩卷

嚴光不作漢廷臣，今日聞君亦隱淪。草笠暮歸三峽雨，竹竿晴釣五橋春。長歌鼓枻知音少，滿卷題詩入畫真。馬上行人莫相問，白鷗波暖最相親。

哭蕭參謀彝翁

南州進士盛才名，幕府參謀仗老成。筆舌夜摇星斗動，襟懷寒漱雪霜清。平淮碑踣慚裴度，哀郢魂歸訴屈平。多謝沔陽劉太守，爲題文誄弔先生。

〔一〕詩題：特，文淵閣四庫本作「時」。

〔二〕貯酒尚須留九日：日，文淵閣四庫本作「月」。

中秋與郭恒飲從弟宅忽聞猘犬陸梁恒驚去風清月白臨別惘然次日移詩從弟和以寄懷〔一〕

兔罝雉網林中邊，鴻飛冥冥誰使然。欲歸故山弄明月，如隔弱水招飛仙。蒼生何時各安堵，賤子今日嗟倒懸。千金不留魯連住，銅駝荆棘愁風煙。

寄從弟銓

舊廬每愛桂花秋，風月涼宵足勸酬。盜賊未平身漸老，弟兄相望淚空流。經年避地魚頳尾，何日還鄉烏白頭。側想早春佳氣好〔二〕，掌珠初見慰深愁。

寄劉玉振茂材〔三〕

城南燈火連牀久，獨夜荒村費苦思。風雨何時尋舊約，江山是處有新詩。海棠春暗飄香盡，鷓鴣天寒喚客遲。明日還鄉須作伴，買船沽酒共襟期。

〔一〕詩題：猘犬，底本作「猘大」，據文淵閣四庫本改。
〔二〕側想早春佳氣好：佳，文淵閣四庫本作「天」。
〔三〕詩題：振，文淵閣四庫本、經鉏堂抄本作「正」。

柬王志元

收泪看花花轉紅，花前心事想君同。幽燕車馬從天下，吴楚舟航與海通。貴賤不應懸趙孟，去留終擬報曹公。石田秋雨喧鷄鶩，早附冥鴻萬里風。

貽劉淵〔一〕

老樹蟠堤抱石危，晴雲過雨出溪遲。有時歸鳥落山果，無數飛花懸綱絲。得酒不消爲客恨，連牀長欲與君期。此情最倚相知久，莫怪新来懶作詩。

和郭順則登五峯仙壇

蒼山遥拱鬱藍天，鷄犬雲間盡得仙。雨散天瓢彌八極，碑磨巖石照千年。漁舟隔浦摇春浪，茅屋倚山炊午煙。見説隣僧知敬客，長廊晝静共參禪。

〔一〕詩題：貽，文淵閣四庫本、經鉏堂抄本作「贈」。

用王冕韻送解元禄茂材

時危結屋傍巖阿，野逕春煙匝翠羅。四海俊賢唐貢舉，百年父老漢謳歌。山涵霧雨藏玄豹〔一〕，水會陂塘散白鷺。地僻此時賓客少，松陰掃石坐長哦。

避地石洞有懷羅處士就柬周以立進士

勍敵雙崖立洞門，石稜斜鬬浪聲喧。屋前松長山人去，堂上藤垂石佛存。西望鄉關通鳥道，舊題歲月滿苔痕。重來又迫干戈苦，空憶桃花遍水源。

樓居晚對

四山紫翠鬱嵯峨，愛此樓居每獨過。窻户晴通雲氣濕，竹松暝挾雨聲多。時危耆舊疎来往，地僻漁樵共笑歌。對酒暫開懷抱好，莫思戎馬近如何。

〔一〕山涵霧雨藏玄豹：雨，文淵閣四庫本作「露」。

寄楊和吉歐陽文周

黄鵠一飛幾千里，高標矯矯離風塵。宗元有恨爲司馬，郭泰無名與黨人。富貴致身何用早〔一〕，是非論事或難真〔二〕。二君舊日皆知己，旅食他鄉莫厭貧。

送别從姪淳

愁心長繫晚峯青，避地何時馬足停。草樹四山區域小，風埃六月髑髏腥。無從灞上慚劉禮，始信遼東老管寧。惜别恨無樽酒共，臨溪爲爾汲清泠。

十二月望又自新淦泊桐江時弟銓新殁

遠營鼓角送悲酸，十口無歸泪不乾〔三〕。孤雁哀鳴秋浦遠，慈烏待哺夕陽殘。江南戰骨遺民盡，天上除書選將難。敢望伊周明至理，願聞韓信早登壇。

〔一〕富貴致身何用早：用，原作「周」，據文淵閣四庫本改。

〔二〕是非論事或難真：或，文淵閣四庫本、經鉏堂抄本作「惑」；真，經鉏堂抄本作「直」。

〔三〕十口無歸泪不乾：泪，底本作「汨」，據文淵閣四庫本、經鉏堂抄本改。

和龍西雨韻寄楊和吉

權門噂沓事無干，老去休文任帶寬。狡兔經營三窟苦，鷦鷯棲息一枝安。漁樵路熟成長往〔一〕，鼓角風高慘不歡。獨有西雲亭上客，金錢買酒敵春寒。

王進屢承徵會因寄此詩

山陰先生讀書處，玄豹落日司巖扃。落花滿院春寂寂，長松隔水風泠泠。有時獨隱烏皮几，乘興自寫黄庭經。座上賓客日應滿，不知雙眼爲誰青。

寄羅伯英

江湧春濤枕上聞，殊鄉無伴獨離羣。始知詩事能窮我，獨喜墩名又屬君。風燕入簾捎落絮，雨龍歸洞駕輕雲。遥知隣曲過從熟，每日還家酒半醺。

〔一〕漁樵路熟成長往：往，經鉏堂抄本作「徑」。

悲龍興

七載奇功一日隳，眼看白旆換紅旗。支祁不避旌陽劍，絮酒誰澆孺子祠。南北選材從昔異，安危任事總難期。可憐千疊西山石，留刻何人節義碑。

悼己

種竹經年長未齊，半枯半死近窻西。天風飄雁随雲没，山鬼憑狐當晝啼。世亂獨懷徐庶母，家貧久累買臣妻。眼前事事堪腸斷，欲問西山路轉迷。

春懷

前水推懷後水摧〔一〕，推愁不盡載愁来。雪消海上蘇卿老，春到江南庾信哀。客路但聞啼鳥樂，人情不及野花開。交游況復疎還往〔二〕，獨對青山勸一盃。

〔一〕前水推懷後水摧：摧，文淵閣四庫本、經鉏堂抄本作「推」，《元詩選》作「催」。
〔二〕交游況復疎還往：還，經鉏堂抄本作「遠」。

社　日

甲子頻書入短篇，細推五戊卜春田。讀書未有平戎策，止酒聊輸祭社錢。紅樹花穠春向晚，畫橋柳暝雨如煙。舊来歌舞今誰在，燕子茅簷只自憐。

己亥六月初五日

不惜千金一笑揮，危途驚定始傷悲。問安慈母翻成泣，乞米貧交不療飢。總謂魯連曾却敵，漫傳李涉舊能詩。只從鄰曲多豪客，無怪荆吴滿戰旗。

和友人别怨

風急長空舞落花，獨收殘淚暮還家。畫闌砌曲圍芳草，緑樹庭空噪亂鴉。不見韓娥沈漢水，空傳蔡琰按胡笳。遥知今夕天涯路，鄉夢難成月易斜。

余窮阨閭里年甚一年風雨重陽世味尤惡因思去年索酒於志明以與黃花解嘲今年志明亦復避地雖黃花可得見哉感慨成詩又無與寄因題之壁上以記此時情焉〔一〕

風吹烏帽晚颼颼，顛倒空樽不自謀〔二〕。賒酒隣家慚舊債，題詩茅屋載新愁。黑雲雨壓千山暝，黃菊草深三逕秋。今日鄉關最蕭索，知君何處獨凭樓〔三〕。

九日和從弟銓

菊綴疎花雨滿林，人情爭似酒盃深。百年顛倒皆如醉，九日荒涼不廢吟。投暗自慚輕白璧，知音還擬鑄黃金。一襟愁思鴒原晚，賴爾相從桂樹陰。

和劉淵見寄二首

南國干戈積九年，四年相別最相憐。病看菱葉疑非我，飢啖松花似得仙。青鳥謾期春後到，白雲不掃夜深眠。故人半在無消息，讀罷君書倍愴然。

〔一〕詩題：陽，文淵閣四庫本作「傷」；情，文淵閣四庫本、經鉏堂抄本作「情況」。

〔二〕顛倒空樽不自謀：謀，經鉏堂抄本作「由」。

〔三〕知君何處獨凭樓：知，文淵閣四庫本作「念」。

幾何歲月頭今白，况復亂離生事難。千里雁聲雲外斷，一春花事雨中殘。長年寄食貂裘敝，獨夜悲歌燈火寒。親舊江湖多阻別，艱難誰與共心肝。

寄郭沛

最憶山原隱士家，朱簾樓外捲飛霞。梅花清影斜侵案，韭葉寒香細入茶。教弟舊書常共讀，待賓新酒不須賒。春來頓覺疎還往，長遣歸心托暮鴉。

送周宗泰之九江

花外晴雲飄白紵，匣中秋水臥蒼龍。揚帆直破西山雨，把酒先招五老峯。勝地登臨增感慨，昔賢出處每從容。柴桑咫尺君須到，無數黄花秋露濃。

題宋氏草菴

老大還鄉草屋新，乾坤俯仰一閒身。臥龍自是奇男子，歸燕還尋舊主人。竹逕排墩留坐客，柳塘分水過比隣。共捹野性親魚鳥，高義毋多駭俗塵。

晚眺

眼看淮海待澄清，骨滿邊城苦戰爭。老大不堪思往事，飢寒久已厭吾生。煙深薜荔棲烏急，風響蒹葭落雁鳴。惆悵故人書不到，別來十載最關情。

去年中秋與郭恒飲舍弟處酒半以事散去今年余飲桐江上又以羣不逞故走渡東岸德之不建民之無援哀哉〔一〕

玉簫聲斷彩雲收，扶醉倉皇問去舟。魑魅瞰人成往事，姮娥送客變新愁。蘆花掩映漁燈暗，桂樹荒涼茅屋秋。八月使槎何處在，銀河天曙淡悠悠。

送從姪淳

路窮淮汴草離離，志士空嗟歲月馳。敵面人心山萬疊〔二〕，緣愁客鬢雪千絲。風悲洛浦海鳧至，月冷

〔一〕 詩題：郭恒，底本、文淵閣四庫本俱作「郭怡」，據經鉏堂抄本改。按，去年中秋之事見《中秋與郭恒飲從弟宅忽聞猘犬陸梁恒驚去風清月白臨別惘然次日移詩從弟和以寄懷》，亦作郭恒；又，文淵閣四庫本作「乃」；故，文淵閣四庫本、經鉏堂抄本作「又」。

〔二〕 敵面人心山萬疊：敵，文淵閣四庫本、經鉏堂抄本作「覿」。

漢宮金狄移。從古戰危頻易將，君王見事獨何遲。

晚秋鰲溪宴集

菊花香滿酒如傾，不謂艱危有笑聲。驚座令嚴駪録事，揮毫氣壓楮先生。虛嵐紫翠籠秋色，落木紅黄透晚晴。却憶桃源舊時路，漁郎重到不勝情。

寄東周説書

聞君進講東宫日，衣染天香從早朝。鶴舞層霄燕闕近，馬嘶歸路楚山遥。貞元朝士多相憶，少室山人早見招。我亦疎頑人共棄，一蓑長願混漁樵。

雪中負米晚歸因柬李尚文少府[一]

蕭索風煙暗五陵，羣黎愁苦復誰憑。早年識字知何用[二]，垂老爲農病未能。負米晚歸沙上雪，拾薪寒煮澗中冰。不眠永夜瞻牛斗，光怪猶疑劍氣騰。

[一] 詩題：晚歸，文淵閣四庫本、經鉏堂抄本後有「傷題七字句」五字。

[二] 早年識字知何用：知，經鉏堂抄本作「成」。

早春試筆

臘雪留寒壓草廬，陽春攜暖散天衢。喜聞諸將黄金印，共捧中朝赤伏符。詩句且題新甲子，酒盃不愧舊屠蘇。洗兵雨至應須早，半畝瓜田得自鉏。

宴酬王志元

前月中旬得素書，書中問我近何如。浮沈漸與鄉隣狎，貧病多令故舊疎。杖外飛花春水慢，樽前啼鳥午窻虚。詩成昨夜空愁絶，夢到君家水竹居。

村居

薜蘿雨静覆深階，村逕陰成愜素懷。鳶敵高風凝不動〔一〕，鴨分歸路整相排。抵愁得策將詩改，療癖多方與俗諧。四五隣家農務早，時能送酒到山齋。

〔一〕鳶敵高風凝不動：凝，文淵閣四庫本、經鉏堂抄本作「疑」。

寒食日紀懷

不到東園滿數旬，萬條煙柳翠光匀。雨中春懶鶯如我〔一〕，花外晚愁鵑逼人。近有詩名真忝竊，老於世事每因循。煮芹炊黍作寒食，破甑清晨洗宿塵。

貽劉伯敏

去年余嘗爲惡詩貼壁間〔二〕，一日盡失，既而從弟鐸過伯敏，乃知爲伯敏取去，相與一笑，寧知其非燕石歟？故詩中及之。

江海歸來少夢思，論文猶恨識君遲。雪鴻竟去空留迹，天馬長鳴不受羈。每日想君池上酌，有時和我壁間詩。滿林秋色風煙晚，甚欲相過未有期。

〔一〕雨中春懶鶯如我：中，底本作「日」，據文淵閣四庫本改。

〔二〕去年余嘗爲惡詩貼壁間：爲，底本作「罵」，據文淵閣四庫本改。

聞龍西雨自閩海間道抵家患目疾缺於展覿先寄此詩

萬里征帆海上回，畏途行盡始驚猜。入門兒女牽衣笑，問事親朋載酒来。書有浮沉誰與送，眼無青白故難開。蕭蘭晚歲俱凋瘁，佳句惟應到野梅。

和劉淵見寄

半畝瓜田近故侯，鬢絲霜滿不禁秋。愁期樽酒常先到，貧待鈎金不易求。天上龍光纏寶劍，人間蜃氣結飛樓。哀時况復多離别，雙泪惟添楚水流。

和曹文濟寄楊和吉韻

盡傾東海成春雨，隣曲過從阻萬山。無限客愁添白髮，况兼人事劇黄間〔一〕。瑶臺花落題詩少，金錯囊空得酒難。白日逝波真可惜，一庭芳草閉門閒。

〔一〕况兼人事劇黄間：間，文淵閣四庫本、經鉏堂抄本作「關」。

和歐陽奎自洪都見寄

愁来不敢縱高歌，對酒其如白髮何。十載干戈豪氣少，一編史傳是非多。未能傳箭收青海，且復還山臥紫蘿。氣轉洪鈞妖祲息，終看王化被江沱。

和周宗瑾寄彭南暝進士韻

射獵歸來箭血乾，門前車馬簇金鞍。交游有道多三益，伯仲能文見二難。日共飛觴詩卷滿，夜歸草檄燭花殘。愁余江上空相憶，水激寒沙不可摶。

寄宋竹坡

宋公池上千竿竹，六月翛翛秋滿林。漏日遊絲懸落絮，繞渠流水浴鳴禽〔一〕。江湖十載皆陳迹，風雨五更收壯心。汲水細澆籬下菊，花時容我一登臨。

〔一〕 繞渠流水浴鳴禽：渠，經鉏堂抄本作「籬」。

和酬羅達則

聞君釀酒滿春甕，净洗深盃候客過。聽雨山樓燒燭短，掃雲石壁寫詩多。門生傳草常先到〔一〕，畸客飄蓬不共哦。稍待秋高涼月夜，相從細問法如何。

和劉伯貞見寄

斯文同味似同宗，長日思君意萬重。客館雨來秋種菊，故山雲去晚看松。流傳近日多詩句，邂逅何時共酒鍾。如此交遊能幾輩，白鷗結社願相從。

和羅習之見寄因柬劉淵二首〔二〕

昨日尋君恨不逢，離愁散入暮煙中。古陂净瀉秋千頃，歸路斜分月半弓。年少向人偏骯髒，時危臨事始疏通。論心長欲書燈共，無奈君西我復東。

中年離别倍依依，何事懽娱與願違。日落羣鴉煙外急，山空獨鶴月中歸。干戈滿地荒瓜圃，蓑笠殘

〔一〕門生傳草常先到：常，文淵閣四庫本作「當」。
〔二〕詩題：羅，經鉏堂抄本作「劉」。

年擁釣磯。問信劉郎風雪冷〔一〕，誰將金縷織成衣。

二月初晴題淦西居人樓壁

老去才名久退潛，樓前晴景逐人添。雲連野樹深藏逕，風捲溪花亂入簾。遠信忽傳閩徼外〔二〕，閒愁盡掛楚山尖。春光流轉曾相識，獨怪經年雪滿髯。

三月十三日夜宿淦西山絶頂

夜登絶頂幾千尺，臨曉始知歸路遥。水滿大江舟窅窅，塵飛客路馬蕭蕭。山河勢窄如懸網，雲漢光低不作橋。十二年間多少恨，春來不共凍痕消。

懷羅達則

溪山杖屨每相違，况復經年去不歸。移席花間春雨至，倚樓江上暮雲飛。鄉書到手兼悲喜，世事關心有是非。池上衹今新緑滿，待君同製芰荷衣。

〔一〕問信劉郎風雪冷：信，文淵閣四庫本作「訊」。

〔二〕遠信忽傳閩徼外：徼，底本作「檄」，據文淵閣四庫本、經鉏堂抄本改。

寄劉伯貞

山中長日倦題詩，偶望鄉關有所思。飛雨忽隨龍去遠，閒雲獨伴鶴歸遲。度溪風剪松花落，繞逕籬分藥蔓垂〔一〕。遥想西樓今夜月，玉人正是醉吟時。

六月初十日客館披涼寄伯剛文學〔二〕

君王無復問南州，賤子何能戀敝裘。菡萏風清長日度，梧桐雨冷晚秋愁。一窮到骨更何有，萬事傷心不自由。避地惟應蓬島去，羽輪人世向誰投。

寄胡湜伯清兼柬周子諒

積雨初晴緑漲溪，溪花飛舞屋東西。鳥銜朱果珊瑚碎，竹放青梢翡翠迷。池上酒盃無俗客，壁間詩句有新題。結廬不用雲深處，門閉惟聞過馬嘶。

〔一〕繞逕籬分藥蔓垂：藥，文淵閣四庫本作「野」。
〔二〕詩題：文淵閣四庫本、經鉏堂抄本後有「蓋傷於處者也」六字。

贈雁明信賣卜[一]

憶自成都失老嚴，一年心事向誰占。謀身每信黃裳吉，涉世空嗟白髮添。太古圖書含變化，後来象數極窺覘。聞君講易長無倦，客散中庭月滿簾。

九月兵至桐江館人死李文麟以詩相弔故復和之二首

江水滔滔流恨長，交親十載頓云亡。空村煙雨豺狼滿，老圃風霜松菊荒。漉酒陶巾猶在手，招魂楚些惡成章。論交不使逢知己，敝帚千金祇自傷。

白髮山翁最好文，昨朝盃酒死生分。可憐耆舊多新鬼，未必臣民負聖君。鶴語謾傳遼海樹，龍文長想碭山雲。扶危實藉英雄士，馬上相期早策勛。

對雪懷郭順則

寒壓貂裘曙色微，水村山郭遠涵暉。瓊田萬鶴凌風舞，玉女千花繞座飛。勛業平淮碑石在，風流訪戴酒船歸。想君懷古偏多感，肯使緇塵涴素衣。

[一] 詩題：文淵閣四庫本作「贈賣卜雁明信」。

旅館懷舊

天涯剪紙賦招魂，寂寞空齋晝掩門。春燕同來人事改，夜燈相對語音存。松花滿地間棋局，苔葉經年上石墩〔一〕。豈是老懷多感激，百年交誼共誰論。

題邊少府權詩集

君才浩蕩漲溟波，燕趙論交俊傑多〔二〕。枕上聞鷄先起舞，花前把酒獨長哦。漢皇不識神仙尉，蘇子偶逢春夢婆。志士百年名節重，一蓑且復臥煙蘿。

暮春順則宅宴集和羅國芳韻

千尺蒼松鎖翠巖，兩竿初日射晴嵐。山人結屋深相對，詞客過門得共談。酒送餘春盃滿百，月明歸路影成三。暫時相賞攄懷抱，莫訴邊城野戰酣。

〔一〕苔葉經年上石墩：苔，文淵閣四庫本作「薜」，經鉏堂抄本作「貝」。

〔二〕燕趙論交俊傑多：交，文淵閣四庫本、經鉏堂抄本作「文」。

秋　日

江上秋風吹布袍，滿林敗葉暮蕭騷。雲沉雁信人千里，雨答蛩聲客二毛。汗馬功名知命薄，蠹魚文字謾心勞。十年辛苦成何事，贏得一貧聲價高。

哭邊權少府

新淦邊權尉六合，兵亂，棄官歸，去年始與余締交，甚相親。未幾，避地淦上，適與館人難死焉〔一〕。

往年把酒楚山秋，歎息相逢總白頭。梅福吳門聞久去，禰衡江夏爲誰留。血凝塞壁精靈在，氣貫晴虹魑魅愁。鄉國衣冠轉憔悴，招魂何處泪空流。

曹居貞先生求挽詩　自述墓誌

老子懸車尚黑頭，中堂進士晉風流。延年好待桃千樹，觀化深知貉一丘。墓碣自題成早計，儒冠不

〔一〕適與館人難死焉：難死，經鉏堂抄本作「同難」。

改配前修。郎君愛日情如海，春滿觥船任拍浮。

柬羅伯英

庚寅辛卯年間，余與伯英俱客桐江上，時有賓從甚盛。自兵亂十四年，惟予、伯英重到，不能無重感焉。

大藥霜髭竟不玄〔一〕，白魚無計滿千仙。别離歲月落花雨，歌舞樓臺芳草煙。世事榮枯分一日，人生感慨萃中年。劉郎恨滿玄都觀，重到題詩共幾篇。

乙巳夏五月茶陵永新兵奄至遂走淦西暑雨涉旬米薪俱乏旅途苦甚因賦詩示諸同行

白髮遺民真可哀，途窮猶望北兵來。關河割據將成讖，將相經綸豈乏材。足繭荒山走風雨，腹飢深夜吼春雷。主翁清曉催人發，又報烽煙逼楚臺。

〔一〕大藥霜髭竟不玄：玄，文淵閣四庫本、經鉏堂抄本作「還」。

重題禪寂院

六月兵退，重到禪寂，見諸人留題，悉爲兵人所去，而余與李文麟二詩獨在，因發一笑。記昔有寒士殍於途，官爲檢覆，仵作唱云：「徧身無他故，惟腰間有雪詩三十韻〔一〕。」聞者絶倒。余其斯人之徒歟！遂賦一首，寄李且以示吾極上人云。

詩苦窮人人苦吟，偶隨名勝到叢林。畫龍點眼先飛去，詠鳳求毛不用尋。豪客尚能知李涉，奸雄終不棄陳琳。文章得意無今古，讓與籠紗照碧岑。

丙午元旦晴而復雨憶諸弟俱留於外情見乎辭

父老新年卜曉晴，桃花春色照巖扃。洗兵不厭東風雨，戀闕長瞻北極星。棠棣有詩空諷詠，屠蘇無酒自清醒。揮毫對客書桃版，白髮添多眼獨青。

〔一〕 惟腰間有雪詩三十韻：腰，經鉏堂抄本作「腹」。

寄張九成

山館聞君足自娛，賦詩近日與誰俱。樹侵釣石斜傾蓋，雨定游絲小貫珠。客主長年存醴酒，鬼神清夜捧陰符。張不飲酒而多符術。溪邊舊約何時到，愁絶天涯一字無。

寄宋竹坡

久欲從君借竹看，東風又長碧琅玕。午陰坐久晴雲落，夜漏眠遲白露溥。韭葉連畦從料理，菊花分逕共平安。洞簫一曲裁新管，石上雙吹翠袖寒。

聞郭恒有詩未及見因賦此以寄恨〔一〕

一襟老淚點蒼苔，誰信愁腸日九迴。豪傑虚名多自誤，弟兄急難竟誰來。橋分溪路桃花落，門閉山房燕語哀。禍福情知相倚伏，浮雲蔽日幾時開。

〔一〕詩題：恒，底本作「怡」，據經鉏堂抄本改。

和宋竹坡見寄

聞君近住崆峒下，俗客不來長閉關。得句徧題青竹上，寄書曾到白雲間。微風欹枕茶煙散，晴日捲簾花意閒。舊約許尋須候我，月明騎鶴過南山。

和楊茂才閒居

板橋通逕薜蘿深，濃翠浮衣竹十尋。啼鳥漸馴時近客，歸雲不動似知心。剪苔盤石移碁局，添火香篝續水沉。賦筆惟應潘岳好，恨無樽酒與同斟。

丁未人日

誤喜新年七日晴，黑光盪日更分明。陰陽元自相消長，夷夏何能息戰爭。高視山河分王氣，不知金石載虛名。麯生廢痼交情絶，看徧梅花晚獨行。

和楊和吉二首

讀書頭白苦無多，自判才名易滅磨。耆舊凋零霜後木，世情翻覆雨中荷。數家煙火惟聞哭，三月鶯花誰復歌。薜荔繞垣茅屋小，緣君開逕日相過。

海棠雨外半含啼，病起吟情懶更題。匹馬看花空老大，還山采藥自幽棲。欲尋仙館窺丹鼎，曾借漁舟度碧溪。門巷總非初到日，渚蒲汀柳望都迷。

三月十六日訪宋竹坡不遇

門巷春陰緑樹遮，重来不省是君家。雲封山館半簾雨，水泛溪流萬片花。王戴風流成故事，吴張圖畫動中華。小童報主須留客，湯沸銅瓶旋煮茶。

和周愷并憶元達詩　元達名浩余同宗又嘗同硯席丙午卒於溧水

一望吴山一斷魂，眼枯雙泪出還吞。青雲事業終何補，白首交游不忍言。舊館空懷風雨夕，新阡遥隔水雲村。謝池春草山陽笛，未卜他生得共論。

贈戴醫

舊約尋真海上山，相逢長有好容顔。一池伏火燒丹熟，兩袖晴雲采藥還。坐遣呻吟成語笑〔一〕，久拚名利换清閒。頂門欲試金針妙，白髮青燈我最頑。

〔一〕坐遣呻吟成語笑：語笑，文淵閣四庫本作「笑語」。

和周子愷中秋感懷見寄

樽前舊事逐飄風，贏得衰年兩鬢蓬。病骨五更秋氣入，佳期千里月光同。鄉關高興鱸堪鱠，江海修程燕避鴻。昨夜桂林重對酒，看花雙眼霧濛濛。

雲屋爲龍叔起賦

掛冠歸去雲爲屋，又似鴻濛未判初。竹送清陰随杖屨，窻涵微潤入圖書。聞鷄疑與仙家近，放雁多令舊客疎。何事劃開天宇凈，醉攀明月抱清虚。

客館書懷

曉鏡形容暮不同，控摶人事更匆匆。端相舊壘去年燕，斷送殘花昨夜風。易播共憐交誼重，依劉寧爲旅途窮。世情近日皆非舊，始悟相逢是夢中。

春望　戊申年間作〔一〕

飢烏磔磔伴啼鴉，倦倚東風兩鬢華。避地每如巢幕燕，論交誰辨酒杯蛇。雲遮望眼迷芳草，雨動離愁怨落花。懷抱一時何處寫，甕頭春酒不須賒。

答楊和吉韻

白髮侵尋暮景来，掃除無策覆空盃。江山每與愁俱到，風雨不知花盡開。往事謾存元祐迹，少年何羡洛陽才。惟君於我過從近，稚子朝朝掃緑苔。

郭尊師至安堂

道人極目立蒼茫，歎息紅塵去路長。車折秦關投虎口，馬窺蜀棧戰羊腸。海天鶴送仙書到，石洞花分春酒香。寄語往来名利客，不如學道至安堂。

〔一〕戊申年間作：底本作「此是戊申洪武間作」，據文淵閣四庫本、經鉏堂抄本改。按，郭鈺忠貞於元廷，入明，不赴徵召，集中但書甲子，不書明年號，文淵閣四庫本、經鉏堂抄本近似原本，底本「洪武」年號當是郭廷昭編纂時所加。

代贈峽江王巡檢

將軍仗節鎮巴丘，虎豹深藏山水幽。草露洲長朝試馬，柳風波細晚迴舟。岳飛曾作千夫長，李廣終期萬户侯。且訪南隣讀書客，論詩説劍自風流。

訪友人别墅

陰森萬木曉蒼茫〔一〕，路轉山腰問草堂。池湧慢波萍葉散〔二〕，窻涵細雨橘花香。讀書程度輸年少，中酒心情厭日長。公子飄飄才思闊，何妨高詠伴滄浪。

劉潤芳馴雉助祭圖

掃葉秋風宰樹寒，頓令馴雉識衣冠。孝心冥感飛相近，禮數今存留獨看。人散應同翁仲語，地靈長羨子孫安。紅翎翠羽開圖畫，我亦緣君激肺肝。

〔一〕陰森萬木曉蒼茫：木，底本作「水」，據文淵閣四庫本、經鉏堂抄本改。
〔二〕池湧慢波萍葉散：慢，經鉏堂抄本作「漫」。

代　贈

詔頒大邑縣符新，君領除書第一人。聖代衹今更治化，大賢於此展經綸。信臣寬厚恩如父，黄霸嚴明政有神。氣轉洪鈞生意早，棠梨花發滿城春。

送李子高遊金陵

吳中八絶冠羣材，楚楚芳年君又来。得酒醉飛鸚鵡盞，題詩先到鳳凰臺。天迴北斗星辰近，地盡南郊道路開。信是皇州春色早，好將紅杏倚雲栽。

送劉叔亮兵後歸清江

風塵荏苒鬢毛斑，鄉夢無時到故山。去國每憐王粲老，攜家今見管寧還。松深先隴寒煙外，草滿荒庭夕照間。不用人間多感慨，梅花春色破愁顔。

送費吉水 時未改縣

五馬遥臨白鷺洲，光榮全勝古諸侯。滿城秋雨聞絃誦，夾道春風露冕旒。東觀天高鵷鵲並，中臺地迴鳳凰遊。歸朝明日承恩早，玉筍催班第一流〔一〕。

己酉元日

往事悠悠不足論，細看桃板舊題存。青山樹繞千年屋，白髮人看五世孫。側注曉容驚破帽，屠蘇春色醉深樽。歸雲更是無心者，借我長封谷口門。

送孔貫道應賢良徵辟就謁孔林

詔下江南選俊良，君行千里似還鄉。淮河天近魚龍會，闕里春回草樹香。一代又論新禮樂，千年仍覩舊宮墻。仲舒三策陳王道，文獻承家好激昂。

和胡濟見寄

雨後溪雲冉冉生，夕陽蛛網一絲晴。山環老屋杉松合，水滿平田鵞鴨鳴。老去客程憑酒力，愁邊春色減詩情。文章伯仲吾何及〔二〕，莫怪兒童不識名。

〔一〕玉筍催班第一流：筍，經鉏堂抄本作「笛」。
〔二〕文章伯仲吾何及：吾何及，文淵閣四庫本作「真吾友」。

和李士周韻

春雲乘雨午橋陰，病眼看花負夙心。漢水盡堪添緑酒，燕臺何得築黄金。手攀楊柳親曾種〔一〕，路出桃源不易尋。畢竟知音眼前少，塵埃三尺暗桐琴。

寄李亨衢

君住仙壇歸路遥，人間塵慮盡冰消。微風半脱烏紗帽，明月閒吹紫玉簫。出水芙蓉鳴翡翠，繞墻薜荔護芭蕉。日長應共羅浮客，時復松花酒一瓢。

贈驛史〔二〕

筮仕何論占甲科〔三〕，獨君於此閲人多。海舟夜泊藩臣至，官馬晨嘶天使過。微禄暫能淹歲月，好音元不阻山河〔四〕。時来得遇憐才者，早振朝衣上禁坡。

〔一〕手攀楊柳親曾種：親曾，文淵閣四庫本作「曾親」。

〔二〕詩題：史，文淵閣四庫本作「吏」。

〔三〕筮仕何論占甲科：仕，底本作「士」，據文淵閣四庫本、經鉏堂抄本改。

〔四〕好音元不阻山河：山，文淵閣四庫本作「關」。

題安樂何心淳草堂舊隱

草亭亭上舊曾遨[一]，窻户憑高結構牢。濃翠入簾春雨竹，亂紅飄席曉風桃。功名前輩遺鴻爪，文采諸孫有鳳毛。萬事目前無所與，惟應對客醉揮毫。

贈金守正

六月松陰坐紫苔，得書頓使好懷開[二]。離愁百斛如雲散，涼意一襟随雨来。玉筍天清長在望，金洲春盡每思回。高懷又作秋風約，不限金錢問酒盃。

答張九成韻

自信功名骨相寒，西風長笑倚闌干[三]。醉劉不用攜長鍤，盲夏惟應着小冠。遠寄高吟諧律吕，何由並駕接和鸞。楚山歸鳥憐毛羽，栖息一枝何處安。

[一] 草亭亭上舊曾遨：遨，文淵閣四庫本作「邀」。
[二] 得書頓使好懷開：頓，經鉏堂抄本作「頻」。
[三] 西風長笑倚闌干：長，經鉏堂抄本作「常」。

贈别宋仲觀

梅花江上雪意殘，獨行遠道何當還。大江風微五兩静，虚館日高雙陸閒。十載論交傾意氣，一朝送别凋容顔。坐歌激烈我何有，明日射虎歸南山。

和酬宋竹坡韻

寄詩問我山中事[一]，性懶家貧一事無。春甕酒香梅未落，午窻夢起鳥相呼。舊来叔夜交遊絶，老去文通筆硯枯。鷗社共盟君未棄，何須馳志向伊吾。

和酬李潛

世路邅迴暮景移，老懷無託廢題詩[二]。朱顔棄我辭杯滿，青眼看書下筆奇。雨暝茶煙侵竹潤，春寒香霧出簾遲。地偏每恨交遊少，何日能来慰所思。

〔一〕寄詩問我山中事：詩，經鉏堂抄本作「書」。
〔二〕老懷無託廢題詩：題詩，經鉏堂抄本作「讀書」。

和酬黄用泰

思君不見待君吟，何許蓬萊聞妙音。孫綽遂初先作賦，蘇秦未遇晚多金。閒看歸鳥暮雲合，欲渡滄江春水深。惟向層樓窮望眼，可能無策剗西岑。

和袁寅亮進士見寄

白髮禁春愁奈何，當年只合臥煙蘿。山中老屋歸来早，扇外飛塵感慨多。意薄功名隨夢散，交游道誼自心和。兩君文采真連璧，枯槁長懷挹楚波。

得月樓爲陳與京賦

得月樓前春水寬，玻璃萬頃接闌干。光涵銀漢虹橋迴，影動金波貝闕寒。緑酒千鍾人上鶴，紫簫一曲女乘鸞。遥知貳館還相近，玉臂清輝好共看。陳贅劉。

和彭允迪見寄

佳句聞君勝舊時，珊瑚出海玉交枝。十年客路迷陳迹，千里雲山繫所思。囊罄黄金難得酒，窻添青竹倦題詩。近年轉向世情薄，晴日滄江理釣絲。

辛亥秋詔舉秀才余以耳聾足躄縣司逼迫非情因成短句

恭承丹詔網羣材，臥病空山百念灰。晉代徒聞三語掾，漢廷何待兩生來。天閥虎豹應難得[一]，雲錦衣裳不易裁。寂寞西山髮鬢雪[二]，獨能永夜望三台。

和羅養蒙見寄三首

君歸舊隱得安居，晝獵南山夜讀書。雞唱窻間舞長劍，馬嘶花外駕輕車。每逢二仲回青眼，已辨千仙醉白魚。風致飄翛驚坐客，相思不見獨踟躕。

詞林文物早知名，對客揮毫思不羣。梁震每稱前進士，灞陵誰識舊將軍。清談竹下霏晴雪，匡坐松陰管白雲。見説主翁歡意洽，酒酣長共夜論文。

文章早歲愧盧前，心死如灰復不然。魚目混真非易識，驪珠出海事虛傳。飛鳴何敢分鶚鳳，枕漱惟應近石泉。幾度打頭風雨惡，碧桃紅杏自年年。

[一] 天閥虎豹應難得：閥，文淵閣四庫本、經鉏堂抄本作「關」。
[二] 寂寞西山髮鬢雪：髮，文淵閣四庫本作「雙」。

和黄用泰見別

雙井詞源疏派遠，諸孫文采邈難攀。芝蘭晴日庭階外，花柳春風杖屨間。白髪往来愁客路，青山歸去掩柴關。却怪溪流離恨滿，寒聲永夜響潺湲。

寄王進士二首

伏覩前鄉貢進士王禮子讓所刻《長留天地間集》，辱收謬作廁其間，心竊愧焉，而誤名爲昂，因筆寄意。

車蓋歸來鬢雪深，將来高興托詞林。著書谷口雲封屋，吹笛山陽月滿襟。千古文章關氣運，幾人心力負光陰[一]。閒來朗誦長留集，尚想西歸問好音。

老去羣書逐夢忘，青燈白髪夜凄凉。平時誰信班生策，落日空懷陸氏莊。天爲國家生俊傑，地居臺閣盛文章。鄙夫空谷逃名久，不謂人間有郭昂。

[一] 幾人心力負光陰：負，底本漶滅不清，墨筆改爲「負」，文淵閣四庫本、經鉏堂抄本作「費」。

寄贈皇厓壇劉鍊師　壇下溪中出石白如水晶

神仙宮館近青冥，紫翠峰巒開畫屏。日射水晶江石白，雲封琥珀嶺松青。虎司丹鼎知留訣，鶴立瑤臺聽説經。相約安期今夕至，靈風遥想滿虚檽〔一〕。

聞桂林牡丹盛開

臺甃重歸剪棘榛，穠華自不負芳辰。共承桂樹九霄露，已見吾家六代人。膩粉露寒初試曉，醉紅雲暖欲嬌春。遥知賓客多歡賞，誰在題詩筆有神。

寄劉淵

自從南國息干戈，江海聞君得意多。騎馬春迴桃葉渡，吹簫夜和竹枝歌。離愁雁信雲千里，老境漁舟雨一蓑。大藥無資長臥病，東溪何日得重過。

〔一〕靈風遥想滿虚檽：風，文淵閣四庫本、經鉏堂抄本作「封」。

哀楊和吉

重到西亭泪自垂，更從何處共襟期。看花馬上春雲散，種柳門前秋雨悲。仙客已聞遺橘井，故侯猶待館羅池。茫茫天壤名長在，賴有灤京百詠詩。

病目寄宋時舉

丁丁伐木最關情，病起秋風畏客程。隔霧看花生眼纈，誓天止酒閉愁城。荒村茅屋白煙起，落日楓林紅葉明。青壁丹崖長在望，竛竮瘦影獨心驚。

寄李少府

學仙不向吴門去，百丈詩壇主舊盟。白雪寒添巾下滿，采雲晴繞筆間生。香分芸草茅齋小，夢入梅花紙帳清。竹下每聞賓客滿，我來何日酒同傾。

壬子八月余病目至十月劇甚因掩半驗明則右者已盲因自笑戊申歲右耳病聾庚戌右脚患軟痛今右目又喪於朝家爲半丁不求廢而自廢矣强賦短句寫寄中和及仲簡

自從白髮病侵尋，涉世方知憂患深。吹面塵沙須眯目，求名文字少灰心。舊書盡賣惟留劍，好酒能賒擬學琴〔一〕。樗散獨存天所賜，從今肆志臥雲林。

耒陽郭方中云先世自麻岡分派嘗仕前朝今遁跡畎畝至徵詩余以同宗復以同志歌以贈之〔二〕

老我還山始學耕，鉏犁不辨畝縱横。坐分午餉田烏狎，預卜年登野鳥鳴。訓子但求名姓識，輸官寧使斗升贏。聞君亦作歸休計，好是吾家舊弟兄。

癸丑首正

雨絲寒織暮江煙，春酒杯深琥珀鮮。盲廢倦題新甲子，醉來謾説舊山川。貞元朝士今誰在，東郭先生每自憐。藥物酒錢償欲報，惟逋詩債到新年。

寄周文瞻主事

天柱峯前松十尋，聞君結屋最幽深。釣魚溪動雲生屨，放鶴風高秋滿林。薤葉篆從兒學寫，松花酒

〔一〕好酒能賒擬學琴：賒擬，文淵閣四庫本作「除遽」。
〔二〕詩題：「同宗復以」四字，文淵閣四庫本无。

待客同斟。愁余白髮長相憶，夜雨青燈空苦心。

寄宋時舉

解劍贈君意不難，劍光飛射斗牛間。文章聲價誰能好，風月襟期君最閒。雲暖鳳和簫管響，雨晴龍護珍珠還。崆峒元是神仙境，萬丈丹梯不可攀。

和答彭中和

羞澀空囊結客難，何人雙璧立談間。每瞻雲鶴知君到，却羨沙鷗似我閒。携酒溪山思共往，捲簾風雨又空還。才名能下陳蕃榻，寧許他人得再攀。

暮春過羅伯源次韻

柳絲煙暖繞溪梁，四望園亭盡向陽。雨過半篙新水緑，風迴兩袖落花香。簾通香篆晴光轉，窻隱碁聲晝漏長。公子閒情最瀟灑，何時杖屨得徜徉。

李仲簡往清江久而不歸因諷以寄

扁舟四月下清江，江水魚沈江路長。豈是信陵忘魏國，自緣朱邑愛桐鄉。煙中蒼樹官橋晚，雨外紅蓮水檻涼。惆悵諸公頻問信，秋風漸次到秋堂。

同王志元賦戴存節秋圃堂

君家舊屋我曾到，秋圃新堂今始聞。種菊編籬乘細雨，攜琴移席候晴雲。無錢陶令懷清節，衣錦韓公樹大勛。碑記好邀劉處士，細論出處著高文。

諶塘賞菊

繞庭種菊色斕斑，想見陶家得此難。大白開黄元不俗，淺紅映紫兩相歡。微風香動秋容净，清霧叢深曉氣寒。賴有山翁家釀熟，花前子細共君看。

和答坐客

簪花不惜鬢毛斑，獨惜花前得意難。風雨白衣憐客久，江山彩筆奉君懽。蛾眉擁雪玉人暖，仙掌擎秋金狄寒。是處西風着顔色，未應長向故園看。

春日有懷彭中和李仲簡

老懷久欲謝青春，春到惟添白髮新。對酒不辭今日醉，看花却憶去年人。自知關羽終歸蜀[一]，誰激張儀遠入秦[二]。遥想思鄉情更苦，不應連夜夢君頻。

和答彭中和

長向春山數別期，春花次第報君知。舟迴剡曲緣何事，劍合延平在幾時[三]。庭院暖風花氣入，池塘微雨鳥聲低。甕頭酒熟邀誰共，惆望歸雲獨拄頤[四]。

和周子深

積雨空齋傷客心，曉雲初散暮雲陰。荼蘼池上香沉水，杜宇煙中愁滿林。司馬倦遊勞遠夢，休文因

[一] 自知關羽終歸蜀：關羽，文淵閣四庫本作「降漢」。
[二] 誰激張儀遠入秦：張儀，文淵閣四庫本作「連衡」。
[三] 劍合延平在幾時：平，文淵閣四庫本作「津」。
[四] 惆望歸雲獨拄頤：望，文淵閣四庫本作「悵」。

病廢新吟[一]。遥知勝地登臨好，酒量如今幾淺深。

贈醫士劉良孟

移家久住大江隈，種德堂深酒滿杯。秋雨一林芝草長，春風千樹杏花開。虎收新谷巖前臥，龍捧奇方海上來。嗟我素髭無染法，若爲攜手訪蓬萊。

送别陳玉章南遊

文教重看被海湄，發船撾鼓曉光遲。黄茅瘴滿飛南雪，庾嶺梅開到北枝。海舶得魚頻貰酒，人家見竹遍題詩。好懷更約歸來早，花柳東風二月時。

二十六日晴過諶塘

布袍稍覺曉寒輕，晴色偏饒雙眼明。山逕黄泥攢虎跡，寺門蒼樹掛猿聲。重來誰與同心膽，老去惟思避姓名。枯柳橋西曾識面，獨迴青眼遠相迎。

[一] 休文因病廢新吟：因，文淵閣四庫本作「多」。

哭周子諒員外

士林憔悴泣相逢，此語緣君意萬重。蕙帳秋風鳴老鶴，墨池春水化飛龍。遥知臺省文章好，不似山林意味濃。重到滄洲洲上路[一]，野煙荒草暗行蹤。

池上亭

好是君家池上亭，繞池芳草亂青青。山童種菊開花逕，水鳥窺魚下柳汀。詩句有時吟不盡，酒盃連日醉無醒。緑陰添得黄鸝語，六曲銀屏和淚聽。

感寓

車馬門前久絶蹤，柴關長借白雲封。人情翻覆殊無賴，心事依違遂懶慵[二]。恩怨一時彌子馬，似真千古葉公龍。春花總被春風誤，老去山中始種松。

[一] 重到滄洲洲上路：滄洲，文淵閣四庫本作「滄江」。

[二] 心事依違遂懶慵：懶，文淵閣四庫本作「漸」。

聞宋竹坡求剪紅羅花

叢叢紅紫錦成窠，春色遥憐滿竹坡。得酒謾能歌白紵，看花猶愛剪紅羅〔一〕。根分后土冰霜晚，潤浥中天雨露多。好待春回寒谷草〔二〕，遲君花外共長哦。

丙辰元日

歲日相逢兩丙辰，把盃又屬丙辰人。形容老醜鄉隣怪，居止疎慵魚鳥親。竹馬小兒如昨日，梅花老屋羨長春。諸孫催寫桃符板，病眼孤腔得句新〔三〕。

介坡詩爲郭彦文賦

北山東下勢陂陀，中有高人住介坡。池浸暖紅花弄影，窻涵濕翠竹成科。心如鐵石偏能賦，劍倚崆峒祇自歌。清節百年冰雪苦，重逢徐邈問如何。

〔一〕看花猶愛剪紅羅：紅，經鉏堂抄本作「春」。
〔二〕好待春回寒谷草：草，文淵閣四庫本、經鉏堂抄本作「早」。
〔三〕病眼孤腔得句新：腔，文淵閣四庫本作「瞠」。

挽清江劉中修

奮筆清江追二劉，奈何垂老入西州。兒痴竟累張彝死，母老誰爲禹錫謀。風雨魂歸金谷晚，江山恨滿玉關秋。詞林頓爾成憔悴，目送飛雲雙泪流。

送别歐陽奎訪安龍興兼柬胡湜

明日開帆過豫章，交親滿眼總難忘。舊聞太守尊徐稺，今見諸公説鄭莊。雨映紅蓮湖水净，雲連蒼樹楚山長。省郎若到逢胡湜，爲覓鄉書寄數行。

和袁方茂材秋夜宴集

下馬階除問錦幃，羅衣花白縷金圍。月明湖水龍吟細，雲度吴山雁到稀。楊柳舞低牙板促，木犀香滿羽觴飛。袁郎自是風流客，舊約秦臺願不違。

奉寄歐陽文周

楚楚才華最憶君，春山勝事遠相聞。折花林動飛紅雨，洗硯池虚散紫雲。到處能吟詩滿軸，逢誰不説思超羣。山中舊約應能到，定與論文到夜分。

聖　節

天門曙色曉爐煙，宮錦春花簇采旃。日月龍章居北極，雲霄鳳吹奏鈞天。獻桃玉女顔如玉[一]，承露金人骨欲仙。遥想蓬萊移仗入，侍臣應奏白雲篇。

五七言排律

挽李心原徵士

時清多士奮，道屈哲人嗟。伊昔敷文治，如君實國華。衣冠傾望族，文字擷天葩。薊闕驅車遠，吴山倚劍斜。諸生親教授，前輩倍籠加。鶚表騰烏府，薪歌載鹿車。苦心抱冰蘖，高興托煙霞。老景期如蔗[二]，中原亂似麻。漢官思再覩，周鼐去難遮。夜怨雲巢鶴，寒啼宰樹鴉。諸公紛誄筆，賤子忝通家。灑泪桐江上，悲風咽暮笳。

[一] 獻桃玉女顔如玉：玉女，文淵閣四庫本作「王母」。

[二] 老景期如蔗：蔗，底本作「庶」，據文淵閣四庫本、經鉏堂抄本改。

袁寅亮讀書深山萬木之中以避暑文瞻爲賦長句因次韻以寄

獨向陰崖結構牢，一時文采擅風騷。雲間見客疑猶淺，山下人行望始高。蒼樹窺巢馴鸛鵲，翠藤結蔓掛猿猱。遥知高臥多標致，何問長齋代骨毛。洗耳未應徒見許，攢眉但恐不容陶。山僧進謁多題竹，野老相過或獻桃。綿蕝暫陳存故事，棘圍嚴備遠周遭。鑿平巖罅安書籍，掃集松花釀酒醪。醉後賦詩題石壁，興來送客釣江臯。蘇門傲睨惟閒嘯〔一〕，康樂登臨豈憚勞。餘雨傍松延薜荔〔二〕，晚涼疏水灌蒲萄〔三〕。明朝使者求顔闔，只此山中不用逃。

五言絶句

候吴植不至

相期林下宿，呼童掃蒼苔。蒼苔看又合，美人殊不來。

〔一〕 蘇門傲睨惟閒嘯：閒，文淵閣四庫本作「聞」。
〔二〕 餘雨傍松延薜荔：餘雨，底本作「雨餘」，與下句「晚涼」不偶，據文淵閣四庫本改。
〔三〕 晚涼疏水灌蒲萄：晚，經鉏堂抄本作「曉」。

題分宜縣橋

雲從溪北生，雨過溪南響。溪上蓑笠翁，倚闌看水長。

日午

日午芳園歸，欣然問主婦。甕頭酒如何，杏花開滿樹。

茅屋

茅屋南山下，細雨桃花謝。清晨起梳頭，鄰家作春社。

謾興

春寒閉春閣，酒醒春衫薄。春去積春愁，杏花雨中落。

八月二十四日

鵲聲喧曉庭，掃門獨延佇。誤喜故人來，竹籬墮腐鼠。

春日過山家

簾外燕交飛，天涯人未歸。大兒新上學，白紵自裁衣。

重到山家

細雨長茶芽，東風吹柳花。行人今日到，先自補窗紗。

山翁勸酒

山翁勸我酒，共指池上柳。昨日東家春，今日西家有。

題龍旗墨梅

孤標開墨沼，勁氣入霜毫。謝庭春色好，玉樹兩相高。

二月十七夜夢爲人作墨蘭

石欄瞰虛碧，滿院蘭花開。攬衣起結佩，匡坐待君來。

吴姬別思

霜月五更殘，如何去又還。誤簪釵鳳小，落在枕屏間。

讀史四首

六月中深機[一]，三山使未歸。轀輬車上夢，受用鮑魚肥。

險語迫飛霆，將軍驚落箸。明朝賣履人，淚灑西陵樹。

將軍方跋扈，幾人願執鞭。啼粧曉相對，却爲秦宮妍。

恂恂謝玄微，侃侃宋賓儀。承家與謀國，不競真吾師。

宿鰲溪

投宿南山中，驚魂帶餘怖。忽聞鼙鼓聲，夜壑松風度。

[一] 六月中深機：月，文淵閣四庫本作「國」。

大洲曉發〔一〕

日高啼鳥散，江轉斷雲遮。向客説殘夢，昨宵曾到家。

七言絶句

題春江送别圖

君上孤舟妾上樓，望中煙雨意中愁。江波若會離情苦，一夜東風水倒流。

八月初三夜對月

蛾眉斜剪銀光薄，搗碎玄霜不成藥。瓊樓夜鎖秋沉沉，一枕天風桂花落。

〔一〕詩題：洲，文淵閣四庫本、經鉏堂抄本作「州」。

四時詞

春

暖雲飛撲玉驄歸，簾捲香風酒力微。夜坐久憐明月好，細鋪花影繡羅衣。

夏

日射嫣紅安石榴，波涵空翠木蘭舟。美人調笑渡江去，半榻柳風碁不收。

秋

鶴認琪花欲下遲，蓬萊仙客遣催詩。情深寫到相思處，秋露芙蓉開滿池。

冬

疎林晴旭散啼鴉，高閣朱簾窣地遮。爲問王孫歸也未，玉梅開到北枝花。

訪龍長史不遇

鸜鵒窻深鎖翠寒，松花不掃紫苔乾。自將名姓題修竹，延桂樓前第五竿。

花　前

花前曾共飲離樽，青鳥西歸減舊恩。雙陸細敲紅日落，茶煙隔竹不開門。

春　閨〔一〕

唾茸殘碧枕屏低，香散銀篝翠霧迷。只恐來宵春夢斷，誤他明月到窗西。

題安成戴觀所藏崔徽圖

彩筆經營苦未工，臙脂洗盡泪痕紅。鏡中已少真顏色，何待他年認卷中。

和王儀贈别

一曲秦箏春酒濃，暖雲輕撲翠鬟鬆。玉驄千里關門曉，鶗鴂數聲煙樹重。

〔一〕 詩題：文淵閣四庫本、經鉏堂抄本作「無題」。

别阮士瞻

豆蔻春梢着小花，玉人憔悴掩琵琶。阮郎病起心情减，半榻松風自煮茶。

題紈扇贈馬文學

好風吹雨過横塘，百尺芙蓉水檻涼。封事草成秋滿榻，坐停紈扇愛花香。

水東獨行

獨行山逕桐花落，忽渡板橋溪水渾。殘日背人低遠樹，斷雲裏雨入前村〔一〕。

和宋五見寄

苦辭樽酒不同傾，流水浮萍復有情。今日江南望江北，緑陰如雨鵓鳩鳴。

〔一〕斷雲裏雨入前村：「裏」，經鉏堂鈔本作「袖」。

尋人不遇

早望雲林意欲傾，獨回江路鳥空鳴。山童去後始知悔，追客橋西問姓名。

題扇二首

柳樹晴虹隱畫橋，藕花微雨過歸橈。波光倒蘸紅樓影，照見佳人弄玉簫。

茅亭一箇竹編籬，水鳥數聲風滿池。吹面荷香微醉醒[一]，雪羅小扇坐題詩。

春　夜

香霧滿簾風不到，花陰鋪地月斜明。春寒策策春宵短，又聽隣鷄第一聲。

題訪戴圖

雪滿樽前足笑歌[二]，到門何事不相過。情知離合皆天意，只恐重來白髮多。

〔一〕吹面荷香微醉醒：香，文淵閣四庫本作「花」。

〔二〕雪滿樽前足笑歌：滿，文淵閣四庫本作「月」。

宜春贈別

微茫煙浪浦帆開，一曲琵琶泪滿腮。江水不如潮水好，送人東去復西來。

辛卯聞徐州警報

塞河詔下選丁男，明日彭城野戰酣。愁殺翰林歐學士，白頭騎馬望江南。

題廬陵義士羅明遠傳後

淮海風迴戰血腥，青原不改舊時青。中朝將士論功賞，讓與江南一白丁。

題分宜縣樓二首

十一月初八日，楚金敗績，余被拘於分宜，因有此詩。寇中有談劉沔陽之事甚悉，且亦以爲口實。

撲遬官曹論是非，不知把釣老漁磯。沔陽太守文章伯，賣卜城南竟不歸。

獨宿江城夢故園，一襟塵土滿啼痕。老親不想癡兒在，剪紙應招客路魂。

題梁使君太洲營

畫船撾鼓大江中，兩岸旌旗獵曉風。一點鴛鴦雲外落，將軍初試賜來弓。

怨　別

病起銀屏滿藥塵，夜窻愁絶月窺人。寒燈不作雙花喜，羅帕啼痕點點勻。

獨行山中

七步潛行五步迴，路通溪曲滿蒿萊。青袍白馬誰家子，又向松陰喝道來。

宿桐江野人家

松明火盡掩柴扃，月影疎疎透短櫺。一枕秋風涼夜好，可憐獨向客中聽。

城　望

鼓角城頭落照懸，客愁愁似五年前。遥憐小弟攜家遠，一點飛雲望眼穿。

發家信

寒硯敲冰帶淚磨，故園消息近如何。老妻不信愁深淺，歸日應憐白髮多。

二月十三日

花陰轉午鵲聲喧，忽憶庭闈捧壽樽。亂後附書曾到否，也應賒酒共温存。

春　夜

路入故園知幾程，小樓簾捲月斜明。夢中不記遭兵火，猶在海棠花下行。

青梅詞

青青梅子故園春，嚼破微酸帶淺顰。誰信梢頭如豆小，意中消息久懷仁。

章臺怨

柳繞章臺萬縷金，春風送别最傷心。如今莫問長條盡，并與章臺無處尋。

清明日過羅伯英別業〔一〕

梨花滿院讀書聲，竹馬兒童自送迎。共説東風吹雨散，山翁今日作清明。

訪羅仁達不遇留題樓壁二首

一逕松風導入山，老懷願托白雲閒。白雲飛去他山宿，日暮雨來愁倚闌。

翠壓山樓積雨餘，花間酒暖煮溪魚。提壺勸酒且須飲，頭白如今少著書。

和宋五别後見寄

誤將鸚鵡教詩成，每到人來喚姓名。從此西園蹤跡少，萬絲煙柳鎖春晴。

寄贈龍興諸寓公四首

舊著羣書費苦尋，雲山回首負初心。歸舟重到臨江驛，玉笥山前芳草深。

抽毫史館會鳴珂，老去光陰又幾何。蘇武不緣持節苦，胡姬哺子愧人多。

〔一〕詩題：英，文淵閣四庫本作「剛」。

孺子祠前湖水東，幾回清夜夢吴公。白雲何事他山去，不管長封紫極宫。
落日凭樓滿眼愁，征帆無數下江州。憑誰爲訪淵明宅，細采秋英薦李侯。

二月十七日有感

花匝疎篁水遶門，幾回扶月醉西園。青燈昨夜挑殘雨，空認春衫補舊痕。

偶　興

高柳着花懸紫煙，歸舟離恨滿晴川。六年杜牧傷遲暮，况復如今二十年。

清　晝

雀翻翠篠接飛蟲，雨定游絲裼落紅。漸老心情添懶慢，題詩多在緑陰中。

感春二絶時館人在獄

萋萋芳草舊亭臺，燕子銜愁逐處來。春酒甕頭今日熟，桃花一樹雨中開。
干謁傷懷去路窮，鯨飛蛟舞楚江風。家書寫到平安字，始信吾師塞上翁。

涼　夜

竹外涼風留晚坐，驚斷蛩聲山葉墮。天河何處是雙星，新月纖纖碧雲破。

重題石洞

不筭歸程筭去程，茫茫世事自傷情。小樓昨夜不成寐，飽聽松風與水聲。

同周雪江題劉氏貞女詩卷

百年節義仗賢豪，一死翻憐女子高。不敢長歌題卷上，轉喉恐犯舊官曹。

洞口人家

松樹迴環四五家，機梭長日響咿啞。西風裹得臙脂色，偏與籬東木槿花。

和周子諒見寄二首

白露斜飛秋滿堂，微寒先結鬢邊霜。可憐枯折山園竹，猶自虛心待鳳凰。

江上晴波動碧虚，柳汀花塢抱材居[一]。男兒不佩黄金印，罷釣歸來只讀書。

秋浦晚歸

芙蓉開後涉波頻，落日迴舟獨愴神。鷗鳥幾回相見熟，故穿菱葉避歸人。

對月寄友人

相逢之處月嬋娟[二]，願托襟期共百年。諳盡人間離别苦，始知月自不長圓[三]。

重經旅館

交情如漆總難憑，往事尋思白髮增。門掩蠨蛸塵滿壁，向來曾頓讀書燈。

小　樓

夢飛不到越溪頭，空想鴛鴦戲彩舟。昨夜小樓清似水，雨聲添足十分愁。

[一] 柳汀花塢抱材居：材，文淵閣四庫本作「村」。
[二] 相逢之處月嬋娟：之，文淵閣四庫本作「是」。
[三] 始知月自不長圓：自，文淵閣四庫本作「白」。

春暮飲田家

牡丹芍藥委蒼苔，風挾餘香去復來。二十四番都過盡，一樽獨對菜花開。

四月十五日江上獨行因思去兩年憂患之日感恨

投石滄浪竟不浮，雲林自合早歸休。漁舟點點前江去，載盡斜陽不載愁。

妾薄命

孤鸞窺鏡剪情緣，泪血沾襟十五年。誰信舊時歌舞伴，相逢猶自妬嬋娟。

四月十五夜對月感舊次舊韻

早年蹤跡水萍浮，垂老飄流未得休。今夕人情今夕酒，舊時月色舊時愁。

六月二十九日觀雨

青山山下是吾廬，六月丘園草盡枯。憑仗西風吹雨去，官田今歲又添租。

題墨菊

老圃風霜許見親，緣誰盡改舊精神。淵明不爲陳玄在，怨殺元規扇外塵。

收邊季德書

門外蓬蒿一丈餘，病貧無怪故人疎。午窻獨領松風坐，細讀邊郎寄遠書。

醉後重題西雲亭

剪茅蓋屋竹編籬，淺白深黄萬菊枝。雲氣不煩將雨至，西雲老子政題詩〔一〕。

題丁與善梅花圖

騎驢灞橋烏帽倒〔二〕，千里相思玉堂客。夜窻酒醒月窺人，一掬精神烔如雪。

〔一〕西雲老子政題詩：政，文淵閣四庫本作「正」，經鉏堂抄本作「改」。
〔二〕騎驢灞橋烏帽倒：倒，文淵閣四庫本、經鉏堂抄本作「側」。

題王楚善梅二首

百年孤榦長苔衣，數點寒花映竹扉。昨夜東風消息到，主人扶醉月中歸。

江雲欲雪角聲哀，冷蕊商量開未開。記得玉堂揮彩筆，萬花晴昊照深杯。

題龍旗梅

硯冰敲碎碧雲殘，蜂蝶無飛花意閒。記得共尋林處士，嫩寒清曉到孤山。

桃花塢

蝶飛蜂遶野桃花，香散墻西賣酒家。漁棹誤隨流水遠，一庭紅雨夕陽斜。

題鄒自春石屏巫山圖

一片屏開十二峰〔一〕，陽臺去路有無中。午窻香霧籠寒玉〔二〕，猶似行雲到楚宮。

〔一〕一片屏開十二峰：開，文淵閣四庫本作「間」。

〔二〕午窻香霧籠寒玉：午，文淵閣四庫本、經鉏堂抄本作「半」。

和金守正題墨蒲萄〔一〕

馬乳垂垂白露溥，瘦藤斜舞月光寒。涼州萬斛尋常醉，回首西風紙上看。

題鍾馗

老臣骨朽戀君王，白眼孤瞠虛耗忙。不惜錦棚兒睡暖，誰人更問繡香囊。

晚秋過丁勗

竹外涓涓流水長，讀書聲歇閉山房。西園蜂蝶東園去，黃菊數枝高出墻。

題羅秀賓瑞粟圖

粟分五穗效禎祥，不敢移根獻廟堂。聖主得賢爲上瑞，畫圖聊付子孫藏。

〔一〕 詩題：萄，文淵閣四庫本作「圖」。

壬子正月雪中自從姪九畹家歸

擔簦山路挾餘酲，急霰琮琤遠送迎。絶勝泛舟湖上月，琵琶一曲雜秦箏。

春　日

花氣熏晴春晝長，一池水影舞回廊。好風賺得松醪熟，開遍數枝山海棠。

寄鄒自春

樓閒美酒滿銀壺，樓外好山開畫圖。上學郎君書早讀，丁寧汲水灌菖蒲。

閏十一月朔日山路見梅

蓓蕾微傳春信真，幾迴夢想玉精神。不知月落參横處，猶有孤眠惆悵人。

乙巳年余避地彭老家還再過之倏爾十年而人改物换可感者多矣因賦

舊題塵暗小樓間，花鳥庭空白日閒。鳥自不鳴花自落，客愁何得不相關。

贈別

醉挽征衫折柳枝，柳花飛處不勝悲。東風過後西風起，待得青條又幾時。

閨怨

粧臺塵暗鎖愁眉，瘦倚東風似柳枝。又恐侍兒催問藥，只言蠶早葉歸遲。

春夜飲

蠟光紅射酒盃霞，夜久窻虚月透紗。詩筆醉拈如有助，暖風吹動瑞香花。

道逢陳玉章

山色川光作雨晴，花陰滿地囀黄鶯〔一〕。去年酒伴今何在，邂逅陳郎笑獨行。

〔一〕花陰滿地囀黄鶯：囀，底本作「轉」，據文淵閣四庫本、經鉏堂抄本改。

江望

盡把離愁種驛亭[一]，春風吹入草青青。傷心爲問行舟客，東過清江停不停。

三月初五日偶題

嬌鳥籠中曬緑衣，雄鳴高樹不思歸。去年寒食今年夢，曾向西樓共學飛。

山家少憩[二]

松下蒼苔掃復生，籠中嬌鳥寂無聲。東風幾度傳花信，偏遇春陰不遇晴。

題李次晦鄒瘍醫詩卷

颯颯秋風落葉深，轆轤寒甃帶哀音。李侯瘖癖君能療，老我柴門獨捧心。

[一] 盡把離愁種驛亭：驛，經鉏堂抄本作「駟」。
[二] 詩題：憩，經鉏堂抄本作「歇」。

春日憶蕭韶二首

雲歸長宿北山頭，誤逐東風過小樓。帶得舊時蕉葉雨，數聲敲碎客中愁。
飛飛燕子楚天涯，華屋春穠不似家。遥想日長吟思苦，獨看紅杏落殘花。

寄　遠

萬點飛花風外過，紅埋泥土白隨波。閒愁散與傷春客，君在江南想獨多。

感事二首

雨過汀沙失舊痕，春寒鸎鵡悶無言。楊花春水成萍葉，踪跡猶難到故園。
依稀舊館緑楊舟，不見羣鷗見水流。白髮青燈孤負盡，至今猶自替人愁。

上巳日與周公明經蕭韶讀書處

四海交遊老盡非，如君年少又相違。申明亭下煙花暝，惟有泉流送客歸。

春日過山家題友人影[一]

冰絲縷縷繫深恩，青鳥飛來每斷魂。留得薔薇香易滅，只從燈下認啼痕。

無　題

遊絲風暖颭飛花，窈窕簫聲隔采霞。畢竟神仙難换骨，自分丹火煮胡麻。

有感寄宋五二首

春夜清濃夢覺空，爛柯不省遇仙童。人間翻手恩成怨，無怪襄王憶夢中。

畫樓煙暖杏花晴，羅綺春嬌按玉笙。水調未成翻越調，枉勞書信問鶯鶯。

和蕭伯章春夜倚樓

雲度松梢月半陰，懸崖倒掛白猿吟。倚樓數遍傷心事，風雨故園春草深。

〔一〕詩題：友人影，文淵閣四庫本、經鉏堂抄本作「羅帕」。

寄歐陽文周

芳草春煙鎖故廬，泊舟南浦近何如。客囊共訴黄金盡，欲問平安但寄書。

題石壁

石壁題詩剜翠苔，感時傷别壯心摧。沈園記得前生到，酒散花陰月滿臺。

補遺

送李原貞遊淮

君歸省親親已老，如何又涉長淮道。長淮千里快壯遊，不似斑衣兒戲好。棹歌聲齊催發船，煙花看柳媚晴川。酒瀉紅光照白日，詩傳佳句驚離筵。丈夫意氣吞餘子，百年養親當養志。空山憔悴亦奚爲，捧檄曾聞爲親喜。再拜勸君金叵羅，問君年紀甚不多。漢王好少今若此，攀龍早早騰銀河。白璧黃金無足惜，庭闈懽聲勝歸日。鶯花春暖吴宫深，鴻鵠風高楚天碧。（據文淵閣四庫本、經鉏堂抄本《静思集》卷五補）

石洞道中

天風蕭蕭吹布袍，上山下山忘我勞。江聲忽隨小橋轉，秋色不讓南山高。荒山缽米水爲碓，懸崖取果人如猱。茅簷老翁迎客笑，畏途跋涉多賢豪。（據文淵閣四庫本《静思集》卷九補）

附録

傳記資料

（萬曆）《吉安府志·郭彦章傳》

郭彦章

郭彦章，吉水人，與劉桂隱、劉中齋講學，有詩名。《題廬陵義士傳》詩云：「淮海風迴吹血腥，青原不改舊時青。中朝將帥論功賞，不及江南一白丁。」《題新淦劉貞女》詩云：「百年節義仗英豪，一死翻憐女子高。不敢高歌題卷上，轉喉恐觸舊官曹。」其他吟咏皆有警句，爲時傳誦。［余之禎：（萬曆）《吉安府志》卷二十八，萬曆十三年刻本］

《新元史·郭鈺傳》

柯劭忞

郭鈺

郭鈺，字彦章，吉水人。壯年負盛氣，爲詩清麗有法，其於離亂窮愁之作，尤淒惋動人。年逾六十，竟以貧死。其《春夜》詩序云：「余值時危，一貧到骨。今春雨雪連旬，衣以當長夜，遂成店瘧。」其固窮如此！所著《静思集》，詩文甚富。（柯劭忞：《新元史》卷二百三十八，民國九年天津退耕堂刻本）

評論

《元詩選·郭鈺小傳》

（清）顧嗣立

静思處士郭鈺

鈺字彦章，别號静思，吉水人。壯年盛氣負奇，適當元季之亂，晚際明興，以茂才徵，不就。年逾六十，竟以貧死。其《春夜寒》詩序云：「余值時危，一窮到骨，薪米不給，恒自謂不敢僥倖，今春雨雪連旬，擁牛衣以當長夜，寒砭肌骨，遂成店瘧。」其詩云：「少壯幾時頭欲白，夜闌山鬼瞰孤燈。」亦可哀已！静思詩清麗有法，格律整嚴。其於離亂窮愁之作，尤悽惋動人。殆所謂詩窮者歟！嘉靖間，八世孫廷昭裒集其詩刻之。羅念菴曰：「静思爲吾族志行之甥，經歷艱難，閭里流離之狀，皆目見之。當時故實，可裨野史。其贈吾族秀賓詩有云：『聖賢去我遠，縻兹糟粕味。當其得意時，何如卿相貴。』嗚呼！此詩人所以窮餓終身而不悔也。」念菴此言，可謂深知静思者。（顧嗣立：《元詩選·初集·辛集》，中華書局一九八七年，第二一三〇頁）

論郭靜思詩[一]

（清）顧嗣立

靜思詩佳句多可存者，五言如：「燈影搖鄉夢，雨聲添客愁。」「天邊春色早，窻外暮寒分。」「捆屨山涵雨，煎茶竹送風。」七言如：「官酒滿傳鸚鵡盞，宫花飛點鷫鸘裘。」「野迴虹光分暮雨，天晴木葉響秋風。」「池浸煖紅花弄影，窻涵溼翠竹成科。」「急風亂颭蒹葭雪，斜日殘明橘柚金。」「雲韜月色歸天闕，雨壓寒聲欺布袍。」「鳥銜朱果珊瑚碎，竹放青梢翡翠迷。」「松下紫苔留虎跡，雨中蒼檜作龍吟。」「屋前老樹留雲宿，竹外茅亭向水安。」「海棠春暗飄香盡，鸚鵡天寒喚客遲。」「風燕入簾梢落絮，雨龍歸洞駕輕雲。」「千里鴈聲雲外斷，一春花事雨中殘。」「竹徑排墩留客坐，柳塘分水過比鄰。」「鳶敵高風疑不動，鴨分歸路整相排。」「雨中春懶鶯如我，花外晚愁鵑逼人。」「酒送餘春盃滿百，月明歸路影成三。」「離愁百斛如雲散，涼意一襟隨雨來。」「薤葉篆從兒學寫，松花酒待客同斟。」「風撼竹樓憑雨勢，雲歸溪樹作秋陰。」「折花林動飛紅雨，洗硯池虚散紫雲。」「太史未頒周正朔，遺民思覩漢衣冠。」「蔡寇遂煩唐宰相，漢儀猶待魯諸生。」「三邊烽燧晨傳箭，千騎弓刀晝繞營。」「客行落日凝愁思，人隔疎煙聞笑聲。」「愁來刁斗聲相續，老去屠蘇酒到遲。」「鄭虔早被才名誤，鼂錯終期社稷安。」「投暗自慚輕白璧，知音還擬鑄黄金。」「鶴語漫傳遼海樹，龍文長想碭山雲。」「病骨五更秋氣入，佳期千里月光同。」

[一] 題目：校點者代擬。

「梁震每稱前進士，灞陵誰識舊將軍。」「對酒不辭今日醉，看花却憶去年人。」「汗馬功名知命薄，蠹魚文字漫心勞。」錢牧齋所選《列朝詩》甲集前編，具載元末詩人，獨不及静思，豈當時未及見其全稿耶？因爲附摘於此。（顧嗣立：《元詩選·初集·辛集》，北京，中華書局，一九八七年，第二一六六、二一六七頁）

論元詩絶句·郭鈺

（清）謝啟昆

詩思濃如玉屑霏，窮愁孰信擁牛衣。白雲不掃松花落，滿目風烟負米歸。（謝啟昆：《樹經堂詩續集》卷七，清嘉慶刻本）

論元詩·郭鈺

（明）袁　翼

處士名傳郭彦章，山河坐覺换斜陽。莫言亡國音哀怨，出自離騷百結腸。（袁翼：《邃懷堂全集》詩集後編卷四，清光緒十四年袁鎮嵩刻本）

何桂笙劫火紀焚序（節選）

（清）俞　樾

曰修志乘者，表章忠義，舍此曷以哉？是亦可謂詩史矣。嘗讀元人周霆震《石初集》、郭鈺《静思集》，敘述至正中兵戈饑饉之狀，流離轉徙，百世之下如目見之。君此詩殆與異曲同工乎！然彼皆白首亂離，君則大亂之後，復游於化日光天之下。韋莊詩云「且對一樽開口笑，未衰應見泰階平。」而君真及見之，其遭逢勝古人遠矣！（俞樾：《春在堂雜文》四編卷五，清光緒二十五年刻春在堂全書本）

著録

《四庫總目提要·静思集提要》

静思集十卷浙江鮑士恭家藏本

元郭鈺撰。鈺字彦章，吉水人，《江西通志》稱其元末遭亂，隱居不仕，明初以茂才徵，辭疾不就。集首有洪武二年廬陵羅大已序，亦稱其有經濟，能自守。今按集中有《辛亥秋詔舉秀才余以耳聾足躄縣司逼迫非情因成短句》一詩，辛亥爲洪武四年，又在作序後二年，則所謂能自守者，信矣。又《癸丑首正詩》中有「盲廢倦題新甲子，醉來謾説舊山川。貞元朝士今誰在，東郭先生每自憐」之句，是其不忘故國，抗跡行吟，志操可以概見。又有《乙卯新元六十生辰》詩，則其入明已八年矣。跡其生平，大抵轉側兵戈、流離道路，目擊時事阽危之狀，故見諸吟咏者，每多愁苦之詞。如《悲廬陵》《悲武昌》諸篇，慷慨激昂，於元末盜賊殘破郡邑事實，言之確鑿，尤足裨史傳之闕。其遺集本藏於家，嘉靖間，羅洪先始爲序而傳之。而其孫廷詔等不知編次之法，前後舛錯，殊無義例。以行世既久，今亦姑仍其舊録之云爾。（永瑢、紀昀：《四庫全書總目》第一六八卷，中華書局，一九六五年，第一四五八頁）

图书在版编目（CIP）数据

玉笥集·静思先生诗集 / 李军主编；施贤明，张欣点校. —北京：北京师范大学出版社，2016.7
（元代古籍集成 / 韩格平主编. 第二辑）
ISBN 978-7-303-21132-6

Ⅰ. ①玉… Ⅱ. ①李… ②施… ③张… Ⅲ. ①古典诗歌—诗集—中国—元代 Ⅳ. ①I222.747

中国版本图书馆 CIP 数据核字（2016）第 174260 号

营 销 中 心 电 话　010-58805072　58807651
北师大出版社学术著作与大众读物分社　http://xueda.bnup.com

YUSIJI　JINGSIXIANSHENG SHIJI
出版发行：北京师范大学出版社　www.bnup.com
北京市海淀区新街口外大街 19 号
邮政编码：100875
印　　刷：北京盛通印刷股份有限公司
经　　销：全国新华书店
开　　本：660 mm×980 mm　1/16
印　　张：38.5
字　　数：475 千字
版　　次：2016 年 7 月第 1 版
印　　次：2016 年 7 月第 1 次印刷
定　　价：138.00 元

策划编辑：谭徐锋　　　责任编辑：王　强
美术编辑：王齐云　　　装帧设计：王齐云
责任校对：陈　民　　　责任印制：马　洁